Thomas Perry
Die Hüterin der Spuren

Zu diesem Buch

Jane Whitefield ist eine Spezialistin in ihrem Beruf. Sie läßt Menschen verschwinden, indem sie ihnen neue Identitäten verschafft. Die Grauzone am Rand der Legalität ist ihr Arbeitsfeld, und sie ist verdammt gut. Ein Grund dafür ist ihre Abstammung. Jane ist Halbindianerin und versteht sich darauf, Spuren zu verwischen und Finten zu legen, bis ein Mensch wie unauffindbar ist. Sie betreibt ihren Job mit solcher Perfektion, daß sie am Ende selbst nicht weiß, wohin ihr jeweiliger Klient verschwunden ist. So auch Harry Kemple. Als eines Tages ein John Felker ihre Dienste erbittet, ein Buchhalter, der eine Menge gestohlenes Geld für sich abgezweigt hat, beruft er sich auf Harry. Das gehört nicht zu Janes Spielregeln – dennoch nimmt sie den Auftrag an. Sie schließt ihn auch erfolgreich ab, muß freilich damit den zärtlichen Gefühlen zu John Lebewohl sagen. Doch dieser Auftrag hat Folgen: Zwei Tote im dichten Netz der falschen Fährten und dunklen Geheimnisse! Jane beginnt zu begreifen, daß sie selbst in die Irre geführt worden ist, und bietet alles auf, die rätselhaften Vorgänge aufzuklären.

Thomas Perry, geboren 1947 in Tonawanda, New York, war Professor für englische Literatur, bevor er mit dem Schreiben von Kriminalromanen begann. Ausgezeichnet mit dem Edgar-Allan-Poe-Preis schuf er die einzigartige Figur der Jane Whitefield. Seine Romane haben allein in den USA inzwischen weit über eine halbe Million Leser gefunden. Zuletzt erschien von ihm auf deutsch »Sicher ist nur der Tod«.

Thomas Perry
Die Hüterin der Spuren

Roman

Aus dem Amerikanischen von
Fritz R. Glunk

Piper München Zürich

Von Thomas Perry liegen in der Serie Piper vor:
Das zweite Gesicht (3347)
Auf der Spur des Wolfs (3396)
Sicher ist nur der Tod (3907)
Die Jagd der Schattenfrau (6031)
Der Tanz der Kriegerin (6049)
Die Hüterin der Spuren (6065)

Für Isabel
In Liebe zu Alix und Jo

Deutsche Erstausgabe
September 1998 (SP 5683)
Juli 2003
© 1995 Thomas Perry
Titel der amerikanischen Originalausgabe:
»Vanishing Act«, Random House, New York 1995
© der deutschsprachigen Ausgabe:
1998 Piper Verlag GmbH, München
Umschlag: ZERO, München
Foto Umschlagvorderseite: ZEFA/Masterfile
Foto Umschlagrückseite: Jerry Bauer
Gesamtherstellung: Clausen & Bosse, Leck
Printed in Germany   ISBN 3-492-26065-9

www.piper.de

Diese Wilden treiben ihren Aberglauben nirgends in so ausschweifende Höhen wie im Hinblick auf ihre Träume. (...) Ganz gleich, auf welche Weise ihnen der Traum zuteil wurde, sie betrachten ihn immer als etwas Heiliges und als den allergewöhnlichsten Weg, auf dem die Götter ihren Willen den Menschen kundtun.

Meistenteils sehen sie die Träume entweder als ein inneres Verlangen, das ihnen ein Schutzgeist eingegeben hat, oder auch als dessen Befehl; und in Folge dieser Regel halten sie es für eine religiöse Pflicht, ihm zu gehorchen; und ein Indianer, der geträumt hatte, daß man ihm einen Finger abschnitt, ließ ihn sich, sobald er erwacht war, tatsächlich abschneiden, nachdem er sich auf dieses bedeutsame Ereignis durch ein Fasten vorbereitet hatte. (...)

Die Angelegenheit wird noch folgenschwerer, wenn sich jemand den Traum in den Kopf gesetzt hat, einem anderen die Kehle durchzuschneiden, denn er wird die Tat sicherlich ausführen, wenn er kann; aber wehe hinwiederum ihm, sollte ein dritter träumen, daß er den Toten rächen wird.

Pierre de Charlevoix
Tagebuch einer Reise nach Nord-Amerika
1761

1 In der Spiegelung der dunklen Scheiben konnte Jack Killigan beobachten, wie die Frau eilig durch den Terminal lief. Sie paßte auf, wo sie mit ihren hohen Absätzen hintrat, und lief ein paar Stufen, während die Rolltreppe sie hinuntertrug, dann nahm sie sehr schnell die Kurve und betrat das Laufband. Sie merkte nicht, daß er sie beschattete. Alle paar Sekunden sahen beide sich nach hinten um, aber nie sahen sie nach vorn – genaugenommen sahen sie gar nichts.

Sie war gerade eben aus dem Flugzeug ausgestiegen, wie sollte da einer nicht wissen, was jetzt ihr nächstes Ziel war? Er hätte ebensogut, in aller Ruhe, direkt zur Gepäckausgabe gehen und dort auf sie warten können. Aber die hier war gutes Geld wert, und so hatte er beschlossen, sich keine Nachlässigkeit zu erlauben. Er stand dreißig Meter vor ihr auf dem Band und fühlte sich dabei so sicher, daß er zurückschaute.

Sie kam ihm wie ein Mannequin vor, französisch, vielleicht auch italienisch: kastanienbraunes Haar, hochgewachsen und schlank, mit Beinen, die noch länger wirkten, weil der Lederrock kürzer war als eigentlich erlaubt. Das machten sie sehr oft so. Sie hatten keine Ahnung, was es hieß, unauffällig zu bleiben. Er übernahm nur reiche Frauen. Ihre Ehemänner (oder wie sie sich sonst nannten) waren die einzigen, die Killigans Honorar in der Tasche hatten. Ein Durchschnittsmann mit diesem Problem versucht natürlich, die Sache allein zu regeln. Aber nicht nur wegen der vielen Dollars. Er tut es selbst, weil er sich gar nicht vorstellen kann, einen anderen damit zu beauftragen, ihm seine Frau wiederzubringen. Er will nicht, daß ein anderer davon erfährt. Aber diese reichen Kerle waren mit so etwas aufgewachsen. Sie hatten jemand, der ihnen die Unterwäsche wusch und den Papierkorb leerte, in den sie ihre gebrauchten Gummis warfen. Meistens waren die Männer älter, zu alt, um das Notwendige zu tun.

Aus dem Augenwinkel sah er, daß sie sich umdrehte und nach ihren vermuteten Beschattern zurückschaute. Er sah ihr dabei zu. Sie mußte leicht in den Hüften abknicken, sich über das Geländer beugen und den Hals strecken, um an der Gruppe von Handelskammermitgliedern aus Wichita vorbeizusehen, die sich hinter ihr stauten. Unwillkürlich fiel ihm schon wieder der Rock auf. Das war typisch. Sie rannten von zu Hause weg, aber zogen sich an, als wollten sie gesehen werden, entweder weil sie kein Kleid hatten, das weniger als ein Gebrauchtwagen kostete, oder weil sie gar nicht wußten, daß es so etwas überhaupt gab. Sein Blick blieb an dem polierten Leder hängen, das sich über ihrem Hintern spannte. Auf der Fahrt von Los Angeles nach Indiana würde er jede Menge Zeit haben. Da war einiges drin, sobald er sie einmal im Lieferwagen hatte. Wenn eine Frau nur scharf genug darauf war, da wieder rauszukommen, dann fielen ihr die wildesten Mittel dazu ein.

Als hätte sie irgendwie gehört, was er dachte, schien ihr ein Schauer über den Rücken zu laufen, und er schaffte es nur knapp, sich wieder rechtzeitig wegzudrehen.

Killigan machte einen Schritt vom Laufband herunter, ging zu der Reihe der Telefonkabinen an der Wand und gab ihr so die Chance, ihn zu überholen. Als sie an den Kabinen vorbeikam, war sie nur zwei Meter von ihm entfernt, und er fing einen Hauch ihres Parfums auf, eine Brise, bei der die Luft nach Gewürzen duftete. Während er sich noch fragte, was dieses Zeug wohl kostete, bog sie in die falsche Richtung ab. »O Scheiße«, sagte er in den Hörer. »Coitus interruptus.« Da hatte er sich nun auf alles vorbereitet, und dann – aber natürlich! Er sah, wie sie in die Damentoilette hineinging.

Killigan hängte den Hörer ein und marschierte ans andere Ende des Terminals, um nun hinter ihr zu sein, wenn sie da drinnen mal fertig war.

Nach wenigen Minuten kam die Frau wieder heraus, und beinahe tat sie ihm leid. Sie trug jetzt eine Sonnenbrille, eine kurze Jacke und eine lange, blonde Perücke, die das dunkle Haar verdecken sollte, aber immer noch hatte sie dieselbe handgemachte Tasche, aus Leder und passend zum Rock. Er stellte sogar ein, zwei frische Tropfen Parfum fest. Nur jemand, der überhaupt nicht hinter ihr her war, hätte sie nicht sofort wiedererkannt. Und diese langen Beine in den dunklen Strümpfen: Mit auch nur einem Funken Verstand hätte sie die als erstes versteckt.

Killigan blieb stehen, bis sie ein ganzes Stück vor ihm war, bevor er selbst in Richtung Gepäckausgabe losging. Jetzt zogen die Planeten wieder ruhig ihre Bahn, genau so war es richtig. Das war nichts weiter gewesen als ein kleiner Stolperstein im Pflaster. Sie suchte ihr Gepäck und blickte bewegungslos auf das Band, das sich durch den Raum schlängelte. Jetzt kam es auf genaues Timing an.

Er sah, daß sie ihren Koffer entdeckt hatte. Sie schaute ihm auf seinem Weg zu, von dem Augenblick an, als die Gummiklappen ihn freigaben, und rundherum bis zu ihr hin. Dann sah er, daß sie sich vorbeugte und ihn mühsam und holprig über die erhöhte Einfassung auf den Boden zerrte. Während er sie dabei beobachtete, wie sie so arbeitete und auf diesen hochhackigen Schuhen balancierte, erschien sie ihm besonders verwundbar – jetzt war sie reif. In diesen Armen war nicht viel Kraft.

Killigan wartete, bis sie den Koffer zum Ausgang geschleppt hatte. Bei der Kontrolle zeigte sie ihr Ticket mit dem angehefteten Gepäckabschnitt vor, der die gleiche Nummer hatte wie die Manschette am Koffer. Dann schob sich die Tür auf, und die Frau trat hinaus auf den Gehweg, Killigan nur armweit hinter ihr. Am Rand machte sie halt und schaute nach links, ob gerade ein Taxi käme, und da handelte Killigan.

Er hielt ihr kurz seinen Ausweis vors Gesicht, während er sagte: »Folgen Sie mir bitte, Mrs. Eckerly«, dann packte er ihren Arm und zog sie mit sich, so daß ihr nicht ein Augenblick zum Überlegen blieb.

Sie versuchte, sich mit den Absätzen dagegenzustemmen, aber diese Reaktion kannte er genau, also gab er ihr einen ersten Vorgeschmack. Er knickte ihr Handgelenk so weit nach unten, daß sie wußte, es würde brechen, wenn sie nicht mitkäme, und zerrte sie noch schneller vorwärts. Es war nicht nur der Schmerz, der bei allen Wirkung zeigte, es war die Überraschung darüber, mit welcher Leichtigkeit er ihn auslösen konnte. Irgendwo in ihrem Innern bewies es ihnen, daß er reale Macht verkörperte – die Polizei, das Gesetz, den Staat oder noch mehr: die konzentrierte Gewalt, die die Menschen dazu bringt, das zu tun, was sie tun sollen.

Er stieß sie vor sich her über den Zebrastreifen, wartete nicht einmal auf Grün, sondern hielt nur die Hand hoch und vertraute auf die Reflexe der Fahrer. Er wußte, auch das kam ihm zustatten. Und dann hatte er sie auf den Parkplätzen in dem riesigen Betonwürfel, und er fühlte sich schon erleichtert, weil die heikelste Strecke mit eventuell echten Flughafenpolizisten hinter ihm lag und dort, angenommen sie schrie und rannte weg, wäre es nicht so leicht gewesen, sie kleinzukriegen, ohne die Aufmerksamkeit von irgend jemandem zu erregen, den er nicht schon dadurch verschrecken konnte, daß er ihm schnell mal sein Kunstledermäppchen aufklappte mit dem Führerschein in der einen Hälfte und einer Visitenkarte mit dem Bild eines Adlers in der anderen.

Er hatte den Lieferwagen im Erdgeschoß geparkt, gleich neben der Ausfahrt. Um genau diesen Stellplatz zu kriegen, hatte er viel zu früh kommen müssen und den ganzen Abend vertrödelt, aber jetzt machte es sich bezahlt. Er hatte sie schon an der hinteren Ladetür, als sie sagte: »Warten Sie! Sie machen einen Fehler. Tun Sie's nicht!« Sie nahm sich nicht mal soweit zusammen, daß sie ihm dabei ins Gesicht schaute.

Genau das sagten sie immer, aber diesmal brachte es ihn etwas aus der Fassung, denn normalerweise versuchten sie dabei, ihr Gesicht einzusetzen: das winzige Zittern in den Lippen, die großen, feuchten Augen. Auch das kurze Schluchzen in der Stimme fehlte. In dieser großen Betonhalle klang es eher wie ein Flüstern, und es ging ihm unter die Haut. Er wußte, er durfte jetzt nicht nachlassen, nicht eine Sekunde. »Kein Fehler, Mrs. Eckerly. Wir haben eine offizielle Anzeige gegen Sie, und Sie müssen mitkommen und das Ganze aufklären. Gesicht zum Wagen, bitte.« Er hatte gehofft, diesen Teil erst im Wagen zu erledigen, weil sie beim Anblick der Handschellen gern in Panik gerieten, aber bei ihr ließ er sich vom Instinkt leiten. Er nahm die Handschellen vom Gürtel und drehte die Frau von sich weg. Als er ihr den linken Arm auf den Rücken zog, geschah alles viel zu schnell.

Er zog kräftiger, aber auch das hatte scheinbar keinen Effekt. Er hatte sie die ganze Zeit verunsichert und ihr keinen Augenblick zum Nachdenken gelassen, aber sie hatte offenbar nur darauf gewartet, daß er eine Hand zum Herausholen der Handschellen brauchte. Sie rammte ihren Absatz in seinen Fußrücken, drehte sich gleichzeitig herum und stieß mit dem Ellbogen nach oben gegen sein Nasenbein. Er hörte, wie der Knochen brach, und fühlte das warme Blut aus den Nasenlöchern in den Mund herunterlaufen. Er wußte, daß er nun bei solchen Schmerzen und verlangsamter Reaktionszeit ein Problem hatte. Und mit den Knochen in seinem Fuß war ernsthaft etwas passiert. Er setzte ihn einen Schritt zurück, gab ihm versuchsweise etwas Zeit, wieder zu funktionieren, aber seine Zehen fanden keinen Halt mehr, so daß er ihn auf den Absatz hochbiegen und den anderen Fuß nehmen mußte, um die Balance zu halten. Er war wütend, verrückt vor Schmerz. Gleich würde er ihr genauso weh tun. In der nächsten Sekunde würde sie abdrehen und wegrennen, und da würde er sie packen. Er schob sich in eine günstige Startposition.

Doch die Frau drehte sich nicht um, und sie rannte nicht weg. Sie kam langsam auf ihn zu, und er ahnte, was sie vorhatte. Sie nahm Anlauf für einen Schlag in die Magengrube. Das lernten sie immer in diesen Selbstverteidigungskursen. Er bückte sich und behielt dabei die Hände unten, um ihr die Beine wegzuziehen, wenn sie soweit war.

Während er noch ihre Füße beobachtete, sprang sie ihm schon entgegen und rammte ihm ihre Stirn ins Gesicht. Der Schlag auf die Nase war schon schmerzhaft genug gewesen, aber diesmal explodierte seine Welt. Sie hatte sich mit beiden Beinen vom Boden abgestoßen und ihn mit aller Kraft nach hinten geworfen.

Killigan stieß, als er am Boden ankam, ein Geheul aus. Es war ein kreischender Schrei aus Schmerz und Schock und – zum ersten Mal – aus Angst. Killigan war jetzt gefährlich verletzt, und er lag unten, wo er sich nicht verteidigen konnte. Im nächsten Moment würde sie sich seine Augen vornehmen. Er schlug die Hände vor das blutige Gesicht, rollte sich auf den Bauch und schrie: »Hilfe! Zu Hilfe!«

Sein Gehör sagte ihm, daß sie irgendwo in der Nähe wartete, tänzelte, ihn umkreiste, die Chance für den nächsten Angriff suchte oder was immer man ihr sonst noch beigebracht hatte. Er versuchte, zwischen seinen Fingern hindurchzusehen, hielt den Kopf weiter auf den Boden gedrückt, und da fühlte er es. Beide Handschellen schnappten gleichzeitig über seinen Handgelenken zusammen. Er war schockiert, gedemütigt.

Er zog die Knie an und wollte aufstehen, aber da kam wieder ihre Stimme. Dieses Mal war sie lauter, aber noch immer beherrscht: »Bleiben Sie unten!« Er stemmte die Fäuste auf den Boden und schob sich hoch, aber das Stück Beton vor seinen Augen flammte plötzlich auf, als hätte jemand ein Blitzlicht gezündet, und dann fand er sich auf der Hüfte liegend wieder, während seine Beine krampfhaft zappelten und rennen wollten. Das war ein Fußtritt in die Nieren gewesen. Der Gedanke, sterben zu können, schoß ihm durch den Sinn. Er blieb liegen und schrie noch einmal. »Hilfe!« kreischte er, »zu Hilfe!«

In diesem Augenblick sah er Lichter, die sich nicht entfernten, hell, blendend, bewegungslos, und sein getrübtes Bewußtsein versuchte herauszufinden, ob sie nun doch seine Augen erwischt hatte. Aber das machte keinen Sinn, weil er doch seine Hände sehen konnte. Und dann hörte er es: »Polizei! Keine Bewegung!«

Er probierte ein Lächeln, aber es tat weh. Die oberen Schneidezähne fühlten sich locker an, und seine Unterlippe war zu einem harten, soliden Klumpen angeschwollen, der anscheinend gar nicht zu ihm gehörte. Dann kamen Schritte näher, wurden immer lauter, und er konnte zwei Polizistenstiefel und schwarze Hosen sehen. Da wußte er, alles würde gut werden. Dann rollten ihn große, schwere Hände zur Seite und auf den Rücken, und der Schmerz kam so überraschend zurück, daß er nichts mehr sah.

Als Killigan aufwachte, lag er im Krankenhaus. Er hatte keine Ahnung, wie lange er schon da war, aber er wußte, daß er mit seiner Einschätzung der zugefügten Wunden recht hatte. Sein ganzer Kopf kam ihm zart und zerbrechlich vor, als könnte er bei der kleinsten Bewegung abfallen und ausbluten. Er hörte ein Rascheln neben sich, und dann stand der Polizist vor ihm.

»Mr. Killigan?« Er war ein Polizist von der Sorte, die Killigan am wenigstens leiden konnte. Er war sauber und adrett gekleidet, mit kurzgeschnittenem, präzise zurückgekämmtem Haar, was ihm das Aussehen eines höheren Offiziers gab. Er zog ein kleines Notizbuch aus der Innentasche seiner grauen Tweedjacke und ließ Killigan dabei den Riemen eines Schulterholsters sehen.

»Ja doch«, krächzte Killigan. Er hatte vergessen, warum sich seine Stimme so komisch anhörte, und dann konnte er schmecken, daß er Blut schluckte.

»Ich bin Detective Sergeant Coleman, Los Angeles Police Department. Ich muß Ihnen ein paar Fragen stellen zu dem, was da los war. Ihr Personalausweis gibt an, daß sie Privatdetektiv sind.«

»Stimmt.«

»War das ein Auftrag?«

»Sicher.«

»Und was wollten Sie am Flughafen?«

»Ich sollte eine Frau abholen, Rhonda Eckerly. Vorläufige Festnahme. Anzeige liegt vor. Sie wird in Indiana gesucht.«

»Mit welcher Anschuldigung?«

»Schwerer Diebstahl.«

»Dann sind Sie also Kopfgeldjäger?«

Killigan hörte etwas an diesem Ton, was ihm nicht gefiel. Es war die sorgfältige Modulation der Satzmelodie, als wollte der Polizist keine Verachtung in seiner Stimme aufkommen lassen. Na schön. Killigan kassierte bei diesem Auftrag so viel, daß er dem Mann ein Jahr lang sein Gehalt auszahlen konnte. Vielleicht ergab sich ja noch eine Chance, die Summe zu erwähnen, dann sollte der Kerl die nächsten Tage etwas zu verdauen haben. »Der Geschädigte hat mich beauftragt, die Verdächtige ausfindig zu machen und zurückzubringen.«

Der Polizist kniff die Augen zusammen und legte den Kopf etwas zur Seite. »Wer ist der Geschädigte?«

»Mr. Robert Eckerly.«

»Ich verstehe«, sagte Sergeant Coleman. Er blickte Killigan einige lange Sekunden in die Augen, ohne daß sein Gesicht irgend etwas verriet. Schließlich sagte er: »Ich würde gern die Frau hereinbringen, die festgenommen wurde, als man Sie fand. Fühlen Sie sich dazu in der Lage?«
»Ja doch. Ich möchte, daß sie in Haft bleibt. Ich werde Anklage erheben.«
Der Detective pulte mit der Zunge in seinem Mund herum, während er zur Tür ging, aber dann wandte er sich noch einmal um. »Wie kam sie dazu, Sie anzugreifen?«
Das war es also. Der kleine Scheißkerl war sich so sicher, daß Killigan ein Schwächling war, daß jemandem wie ihm so etwas gar nicht passieren konnte. »Ich führte sie gerade zum Wagen, und da hat sie mich überwältigt. Sie muß in einem dieser Kurse gewesen sein.«
»Die Handschellen waren von Ihnen?«
»Ja.«
Der Detective zog sich einen Stuhl dicht ans Bett und setzte sich auf die Kante. »Mr. Killigan«, sagte er, »Sie arbeiten in einer gefährlichen Branche. Sie müssen doch eine gewisse Vorstellung davon haben, wie man sowas durchzieht, ohne in Schwierigkeiten zu kommen. Ich glaube, Sie haben irgendeinen Fehler gemacht.«
»So sieht's aus«, sagte Killigan. »Also, wo ist jetzt die Schlampe Eckerly?«
Der Detective stand auf, ging zur Tür und machte sie auf. Herein kam ein uniformierter Polizist mit der Hand auf dem Arm einer Frau. Sie war so um die Dreißig. Sie war groß und schlank und von olivfarbener Haut, mit großen Augen und schwarzen Haaren. Dann erst wurde Killigan klar, daß sie Rhonda Eckerlys Kleider trug. »Nein«, sagte er, »nein. Das ist sie nicht.«
»Das ist nicht Rhonda Eckerly?«
»Nein!« schrie er. Vom Scheitel bis zum Kiefer herunter packte ihn ein neuer Schmerz. Es kam ihm vor, als hätte man sein ganzes Gesicht gehäutet und Kaltluft darübergeblasen. »Sie haben die Falsche erwischt!«
»Nein«, sagte Detective Coleman in aller Ruhe, »nicht wir. Sie.«

Das hätte der Bulle gar nicht so scheinfromm zu sagen brauchen, denn auch unkonzentriert vor Schmerzen und halb gelähmt von den Betäubungsmitteln hatte Killigan so viel schon ganz allein herausbekommen. Sie war ein Köder. Diese Garderobe, die dilettantische Vorgehensweise von Rhonda Eckerly – sie hatten das alles so geplant, um in der Toilette die Kleider zu wechseln.

Die Frau sagte: »Kann ich mit ihm sprechen?«

»Ich denke schon«, sagte der Polizist.

»Allein?«

»Nein«, sagte der Detective, »nichts zu machen.«

Sie schien nicht überrascht. Sie ging näher ans Fußende des Bettes heran, und der uniformierte Polizist blieb beharrlich an ihrer Seite. »Was wissen Sie über Rhonda Eckerly?«

»Genug«, sagte Killigan, »sie ist flüchtig. Freiwild.«

Die Frau wandte sich an den Polizisten. »Danke.« Sie machte einen Schritt zur Tür.

»Ist das alles?« fragte Killigan. »Lachen Sie mich jetzt nicht aus und sagen mir, daß das alles ein Kinderspiel war?«

»Nein.«

»Warum nicht?«

»Ich verstehe Sie jetzt. Ihnen irgend etwas zu sagen, wäre Zeitverschwendung. Sie sind ein lebender Toter.«

»Sie haben's gehört, Sie beide«, sagte Killigan übermütig, »sie hat gedroht, mich umzubringen.«

Der Detective starrte ihn zum zweiten Mal an und legte wieder den Kopf etwas schief. »Wir reden nachher darüber.« Dann nahm er den Arm der Frau und führte sie aus dem Zimmer.

Als er die Tür hinter sich geschlossen hatte, ging er neben Jane Whitefield den Gang entlang, an der Notaufnahme und der Wartehalle vorbei auf die schwarze Gummimatte am Ausgang. Die Glastüren rauschten auf, und draußen in der heißen Nachtluft führte er sie vorbei an den wartenden Krankenwagen bis zu seinem eigenen, schlicht blaulackierten Fahrzeug.

»Sie sind absichtlich da hineingeraten?« fragte er.

»Ja.«
»Warum?«

Jane Whitefield holte tief Luft und atmete langsam wieder aus, dann sagte sie: »Robert Eckerly hat ein junges Mädchen geheiratet. Sie war ungefähr zwanzig, er um die Fünfzig. Er ist ein reicher Mann in einer kleinen Stadt. Er hat Charme. Er ist außerdem ein Sadist.«

»Wessen Diagnose ist das?«

»Sie ist ihm schon einmal weggelaufen, und er brachte es fertig, sie wieder einfangen zu lassen, genau wie hier. Ich weiß nicht, ob er von allein auf die Anzeige wegen Diebstahls kam oder ob er sich jemand wie Killigan holte, der ihm sagte, wie man so etwas macht. Dann wurde sie entlassen und ihm übergeben. Er hat sie nicht einfach nur verprügelt. Er hängte sie im Zimmer am Hals auf und lud ein paar gleichgesinnte Freunde ein, ihm zu helfen.«

Er nickte. »Und weiter?«

»Der wahre Polizist ist wohl nie schockiert, oder? Aber diesmal vielleicht schon. Als sie zu betrunken waren und zu müde, um sie zum x-ten mal auf die normale Tour zu vergewaltigen, fingen sie an, sich andere Methoden auszudenken, damit sie sie anflehte, aufzuhören, ihr Gewalt anzutun, denn das turnt sie erst richtig an.« Sie sah ihn an. »Was denken Sie jetzt? Daß Sie den Rest doch lieber nicht hören wollen?«

»Hätte sie etwas davon?«

»Nein.«

»Wo ist sie jetzt?«

»Wenn ich Ihnen sagen würde, ich weiß es nicht, würden Sie mir nicht glauben.«

»Nein.«

»Dann sage ich nur, sie ist weit weg.«

Coleman lehnte sich an die Motorhaube, verschränkte die Arme und blickte Jane Whitefield einen Moment an. »Also was machen Sie jetzt?«

»Mein Job ist beendet. Sie ist weg.«

»Wegen Killigan, meine ich. Er macht sich in einem Flughafen an eine fremde Frau heran, versucht, ihr Handschellen anzulegen und sie in einen Lieferwagen zu verfrachten.

Sie könnten ihn wegen einer ganz schön eindrucksvollen Reihe von Straftaten anzeigen. Werden Sie es tun?«
»Das ist belanglos.«
»Haben Sie Angst?«
»Nein. Rhonda Eckerly wird nicht zu irgendeiner Aussage erscheinen. Und Killigan hat ja keine ahnungslose Frau angegriffen, die mit der Sache nichts zu tun hatte. Ich habe ihn in die Falle gelockt.«
Er sah sie nachdenklich an. »Dann ist da aber noch die Frage, was wir mit Ihnen machen sollen.«
»Nichts. Ich gehe nach Hause.«
»Ich habe nicht gesagt, daß Sie das können. Sie haben mir gerade erzählt, Sie hätten ihm vorsätzlich eine Falle gestellt und ihn zusammengeschlagen.«
»Sie können mich zwei oder drei Stunden festhalten. Wenn Sie dann eine Anklage schreiben, nimmt der Staatsanwalt sie nicht zu den Akten. Ich sagte Ihnen, daß ich das alles selbst so arrangiert habe, daß es hieb- und stichfest ist. Er hat mich angegriffen, ich habe Widerstand geleistet. In diesem Staat hätte ich ihn sogar töten können, wenn ich gewollt hätte.«
»Das wissen Sie ganz genau, nicht wahr?«
»Ich habe einen Anwalt, der mich auf dem Revier erwartet. Er kann es Ihnen erklären, wenn Sie wollen. Und wenn das vorbei ist, können Sie mich zurück zum Flugplatz fahren und in meine Maschine setzen.«
»Was sind Sie eigentlich? Detektivin? Anwältin?«
»Lotse.«
»Lotse? Das ist mal was Neues.«
»Manchmal brauchen Menschen Hilfe. Manchmal gebe ich sie ihnen.«
»Das tu ich auch.«
»Ich weiß, und ich versuche auch nicht, Ihnen das Leben schwer zu machen. Ich bewundere Sie. Ich möchte Ihnen die Hand schütteln und dann zu meinem Flugzeug.« Sie ergriff seine Rechte und gab ihm einen Händedruck, dann ging sie aus dem Parkhaus ins Freie.
Coleman blickte ihr nach, machte aber keinen Versuch, sie aufzuhalten. Als er sie so weggehen sah, versuchte er,

sich zu erklären, warum er das tat, aber es gab zu viele
Gründe, um sich einen bestimmten herauszusuchen. Wenn
er irgendwo ihren Namen schriftlich festhielt, war Killigan
genau der Typ, der sich auf die Suche nach ihr machen
würde. Und mit den juristischen Konsequenzen hatte sie
recht. Kein Richter in Kalifornien würde diese Sache zur
Verhandlung kommen lassen. Schließlich rief er ihr nach:
»Ist das irgend so ein Frauending?«

Sie blieb stehen und schaute ihn an. »Nein. Manchmal ist
das Opfer ein Mann. Manchmal auch der Lotse.« Dann,
mit einem Lächeln: »Oder ein Tier oder bloß ein Produkt
der Phantasie.«

2 Als Jane Whitefield in Rochester, N. Y., aus dem Flugzeug stieg, hatte sie Jeans an und eine dunkelblaue, mit
japanischen Bäumen und Blumen bedruckte Seidenbluse.
Sie trug noch den Koffer, den Rhonda Eckerly auf ihrem
Flug nach Indianapolis eingecheckt hatte, aber sonst bestand zwischen ihnen keine Ähnlichkeit mehr.

Sie trug den Koffer zum Leihwagenparkplatz und holte
sich die Schlüssel für den Wagen, den sie bei ihrem Zwischenstopp in New York reserviert hatte. Dann nahm sie
die South Plymouth Avenue in die Innenstadt, wand sich
durch ein Geflecht aus Schnellstraßen, das die städtischen
Verkehrsplaner den Inner Loop nannten, und fuhr weiter in
die West Main. Am Presidential Hotel bog sie in die Tiefgarage ein und übergab dem Hoteldiener den Wagen zum Parken.

Oben in der hohen Halle, in einem Dekor aus grüngeädertem Marmor und dunklem Hartholz, ging sie vorbei an
der Rezeption und den Portalen, die zu verschiedenen Bars
und Restaurants führten, und betrat einen kleinen Laden
neben dem Zeitungsstand. Hier saßen schon fünf Frauen
und ließen sich ehrfürchtig schweigend die Haare legen. Im
Hotel sind alle Fremde, und jede sprach offenbar nur mit
dem Friseur und sah aufmerksam in den Spiegel, um ganz
sicher zu sein, daß man nichts Unerlaubtes mit ihr anstellte.

Als die große, schlanke Frau eintrat, benützten zwei der Frauen wie unauffällig diesen Spiegelblick, um sie sich anzusehen, aber die Maniküre, ein füllige Frau in den Fünfzigern, stand auf und sagte: »Mrs. Foley, wie schön, Sie wiederzusehen.«

Jane sagte: »Hi, Dorothy. Nicht viel los heute?«

»Mal sehen, es ist noch zu früh«, antwortete sie. Dorothy brachte sie sofort zu ihrem mit Instrumenten übersäten Arbeitstisch. Sie setzte sich ihr gegenüber hin und untersuchte Janes Hände. »Na, die zwei sehen aber aus«, sagte Dorothy und begann, gewissenhaft die Fingernägel zu schneiden.

»Ich habe sie mir beim Tennisspielen eingerissen«, sagte Jane.

»Und die Kratzer an den Knöcheln!« sagte Dorothy. »Sie sollten nicht so nah an Ihren Partner herangehen.«

Jane zuckte nur die Achseln, um damit die Konversation zu beenden, und Dorothy arbeitete wortlos weiter. Als das Schneiden und Feilen und Polieren und Einweichen und Lackieren erledigt war, ging Jane mit ihr zur Kasse und hielt ihr einen gefalteten Geldschein hin. Die Maniküre händigte ihr ein Plastiktütchen aus.

Kaum hatte Jane Whitefield das Geschäft verlassen, beugte sich eine der wartenden Kundinnen auf ihrem Stuhl vor und sagte zu Dorothy: »War da drin das, was ich denke?«

Dorothy richtete ihr schönstes Dienstlächeln auf die Frau. Es war aufmerksam, gutgelaunt und völlig undurchdringlich. »Wünschen Sie eine Nagelpflege?«

Jane Whitefield verließ die Hotelhalle und ging die Main Street zwei Querstraßen weiter bis zu einem Tabakladen. Bei ihrem Eintreten löste sich der offenkundig sehr beflissene, pfeiferauchende junge Mann von dem Buch, das er gerade las, drehte am Lautstärkeknopf seiner Stereoanlage und ließ Mozarts 3. Hornkonzert aus sicherem Abstand weiterspielen. »Was kann ich für Sie tun?« fragte er.

»Ich hätte gern eine Packung exzellenten Pfeifentabak«, sagte sie. Sie machte mit den Händen eine kleine Schüssel. »So viel ungefähr.«

Er hielt ihr seine Pfeife unter die Nase und wedelte mit ihr hin und her. »Wie finden Sie den?« sagte er. »Ich mische ihn mir selbst. Ein bißchen Latakia, etwas vom besten Virginia und dazu ein kleines Geheimnis, das ich zufällig weiß.«

Sie wich dem blaugrauen Rauch aus und rümpfte die Nase. »Sie verschneiden ihn mit Sumachblättern, um den beißenden Geschmack herauszunehmen?«

Der junge Mann sah sie beleidigt an. »Sind Sie aus der Branche?«

»Nur richtig geraten«, sagte sie, »ich habe gehört, Sie sind der beste Tabakhändler in der Stadt.« Das machte ihre zu genauen Kenntnisse wieder gut.

Er führte sie hinter die Glastür und in den Feuchtraum, griff ins oberste Regal und holte eine Dose herunter. Er wog die gewünschte Menge seiner kostbaren Mischung ab und füllte sie in einen kleinen Plastikbeutel. »Ich gebe diesen Stoff nicht gern her«, sagte er. »Aber für Sie«, dabei senkte er erneut seine Finger mit einem Bündel getrockneter Fasern in den Beutel, »tu ich alles. Ich nehme an, Sie rauchen das nicht selbst, also denke ich mir, das ist vermutlich nicht der Beginn einer wunderbaren Freundschaft.«

Sie bezahlte bar und steckte den Beutel in ihre Handtasche. »Nein, ich rauche nicht,« sagte sie, »aber wenn er gut ist, komme ich wieder.«

Jane Whitefield parkte den Leihwagen am Rand der Maplewood Avenue und ging auf dem Gehweg zu Fuß weiter. Es war eine stille Straße mit dreistöckigen Häusern aus dem 19. Jahrhundert, die nah an den Straßenrand gebaut waren und aussahen wie aufgereihte Schuhschachteln. Dieses Viertel von Rochester hatte viele so alte, friedliche Ensembles, Überbleibsel einer Zeit, als Menschen mit Geld gern in Straßen wohnten, die eine städtische Lebenswelt boten, wo eine Kutsche direkt vor dem Eingang vorfahren konnte und Vorgärten und Zierrasen uninteressant waren, weil die eigene Farm nur eine Meile und eine Generation zurücklag. Fast alle Häuser hatte man jetzt in Mietwohnungen unterteilt, aber vermutlich lebten darin heute weniger Menschen als in jenen vergangenen Tagen, als zu einer Familie noch acht Kinder und zwei Diener gehörten. Am Ende der Maplewood Avenue überquerte sie die Straße hinüber zu dem kleinen Park.

Das Gras hier war hell, ein leuchtendes Grün, das meist Anfang April erschien und nur solange blieb, bis die neuen Halme in der warmen Jahreszeit ausgewachsen waren. Sie bückte sich und riß einen Halm ab. Er war prall und knakkig, und als sie ihn aufschlitzte, wurde ihre Hand naß vom Chlorophyll. Die Bäume waren alt, viel älter als die Häuser. Ihre Höhe hatten sie vor langer Zeit erreicht, und jetzt hatten manche Stämme anderthalb Meter Durchmesser. An den herabhängenden Zweigen konnte sie schon die ersten Knospen sehen, die darauf warteten, daß sich diese Hälfte der Erde noch etwas der Sonne zuneigte, bevor es soweit war und sie sich zu jungen Blättern entfalteten.

Jane Whitefield ging links an der neuromanischen Kirche der Christlichen Wissenschaft vorbei. Das weiße Gebäude sah alt und schwer aus, wie ein Mausoleum in diesem mittlerweile völlig veränderten Stadtteil. Sie ging bis zum Rand der Rasenfläche, beugte sich über das dicke Eisengeländer und blickte in die Schlucht hinunter.

Fast zwanzig Meter unter ihr schob sich der Genesee River gemächlich nach Norden, schon weit entfernt von seiner Quelle in Pennsylvania, und doch war es noch ein ganzer Tagesmarsch zum Ontario-See. Genesee bedeutete »freundliche Gestade«.

Unten in der Schlucht war der Fluß an seiner breitesten Stelle vielleicht sieben Meter breit, an einem Ufer eine Kiesbank und dahinter gut dreißig Meter flacher, unkrautüberwachsener Boden. Dort, wo sie hinunterschaute, war es schon nicht mehr Frühling. Die Blätter hingen dick und trocken an den Bäumen, und die Luft war drückend heiß. Dort war es schon Spätsommer.

Einst hatte auf diesem Streifen am Wasser das Dorf Gaskosago gelegen, die Langhäuser aus Ulmenrinde alle ostwestlich ausgerichtet, und der Rauch aus den Kaminen auf jedem Dach stieg senkrecht auf, und erst oben, außerhalb der Schlucht, verwehte ihn der stetige Wind. Am Nachmittag, wenn nichts zu tun war, spielten die Kinder unten im kühlen, klaren Wasser. Sobald sie laufen konnten, paßten die Mütter kaum noch auf sie auf, weil sie überzeugt waren, damit könnten sie das später nötige Selbstvertrauen beeinträchtigen.

Die Frauen waren meist hier oben auf dem Flachland und bearbeiteten die Erde mit Hacken und Grabsticheln, rissen das Unkraut aus und lockerten den Boden an den Wurzeln der Maisstangen. Die Pflanzen waren schon fast erntereif, und so plauderten und lachten die Frauen bei der Arbeit, jede vor der andern verborgen im hohen Pflanzengestrüpp. Zu Beginn des Frühjahrs hatten sie den Mais ausgesät, und dann, nachdem die ersten jungen Blätter gesprossen waren, die Bohnen- und Kürbissamen, damit sie sich an den Maisstangen hochrankten und ihre Früchte nicht am Boden lagen. Sie nannten die Pflanzen »die drei Schwestern«. Nur die Frauen arbeiteten hier oben, weil Feldfrüchte anders als in Frauenhand nicht wachsen konnten. Die Männer waren auf der Jagd oder im Kampf.

Unten im Dorf fingen die Hunde, die mit den Kindern im Fluß gespielt hatten, zu knurren und zu bellen an. Jane beobachtete, daß eine junge Frau innehielt und horchte. Als das Bellen nicht aufhörte, legte sie ihre Hacke hin und ging zum Feldrand. Sie konnte andere Frauen sehen, die aus dem Maisfeld herausliefen und hinüber zu den Bäumen, wo die Babys auf ihren Tragbrettern an den tiefen Ästen hingen.

Eine der Älteren rannte an den Rand der Schlucht und rief zu den Kindern hinunter: »Go-weh! Go-weh!« Sie fuchtelte verzweifelt mit den Armen und schrie, sie sollten weglaufen. Plötzlich verkrampfte sich ihr Körper, und während sie schon rückwärts fiel, platzte aus ihrem Rücken ein großer roter Fleck. Dann war der Knall des Flintenschusses zu hören, und sein Echo prallte zwischen den Felswänden über dem Dorf eine Sekunde lang hin und her. Jane sah, daß die junge Frau den Kopf wandte, um zu sehen, woher der Schuß gekommen war.

Was sie sah, waren die ersten der viertausend Soldaten, die von Osten her aus den Wäldern strömten. Sie liefen bereits den Abhang herunter und legten Feuer an die Maisfelder und Obstgärten. Die junge Frau warf ihren Grabstichel weg und rannte los. Weitere Schüsse fielen, zuerst gleichzeitig aus vielen Gewehren, eine laute, langanhaltende Salve, und dann ein unregelmäßiges, abgerissenes Prasseln, als die Soldaten alles Flüchtende ins Visier nahmen. Die junge Frau hetzte weiter, im Zickzack und hakenschlagend zwischen den hohen Maisstangen hindurch, bis sie im Schutz der Wälder war. Sie rannte nach Norden und Westen. Nicht lange danach kamen noch mehr Frauen dazu, einige mit dem Tragbrett auf dem Rücken, andere mit eilig aufgegriffenen größeren Kindern im Arm, sie schlüpften unter den Bäumen hindurch, nur weg von diesem grausigen Ort, und verschmolzen mit der Tiefe des Waldes.

Jane schloß die Augen und atmete ein paarmal tief durch, um die Erinnerung panischer Angst abzustreifen, und als sie sie wieder öffnete, ging ihr Blick nach oben und in die Ferne, zu den friedlichen viktorianischen Häusern auf der anderen Seite des Parks. Das war alles schon lange her. Der Mann, der den Befehl zu dem Überfall gegeben hatte, hieß George Washington. Von jenem Tag im Jahr 1779 bis heute nannte man jeden amerikanischen Präsidenten in der Sprache der Seneca-Indianer nur noch den »Zerstörer der Dörfer«.

Die Menschen, die hier gewohnt hatten, bezeichneten sich aber nicht als Seneca. Sie waren die Nundawaono, die »Leute des Hügels«. Der Name kam daher, daß sie die Welt auf einem Hügel betreten hatten, an der Spitze des Canandaigua Lake, etwa fünfzig Kilometer weiter südlich. Aber auch dort lebte seit langem niemand mehr. Nur die Jo-Ge-Oh, die wohnten noch hier, das »Kleine Volk«.

Jane Whitefield griff in ihre Handtasche und zog den Beutel mit dem Tabak heraus. Sie warf eine Prise davon in die Schlucht. »Das ist für euch, Steine-Werfer«, sagte sie leise. »Danke, daß alles gutging mit Rhonda. Sie ist jetzt in Sicherheit.« Die Steine-Werfer waren einer der drei Stämme der Jo-Ge-Oh. Sie waren nicht größer als eine Handspanne, aber bei all ihrer Kleinheit doch stark, und sie sahen den Nundawaono, die hier einst gelebt hatten, ziemlich ähnlich. Sie waren geübt darin, Menschen aus Notlagen, die immer mal eintreten konnten, zu befreien, sie nahmen die Betroffenen aus der Welt heraus und versteckten sie.

Der zweite Stamm der Jo-Ge-Oh hatte eine andere Aufgabe. Sie sorgten dafür, daß alle Pflanzen im Westen des Staates New York rechtzeitig aus der Erde kamen und blühten. Und der dritte Stamm bewachte hier die verschiedenen Eingänge zur Unterwelt, damit die bösen Geister da blieben, wo sie hingehörten. Die Steine-Werfer wohnten ausschließlich in den Uferfelsen des Genesee. Sie waren unheilbar tabakabhängig und hatten dabei keinen anderen Lieferanten als die Nundawaono. Jane hielt den Beutel mit ausgestrecktem Arm über die Schlucht und ließ den restlichen Tabak hineinrieseln. Sie sah zu, wie die braunen Fasern sich verteilten und im Wind auflösten, bis sie nicht mehr zu sehen waren. »Hier, ihr Kleinen. Daß es aber nicht euer Wachsen aufhält. Es ist für Rhonda.«

Das »Kleine Volk« hatte bei seinen gelegentlichen Unterhandlungen mit den Nundawaono ausdrücklich nach Fingernägelschnipseln verlangt. Sie hatten eine bestimmte Hoffnung dabei: Die großen Tiere, die für kleine Leute immer eine Plage sind, sollten die Schnipsel riechen und glauben, es seien richtige große Menschen in der Gegend. Jane Whitefield blickte hinter sich, ob irgend jemand sie beobachtete, nahm das Plastiktütchen und öffnete den Verschluß, dann schüttete sie die gesammelten Fingernagelstücke hinunter. »Da, nehmt sie, und laßt mich weiter Glück haben.«

Jane Whitefield ging über den grünen Rasen zur Maplewood Avenue zurück, stieg in ihren Leihwagen und fuhr zum Mount Read Boulevard hinaus. Auf diesem Weg würde sie bald zur Schnellstraße kommen und ein paar Stunden später in Deganawida und zu Hause sein.

3 Es störte Jane Whitefield nicht, daß die meisten Fahrer, die sie auf der Strecke nach Deganawida überholte, keine Ahnung hatten, wo sie waren oder wohin sie fuhren. Wenn etwa das kleine Mädchen in dem Wagen neben ihr gerade fragte: »Gab's hier mal Indianer?«, dann sagte ihr Vater bestimmt: »Klar, und vor ihnen die Mammuts, davor die Dinosaurier.« Er schien freundlich zu sein, ein geduldiger Vater, der während dieser langen Fahrt schon eine Menge Fragen beantwortet hatte. Es machte nichts aus, wenn er nicht wußte, daß das flache, grasbewachsene Land von der Sodus Bay bis zum Niagara einmal ein Teil von Nundawaonoga war. Er war unfähig, das Land wahrzunehmen, so wie er auch nicht sah, wer Jane war. Es sah auch nicht so aus, wie es wirklich war.

Jane fuhr weiter, bis sie das Schild »DEGANAWIDA« vor sich hatte, nahm die Schnellstraße an der Delaware Avenue und kam an dem langen Häuserblock an der Main Street heraus, bog dann von der Main wieder ab in die Campbell Street in der Nähe des alten Friedhofs. Ungefähr seit dem Bürgerkrieg hatte der Friedhof keine freien Plätze mehr, und die meisten Gräber hier waren die von Soldaten. Die Häuser in diesem Teil der Stadt waren alle nur zwei Stockwerke hoch, gebaut vor der Jahrhundertwende, als das Holzgeschäft noch blühte.

Sie rollte in die Einfahrt, und der alte Jake Reinert nebenan hörte auf, die Einrahmung seiner Veranda zu streichen, legte sorgfältig den Pinsel beiseite, hob einen Lappen auf, wischte sich die gar nicht vorhandenen Farbspritzer von seinen rosa Quadrathänden und ging genau bis zur Grenze seines Vorgartenrasens, um ihr zuzuschauen. Sie öffnete die Wagentür und stieg aus. »Hi, Jake.«

»Hallo, Janie«, sagte er. »Soll ich dir mit dem Gepäck helfen?«

»Nein, danke«, sagte sie mit einem Lächeln, »das kann einer allein.« Mit Schwung hob sie Mrs. Eckerlys Koffer heraus. Jack Killigan hätte mit Verblüffung gesehen, wie sie den Koffer vom Wagensitz hochnahm und auf den Boden absetzte. Sie hatte Rhonda Eckerly gesagt, sie sollte ihn, bevor sie in Indiana aus dem Haus ging, auf die Badezimmerwaage stellen, um sicher zu sein, daß er nicht über fünf Kilo wog. Ein Dreißig-Kilo-Koffer war eine Last, ein Fünf-Kilo-Koffer war eine Waffe.

Jake ging durch seine Verandatür, kam wieder heraus und lief bis an die Buchsbaumhecke. Sie sah, daß er außer seinem Lappen noch etwas in der Hand hielt. »Da ist deine Post«, sagte er.

Im Winter, wenn Jane nicht rechtzeitig zum Schneeschaufeln aufstand, wachte sie manchmal auf und sah Jake, wie er seinen knallroten Schneepflug anwarf und dann vergnügt ihre Einfahrt und ihren Gehsteig abfuhr, bevor er seinen eigenen machte. Sie war ihm erklärtermaßen dankbar, nicht weil sie einen alten Mann zum Schneeräumen brauchte, sondern weil die Einrichtung der Welt ihr einen Nachbarn geschenkt hatte, der so etwas gern tat, und Jake Vergnügen daran hatte, in seinem Alter noch solche Arbeiten erledigen zu können.

Sie blickte mit hochgezogenen Brauen auf die gestapelten Umschläge. »Ist was Interessantes dabei?«

Er schüttelte den Kopf. »Du weißt doch, ich schaue mir nur die Zeitschriften an, aber anscheinend hat der alte Barney sie zuerst in die Finger gekriegt.« Jake war der Hauptverbreiter der Legende, daß Zeitschriften in Deganawida später als in anderen Städten ankamen, weil Barney Schwick, der Postbote, sie erst einmal las, bevor er sie austrug. »Ach ja, beinahe hätte ich's vergessen«, sagte er, »da war gestern ein Mann, der zu dir wollte. Groß, topfit, dunkles Haar, dunkle Augen.«

»Ein Indianer?« Sie empfand eine leichte Beunruhigung, obwohl sie sich nicht denken konnte, warum sich das wie eine schlechte Nachricht anhörte.

»Also, ähm – ich weiß es eigentlich nicht«, sagte Jake.

Ein Tag war eine zu kurze Zeit, als daß Eckerly ihr jemanden nachgeschickt hätte. Zum Rückflug nach New York als Helen Freeman hatte sie ein Taxi nach Burbank genommen. Den Flug weiter nach Rochester hatte sie unter dem Namen Lila Warren gebucht, dann den Wagen auf ihren eigenen Namen gemietet. »Sagte er irgend etwas?«

»Nicht zu mir«, sagte Reinert, »ich habe nicht mit ihm gesprochen.«

»Dann erstmal vielen Dank«, sagte sie. »Ich bin müde. Ich habe gerade den ganzen Vormittag die weiße Mittellinie auf der Schnellstraße angestarrt.« Sie ging die Stufen hoch und schloß die Tür auf, dann rannte sie zu ihrem Alarmsystem und gab den Code ein, bevor die Sirene losheulte. Die Bewohner von Deganawida glaubten nicht an Alarmsysteme, aber sie respektierten individuelle Absonderlichkeiten. Sie kümmerten sich zwar nicht ausschließlich um ihre Privatangelegenheiten, aber sie taten so, als ob, und das war schließlich genausogut. Von einer unverheirateten, alleinlebenden Frau wie Jane Whitefield erwartete man, daß sie ängstlich war, sie konnte ruhig einiges anstellen, um sich die Ruhe zu erhalten, die der einzig vernünftige Grund war, weshalb man in Deganawida wohnte.

Sie ging ins Wohnzimmer und zog prüfend die Luft in die Nase. Sie war zwei Tage nicht dagewesen und hatte das Haus dicht verschlossen gegen die naßkalten Frühlingswinde. Die Luft im Haus hätte eigentlich schal und abgestanden sein müssen, aber sie war es nicht. Sie war frisch und sauber und jung.

Jane blieb mitten im Zimmer stehen und horchte. Sie hatte beim Hereinkommen die Haustür geöffnet, also mußte die eingetretene Kaltluft in wenigen Sekunden den Thermostaten im Gang vor dem Schlafzimmer erreichen, und dann mußte der Ölbrenner im Keller anspringen. Noch einmal sah sie auf die LCD-Anzeige des Alarmsystems an der Wand: Die kleinen roten Buchstaben meldeten RDY, »bereit«.

Sie kam zu dem Schluß, daß sie irgendwo etwas offengelassen hatte. Aber nein. Wenn es so wäre, dann würde jetzt die Heizung unten im Höchstbetrieb dahindonnern, im heldenhaften Bemühen, die ganze Welt da draußen auf 20 Grad zu erwärmen. Es mußte irgendwo ein Spalt offen sein, ein sehr kleiner, den sie nicht bemerkt hätte, selbst wenn sie im Haus gewesen wäre.

Es war ein altes Haus, und bei seinen zwanzig, dreißig Farbschichten fügten sich alle Bauteile viel zu kompakt aneinander, um noch Luft hereinzulassen. Sie fühlte eine kurze Angespanntheit in einer Gesichtshälfte, als ein kalter Luftzug auf dem Weg zu ihrem Nacken darüberstrich. Warum dachte sie sich noch Begründungen aus? Jemand war hier drin gewesen.

Rückwärts ging sie zum Schirmständer und griff nach dem schwarzen Regenschirm mit der Metallspitze. Sie gab gern zu, daß es auf diesem Planeten Menschen gab, die jedes Alarmsystem austricksen konnten, aber ihres war eines der besseren. War ein Stromausfall schuld? Die digitale Uhr auf dem Arbeitstisch in der Küche hätte in diesem Fall eine falsche Zeit geblinkt. Aber das wäre ihr aufgefallen, und sie hätte die Uhr neu gestellt. Lautlos bewegte sie sich zum Fernsehschrank in der Ecke, öffnete ihn und prüfte den Videorekorder. Auch seine Uhr, mit der fast korrekten Zeit, leuchtete konstant. Auf ihrer Uhr war es jetzt 15.47 Uhr, und das Display zeigte 15.45 Uhr. Es ging immer schon zwei Minuten nach. Das hätte ihr eigentlich jede Sorge nehmen können, sagte sie sich, denn vielleicht war er schlau genug, die Zeitanzeige neu einzustellen, aber er hätte sie nicht falsch eingestellt. Statt dessen fragte sie sich, wie er an so etwas gedacht haben konnte.

Das Vernünftigste war jetzt, zur Eingangstür wieder hinaus und um das Haus herumzugehen und dabei nach der eingeschlagenen Scheibe oder dem verkratzten Türpfosten zu suchen, und wenn sie etwas gefunden hatte, konnte sie in Jakes Haus auf die Polizei warten. Jemand anderem hätte sie genau das geraten, also warum machte sie es nicht auch so?

Weil es hier drinnen still war. Er versteckte sich in einem Kleiderschrank oder hinter der Tür im Keller oder auch bloß im nächsten Flur. Sie machte einen Schritt um die Ecke des Eßzimmers herum, im Rücken immer nur die Wand, aber ihr Bewußtsein hörte nicht auf, Alarmsignale zu senden. Zweifellos wartete er aus irgendeinem Grund, und der einzige Bestandteil der Unterkunft, der ihm zur Überprüfung nicht in aller Ruhe und offen vor den Augen lag, war die Frau, die hier wohnte.

Sie trat in die Küche und sah den Revolver auf dem Tisch. Er war breit und schwarz und klobig und häßlich, mit kreuzschraffierten Griffflächen, die zu groß aussahen für eine menschliche Hand. Die Trommel war aufgeklappt, und sie konnte darin fünf fette Kugeln sehen wie Hornissen in ihren Waben. Sie erstarrte sekundenlang. Warum ließ er ihn da liegen? Er war ein Psychopath. Als sie nähertrat, konnte sie auf dem blauen Metall oberhalb des Griffs den eingravierten kleinen Colt sehen. Das war entweder ein Diamondback oder ein Trooper. Es war kein gutes Zeichen, wenn die Kerle jetzt schon die Standardausrüstung der Polizei hernahmen, einfach so. Und das war ein Hinweis darauf, daß ihre Verblüffung sich zur Frage »Wer ist das?« gesteigert hatte. Vielleicht war er ein Verrückter von der Sorte, die einfach Besitz ergriffen: Sie fraßen den Kühlschrank leer und legten sich oben im Bett schlafen, ohne einen Gedanken an den Revolver. Etwas Wertvolles hätte sie darauf wohl nicht verwettet, und im übrigen löste das bei ihr ein neues Warnzeichen im Kopf aus. Wenn er hier überall seine Duftmarke setzen wollte, war ja noch etwas übrig, und darauf wartete er nun. Er wollte, daß sie mit vier schnellen Schritten in die Küche stürmte, um den Revolver an sich zu reißen, und in diesem Augenblick würde er sie von hinten anspringen.

Wenn er die ganze Zeit mit einer Durchsuchung der Zimmer verbracht hatte, dann hatte er sicher wenigstens in einen Schrank gesehen und bemerkt, daß sie von hoher Körpergröße war, oder er hatte ein Foto von ihr gefunden. Und wenn er so überzeugt war, er könnte mit einem Handgriff eine Frau von 1,78 Meter überwältigen, dann war er zweifellos groß und kräftig. Vielleicht hatte er auch ein Küchenmesser in der Hand und war auf dem Sprung, es ihr über die Kehle zu ziehen, wenn sie Luft holte für den Schrei.

Um so vorzugehen, mußte er auf der anderen Seite des Kühlschranks sein. Sonst war nirgends Platz. Nun gut, dachte sie. Zeit für eine kleine Überraschung. Sie atmete tief ein und wieder aus, um ihre Nerven zu beruhigen. Als sie sich bewegte, ging es sehr schnell. Sie warf sich mit der Schulter seitlich gegen den Kühlschrank und stemmte gleichzeitig die Absätze ein. Der Kühlschrank rollte ein paar Zentimeter weit auf seinen Laufwalzen, stieß auf einen Riß in der Fußbodenkachel und fiel um.

Noch während er kippte, schob sie mit dem Griff des Regenschirms den Revolver über den Tisch zu sich her, fing ihn auf, ließ mit einer schnellen Bewegung des Handgelenks die Trommel einrasten, ging in die Hocke und zielte.

Zu ihrer Überraschung fiel der Kühlschrank nicht weiter als bis an den Arbeitstisch und blieb mit einem dumpfen

Schlag und dem gedämpften Geräusch von splitterndem Glas liegen. Zu ihrer größeren Überraschung kauerte der Mann nicht auf der anderen Seite.
Die Stimme kam aus dem Wohnzimmer. »Haben Sie den Revolver?« Er mußte von oben heruntergekommen sein.
Sie sah nicht ein, warum sie es nicht zugeben sollte. »Ja«, sagte sie.
»Ich habe ihn da liegenlassen.«
»Das weiß ich.«
»Ich meine, ich habe das getan, damit Sie keine Angst haben.«
Ein Winkel ihres Bewußtseins hätte ihm am liebsten zugerufen: »Es hat bloß nicht funktioniert«, aber sie beherrschte sich und sagte: »Was wollen Sie hier?«
Diesmal war die Stimme fast an der Küchentür. »Ich brauche Ihre Hilfe.« Warum hatte sie eigentlich angenommen, es wäre nur einer hier? Vielleicht hatte er sich genau deshalb Jake gezeigt, um diesen Eindruck zu erwecken. Er kam näher. Es war ihre letzte Chance, hinter sich zu schauen, und sie ließ sie nicht vorübergehen. Sie wandte blitzschnell den Kopf, ihre Augen auf der fieberhaften Suche nach dem Umriß eines Mannes, aber es war keiner da.
»Kann ich reinkommen?« fragte er leise.
Sie zögerte, dann schlich sie so leise wie möglich zur Türseite neben dem gekippten Kühlschrank und drehte den Kopf zur Mitte des Raumes, damit ihre Stimme ihn von dort erreichte. Sie spannte den Hammer und sagte: »Kommen Sie rein!«

4 Jake Reinert trug die Farbe in langen, gleichförmigen Strichen auf. Er war nicht einer von denen, die mit dem Pinsel zu viel Farbe aufnehmen und hoffen, sie sparten sich damit einen Zweitanstrich. Eine idiotensichere, nichttropfende Farbe gab es ebensowenig wie das Perpetuum mobile oder den Stein der Weisen. In Wirklichkeit gehörten Farben zu den vielen Dingen, die im Lauf seines Lebens spürbar immer schlechter wurden. Sie hatten den Bleianteil herausgenommen, damit nicht die gesamte Bevölkerung auf einen Schlag Gehirnschäden davon bekam, aber was immer sie als Ersatz hineingemischt hatten, es war so gut wie bares Geld, denn jetzt mußte man doppelt soviel Farbe kaufen, und die ganze Welt war so oder so geistig zurückgeblieben. Das einzig Gute am Anstreichen war, daß es einem half, nicht an Sachen zu denken, die einen ärgerten und außerdem nichts angingen. Wenn Jane ihm etwas sagen wollte, dann wußte sie ja, wo er war.

Jane Whitefield im Auge zu behalten hatte ihn eine Menge Zeit gekostet, weil er früh damit angefangen und eigentlich nie aufgehört hatte. Er machte sich schon Sorgen um sie, noch bevor sie auf die Welt kam. Er fühlte sich ein bißchen unbehaglich damals. Soweit Jake es überhaupt beurteilen konnte, reagierten die älteren Bewohner besonnen, als Henry Whitefield eine Amerikanerin heiratete. Und doch hatte er eine Menge Leute gekannt, die sich nur solange um ihre eigenen Angelegenheiten kümmerten, bis die Babys kamen. Dann allerdings fingen die großen Diskussionen an, tiefgehend und bösartig, ob die Kleinen nun katholisch oder evangelisch werden sollten, wem sie ähnlich sahen, nach wem sie wohl genannt wurden, solches Zeug. Bei den Whitefields aber war es etwas anderes. Da schauten sie offenbar gar nicht hin.

Ihr Haar war schwarz und glänzte wie das Revers eines Smokings, und es hing derart senkrecht herunter, daß es aussah, als wäre es aus einem schwereren Material als Haar gemacht. Aber schon bei dem sechs Monate alten Baby hatte Jake bemerkt, daß sich die Augen nicht in ein Braun verfärbten, sie wurden nicht einmal ein bißchen dunkler, und er hatte mit Henry darüber gesprochen.

Henry lachte bloß. Er sagte, die Seneca hätten im Lauf der Jahre so viele weiße Frauen gefangen, daß die blauen Augen leicht von ihm selbst stammen könnten. Dann erinnerte er Jake an etwas, woran er seit der High-School nicht mehr gedacht hatte: Die letzten großen Häuptlinge der Irokesen, Joseph Brant und Cornplanter, hatten beide einen Weißen zum Vater. Er sagte ihm, er habe irgendwo gelesen, daß ein Mischling viel günstigere Anlagen hätte, gesund

und intelligent zu werden. Das Wort »Mischling« hätte Jake nie in den Mund genommen, es schockierte ihn, aber er dachte sich, Henry hatte vielleicht von Hunden eine höhere Meinung als er.

Henry wurde alt genug, um Janes erfreuliche Entwicklung zu erleben: Sie sah hübsch aus, war gut im Unterricht und im Sport. Jakes eigene Töchter, Amanda und Mary Ellen, beide ein paar Jahre älter, himmelten Jane an, bis sie in einer anderen Stadt aufs College gingen. Er erwartete, daß daraus eine Freundschaft fürs Leben würde, aber der Lauf der Zeit belehrte ihn eines Besseren und machte lebenslange Freundschaften zu etwas Antiquiertem. Als die Kinder nach dem College zurückkamen, konnte ihnen die Stadt nicht gerade überwältigend viel als Lebensunterhalt bieten. Sie zogen weg, Jane blieb da.

Begreiflicherweise fragte sich Jake, wie sie das überhaupt schaffte. In ihrer Post war immer ein Haufen Briefe von Aktienhändlern und Banken und Versicherungen, und das hieß wohl, sie hatte etwas Geld von ihrer Familie her. Aber davon konnte sie doch nicht leben. Henry hatte vielleicht eine gewisse Schläue, aber er hatte sie nie dazu eingesetzt, reich zu werden. Dreißig Jahre lang hatte er nur am Bau gearbeitet. Vor einigen Jahren, als Jake ihr endlich aus der Nase zog, was sie eigentlich beruflich machte, bekam er nichts als einen Hauch warme Luft ins Gesicht. Sie arbeitete in Forschung und Beratung. Was zum Teufel hieß das?

Sie ging urplötzlich auf irgendwelche Reisen, manchmal einen Tag oder zwei, manchmal sechzig Tage. Und hin und wieder kamen komische Leute an ihre Tür. Er hatte ihre Miene gesehen, als er ihr von dem Mann erzählte. Sie wußte nicht einmal, wer er war, aber für sie war es offenbar keine angenehme Überraschung. Jake wußte nicht viel, aber seine Erfahrung sagte ihm: Leute, die nichts zu verbergen haben, erschrecken nicht, wenn sie hören, daß jemand sie besuchen wollte.

Sein Magen fühlte sich flau und hohl an, wenn er die ganze Situation so durchbuchstabierte. Da gab es eine sehr attraktive junge Frau, die eine Menge Geld ausgab. Wenn man sie fragte, woher es kam, nannte sie einen Beruf, der nichts zu tun hatte mit dem Herstellen, dem Kaufen oder Verkaufen irgendwelcher Sachen, und verpflichtete sie nicht zu einer geregelten Abwesenheit von zu Hause. Jake hatte nie eine Frau kennengelernt, die man als Callgirl bezeichnen konnte, also wußte er auch nicht, wie dieser Geschäftszweig im Innern funktionierte, aber von außen gesehen, vermutete er, sah er sicher ruhig und vertrauenswürdig aus und zu schön, um wahr zu sein, ganz so, wie Jane Whitefield lebte.

Als er seine Arbeit überprüfte und die Pinsel weglegte, fühlte er sich ein wenig traurig. Seine Generation – seine Frau Margaret und seine besten Freunde – gab es nicht mehr. Amanda und Mary Ellen waren erwachsen und zogen mittlerweile eigene Kinder groß, ein paar tausend Kilometer von hier. Und er brachte seine Zeit damit zu, sich über Jane Whitefields Privatleben Gedanken zu machen. In seinen jüngeren Jahren hätte Jake Reinert es weit von sich gewiesen, der vorletzte in einer sterbenden Stadt zu sein. Eher hätte er sich in den Kopf geschossen. Aber das Leben hatte so eine Art, dir ein Hundescheiße-Sandwich hinzuhalten und dann die Umstände genau so einzurichten, daß du einfach hängenbleiben und es essen mußtest.

5 Jane Whitefield zielte mit dem Revolver zum Flur und schlich geräuschlos von der Tür zur gegenüberliegenden Küchenwand. Sie hielt die schwere Waffe mit beiden Händen, um den Rückstoß abzufangen, ohne daß der Lauf dabei in die Höhe schnellte und einen zweiten Schuß verhinderte. Sie zielte auf einen Punkt fünfundzwanzig Zentimeter links neben dem Türrahmen und einen knappen Meter über der Schwelle. Wenn er in friedlicher Absicht hereinkam, würde er langsam und aufrecht eintreten. Der Revolver sah dann für ihn nicht so aus, als hätte man ihn ihm gleich unter die Nase gehalten. Kam er aber feindlich gesonnen herein, so würde er von unten her angreifen und dann war der Lauf auf Höhe seines Brustkorbs. Sie sah sich schon einen ganzen Abend lang den Fußboden aufwischen und das Loch in der Wand zuspachteln.

Er kam in die Küche, die Arme von sich gestreckt, die Finger gespreizt, als ob er jemanden umarmen wollte. Der Ton seiner Stimme war von irgendwo oben zu ihr gelangt, deshalb überraschte es sie kaum, daß er so groß war. Er war schlank und athletisch, und das war kein gutes Zeichen. Er hatte kurzgeschnittenes, dunkelbraunes Haar und braune Augen, also war er vermutlich derselbe, den Jake gesehen hatte. Sein Gesicht ließ ihn Ende Dreißig, Anfang Vierzig erscheinen, zu alt für einen Gelegenheitsdieb. Der Bart im Gesicht war gut und gern drei Tage alt, und er sah müde aus. Das war nicht schlecht.

»Ich bin John Felker und...«

»Wie sind Sie hier reingekommen?« fragte sie.

»Sie waren nicht zu Hause, und ich hatte keinen anderen sicheren Platz. Die Motels...« Erst jetzt schien er zu begreifen, daß er die Frage nicht beantwortete. »Sie meinen das Alarmsystem?«

»Sie wissen, was ich meine«, sagte sie, »also wie?«

Er zuckte ein wenig mit den Achseln, wie zur Entschuldigung. »Immer verdrahten sie die Fenster und die Türen und solche Sachen. Da kommt man nicht durch. Aber in jedem Haus gibt es ganz oben auf dem Dachboden ein Belüftungsloch, knapp unter dem Dach. Wenn man das Gitter herausnimmt, paßt da ein Mann schon durch.«

»Wenn er zufällig da oben ist.«

»Ihr Nachbar streicht gerade sein Haus. Er hat eine Ausziehleiter.«

Jane beschloß, die Alarmsystemleute noch einmal kommen zu lassen, falls sie das hier überlebte. »Und was dann?«

»Wenn man einmal im Dachboden ist, gibt es da auch eine Falltür, durch die man herunterkommt. Den Alarm habe ich abgeschaltet.«

Sie preßte die Zähne aufeinander und hob den Revolver einige Winkelgrade höher, um auf seinen Unterleib zu zielen. »Der Alarm hat eine Sicherheitsbatterie für den Fall, daß der Strom abgeschaltet wird.«

Sein Blick war jetzt fest auf die Waffe gerichtet. »Der Schaltkasten für Ihr System ist im Schlafzimmerschrank. Weil ich die Batterie nicht finden konnte, habe ich den

Stromkreis an ihren Fön angeschlossen, bis die Batterie leer war, bevor ich am Hauptschalter den Strom im Haus abstellte. Ihre Leute waren so schlau, auch eine Verbindung zum Telefon zu legen, also mußte ich sicher sein, daß diese Alarmleitung tot war, bevor ich das Telefon abklemmte.«

»Das hätten Sie nicht tun sollen«, sagte sie.

»Tut mir leid«, sagte er, »aber ich mußte. Als das Telefon lahmgelegt war, schaltete ich den Strom wieder ein, damit der Alarm immer noch im Haus losging, wenn jemand einbrechen sollte. Ich wollte nur vermeiden, daß der Alarm beim Polizeirevier losgeht. Die Batterie ist übrigens wieder aufgeladen. Es ist nichts passiert.«

»Wenn Sie angeschossen sind, kann ich nicht mal den Krankenwagen rufen.«

»Wenn Sie von da aus schießen, brauche ich keinen.« Seine Augen, eine Spur hoffnungsvoll, fixierten ihren Blick. »Wenn Sie nicht schießen, kann ich die Verbindung wiederherstellen, sobald Sie den Alarm abschalten.«

»Das war eine ganze Menge Arbeit. Warum haben Sie das alles getan?«

»Ich muß verschwinden.«

»Und Sie haben Angst vor der Polizei.«

»Ja.«

»Dann sind Sie ein Krimineller.«

»Wie Sie auch.«

Sie erwischte sich dabei, daß sie ihn für diese Antwort ein bißchen mochte. Er war geradeheraus und schnell, beobachtete nicht zuerst ihre Reaktion und erzählte ihr daraufhin ein neues Märchen. Aber keiner verstand soviel von der Funktion eines Alarmsystems, wenn er nicht einen sehr guten Grund dafür hatte – oder einen sehr miesen. »Sagen Sie mir, was los ist.«

Er blickte auf seine Füße hinunter, dann wieder in ihre Augen: »Hier?«

»Sie können sich setzen. Wenn Sie wollen, können Sie sich auch hinlegen.«

»Wo?«

»Genau da«, sagte sie, über seine Verwirrung beinahe lächelnd. »Auf den Fußboden.«

Er setzte sich auf den Boden, und sie sah ihm zu, während sie in die entfernte Ecke hinüberwechselte, bis sie ein paar Meter weit von ihm weg und sicher war, daß er ihre bewaffnete Überlegenheit nicht plötzlich ins Gegenteil verkehrte. Er saß bewegungslos auf dem nackten, glänzenden Boden und hielt die hochgezogenen Knie mit den Armen fest. Er war sehnig und kräftig gebaut und hatte saubere Jeans an, ein schwarzes T-Shirt und ein Paar gute Joggingschuhe. Das waren zweideutige Signale. Da er gewaschen aussah, war er wohl kein Psychopath. Andererseits legten sich Männer in seinem Alter gern einen kleinen Bauch zu, außer ihr Brotberuf hatte etwas mit körperlichem Kampf zu tun oder sie hatten irgendein sexuelles Problem oder lange Zeit hinter Gittern verbracht, und alle drei Gründe kamen manchmal auch zusammen vor. Sie hatte den Eindruck, daß er doch ein wenig wie ein Gefangener aussah, wie er so auf dem Fußboden saß, nicht bequem, aber regungslos, vielleicht wie ein gefangener Soldat.

»Wer hat Ihnen gesagt, Sie sollen hierher kommen?« fragte sie.

»Harry Kemple.«

Der Klang dieses Namens fühlte sich an, als hätte ihr jemand eine Beruhigungsspritze in den Arm gestochen. Eigentlich hätte die Wirkung entspannend sein müssen, aber die stärkere Empfindung war die spitze, silbrige Nadel, die direkt in die Vene eindringt. Ihre erste Regung war, dagegen anzukämpfen. »Wo haben Sie Harry Kemple kennengelernt?«

»Ich war mal Polizist.«

Jetzt fühlte sie die Erde unter ihren Füßen beben. Das war eine der wenigen guten Erklärungen für sein Aussehen. Vielleicht erklärte es sogar, daß er so geschickt in ein Haus einbrechen konnte und eine Waffe besaß. Aber Harry Kemple hätte niemals einem Polizisten von ihr erzählt. Also mußte der da lügen, und Harry Kemple hatte es vermutlich nie bis zum »Frei« geschafft.

Daß sie jetzt an diesen Ausdruck denken mußte, kam für sie unerwartet. Er stammte aus einem Spiel, das sie und die Reinert-Töchter und die anderen Nachbarkinder fast jeden

Sommerabend gespielt hatten. Wenn die Erwachsenen sie sahen, fragten sie meistens: »Spielt ihr Verstecken?«, aber die einzig richtige Bezeichnung dafür war Jagen. Das bezeichnete die größere Reichweite und Ernsthaftigkeit des Spiels. Man brauchte Kampfgeist und Schläue dazu, und der Spielraum hatte keine Grenzen. Die Mitspieler durften alles: Sie kletterten durch Bäume auf Hausdächer oder rannten einen halben Kilometer weit zum Fluß, um hinter den verrotteten Holzstößen und den moosigen Felsbrocken der alten Schiffslände in Deckung zu gehen.

Wenn man einen fand, wurde er einer der Jäger, bis zuletzt fast alle einen, den Besten, erbarmungslos verfolgten, manchmal als umherziehendes Rudel und manchmal verteilt auf die ganze Nachbarschaft wie Großwildjäger. Daß einer dieser Letzte war, reichte aber noch nicht. Er hatte erst dann gewonnen, wenn er es ungesehen bis zu dem Baum schaffte, an dem das Spiel angefangen hatte, und er ihn berührte. Erhitzt, außer Atem und mit trockener Zunge kam er meist aus der letztmöglichen Deckung geschossen, raste auf den Baum zu, den Arm zum Anschlag weit vorgestreckt, und schrie: »Frei!«

Sie fühlte sich bedrückt. Harry hatte lang genug ausgehalten, um der Letzte zu sein, aber er war nicht angekommen. »Haben Sie ihn eingebuchtet? Verhaftet?«

»Nein«, sagte Felker. »Er hat mich kontaktiert, um es mir zu sagen.«

»Warum sollte er so etwas tun?

»Weil ich ihm mal geholfen habe. Vor fünf, sechs Jahren. Sie wissen Bescheid über Harry?«

»Nicht viel. Sagen Sie, wie Sie ihm geholfen haben.«

»Ich war Sergeant bei der Polizei in St. Louis. Harry wurde bei einer dieser Kollektivfestnahmen aufgegabelt. Wie es eben so ist: Man hat drei oder vier Typen vor sich in einer dunklen Seitenstraße, und alle sind blutverschmiert, ihre Kleider hängen in Fetzen, und jeder sagt, er sei ganz ruhig vor sich hin gegangen, als ihm einer was über den Kopf schlug.«

»Und dann verhaften Sie gleich alle?«

Felkers Augenbrauen hoben sich, und er schnalzte resigniert mit der Zunge.« »Hören Sie mal, wenn Sie da hinkommen, sind Sie allein. Sie rufen einen zweiten Wagen, und dann gehen Sie raus auf den Bürgersteig, und Sie denken bloß noch: Ich habe verdammt keine Chance, sie unter Kontrolle zu halten, außer ich schieße sie zusammen. Und die wissen das meistens so gut wie ich. Dann versuchen Sie, mit ihnen zu reden, Sie machen ihnen Angst mit der Taschenlampe und mit dem Knüppel und so, um sie auseinanderzukriegen. Währenddessen schreien alle gleichzeitig auf Sie ein, wer angeblich was getan hat. Und wenn Sie einen beiseite nehmen, damit er Ihnen einen Tip gibt, dann rennen die anderen weg oder sie fallen über ihn her. Eine schmutzige Sache. Drum machen Sie es so: Sie spucken große Töne und überleben damit, bis die anderen Wagen kommen, dann setzen Sie alle auf den Boden und klären das Ganze.«

»Und Harry war das Opfer?«

»Ich glaube nicht, daß Harry jemals wirklich ein Opfer war. Er war eben nur der schwächste Schläger. Sie kennen ihn doch.«

»Ich kannte Harry.«

»Was heißt das?«

»Ich habe ihn lange nicht gesehen.«

Felker betrachtete sie einen Augenblick, ohne zu sprechen, dann sagte er: »Ist ja auch egal. Als sie ihn reinbrachten, benahm er sich komisch. Falls wir ihnen eine Geldstrafe gäben, würde er sie bezahlen. Falls er jetzt gegen jemand Anzeige erstatten soll, sei von ihm aus alles vergeben und vergessen. Und das alles mit einer geplatzten Lippe, einem Veilchen am Auge und einer vermutlich gebrochenen Nase. Zuerst dachte ich mir: Na schön. Der Kerl steht auf der Fahndungsliste. Dann schaute ich nach: Keine Spur von ihm. Also setzte ich ihn hin und redete mit ihm.«

»Was hat er Ihnen erzählt?«

»Er hatte über ein Jahr lang in Chicago einen ambulanten Pokerclub organisiert. Eine tolle Idee anscheinend. Harry brauchte nicht mitzubieten und schöpfte bei jedem Einsatz seine Prozente ab. Er suchte die Spieler aus, brachte sie zusammen und machte sie miteinander bekannt. Er hatte ein paar schwerreiche Kerle an der Hand, die die Gefahr suchten, so etwas wie ein anonymes Wettspiel in der Unterwelt und um hohe Einsätze. Je höher die Einlage, um so höher seine Prozente. Er bekam außerdem eine Art Chefgehalt und lieferte die Getränke, wie für eine Party.«

»Und was, sagte Harry, war schiefgegangen?« Sie wartete auf etwas Verräterisches, an dem sie erkennen würde, daß er ihr nur eine Lüge erzählte.

»Die Spielrunde wurde allmählich berühmt, wie alles, was sich in einer Stadt exklusiv nennt. Und so passierte das Unvermeidliche. Jemand kam zu ihm und wollte auch da rein. Das Dumme daran ist, daß es keinen Ausweg mehr gibt. Entweder man sagt ja, oder der nächste, der anklopft, zieht seine Polizeimarke raus oder auch nicht, auf jeden Fall hat er eine Kanone, und das hübsche kleine Geschäft ist den Bach runter. Der Mann, der seinen Platz am Tisch verlangte, war es gewohnt, überall hineinzukommen, wo ihn keiner haben wollte. Ich habe seinen Namen vergessen ...«

»Jerry Cappadocia.«

»Richtig. Wenn Sie die Geschichte kennen, warum soll ich sie Ihnen dann nochmal erzählen?«

»Damit ich weiß, ob ich Sie erschießen soll.«

»Ach so.« Er starrte einen Augenblick den Fußboden an. »Und was ist, wenn Harry zwei verschiedene Fassungen erzählt hat?«

»Das können Sie in Ihrem nächsten Leben mit ihm besprechen«, sagte sie. »Also was war dann?«

»Er hat Cappadocia mit ins Spiel genommen. Harry wußte nie, was der eigentlich im Sinn hatte, ob er den Pokerclub übernehmen oder die reichen Trottel ausbeuten oder bloß Poker spielen wollte mit Leuten, die das Geld hatten, das er auch hatte, die ihn aber nicht gut genug kannten, um ihn gewinnen zu lassen. In der dritten Woche treten dann zwei Typen die Tür ein und erschießen Cappadocia. Keiner weiß, ob sie nur einen Raubüberfall probierten und ihn zufällig erkannten oder ob er sich wehrte oder ob sie von Anfang an nur hinter ihm her waren. Aber sobald die Tür auf den Boden kracht, hat der, der den Club organisiert, ein Problem. Die reichen Spieler wissen jetzt, daß er einen Mafioso in ihre Runde gebracht hat. Die Freunde von

Cappadocia glauben, er hätte ihren Kumpel verkauft. Die Polizei will mit ihm reden. Und die Leute, die Cappadocia erschossen haben, müssen hellhörig werden, weil es alle anderen auch sind, denn selbst wenn er nichts gesehen hat, könnte er immer noch richtig raten, wenn der Anreiz dazu groß genug ist. Jerry Cappadocias Vater ist zwar schon fast in Pension, aber Leute, die ihn kennen, sagen, er könnte Harry ganz leicht dazu bringen, daß er unbedingt einen Namen rausrücken möchte. Und so hat Harry plötzlich Feinde.«

»Und was haben Sie für ihn getan?«

»Ich habe ein bißchen weitergefragt. Er glaubte nicht, daß die drei Mitverhafteten ihn wegen der Sache mit Cappadocia umbringen wollten, schließlich waren sie unbewaffnet. Er gab auch zu, er hätte ihnen ganz andere, persönliche Gründe für die Schlägerei gegeben. Er hatte mit Kartentricks, aber ohne ›Abrakadabra‹ ein bißchen Reisegeld zusammengekratzt. Ich dachte eine Weile darüber nach. Was er getan hatte, war vielleicht nicht gerade charmant, aber ein Kapitalverbrechen war es auch nicht, also behielt ich die drei die Nacht über da und setzte für Harry einen anderen Namen ein, den er vor lauter Angst nicht mal mehr selbst erfinden konnte, und ließ ihn laufen.«

»Wohin ging er dann?«

»Ich weiß es nicht. Vielleicht hierher. Bis vor ein paar Tagen habe ich nie wieder von ihm gehört.«

Wenn er ein Lügner war, dann war er ein guter Lügner. Er hatte alle Fakten richtig wiedergegeben, oder wenigstens die meisten, und zwar diejenigen, die er nach Lage der Dinge wissen konnte. Aber er sagte ihr auch etwas, das sie hören wollte. Sie wollte daran glauben, daß es Harry immer noch gutging, daß ihn jemand vor ein paar Tagen getroffen hatte. »Wo sind Sie ihm nach der ganzen Zeit über den Weg gelaufen?«

»Überhaupt nicht. Er rief mich an.«

»Warum?«

»Er wußte, ich war in Schwierigkeiten. Er sagte mir, wenn ich verschwinden müßte, gäbe es eine Tür aus der Welt hinaus. Er sagte mir, sie wäre hier.«

»Und Sie haben ihm geglaubt?«
Felker sah sie an, mit festem Blick, aber sichtbar erstaunt.
»Er hatte keinen Grund, mich anzulügen.«
»Sie kannten ihn nicht sehr gut, und was Sie von ihm wußten, war nicht viel. Woher soviel Vertrauen?«
Felker schien alles noch einmal zu überdenken, mit den gleichen Selbstzweifeln, die Menschen manchmal empfinden, wenn sie sich die Gründe für eine schon getroffene Entscheidung zurechtlegen wollen. »Vielleicht war es seine Geschichte. Sie war ziemlich – untypisch. Er erzählte mir, er hätte vor Jahren mal auf einer Kreuzfahrt einen alten Mann getroffen. Auf hoher See ist das Glücksspiel legal. Es gibt Tombolas und Spielautomaten, und hier und da sogar ein paar Kartentische. Kreuzfahrten sind teuer, also sind die Typen auf den längeren Reisen meistens Leute mit Geld.«
Das wußte er also auch, dachte sie. Wie konnte er so etwas überhaupt wissen, wenn nicht Harry es ihm selbst gesagt hatte? Sie wartete auf eine Unstimmigkeit.
»Harry kauft sich ein Schiffsticket und stellt sich als Amateur hin, der die Automaten satt hat und andere Amateure sucht. Bloß ist da dieser alte Mann in der Runde, den Harry einfach nicht schlagen kann. Er wartet, bis er schwarz wird, aber niemals, trotz all seiner Erfahrung, fallen die Gewinnchancen ihm zu. Der Alte ist ein Industrieller aus Südamerika. Aus Venezuela oder sonstwoher. Eines Abends spielen sie in der Suite des Alten, und allmählich ist es soweit, daß sich alle völlig pleite in ihre Kabinen zurückziehen, alle außer Harry. Die beiden spielen jetzt gegeneinander, und Harry verliert weiter. Schließlich geht es um das Geld für sein Retourticket, und sie decken die Karten auf. Harry verliert.«
Er beobachtete sie jetzt auch und dachte wahrscheinlich, er hätte keinen Fehler gemacht, weil sie ihn noch nicht erschossen hatte.
»Der alte Mann steht auf, um das Geld an sich zu nehmen, und hat plötzlich so einen komischen Ausdruck im Gesicht. Seine Augen quellen hervor, und er versteinert zur Statue und kippt langsam nach vorn. Harry kriegt ihn gerade noch zu fassen, packt mit einer Hand seinen Arm, aber

die andere wischt ihm so übers Gesicht. Und dabei geht der Schnurrbart ab.«

Sie hörte ihm zu, und sie hörte allmählich, worauf sie gewartet hatte: keine Fehler, sondern Beweise. Als er ihr die Geschichte erzählte, klang es immer mehr wie Harry. Die Stimme, die Sprachmelodie waren genau gleich. Er imitierte ihn zwar nicht, denn es geschah nicht bewußt. Aber Harry hatte ihm die Geschichte hörbar selbst erzählt.

»Darüber macht er sich aber keine Gedanken, der Mann hat offenbar einen Schlaganfall. Doch Harry muß eine Entscheidung treffen. Als der Alte über den Tisch fiel, landete er unter anderem auf dem, was Harrys ganzes Geld war und eine ganze Menge mehr. Und er weiß: Wenn in Südamerika nicht ganz andere Sitten herrschen, dann heißt dort einer mit einem falschen Schnurrbart nicht Industrieller. Aber Harry tut das Richtige. Er geht zum Telefon, ruft den Arzt, dann packt er das ganze Geld zusammen und steckt es in den kleinen Wandsafe in der Kabine. Der Mann erholt sich wieder. Bevor sie ihn mit dem Hubschrauber wegbringen, gibt er Harry zweierlei: die vierzigtausend in bar aus dem Safe und Ihre Adresse. Sehen Sie, er wußte, was Harry am besten brauchen konnte – er wußte es von Anfang an, weil er ebensowenig ein Amateur war wie Harry.«

Während sie Felkers Geschichte zuhörte, kamen die Ereignisse aus den Tiefen der Erinnerung zurück und füllten die Leerstellen. Sie spürte beinahe wieder die feuchtheiße Luft jenes Abends im Big-Wind-Reservat der Schoschonen und der Nördlichen Arapaho in Wyoming. Es war Ende Juni, ihr letzter Sommer im College, und sie war gerade der Tecumseh-Gesellschaft beigetreten, einer Studentengruppe, die die These vertrat, daß der Häuptling der Shawnee, der im frühen 19. Jahrhundert von Stamm zu Stamm wanderte, um alle Indianer zu vereinen, doch kein armer Irrer war.

Jane hatte damals den Auftrag, mit einer Jicarilla-Apachin namens Ilona Tazeh in die Nördlichen Ebenen zu gehen, um dort Wählerverzeichnisse aufzustellen, und so zogen sie von einem Großereignis zum anderen, vom 4.-Juli-Treffen der Nord-Cheyenne über das Krähenfest in Montana und die Nationalkonferenz der Ogallala bis zur

Versammlung am Standing Rock in South Dakota. An jenem Abend nach den letzten Feierlichkeiten hatte sie ein paar jüngere Mitglieder unter der Air-condition in ihrem winzigen Motelzimmer zusammengerufen. Ihre Ansprache hatte ein festes Thema: Der Versuch, mit der Gesellschaft da draußen immer nur als Seneca oder Komantschen oder Navahos zu verhandeln, sei geichbedeutend mit Selbstmord.

Sie sprach über die Verletzungen von Recht und Anstand durch die Einzelstaaten und die Bundesregierung in den vergangenen zwanzig Jahren, immer zum Nachteil der Irokesen: das gesamte Cornplanter-Reservat in Pennsylvania und ein Großteil des Allegany-Reservats für den Bau des Kinzua-Staudamms beschlagnahmt; ebenso ein beträchtliches Stück des Tuscarora-Reservats für das Staubecken; und Kanada und die USA insgeheim verbündet, um Teile aus dem St.-Regis- und dem Caughnawaga-Reservat der Mohawk herauszuschneiden zugunsten der Verbreiterung der St.-Lorenz-Passage. Sie wurde allmählich richtig gut, als sie diese Rede hielt, wie ein Meldegänger von einer fernen Kampflinie: frisch angekommen, atemlos und erschöpft, um Soldaten zu alarmieren, die schon genug ähnliche Schlachten vor der eigenen Haustür zu schlagen hatten.

Zehn Minuten nachdem die Neuen gegangen waren, während sie noch darüber nachdachte, ob sie sie ermutigt oder nur gelangweilt hatte, hörte sie ein Klopfen an der Tür. Sie öffnete, und draußen standen vier alte Männer. Ihr erster Gedanke war, sie suchten ihre Söhne und Töchter, aber sie sagten ihr, sie seien eine Abordnung der Ältesten verschiedener Stämme. Anscheinend hatte Ilona an diesem Tag einem großen, gutaussehenden Schoschonen Respekt einzuflößen versucht mit der hingeworfenen Bemerkung, daß ihre Freundin Jane alle Tricks kenne, wie man einen Flüchtenden vor Ungerechtigkeiten versteckte. Die fünf Ältesten waren gekommen, um Alfred Strongbear ihrer Obhut anzuvertrauen.

Aus ihrer Sicht war Alfred Strongbear ein sehr spezielles Problem. Als sie ihn zum ersten Mal traf, hatte er gerade aufgehört, sich als Grieche auszugeben. Er fand es erforderlich, damit aufzuhören, weil er beschlossen hatte, er sei nicht irgendein normaler Grieche. Er war vielmehr ein außergewöhnlicher Grieche, mit Aristoteles Onassis ebenso verwandt wie mit Stavros Niarchos, und hatte monumentale Projekten am Laufen. Er hatte bereits einige Landstriche mit dieser Masche kahlgefressen: Da benützte er zum Beispiel die ausgemusterten Öltanker seiner Cousins als Riesenschwimmer zur Zähmung der Gezeiten und gleichzeitig zur Produktion von Elektrizität, oder er brachte eine Gruppe amerikanischer Investoren zusammen, die einen der großen Fernsehsender für ihn kaufen sollten, weil ihm als Ausländer der Kauf verboten war. Er betrieb sogar ein Projekt, das Jane nie ganz verstanden hatte. Es ging um Fluoroskope an den Sicherheitsschleusen auf Flugplätzen, sie sollten von prominenten Passagieren ohne ihr Wissen Nacktfotos (oder Schlimmeres) herstellen, die man dann von einer belgischen Briefkastenfirma aus zu pornographischen Zwecken veröffentlichen könnte. Mittlerweile hatte er einen ordentlichen Haufen Geld von Investoren kassiert, die ihn eigentlich besser kennen mußten, und es gab eine Menge Polizisten, die nach ihm suchten. Und die kannten ihn gut.

Jane nahm damals ihren ganzen Mut zusammen, sah Alfred Strongbear an und sagte: »Ihr wollt, daß ich meine Zukunft riskiere, vielleicht sogar mein Leben, um so einen zu retten?«

Der Anführer der Ältesten-Delegation war vom Stamm der Südlichen Brule und hieß Joseph Seven Bulls. Leise sagte er: »Der Mann ist ein Stück Dreck. Aber er ist wahrscheinlich der letzte Beothuk-Indianer, der noch auf Erden lebt.«

Jane fragte: »Beothuk? Hast du Beothuk gesagt?« Nach allgemeiner Überzeugung hatte der letzte Beothuk diese Welt um 1820 herum verlassen. Die Franzosen und die Engländer, die Neufundland besiedelten, waren sich damals nur in diesem Punkt einig: Die Beothuk mußten vernichtet werden. Ihr Stamm hatte niemals das europäische Konzept des Privateigentums verstanden, und somit erklärte man sie zu einem Volk von Strauchdieben.

Dann sprach Ronald Kills on Horseback, ein Arapaho-

Indianer von gelehrtem Aussehen: »Schau dir Kalifornien an. Da fand die Einweihung für den Point-Reyes-Park statt, und wer taucht dabei auf? Die ersten Wappo und Coastal Miwok, die man seit hundert Jahren gesehen hat. Dasselbe weiter oben an der Grenze von Oregon. Die Hälfte der Leute, die zur Gedenkfeier für die ausgerotteten Modoc kamen, waren Modoc.«

Jane sagte: »Aber Neufundland ist nicht Kalifornien, wir reden hier von über einhundertsiebzig Jahren.«

Seven Bulls sagte: »Er kennt ein paar Geschichten, und er spricht die Sprache. Er ist eine Schande für uns, aber wenn wir zulassen, daß sie ihn in seinem Alter einfangen und ins Gefängnis stecken, dann ist das ein Todesurteil. Du willst, daß sich alle zusammentun, um die Sache der Indianer zu voranzubringen. Also gut, hier ist ein Indianer. Er trägt alles, was von seinem Volk noch übrig ist, in seinem Kopf.«

Damit hatte er sie, und er wußte es. Sie brachte Alfred Strongbear alias Alfred Strong alias Demosthenes Patrakos in ihrem Kofferraum aus dem Reservat und durch eine Straßensperre der Polizei, die seine Spur bis hierher verfolgt hatte und vermutete, er wolle in der Menge untertauchen.

Sie war es, die aus Alfred Strongbear einen Venezolaner machte. Damals war sie noch neu in dem Metier, aber begabt. Zu Beginn dieses Jahrhunderts suchte man normalerweise einen Namen auf einem Grabstein aus, besorgte sich eine Kopie der entsprechenden Geburtsurkunde und stellte damit alle anderen Dokumente und Ausweispapiere dieser Person zusammen. In den achtziger Jahren klappte dieses Verfahren in den Vereinigten Staaten nicht mehr, es hatte sich verbraucht. Aber Jane verließ sich darauf, daß es in einem Land mit geringerer Nachfrage nach falschen Identitäten noch funktionierte, auch weil dort nicht alle Daten computerisiert waren. Jane hatte eine Schulfreundin, Manuela Corridos, die ihre Sommerferien zu Hause in Venezuela verbrachte, in Merida, wo sie in die Zuckerfirma ihrer Eltern einsteigen sollte. Manuela fand es aufregend, die Namen zu sammeln und die Papiere zu besorgen.

Die Ältesten hatten mit Alfred Strongbear einen Vertrag: Innerhalb eines Jahres mußte er tausend Stunden lang Videobänder aufnehmen, und zwar mit Geschichten, die ihm seine Eltern und Großeltern erzählt hatten, Mythologie und Kosmologie der Beothuk, Anekdoten aus alter Zeit und was sie sonst noch über fünf oder sechs Generationen bewahrt hatten – tausend Stunden Videoaufzeichnungen in der untergegangenen Sprache der Beothuk. Als Jane ihn in New York zum Schiff brachte, zu seiner ersten von vermutlich mehreren Seereisen, sprach er über ihr einen Segen in einer ihr unbekannten Sprache, zwinkerte ihr zu, marschierte die Gangway hinauf und sagte zum Steward etwas auf Spanisch. Sie war erleichtert, daß sie ihn für immer los war.

Ein Jahr später erhielt sie einen Brief mit dem Absender »Kills on Horseback, Big-Wind-Reservat, Wyoming«. Darin steckte die Fotokopie eines Briefes, den ihm ein Professor für Anthropologie an der Universität von Kalifornien in Berkeley geschrieben hatte. Er teilte mit, die ersten fünfhundert Stunden Videobänder seien nun kopiert, an Fachleute verteilt und analysiert. Sie zeigten ein nicht mit anderen Sprachen verwandtes Vokabular, das viele Ähnlichkeiten mit dem aufwies, was man bisher an Bruchstükken einer eigenen Sprache der Beothuk besaß. Er wollte mehr über Alfred Strongbear erfahren. Jane schickte den Brief weiter an den geheimnisvollen Venezolaner, adressiert an die Schiffahrtslinie.

Vier Jahre danach schickte Alfred Harry Kemple zu ihr. Es war mitten in einer kalten Winternacht, der Wind fegte eisig von Kanada über den Fluß herüber, und sie hatte dicke Wollsocken an und einen Bademantel aus Flanell. Eben war sie von einem Flug nach Chicago heimgekommen, wohin sie einen Teenager namens Raul umgepflanzt hatte. Sie hatte das getan, um ihn vor einer Straßengang zu verstecken, die lediglich vorübergehend glaubte, daß sie ihn erfolgreich totgeprügelt hatte, weil er ausgestiegen war. Als Harry sagte: »Mein Name ist Harry Kemple, und ich komme aus Chicago«, war ihr erster Gedanke, er habe etwas mit Raul zu tun. Er sagte es entschuldigend, so wie Menschen sprechen, die mit einer Todesnachricht kommen.

Aber jemand war gestorben. Harry erzählte ihr zuerst die Geschichte seiner Begegnung mit Alfred Strongbear als eine

Art Empfehlungsschreiben, dann aber war er ziemlich schnell bei der Geschichte mit Jerry Cappadocia.

Harry erzählte sie anders. Sie konnte ihn jetzt noch hören. »Also Jerry Cappadocia kommt auf mich zu, genau zur Mittagszeit in Mom's Restaurant. Scheiße, es war noch viel schlimmer. Was da auf mich zukommt, ist nicht bloß ein Kerl, es ist ein Paar. Was ich als erstes sehe, ist die Kleine. Sie sieht aus wie so ein Jubelgarde-Mädchen in diesen Filmen, bei dem man nur seine Zeit verschwendet, bis sie endlich unter der Dusche landen, verstehen Sie?« Jane verstand nicht, und er erklärte: »Sie ist sehr blond, sehr glatt, sehr jung. So ein Mädchen hat Mom's schon lange nicht mehr gesehen. Mom's steht nicht im Reiseführer. Mom's ist, höflich gesagt, ein Loch. Vermutlich ist die Kleine die einzige Frau im Raum, die noch ihre eigenen Zähne hat. Also drehen sich alle Augen nach ihr um und starren sie und ihre Einzelteile an. Und als wäre das noch nicht genug: Sie heißt auch noch Lenore. Nicht etwa Eleanor, auch nicht Lena. Lenore. Hinterher, als ich Jerry Cappadocia kannte, kam mir die Idee, daß sie für ihn so eine Art Sicherheitsmaßnahme war, so wie sie im Krieg zuerst mit der Artillerie ein großes Feuerwerk losjagen, mit Bomben aus der Luft und Leuchtkugeln, damit der Feind ganz durcheinanderkommt, bevor dann ein paar armselige Kerle im olivgraubraunen Aufzug aus ihren Löchern kriechen und angreifen. Aber er mochte sie anscheinend wirklich. Später habe ich tatsächlich gehört, sie war nicht mal seine Vollzeitkraft. Er hatte Konkurrenz, weil sie sich nicht entscheiden konnte, ob sie nun ihn mochte oder doch jemand anderen.

Na jedenfalls, jetzt, wo der halbe Distrikt nur auf ihn schaut, jetzt gibt er seine Erklärung ab. Er spiele gern Poker, und er interessiere sich für eine Einladung in meine Runde.«

Von alldem hatte Felker nichts erwähnt. Vielleicht hatte Harry ihm eine Kurzfassung gegeben. Harry sprach schließlich mit einem Polizisten, und wenn man mit einem Polizisten redete, sagte man besser nur das Wesentliche. Und das Wesentliche war der Mord.

Sie versuchte sich wieder ins Gedächtnis zu rufen, was

Harry ihr über den Mord erzählt hatte. »Jerry hat also einen kleinen Vorsprung. Ich beobachte schon die ganze Zeit seine Hände, wie wenn ich vielleicht Senf draufstreichen und sie essen will. Ich dachte mir, einer wie Jerry wartet wohl auf eine Chance, eine Karte in der Hand zu verstecken oder sogar ein paar Zinken einzumischen. Nicht daß er das Geld unbedingt gebraucht hätte, es war einfach zwanghaft bei ihm. Er hatte keinen Sportsgeist, er war ein Dieb. Bis jetzt hatte ich ihn noch nicht erwischt, aber an dem Abend lag er etwas vorne, und das hieß, er war gerade am Mogeln, vielleicht hieß es aber auch gar nichts. Aber wenn Amateure diese Stöße von Chips vor sich allmählich wachsen sehen, dann packt auch die besten von ihnen eine Art Euphorie, und sie riskieren etwas.

Ich hatte den ganzen Abend nur Sodawasser getrunken, um einen klaren Kopf zu behalten, aber jetzt mußte das alles irgendwohin raus. Ich hatte ein komisches Gefühl dabei, aus dem Zimmer und auf den Lokus zu gehen, aber dann sagte ich mir, das ist sogar das Beste, was ich tun kann. Wenn Jerry mogeln will, wird er genau den Moment, wenn ich draußen bin, dafür nutzen. An dem Abend spielten wir in einem alten Motel mit acht kleineren Bungalows. Das Bad war direkt hinter Jerry, der immer gern mit dem Gesicht zur Tür saß, ganz klar, warum.

Also gehe ich ins Bad und stelle fest, daß fünf oder sechs Flaschen Sodawasser ganz schön lange brauchen, bis sie aus einem Menschen wieder herausgelaufen sind. Ich habe also jede Menge Zeit, mich umzusehen. Über der Tür bemerke ich einen Luftschlitz. Wenn ich mit einem Fuß auf der Badewanne stehe und mich mit der Hand an der Handtuchstange an der Tür festhalte, kann ich tatsächlich in das Zimmer schauen. Noch besser: Ich kann von oben hineinschauen, so wie die Chefs in Las Vegas ihre Kartengeber beobachten. Es gibt nur eins, was ich mir nicht überlegt habe, nämlich was ich tun soll, falls ich Jerry beim Tricksen erwische.

Als nächstes ist da irgendwas vor der Eingangstür los. Ich habe zwar kein Klopfen gehört, aber ich denke trotzdem, daß jemand geklopft hat. Und dieser Milhaven, ein schwerreicher Typ, der vermutlich noch nie selber eine Tür aufgemacht hat, sagt: »Müssen die Drinks sein. Bring sie rein, Harry, okay?« Er sieht, daß ich nicht springe wie sonst, also geht er selber zur Tür.

Er kriegt noch seine Hand an den Drehknopf und dreht, aber das ist auch schon alles, was er noch tun kann. Die Tür wird aufgetreten und knallt ihm an den Kopf. Er liegt am Boden. Die zwei Typen, die sie aufgetreten haben, sind sofort im Zimmer. Einer von ihnen hat in jeder Hand eine Kanone, zielt und pumpt Jerry zwei Kugeln in den Brustkasten, während der andere sich zu Milhaven hinunterbeugt und ihm eine in die Stirn verpaßt. Die vier anderen, die im Zimmer sind, drehen durch. Nadler, der Anwalt, geht auf die offene Tür los, aber der eine, der Jerry erschossen hat, bleibt einfach stehen und legt ihn um, dann macht er einen Schritt zur Seite, läßt Nadler auf den Boden fallen und zielt schon auf den nächsten. Einer stößt den Tisch um, und Villard, der Gemüse-König, und Smith, der Makler, gehen dahinter in Deckung. Ich hätte ihnen gleich sagen können, daß das keine gute Idee war. Jeden von ihnen trifft es drei- oder viermal durch den grünen Filz hindurch. Hallman, der etliche Sportgeschäfte besitzt, entdeckt sein akrobatisches Talent und will im Hechtsprung durch das geschlossene Fenster. Er läuft zwei Schritte an, dann knipsen sie ihn aus, und was im Fenster ankommt, ist ein toter Hallman. Jetzt höre ich noch einen letzten Schuß, und mir wird fast schlecht. Der einzige, der zum Erschießen noch übrig bleibt, bin ich.

Ich stehe immer noch im Bad und sehe mir das alles an, steif vor Angst. Entweder wissen die zwei überhaupt nichts von mir, oder sie haben gehört, wie jemand sagte, ich wäre gerade nicht da zum Türaufmachen. Sie fangen zu klauen an, nehmen sich die Brieftaschen und die Armbanduhren und das alles. Man muß sagen, speziell diese sechs Spieler repräsentieren einen ganz ordentlichen Haufen Geld. Jedesmal, wenn sie ankamen, verkaufte ich ihnen zehn Riesen in Chips. Das war meine Versicherung, der Nachweis, daß sie es ernst meinten. Aber jeder von ihnen hatte viel mehr als das dabei, um weitere Chips kaufen zu können, falls er mal

Pech hatte. Ein Gentleman-Spieler bietet keinen Scheck an. Also räumen die beiden ganz schön rentabel alle Taschen aus. Sie nehmen sich das Geld, gehen zur Tür hinaus und machen sie hinter sich zu.

Ich hänge immer noch an der Badtür wie eine junge Katze in einem Baum, der plötzlich viel höher ist, als sie dachte. Ich zittere am ganzen Körper. Um die Wahrheit zu sagen, ich bin froh, daß sie erst hereinkamen, als meine Blase schon leer war. Nach einer Minute ungefähr fällt mir kein Grund ein, warum ich nicht loslassen sollte. Ich gehe rein und schaue mir die sechs auf dem Fußboden an und sehe, keiner von ihnen muß noch schnell in die Notaufnahme und kriegt dort dramatisch das Leben gerettet.

Ich denke mir, ich sollte vielleicht die Polizei rufen. Ich meine, bin doch nur ein unschuldiger Zuschauer, oder? Ich greife sogar nach dem Telefon, aber dann halt. Für die sechs Typen kann ich nichts mehr tun, aber eine ganze Menge für mich. Verstehen Sie, was da passiert war, ist ja nicht so eindeutig. Vielleicht ist es ja nur ein Raubüberfall. Sie nehmen sich vielleicht hunderttausend und ein paar Zerquetschte mit. Aber als sie die Tür eintraten, sagte niemand: Geld her! Der erste im Zimmer hatte Jerry gesehen und ihm zwei Löcher verpaßt. Ich schaute mir Jerrys Leiche an, und natürlich, während sie schon beim Taschenausräumen waren, hatte einer ihn noch in die linke Schläfe geschossen. Das war der letzte Schuß, den ich gehört hatte.

Möglicherweise waren die beiden Räuber ja auch exzellente Menschenkenner und erkannten im Bruchteil einer Sekunde, wenn ihnen jemand Schwierigkeiten machen würde, konnte es nur Jerry C. sein, oder vielleicht hatte er eine Bewegung gemacht, die ich nicht sah, und die Räuber waren in Panik geraten. Ich weiß es nicht. Aber für mich sah es ganz danach aus, daß hier jemand einen bestimmten Mann umbringen wollte, und alles andere taten sie nur, um das zu vertuschen. An diesem Punkt fange ich an, darüber nachzudenken, was das alles wohl für meine Zukunft bedeutet. Meine Entschuldigung ist, daß wir gerade festgestellt haben, daß ich der einzige im Zimmer bin, der überhaupt eine hat. Und dieses Zimmer ist tatsächlich mein Hauptproblem. Man braucht nicht die CIA, um herauszufinden, wer das Zimmer für den Pokerabend gemietet hat. Und dann ist da noch der Umstand, daß Jerry C. einen Monat vorher von der Runde gehört hat. Und wenn er davon gehört hat, dann konnte das ebensogut jeder x-beliebige gehört haben. Und auch wenn er aus irgendeinem Grund seinen Kumpels nichts erzählt hatte, war da immer noch sein Mädchen.«

»Lenore?« fragte Jane.

»Klar doch, Lenore«, sagte er. »Mit Nachnamen hieß sie Sanders.«

»Sie könnte zur Polizei gehen?«

»Die Polizei war meine erste Sorge«, sagte Harry, »aber nicht meine schlimmste. Irgendwann würden sie so oder so herausfinden, daß das meine Spielrunde war. Sie waren auch imstande, die Leichen zu zählen und zu bemerken, daß meine nicht dabei war. Konnte mir das Probleme machen? Gewisse Schwierigkeiten, sicher. Sie konnten mich finden und wegen einer Aussage mitnehmen. Aber ich hatte ganz anderes zu berücksichtigen. Ich fange also an, über die fünf nachzudenken, die Originalbesetzung, die ich für meine Runde rekrutiert hatte: Villard, Milhaven, Nadler, Hallman und Smith. Mir wird klar, daß ich eigentlich nicht viel über sie weiß. Wenn mich die Polizei jetzt wo aufpickt und ausfragt und laufenläßt, werden dann die Familien und die Freunde auch alles vergessen wollen? Vielleicht. Aber meine Erfahrung sagt mir, in diesem Land wird keiner aus Zufall reich. Eine Menge Leute, die man nie bei irgendwas geschnappt hat, sind ganz schön skrupellos. Auch die Erben und die Kollegen von solchen Typen können richtig skrupellos sein. Und weil wir gerade von Erben und Kollegen sprechen...«

»Jerry Cappadocia«, sagte sie.

»Ja«, sagte Harry, »Bei ihm mußte ich mich gar nicht erst lange fragen. Ich kannte ja seine Kollegen. Ein paar von ihnen erschienen regelmäßig jede Woche in einem Möbelkaufhaus, auf dem Dachboden, wo Handy Andy Gurlich sein Buchmachergeschäft betrieb, und sammelten die Lizenzgebühr für die Cappadocia-Familie ein. Wenn man zwei von denen beieinander sieht, hat man den klaren Beweis vor Augen, daß die Entwicklung der Menschheit nicht geradlinig verläuft. Da gibt es jede Menge Irrwege und Rückbildungen.

Und dann die Frage der Erben. Jerry Cappadocias Vater ist eine gewisse Berühmtheit. Vor ein paar Jahren hatte er erklärt, er werde jetzt zurücktreten und Jerry die Leitung der Familienfirmen übergeben. Das ist einer, der diese Firmen in den letzten vierzig Jahren mit eigenen Händen aufgebaut hat, und ihr einziger Service ist, Leute, die ihm kein Geld geben, umzubringen. Er ist gesund, nicht älter als ein bißchen über sechzig. Man sagte mir, er spräche Englisch wie ein Eingeborener, nur ein paar Wörter habe er nie gelernt, »Mitleid« zum Beispiel. Was wird dieser Mann tun, wenn sie ihm sagen, daß sein einziges Kind umgebracht wurde? Sicher war ich etwas beunruhigt, daß mich die Polizei zur Befragung aufgabeln würde, aber nur weil die Leute, sobald sie Schüsse hören, immer gleich die Polizei rufen, und die fährt bei jeder roten Ampel durch, nur um schnell da zu sein. Was mich aber wirklich beschäftigte, war etwas anderes: daß mich Jerrys Vater aufgabeln und befragen würde.

Und das brachte mich auf ein weiteres Problem. Ich wußte ja überhaupt nichts. Ich sah, wie zwei Männer die Tür eintreten und sechs Männer ermorden und sich dann auf den Fußboden knien und ihre Taschen durchsuchen. Ich hatte keinen der zwei zuvor gesehen. Ich habe auch nicht ihren Wagen gesehen, falls sie einen hatten. Sie trugen weiße Staubmäntel, die sie vorher aus dem Wäschewagen des Motels gestohlen hatten. Ich sah sie durch einen Luftschlitz hindurch, das heißt, ich sah fast nichts als Rücken und Köpfe von oben, auch noch mit Mützen der Küstenwache darüber. Wenn die beiden Schießwütigen jetzt aber in der Zeitung lesen, daß da noch einer dabei war, der sie beobachtet hat, was tun die dann? Ich meine, wenn nach dem Eintreten der Tür als nächstes das Erschießen von Jerry auf ihrer Tagesordnung stand, dann wußten sie doch, wer er war, oder? Sie mußten wissen, was ihnen passiert, wenn Mr. Cappadocia senior herausbekam, wer seinen Sohn umgebracht hatte.«

»Sind Sie sicher, sie wußten Bescheid über Jerrys Vater?« fragte sie.

»Ich weiß, Sie sind nicht aus Chicago, aber glauben Sie mir«, sagte Harry, »Cappadocia senior nicht zu kennen, das ist, wie wenn einer sagt: ›Hat Nancy Sinatra einen Vater?‹«

»Also suchen sie wahrscheinlich auch nach Ihnen.«

»Sobald sie nachgeladen haben.«

»Was wollen Sie jetzt tun?«

»Ich will eine Weile verschwinden«, sagte er, »ich weiß nicht, wer die beiden Typen sind, das heißt, ich kann mir nicht die Polizei vom Hals schaffen, indem ich es ihr sage, und mit Sicherheit kann ich mir Mr. C. nicht vom Hals schaffen. Und wenn ich es richtig sehe, dann haben die beiden Typen nicht auf eigene Rechnung gearbeitet. Jemand hat sie angeheuert, um Jerry C. zu töten. Das ist tatsächlich der einzige Lichtblick.«

»Ein Lichtblick?« fragte sie.

»Für mich wenigstens. Zur Zeit sind meine Ansprüche nicht so hoch wie die anderer Leute. Ich sage mir folgendes: Jerry wurde erledigt, weil jemand den Geschäftsbetrieb von Cappadocia übernehmen möchte. Wenn dieser Jemand gegen Jerrys Vater vorgeht oder versucht, die Cappadocia-Firmen in sein eigenes Inventar zu verschieben, dann hat der Jemand einen Namen. Und ich kann keinem was erzählen, was er nicht schon weiß. Es gibt keinen Grund, mir die Füße durch den Fleischwolf zu drehen und mir Fragen zu stellen, und keinen, mir den Kopf abzuschneiden, damit ich sie nicht beantworte.«

Für Jane, die sich an alles zurückerinnerte, war dies der Teil, der besonders lebhaft wiederauftauchte. Harry mußte nur für kurze Zeit verschwinden. Sie sah ihn genau vor sich, wie er es sagte, sein Gesicht hohlwangig und hoffnungslos, wie bei jemand, der sich in einer Überschwemmung sagt, daß der Regen jetzt bald aufhören muß. Das war der echte Harry.

Harry war zu ihrer Tür gekommen mit nichts in der Hand als der Geschichte von Alfred Strongbear. Die zwei Killer hatten ihm kein Geld übriggelassen, nicht einmal den

Einsatz auf dem Tisch für das letzte Pokerspiel. Er versuchte das mit Expertentips wettzumachen. Einmal fragte er sie, ob sie sich für Pferde interessierte, und sie antwortete: »Ja«, bevor ihr klar wurde, daß er »die Pferde« gesagt hatte. »Wetten Sie niemals auf was anderes als eine Zwanzig-zu-eins-Chance«, riet er ihr. »Es ist die Zeit nicht wert. Sie holen nichts raus. Das Geheimnis ist ganz einfach: Die Leute lassen sich von Zahlen täuschen und meinen, das Festlegen von Chancen sei eine exakte Wissenschaft. Es gibt keinen Fachmann, der das mit solcher Genauigkeit bestimmen kann. Wenn ein Pferd mit zwanzig zu eins beginnt, dann sagen alle nur, das sei ziemlich riskant. In Wirklichkeit ist es eher zehn zu eins oder sogar acht zu eins, außer das Pferd hat drei Beine. Und in einem von zehn oder fünfzehn Rennen laufen alle bis auf dieses los und stolpern über ihre eigenen Schnürsenkel.« Harry hatte sein Leben damit verbracht, sich einzureden, daß nur die riskanten Wetten sich auszahlten. Nachdem sie ihn genauer kannte, verstand sie, warum; er identifizierte sich mit ihnen. Wenn man für Menschen Gewinnchancen festlegen könnte wie für Rennpferde, dann hätte man Harry eine Zwanzig-zu-eins-Chance gegeben. Sie hatte eine intuitive Ahnung, daß er wohl länger als nur eine Weile untertauchen mußte, und so hatte sie ihm zu einer Tarnung verholfen, die standhielt. Das war jetzt fünf Jahre her.

Felker hatte die wesentlichen Teile der Geschichte, die Harry einem Polizisten mit der Bitte um Hilfe erzählt hatte, richtig beschrieben. Die Wiedergabe des Mordes war unscharf genug und überzeugte den Polizisten davon, daß Harry keine Einzelheiten wußte, die es lohnen würden, ihn in eine Zelle zu stecken, aber sie war anschaulich genug, um ihm klarzumachen, was Harry zustoßen konnte, wenn er es doch tat.

Sie fühlte sich fast gezwungen, Felker zu glauben. Es paßte zu Harry, daß er sagte, Alfred Strongbear hätte ihm vierzigtausend Dollar gegeben statt fünftausend, und wo käme auch nur ein Fetzen der ganzen Geschichte her, wenn Harry sie ihm nicht anvertraut hätte? Und dann die Art, wie er sie erzählte. Er hatte Harrys Stimme zugehört, und

Jane wußte, daß er Harry mochte, daß er ihn unterhaltsam fand. Vielleicht war Harry doch in Sicherheit. Vielleicht war auch er jemand wie Harry, einer, den niemand gern aufnahm und beschützte, weil er nicht gerade schuldlos, aber auch kein Monster war. Die fehlenden Teile, die Felker nicht wußte oder die ihm nicht mehr einfielen, machten die Sache noch glaubhafter. Harry hatte Alfred Strongbear gefragt: »Wenn Sie schon einen Schnurrbart brauchen, warum lassen ihn dann nicht einfach wachsen?« Der Alte hatte gesagt: »Er käme zu dünn raus. Die Leute wüßten sofort, daß ich ein Indianer bin.«

Jane sagte: »In Ordnung. Sie können jetzt aufstehen.« Sie lockerte die Anspannung in ihrem Arm, ließ die Revolvermündung auf den Boden zeigen und ging ins Wohnzimmer.

»Sie helfen mir?« fragte er.

»Das habe ich nicht gesagt«, erwiderte sie, »ich habe nur nicht genug Angst, um Sie zu erschießen. Schließen Sie mein Telefon wieder an.«

6 Sie wartete im Wohnzimmer. Als sie John Felker zurückkommen sah und er sich im Sessel an der gegenüberliegenden Wand niederließ, griff sie zum Telefon. Sie hörte das Freizeichen und hängte wieder ein.

»Sie waren also Polizist.« Sie hatte das Tageslicht im Rücken, es beleuchtete ihn über ihre Schultern hinweg und erinnerte sie daran, daß sie vor dem Dunkelwerden nicht mehr viel Zeit hatte.

»Acht Jahre. Und Sie wollen wissen, warum jetzt nicht mehr.«

»Ja.«

»Das ist eine lange Geschichte.«

»Haben wir was Besseres vor?« Das klang falsch, sogar in ihren Ohren. Es klang fast einladend. Sie versuchte, sachlich zu bleiben. »Ich habe Zeit.«

»Mir wurde klar, daß es eben nicht der Job war, für den ich ihn gehalten hatte.«

»Wie kam das?«

»Man schaut sich irgendwann lange und gründlich die Leute an, die man verhaftet hat, manche problemlos, manche auf die harte Tour, mit gebrochenem Nasenbein und blutigen Schrammen. Und das sind meistens die, die, wenn man mit ihnen redet, von nichts eine Ahnung haben.«

»Eine Ahnung wovon?«

»Sie wissen nicht, daß es ein Gesetz dagegen gibt, bei einer Verhaftung Widerstand zu leisten. Aber das ist nicht alles. Sie wissen auch nichts von anderen Gesetzen, sagen wir mal von Ursache und Wirkung oder von der Schwerkraft. Um sie herum geht das Leben seinen Gang und tritt ihnen dauernd auf die Zehen, aber sie haben nicht die geringste Ahnung, warum, und das macht sie halb wahnsinnig. Sie wissen nicht, warum der Typ nebenan einen neuen Fernseher hat und sie nicht. Später, im Gefängnis, machen sie mit ihnen diese Tests, und dann können sie nicht mal richtig lesen, sie hängen an der Nadel oder sonstwas, und ihre Zukunft ist Null.«

»Sie tun Ihnen leid?«

»Nicht genug, um sie laufen zu lassen. Mit mir geschah etwas: Ich sah plötzlich, daß meine Zukunft genauso sein würde wie bei denen. Noch zwölf lange Jahre sollte ich mit diesen Leuten verbringen – sie dauernd aufs Revier schleppen, weil sie nicht mal so viel wissen, daß der Hubschrauber über ihrem Kopf sie nicht aus den Augen läßt, selbst wenn sie hundertsiebzig fahren. Oder daß fünfzehn Scharfschützen vor ihrer Tür sie niemals in Frieden lassen oder einfach wieder gehen, auch wenn sie sich noch so verbissen wehren. Ich verbringe meine ganze Zeit mit ihnen, und das heißt, ich lebe bloß die andere Hälfte ihres Lebens.«

»Noch zwölf Jahre – bis zur Pensionierung?«

»Genau.«

»Also haben Sie aufgehört?«

»Ich habe aufgehört. Ich habe meinen Sparvertrag aufgelöst und bin nochmal zur Schule gegangen. Ich lernte Wirtschaftsprüfer und arbeitete dann bei Smithson-Brownlow.«

»Wer ist das?«

»Die zwölftgrößte Anlageberatungsgesellschaft in diesem Land. Das Büro in St. Louis ist eins von siebzehn.«

»Tut mir leid, ich lege mein Geld selber an. Was dann?«
»Das ging fünf Jahre gut. Dann komme ich eines Tages zur Arbeit und stoße auf ein Problem. Ich denke noch, es ist reiner Zufall, aber nicht mal da bin ich mir ganz sicher. Ebensogut könnte es jemand so eingerichtet haben, daß ich es sehe.«
»Daß Sie was sehen?«
»Ein Kollege aus einer anderen Etage im Haus, ich kannte ihn gar nicht, kommt in sein Büro, schaltet seinen Computer an und hat auf dem Bildschirm eine Nachricht, die sagt: ›Peng! Du bist tot!‹. Dann rollt alles, was er auf der Festplatte hat, noch einmal über den Bildschirm und verschwindet auf Nimmerwiedersehen. Ein Computervirus. Sie wissen, was die Dinger machen, oder?«
»Sicher«, sagte sie, »die Firma verliert alle ihre Daten.«
»Nein«, sagte er, »sie hat alle Daten auf dieser einen Maschine verloren und noch auf fünf oder sechs anderen sowie im Zentralcomputer. Aber einer der Chefs war auch schon so früh da, behielt die Nerven und hielt uns und alle übrigen davon ab, unsere Computer einzuschalten. Die Computerfirma schickte einen Programmierungsspezialisten, eine Art Detektiv. Er schaffte es, den Virus zu entschlüsseln und zu löschen. Er brauchte ungefähr zwei Wochen dazu. Er überprüfte auch alle Disketten im Haus und fand heraus, daß der Virus von einer Diskette stammte, die irgend jemand mit einem Computerspiel mitgebracht hatte. Und jede Diskette, die er danach benutzte und dann in einen anderen Computer gesteckt wurde, hat auch diesen Computer infiziert, und so weiter. Natürlich gab niemand zu, daß das Computerspiel von ihm war, und keiner konnte sagen, welche Maschine als erste kaputtging. Aber meine war sauber geblieben.«
»Warum blieb Ihre außen vor?«
»Ich verwaltete damals eine Reihe von privaten Kundenkonten. Gewöhnlich tippte ich meine Kontenbewegungen ein und gab die Diskette an eine Kollegin weiter, die für den Zentralcomputer verantwortlich war, und die fütterte damit ihre Maschine und die Firmenakten. Die Diskette behielt sie als Sicherheitsdiskette, und mir gab sie eine neue.«

Er sah jetzt müde aus, und seine Brauen zogen sich ein wenig zusammen bei diesen Erinnerungen. »Also riskierte ich etwas. Während der ersten zwei Tage der Quarantäne druckte ich alles aus, was ich gespeichert hatte. Jedes Wort, schwarz auf weiß. Dann suchte ich einen Tag lang oder mehr nach irgendeinem Anzeichen des Virus.«

»Und was fanden Sie?«

»Eine Menge Überweisungen, von denen ich überhaupt nichts wußte.«

»Jemand hatte gestohlen?«

»Ja. Und mit erkennbarer Regelmäßigkeit. Wir hatten viele Konten, auf denen jemand sein Geld in einem Wertpapierdepot oder Portefeuille zusammgelegt hatte, Pensionsfonds meistens. Gewöhnlich fielen irgendwelche Kapitalerträge an, die eigentlich reinvestiert werden mußten, aber statt dessen wanderten sie auf Geldmarktkonten innerhalb des Portefeuilles. Dann fand hier eine Abbuchung statt, die als interner Transfer auf ein anderes Konto deklariert wurde. Problematisch war nur, daß in diesem Fall das andere Konto kein Bestandteil des Portefeuilles war. Es gehörte gar nicht dem Kunden. Ich prüfte die Kontonummer nach, und sie gehörte nicht einmal zu einem der Konten, die unsere Firma verwaltete.«

»Das klingt nicht gerade nach einem komplizierten, perfekten Verbrechen.«

»Ist es auch nicht. Aber der Kunde merkt es erst mal nicht. Sein Saldo vermindert sich nicht, er wächst nur nicht so, wie er eigentlich müßte. Falls der Kunde eine Aufstellung der Überweisungen in die Hand bekam, sah er nur, daß angefallene Kapitalerträge von einem seiner Einzelkonten auf das Depotkonto gegangen waren und von da aus auf ein anderes Konto. Er mußte annehmen, daß auch dieses Konto ihm gehörte. Also rief ich den Geldmarkt-Kundenberater an und verlangte den Namen des Kontoinhabers.«

»Einen Moment! So etwas sagt man Ihnen am Telefon?«

»Ich wollte ja nur herausfinden, ob alles in Ordnung war. Wenn es eines unserer eigenen Konten war, würden sie mich fragen, was ich gern wissen wollte. Wenn nicht, dann wußte ich, ich war in Schwierigkeiten. Ich sagte: Mein Name ist

John Felker, von Smithson-Brownlow, könnten Sie mir den letzten Kontoauszug von Nummer 1234567 faxen?«
»Und das machten sie?«
»Ja. Aber nicht aus dem Grund, den ich angenommen hatte. Sondern weil es mein eigenes Konto war. Und da lag fast eine halbe Million Dollar drauf.«
»Ein Konto auf Ihren Namen?«
»Genau. Zuerst war ich nur wütend. Ich brauchte eine Stunde, um Angst zu kriegen.«
»Wovor sollten Sie Angst haben?«
»Ich dachte nach. Der Computervirus hatte nichts mit der Firma zu tun. Das passierte durch Zufall, wie wenn ein Betrunkener beim Footballspiel seine leere Flasche ins Publikum wirft. Aber das hier war etwas anderes. Irgend jemand hatte alle Arbeitsschritte studiert, speziell meine, sich dann über die Konten hergemacht und sorgfältig die Bestände verschoben. Wer es auch war, er hatte Zugang zu den Daten, er kannte die Namen der Kunden, er wußte Bescheid. Die hatten es auf mich abgesehen.«
»Sind Sie damit zu Ihrem Chef gegangen?«
»Beinahe, aber Sie müssen sich die Stimmung dort vorstellen. Die Firma verlor gerade Geld, vermutlich auch Kunden. Jeder von uns war verdächtig, den Virus eingeschleppt zu haben, und so betrachteten die Chefs uns längst als ihre Feinde.«
»Na und? Von dem Virus wußten sie ja schon. Das hätte doch gut dazugepaßt: irgendein rachsüchtiger Ex-Kollege etwa.«
»Stimmt schon. Aber was, wenn ich das Geld gestohlen hatte? Aus heiterem Himmel schlägt ein Virus zu, und jeder in der Firma überprüft plötzlich alle Vorgänge. Ich konnte nur zum Chef gehen und ihm sagen, die Überweisungen im Computer sind ein Nebenprodukt der Viruskatastrophe. Das Dumme war aber, daß sie nicht nur im Computer waren, wie der Virus. Das Geld war ja tatsächlich herausgenommen und auf mein Konto eingezahlt worden. Ich beschloß also, erst einmal nichts zu erwähnen, sondern wollte lieber der Sache nachgehen und genug herausfinden, um beweisen zu können, daß ich kein Dieb war.«

»Warum tut jemand überhaupt so etwas? Wenn er das Geld auf Ihren Namen einzahlt, ging es ihm doch gar nicht um das Geld.«

»Das hätte mein Chef auch gesagt. Dann kam mir die Idee, die halbe Million ist vielleicht noch nicht alles oder das Ganze wurde nur deshalb gemacht, um es mir unterzujubeln.«

»Kam Ihnen auch die Idee, das Geld wieder dahin zu überweisen, wo es hingehörte?«

»Ich habe Ihnen gesagt, was ich herausfand. Ich kann nicht sagen, was ich nicht herausfand. Ich fand schon mal nichts, was auch nur in die Nähe einer Überweisung von einer halben Million kam. Das Geld stammte möglicherweise aus Konten, die ich nie gesehen hatte, von denen ich gar nichts wußte. Und außerdem: Wenn diese Leute Geld irgendwo hineinlegen können, dann können sie es auch herausnehmen. Vielleicht fehlte ja schon eine zweite halbe Million.«

»Sie sind Ex-Polizist. Warum sind Sie nicht zur Polizei gegangen?«

»Glauben Sie mir, ich habe darüber nachgedacht. Aber es waren meine Erfahrungen, die mir Sorgen machten. Ich dachte darüber nach, was in solchen Fällen immer passierte, als ich noch Polizist war. Man greift sich jemand, sagen wir einen Banker, einen Buchhalter, einen Anwalt – damals schnappten wir eine Menge Anwälte. Die Firma schlägt Alarm. Da hat einer ein Konto auf seinen Namen mit einer halben Million drauf. Was tut der Staatsanwalt? Er nimmt ihn in Untersuchungshaft, und zwar sofort. Der Richter läßt ihn nicht auf Kaution frei, weil jemand mit einem solchen Konto vielleicht noch fünf andere Konten hat, und die ausfindig zu machen, würde Monate dauern. Das ist genau der Typ, der die Kaution sausen läßt und verschwindet. Und während ich im Gefängnis hocke, passiert mit unseren Computerkonten weiß Gott was – und todsicher nichts, was mir heraushilft.«

»Was haben Sie also getan?«

»Jetzt kommt Harrys Auftritt. Er rief mich an, nach so langer Zeit.«

»Von wo?«
»Wo er war, weiß ich nicht. Ich war zu Hause.«
»Und was sagte er?«
»Ich solle bloß nicht ins Gefängnis gehen. Er hatte gehört, jemand hätte im Gefängnis eine Prämie auf mich ausgesetzt.«
»Prämie?«
»Ja. Ein stehendes Angebot. Wer mich erwischte, konnte kassieren.«
»Ist das so üblich?«
»Kommt fast nie vor. Ist zu riskant. Es gibt zu viele, die davon hören und die viel dringender was brauchen, das sie der Polizei erzählen können, als Geld.«
»Wo hat Harry davon erfahren?«
»Das wollte er nicht sagen. Nicht im Gefängnis, auch nicht in St. Louis. Es war ein Ferngespräch aus einer Telefonzelle, und er mußte dauernd neue Münzen reinstecken, und ich hörte die ganze Zeit Autos vorbeifahren.«
»Und dann?«
»Ich spielte ein paar Dutzend Lösungswege durch. Ganz egal, wie ich es anstellte, ich konnte mir kein anderes Ergebnis vorstellen, als daß ich im Gefängnis auf den Beginn der Ermittlungen wartete. Harry sagte, die Prämie sei hunderttausend. Und das hieß, jemand mußte eine ganze Menge gestohlen haben. Er hat sich vielleicht zehn Millionen genommen, legt eine halbe Million sichtbar hin, damit ich verhaftet werde, und läßt mich noch vor der Verhandlung umbringen.«
»Und damit wäre die Sache erledigt?«
»Sicher. Er behält die neun Millionen oder so, und jeder denkt, ich hätte alles genommen, was in der Firma insgesamt fehlte.«
»Also war es jemand aus der Firma?«
»Schon möglich, vielleicht sogar jemand aus einer der anderen Filialen, aber ich war mir da keineswegs sicher. Es könnte auch jemand gewesen sein, den ich als Polizist irgendwann festgenommen habe. Schon seit längerem geben sie Häftlingen Computerunterricht, ein Teil des Weiterbildungsprogramms. Um ihnen hinterher zu einem Job zu ver-

helfen, ist das hundertmal besser als Drehbänke und Bohrmaschinen, und sie können sich damit kein Messer machen. Bei einer Strafe von fünf bis zehn Jahren lernt man eine ganze Menge über Computer. Oder es war eine noch größere Sache. Wenn man per Telefon Geld stehlen kann, dann konnte es sonstwer sonstwo gewesen sein, und ich war nur zufällig das Opfer.«

»Was taten Sie also?«

»Ich konnte es drehen und wenden, wie ich wollte, aber sobald der Mann von der Computerfirma alle Rechner im Haus wieder in Ordnung gebracht hatte und jemand sich mal genauer anschaute, was da alles drinsteckte, in derselben Minute würde ich schon im Gefängnis sitzen. Zwei oder drei Tage lang würden sie mich schlafen lassen, und dann wäre ich tot.«

Sie blickte ihm genau ins Gesicht. »Sie haben es gestohlen, nicht wahr?«

»Was hätte ich sonst tun sollen?« fragte er. »Ich war anständig. Ich hatte nicht das Geld, das man zum Untertauchen braucht.«

Sie starrte ihn an, als könnte sie durch seine Augen bis zum Hinterkopf hindurchsehen. »Kam Ihnen nicht die Idee, daß jemand möglicherweise genau das wollte?«

»Natürlich«, sagte er, »wenn sie sich schon alles andere ausdenken konnten, dann konnten sie auch daran denken. Aber falls ich jetzt gar nichts unternahm, dann produzierten die Gefängnisse täglich vielleicht hundert Typen, die draußen nur eine Beschäftigungschance hatten: mich umzubringen. Wenn ich alles der Polizei erzählte, dann käme ich exakt dorthin, wo die anderen auf mich warteten. Und wenn ich es nicht tat, dann fand die Firma die ganze Geschichte bald selbst heraus, genauso leicht wie ich.«

»Also nahmen Sie sich das Geld.«

»Einen Teil davon. Das heißt, man hat mir nicht bloß etwas in die Schuhe geschoben. Ich habe genau das getan, wofür sie mich umbringen werden. Ich bin schuldig.«

»Wenn Sie in Sicherheit sind, werden Sie es dann zurückgeben?«

Er schaute reglos durch das Fenster in ihrem Rücken in

die Ferne, vier oder fünf Atemzüge lang. »Ich würde gern. Ich glaube nicht.«

»Warum nicht?«

»Wir waren alle versichert. Wenn sie es herausfinden, kriegen die Kunden ihr Geld wieder. Die Versicherungsgesellschaft erhöht ihre Prämien, und das Leben geht weiter. Ich würde gern wieder sauber werden, aber das sagen Betrüger immer, und ich habe keinen Grund, mich für etwas Besseres zu halten. Ich weiß nicht, ob ich mich in diesem Leben noch dazu überreden kann, es zurückzugeben. Ich werde Angst haben.«

Sie behielt den Revolver in der rechten Hand, während sie den Hörer abhob und ihn unters Kinn klemmte. »Wie war die Telefonnummer Ihres Reviers, als Sie noch Polizist waren?«

»555-9292.« Er sagte sie schnell, als hätte sie sich in sein Gehirn gebrannt und würde nie wieder verlorengehen. »Vorwahl 314. Aber ein Revier wird Ihnen nichts über einen seiner Beamten sagen.«

»Ich weiß«, sagte sie, und dann antwortete jemand. Sie sagte: »Hallo. Hier ist Rachel Stanley, von der Sana Gesundheitsvorsorge.« Sie hörte einen Augenblick zu, unterbrach dann und sagte schnell: »Ich rufe an, weil wir gerade ein Spezialseminar organisieren für Polizeibeamte, die vielleicht interessiert sind an unserem einzigartigen neuen Projekt, die Krankenversicherung unserer Gesetzeshüter aufzustocken.« Sie hielt abrupt inne, als wäre sie gegen eine Mauer gerannt. »Ach so«, sagte sie, »Sie haben da schon eigene Pläne?« Sie schwieg wieder. »Also, das klingt wirklich gut, aber falls sich bei Ihnen doch jemand ... Ich verstehe. Auf Wiederhören.«

Sie wählte eine zweite Nummer, wieder ein Ferngespräch, und sagte: »Ich hätte gern eine Nummer, und zwar die Beamtenkrankenkasse in Missouri«, hörte einen Augenblick zu, wählte eine dritte Nummer, und behielt ihn die ganze Zeit über im Auge. Er sah ihr an, daß sie eine automatische Ansage abhörte, und als sie das richtige Stichwort bekam, drückte sie auf eine Nummerntaste. Nach einer kleinen Pause sagte sie mit einer halb schnurrenden, halb drohenden Stimme: »Ja. Hier ist Monica Briggs, Universitätsklinik Los Angeles, Aufnahme. Wir haben hier einen Patienten, John Felker, einen pensionierten Polizeibeamten aus St. Louis.«

Noch einmal hörte sie ein, zwei Sätze lang zu, dann klang es nachdenklich, als sie wiederholte: »Seine Sozialversicherungsnummer ... einen Augenblick ...«

Felker reichte ihr die geöffnete Brieftasche, und sie las die Nummer von der Karte ab. Dann drückte sie auf die Lautsprechertaste, so daß Felker mithören konnte, und legte den Hörer beiseite, um den Revolver, der jetzt genau auf seine Brust zielte, mit beiden Händen zu halten. Die Frauenstimme am anderen Ende tönte durch den Raum: »Tut mir wirklich leid. Als Mr. Felker den Polizeidienst verließ, war er nur sieben Jahre und neun Monate beschäftigt. Seine Ansprüche sind übertragen worden. Ich fürchte, er hat bei uns keinen Versicherungsschutz.«

Jane ließ den Revolver sinken und sprach laut in den Hörer: »Keine Sorge, er ist ordentlich versichert. Das hier wäre nur eine Zusatzversicherung gewesen. Es ist alles in Ordnung.« Sie drückte auf eine Taste und legte den Revolver weg. »Ich helfe Ihnen.«

7 Im Keller wusch Jake Reinert auf der alten Werkbank seines Vaters seine Pinsel und Bürsten aus. Es kam ihm seltsam unwürdig vor, diesen Arbeitstisch zu benutzen. Sein Vater war ein richtiger Handwerker gewesen. Jakes Großvater war Kavallerist bei den Königlichen Husaren im Kaiserreich Österreich-Ungarn gewesen und wollte nicht, daß sein Sohn zu den Soldaten ging. Er schickte den Jungen deshalb auf eine gute Schule, aber als der nach irgendeiner Missetat seine Prügelstrafe antreten sollte – der Junge hatte den Lehrer entweder geschlagen oder geschubst, je nach der Weinmenge, die sein Vater intus hatte, wenn er später die Geschichte erzählte – sprang der Junge aus dem Fenster und lief weg. Danach schickte der alte Soldat seinen Sohn zu einem Möbelschreiner in die Lehre, aber da wurde er ebenso fortgejagt. Der Kavallerist sah voraus, daß sein Sohn, genau wie er, keine andere Wahl mehr hatte als das Militär, um sein Brot zu verdienen. Also tat er das, was Zehntausende von Vätern in ganz Europa seit 1492 immer schon taten: Er brachte ihn auf ein Schiff nach Amerika.

Jetzt war Jake erwachsen, und er hatte den Verdacht, daß bei dieser Entscheidung sicher auch ein wenig Eigeninteresse mitgespielt hatte, denn einen jugendlichen Straftäter auf die andere Seite des Atlantik zu verfrachten, hatte gewisse Vorteile. Aber Jake wußte auch, daß es noch einen ernsten Hintergrund gab. Damals, zu diesem historischen Zeitpunkt, konnte man davon ausgehen, daß jene Männer zu Pferd, hoch den Säbel schwingend und in rasendem Galopp, überall mit ziemlicher Sicherheit Maschinengewehren und Artillerie in die Arme liefen, sogar dort auf dem alten Kontinent. Niemand konnte seinem Sohn das wünschen.

Jakes Vater hatte in seiner Lehre zweifellos eine ganze Menge mitbekommen. Er war sechzehn, als er ankam und fand mühelos Arbeit. Er baute wertvolle Möbel, er verlegte Holzvertäfelungen in den aufwendig dekorierten Kreuzfahrtschiffen, die sie unten in den Docks bauten, ja er schnitzte sogar einige der schönen Phantasietiere für die Karussells auf dem Mitchell-Bauer-Jahrmarkt.

Jake war jetzt in einem Alter, wo er oft in den Keller ging und dort seine Pinsel hart wie Bootspaddel vorfand, so daß er sie nun eine oder zwei Stunden in Terpentin einweichte, selbst wenn sie augenscheinlich sauber waren. Von hier aus hatte er durch das Kellerfenster einen freien Blick auf Jane Whitefields Haus und auf das Fenster an dieser Seite. Jetzt würden drinnen bald die Lampen angehen, und dann konnte er Schatten an der Decke sehen und manchmal eine Silhouette im Fenster.

Die Welt war alt geworden. Was an unentdeckter Landschaft noch übrig war, lag zumeist in dem Raum zwischen den Ohren eines Menschen. Janes Mutter war bei der Hochzeit mit Henry Whitefield mit Bescheidenheit und Würde aufgetreten. Aber Jakes Frau Margaret hatte einmal mit Bedauern angedeutet, daß sie eine gewisse Vergangenheit hatte. Jake fragte ein paarmal nach, weil er wissen wollte, ob er gerade eine unvermutete Seite an Margaret entdeckt hatte, Eifersucht vielleicht oder irgendeinen inneren Drang, eine in ihrem Sprengel aufgetauchte Frau unter Verdacht zu stellen. Aber das war nicht der Fall.

Der versteckte Hinweis beruhte auf sicherem Wissen, einer Vertraulichkeit von Frau zu Frau, und er war so gemeint, wie er klang. Janes Mutter war im Alter von zwanzig Jahren mittellos in New York hängengeblieben. Nun gab es da einen hartnäckigen Mythos, der behauptete, zu einer bestimmten Zeit konnte in dieser Gesellschaft eine Zwanzigjährige nicht mittellos hängenbleiben, nicht einmal in einer Großstadt. Irgend jemand nahm sie immer mit und gab ihr ein Zuhause, so wie ein verlorener Fisch sich einem anderen Schwarm anschließt und darin verschwindet. Jake gab ja gern zu, daß es so eine Möglichkeit früher vielleicht wirklich gegeben hatte, aber nach der Lebenserfahrung der Zeitgenossen stimmte das sogar schon damals nicht mehr. Er vermutete, so etwas wäre vielleicht in einer Kleinstadt möglich gewesen. Janes Mutter lebte aber nicht in einer Kleinstadt. Sie legte sich also wechselnde Männer zu, die immer wieder an solchen Orten wie Elmira und Attica Urlaub machten.

Margaret hatte nie jemanden kritisiert, nur weil er viel Sex hatte. Das hätte auch nicht zu ihrem Charakter gepaßt. Sie drückte es so aus: »Die Leute haben ein Recht, ihr Glück zu versuchen. Das steht schon in der Unabhängigkeitserklärung.« Aber sie ließ durchblicken, daß Janes Mutter es unermüdlicher als die meisten anderen versuchte, bevor sie es endlich schaffte. Margaret brachte dafür echtes Mitgefühl auf, weil Mitgefühl ihr schon immer besonders leicht fiel.

Im großen und ganzen glaubte Jake mehr an Vererbung als an Erziehung, aber er mochte keine Möglichkeit ausschließen, die nicht zuvor die Wissenschaft als falsch erwiesen hatte. Als Jane noch ein Kind war, hatte er sie manchmal beobachtet, ob sie in ihrem Verhalten denselben Hang zu Süßigkeiten zeigte wie ihre Mutter. Was immer nun die Wahrheit über die Vergangenheit von Janes Mutter war, ein Gewerbe hatte sie nicht daraus gemacht.

Bekanntermaßen brachten sich junge Frauen bei dieser Betätigung gern in Schwierigkeiten, speziell junge Frauen mit erheblicher Intelligenz und Selbstsicherheit. Bekanntlich wurden sie manchmal sogar tot aufgefunden. Denn sie konnten noch so viel Vorsicht walten lassen, wenn sie mal in einer Privatwohnung waren, außer Hörweite ihrer wahren Freunde und in irgendeiner jener Positionen, die – wie man höflich sagte – für den Vollzug erforderlich war, dann hatten sie nicht mehr viel in der Hand, womit sie den Lauf der Dinge beeinflussen konnten. Das einzig Vernünftige war, sich lange vor dieser Phase die nötigen Ausweispapiere und Referenzen genau anzusehen.

Er schaute durch das Kellerfenster und vorbei an seinem Rosenstrauch auf Janes Fenster. Er hatte recht gehabt. Da war eine zweite Silhouette. Sie sah ungefähr so groß aus wie der junge Mann, der gestern an ihre Tür geklopft hatte.

Jane klappte die Trommel des Revolvers auf und leerte die Kugeln in ihre Hand, dann gab sie Felker die Waffe zurück. Sie zögerte eine Sekunde, dann hielt sie ihm auch die Munition hin. Er sah sie verwundert an, und sie sagte: »Da Sie sie nicht zurückhaben wollten, haben Sie sowieso noch andere bei sich.«

Er nahm die Kugeln und steckte sie in die Hosentasche. »Was machen wir jetzt?«

»Wir überlegen, was ich für Sie tun kann«, sagte sie.

»Sind Sie verheiratet?«

»Ich war es mal eine Zeitlang. Nach drei Ehejahren mit einem Polizisten sah sie die Zukunft voraus, bevor ich es konnte.«

»Das war wohl, sagen wir – vor zehn Jahren. Was ist mit Freundinnen?«

»Warum fragen Sie mich sowas?«

»Gibt es jemanden in St. Louis, der jetzt schon die Polizei benachrichtigt und Sie als vermißt gemeldet hat?«

»Nein. Ich sagte meinem Chef, ich könnte sowieso nicht viel tun, solange die Computer nicht arbeiten, also würde ich jetzt etwas Urlaub nehmen. Ich sagte ihm, er sollte mir auf meiner Maschine eine Nachricht hinterlassen, wenn alles wieder normal liefe. Meine Familie besteht aus meiner Schwester Linda, die verheiratet ist und vier Kinder hat und mich einmal im Jahr anruft, und dann noch ungefähr dreißig Cousins und Cousinen, die ich zwanzig Jahre nicht gesehen habe. Als ich Linda von dieser Sache erzählte, sagte sie, ich hätte recht zu fliehen, und sie wünschte mir viel Glück dabei.«

»Weiß sie, wohin sie wollten?«

»Nein.«

Sie dachte einen Augenblick nach. »Ich nehme an, Sie sprechen keine Fremdsprache so gut, daß Sie irgend jemanden damit täuschen können?«

»Nein. Nur ein bißchen Spanisch.«

»Haben Sie sonst was, das uns helfen könnte, Sie in einem andern Land zu verstecken?«

»Das Geld. Also gut, es ist nichts meins, aber ich habe meinen Paß.«

Sie musterte ihn mit dem Anflug einer betrübten Miene. »Ich weiß, das ist alles sehr schnell passiert, aber Sie müssen ein wenig vorausdenken. Ein Paß mit den Namen John Felker ist keine große Hilfe. Sie können sich nicht an einen Cafétisch in Rio setzen und so lange amerikanische Zeitungen lesen, bis Sie hören, daß der Name nicht mehr unter Verdacht steht. Sie sind kein Unschuldiger.«

»Nein«, sagte er, »ich dachte nicht, daß ...«

»Wohin wollen Sie?«

»Ich weiß nicht. Sie werden nach mir nicht hartnäckiger suchen als damals nach Harry. Wohin haben Sie ihn geschickt?«

Sie saß eine Weile da, ohne zu antworten, dann sagte sie: »Ich denke, es wird irgendwo in diesem Land sein müssen. Das ist leichter, verlangt aber mehr Selbstdisziplin.«

»Welche Art Selbstdisziplin?«

»Da haben Sie möglicherweise ein persönliches Problem.« Dann wurde sie lebhafter: »Waren Sie jemals als V-Mann im Untergrund, mit einer anderen Identität?«

»Nein«, sagte er, »ich war von der ganz normalen Sorte Polizist. Was für ein Problem?«

»Alte Gewohnheiten verlernen«, sagte sie. »Wenn ein Polizist geschlagen wird, schlägt er zurück, nur härter.«

»Ich bin schon lange kein Polizist mehr«, sagte er.

»Manche können mit dem Gedanken leben, daß sie Feinde haben, und versuchen nie herauszufinden, wer sie sind. Können Sie das auch?«

»Warum fragen Sie das alles?«

»Ich muß wissen, wer Sie sind, und ich möchte, daß Sie wissen, wer ich bin. Zumindest: Wer ich für Sie bin. Wenn Sie Ihre Ruhe haben wollen, werde ich mein Leben riskieren, um sie Ihnen zu verschaffen. Wenn Sie Ihre Rache wollen, nehmen Sie Ihren Revolver und gehen Sie.«

»Das habe ich aufgegeben, als ich beschloß hierherzukommen.«

»Ich sage Ihnen damit nur, daß ich mich nicht umsonst anstrenge. Niemand findet zu mir, solange sein altes Leben nicht verbraucht ist. Wenn Sie mit mir kommen, dann ist John Felker tot. Sie sind ein anderer, der keine Feinde hat.«

Er dachte lange Zeit darüber nach. »Doch, ich kann es.«

»Wie sind Sie hergekommen?«

»Mit einem Greyhound-Bus von St. Louis nach Buffalo, dann mit dem Taxi.«

»Busse sind langsam und fahren nach einem geregelten Fahrplan. Jeder, der will, kann sich einen besorgen und ihn durchlesen. Ist Ihnen jemand gefolgt?«

»Ich glaube nicht.« Dann gab er zu: »Ich habe nicht darauf geachtet.«

»Hat jemand Sie gesehen, als Sie in dieses Haus gekommen sind?«

»Ihr Nachbar. Der Alte.«

»Wo ist Ihr Koffer?«

»Oben, in Ihrem Schrank.«

»Holen Sie ihn.«

Jake Reinert hörte, wie ein Wagen in der Einfahrt nebenan ansprang. Es war jetzt schon fast dunkel, aber unwillkürlich ging er zum Eckfenster, um sich heimlich etwas anzusehen, was er auch ohne den neugierigen Blick schon wußte.

Es war Jane Whitefields Mietwagen, und der Mann saß am Steuer. Jake beobachtete ihn, wie er Sitz und Spiegel zurechtrückte. Als der Wagen am Fenster vorbeikam, sah er sich den Mann genau an; er wußte, in einer Woche oder so würde er dieses Gesicht dem Revierpolizisten Dave Dormont beschreiben müssen.

8 Jane suchte nur scheinbar etwas in ihrer Handtasche, aber ein kurzer Blick zur Seite bestätigte ihr, daß Jake Reinert da stand, wo sie ihn vermutete, an seinem Eckfenster.

»Wohin soll ich fahren?« fragte Felker.
»Die River Road nach Norden.«
»Gut.«
»Beim Packen habe ich bemerkt, daß Sie mein Zimmer durchsucht haben. Sie haben im Schreibtisch in meinen Papieren gekramt. Warum?«
»Ich wollte sichergehen, daß Sie die Frau sind, von der Harry gesprochen hat. Und selbst dann: Es gibt Leute, die woanders hinziehen.«
»Was haben Sie gefunden?«
»Sie haben ein paar Kreditkarten mit anderen Namen. Als ich Ihre Rechnungen fand, war ich erleichtert.« Er beobachtete sie einen Augenblick lang aufmerksam, und sie schien zufrieden mit der Antwort. »Wohin fahren wir?«
»Wir wechseln den Wagen.«
»Bevor es überhaupt losgeht?«
»Das hier ist ein Mietwagen. Falls jemand den Firmennamen an der Tür gesehen hat, dann suchen sie nicht mehr einen unter sechzig Millionen Wagen, sondern einen unter zehntausend oder so. Sagen wir, zehn Prozent davon haben ein New Yorker Nummernschild. Macht nur noch tausend. Wieviel davon sind von dieser Marke? Die Hälfte? Fünfhundert. Die Hälfte davon hat diese Farbe. Zweihundertfünfzig. Wenn sie sich die Unterlagen der Leihfirma besorgen, wissen sie, wo er abgegeben wird.«

Er fuhr schweigend einige Querstraßen weiter, bis er zur River Road kam. Am frühen Abend sah der Fluß groß und dunkel aus. Auf der anderen Seite des Wassers war das Ufer der Grand Island schon schwarz bis auf das helle Gitter der

Fenster eines Hotels. Er bog rechts ein und blieb nun auf der Uferstraße.

»Glauben Sie wirklich, sie kommen an die Unterlagen der Firma heran? Wir haben damals normalerweise eine Woche dazu gebraucht, und das nur mit einem Gerichtsbeschluß.«

»Wenn sie in die Computer Ihrer Firma reinkommen, warum dann nicht auch in jede andere?«

»Ja«, sagte er düster, »warum nicht.«

»Ich möchte Ihnen nicht die Stimmung verderben. Ich bin nur so vorsichtig wie möglich. Wir wissen nicht, wer sie sind oder warum sie das mit Ihnen gemacht haben. Aber wir wissen, daß sie eine Menge Geld haben oder beschaffen können, und sie denken, wenn Sie tot sind, können sie es behalten. Also werden sie soviel Geld ausgeben, wie sie dafür brauchen.«

Felker seufzte. Dann fiel ihm offenbar etwas ein. Er wandte sich ihr zu. »Geld«, sagte er, »es ist schon komisch, wenn das eigene Leben in Gefahr ist, denkt man einfach nicht mehr dran. Was verlangen Sie für das alles? Was ist Ihr Honorar?«

Sie schaute aus dem Fenster und sah die vertrauten Gebäude vorbeiziehen. Die Pizzeria, wo sie und ihre Freunde die Hälfte ihrer freien Abende verbrachten. Jimmy Conolly und seine mageren Füße, nur deretwegen hatte sie sich in ihn verliebt. Sie konnte sie jetzt richtig vor sich sehen, aber sie brachte es nicht mehr fertig, sich zu erinnern, warum sie ihr damals so attraktiv vorkamen. Ein paar Häuser weiter war früher das große Kino, das bis zum Ersten Weltkrieg das »Berliner« hieß und während der sechzig Jahre danach das »Tivoli«. Vor zwanzig Jahren hatte man es geschlossen und in kleine Läden unterteilt. Die oberen Stockwerke des Gebäudes zeigten immer noch ihre aufwendigen Zierschnecken, weil die in den Stein gemeißelt waren, und sie erinnerte sich lebhaft an den Geruch von frischem Popcorn und wie sich die abgewetzten Samtsessel anfühlten. Damals zeigten sie an den Samstagen Tarzan-Filme für einen Vierteldollar, nicht zuviel für die Kinder. Sie hatte manchmal den Eindruck, es müsse ein besonderer Augenblick sein, wenn Tarzans Jane im nassen Hemd dastand, aber damals war das ohne Bedeutung für sie. »Ich habe kein Honorar«, sagte sie, »manchmal schickt man mir ein Geschenk.«

»Heißt das, Sie leben von Geschenken?«

»Ich sagte nicht, daß es kleine Geschenke sind.« Sie lächelte vielsagend.

Er runzelte die Brauen. »Geben Sie mir einen Hinweis. Ich möchte fair mit Ihnen sein.«

Er war – er war so sehr ein Mann. Eine Sache mußte entschieden sein, festgelegt und besiegelt. Vermutlich wollte er, daß sie beide eine Vereinbarung aussprachen und sich die Hand darauf gaben, einen kurzen, trockenen Händedruck. Sie sah ihn an und sagte: »Okay, ich sage Ihnen, wie es geht. Wenn das hier vorbei ist, schlafen Sie sich einen Tag oder länger aus, gewöhnen sich als erstes ein, zwei Wochen an Ihre neue Umgebung und einen Monat daran, daß Sie jetzt jemand anderer sind. Eines Tages, vielleicht dann, vielleicht ein Jahr später, setzen Sie sich hin und erinnern sich, was alles gewesen ist, und dann schicken Sie mir ein Geschenk.«

Sie ließ ihm Zeit, darüber nachzudenken, und schaute an ihm vorbei auf den Fluß. Die Uferstraße war gut ausgebaut und führte schnell mitten durch die alten Städte, die sich am Ende des 18. Jahrhunderts, nach den Unabhängigkeitskriegen, am Niagara entwickelt hatten. Seit Urzeiten war dieses ganze Land ein Lebensraum für Menschen gewesen. Als kleines Mädchen ging sie oft am Ufer spazieren und fand Pfeilspitzen, noch heute konnte man sie finden, dreihundert Jahre nachdem sie durch das Metall verdrängt wurden, das mit dem Pelzhandel ins Land gekommen war.

Beim Passieren der Stadtgrenze merkte ein Fremder wie John Felker wohl nicht einmal, daß er Deganawida verlassen hatte, denn die Eigenheiten dieser kleinen Städte waren fast nicht wahrnehmbar, sie hatten mit Dingen zu tun, die im Lauf der Zeit geschehen waren. Es waren keine Grenzlinien, es waren Ereignisse und Geschichten.

Als sie auf dem Weg aus North Tonawada hinaus an dem langen Grasstreifen vorbei wieder durch karges Buschland fuhren, ertappte sie sich dabei, daß sie den Gedenkstein am Ufer zu entdecken suchte, wo der Fluß breiter wurde und wo man an der Spitze der Grand Island vorbeisehen konnte. Der Stein war alt und beinahe unsichtbar, er lag zehn Meter von der Straße weg unter den Bäumen, die um ihn herum hochgewachsen waren, und sie bemühte sich, schnell hinzuschauen, aber es war schon zu dunkel. Es machte ihr nichts aus, denn was sich dort zu sehen lohnte, konnten Augen nicht mehr sehen.

An dieser Stelle hatte vor über dreihundert Jahren der Franzose La Salle die »Griffon« gebaut, das erste Schiff, das die Großen Seen durchquerte. Es mußte den Seneca, die dem Treiben aus dem dichten Wald heraus zusahen, über die Stümpfe der Bäume hinweg, die die Franzosen als Baumaterial geschlagen hatten, seltsam vorgekommen sein. Der halbfertige Rumpf mit Kiel und Spanten ragte bedrohlich aus dem Ufersand wie das Skelett eines Riesenfisches, aber die Seneca, unbesiegbar in diesem Teil der Welt, waren wohl eher neugierig als verängstigt.

Hinter der Stadt, die man nach La Salle benannt hatte, mündete die Straße in eine weite Parkanlage, die sie an den Autoschlangen in der Nähe der großen Wasserfälle vorbeiführte. Hennepin, der Priester und Jesuit bei La Salles Expedition, war der erste Weiße, der aus dem Wald herausgestolpert kam und sie erblickte, und nur deshalb wurde sein Name der Nachwelt überliefert. Jane fand das schon immer komisch. Da waren diese Wasserfälle, knapp einen Kilometer breit und sechzig Meter hoch, so laut, daß man fast nichts anderes mehr hören konnte, und sie warfen Gischt- und Nebelwolken in den hohen Himmel, die man meilenweit sehen konnte. Lange vor La Salle kannte sie jeder Indianer zwischen Minnesota und dem Atlantik, weil sie das einzige ernsthafte Hindernis auf den alten Handelswegen waren. Und das war die Zeit, als Götter noch eine Adresse hatten. Heno der Donnerer wohnte in einer Höhle genau hinter dieser Mauer aus fallendem Wasser.

Während sie durch die Parkanlage fuhren, warf sie einen Blick auf Felker. Er hielt sich ziemlich gut, wenn man bedachte, daß innerhalb von wenigen Tagen sein ganzes Leben in die Brüche gegangen und er seitdem auf der Flucht war. Er jammerte nicht, er stellte keine Fragen, die sie nicht beantworten konnte. Wenn er es acht Jahre als Polizist ausgehalten hat, dachte sie sich, ist das mindeste, was man erwarten kann, daß er ein zäher Bursche ist. Einen Augenblick lang war sie beunruhigt gewesen, als sie sah, daß er ihr Zimmer durchsucht hatte, aber schließlich war er Polizist, und genau dafür wurden Polizisten ausgebildet: herauszufinden, mit wem sie es zu tun hatten. Und wenigstens einmal war er in derselben Lage gewesen wie sie. Er hatte einen harmlosen kleinen Kerl wie Harry getroffen, dessen Feinde immer näher kamen, und nach kurzem Überlegen beschlossen, ihn zu retten. Sie würde ihr Bestes für ihn tun.

Sie versuchte, sich geistig darauf einzustellen. Das hier war einer der harten Fälle, und sie war müde. Das war etwas anderes, als wenn zwei Sozialarbeiterinnen auf einem Kongreß vertraulich zusammensitzen, in einer Bar in einer ihnen fremden Stadt, und die eine sagt, sie habe da einen ganz fürchterlichen Fall an der Hand und das ganze Rechtssystem liege einfach quer dazu, und die andere schaut auf den Boden ihres Glases und sagt: »Also, ich kenne da eine Frau...« Aber so war es schon lange nicht mehr, es hatte sich längst zu etwas ganz anderem ausgewachsen. Im vergangenen Jahr war sie sechsmal unterwegs gewesen. Sie zwang sich, zu vergessen, was gelaufen war. Sie mußte nach vorne denken.

Sie bemerkte, daß sie nur noch ein paar Kilometer von der Ridge Road entfernt waren, wo das Tuscarora-Reservat begann. Sie sah auf die Ortsschilder und hielt Ausschau nach der Tankstelle, die man deutlich außerhalb der Reservatsgrenzen hingebaut hatte, damit der Inhaber nicht unter dauernder Beobachtung stand. Als sie sie endlich vor sich sah, sagte sie: »Fahren Sie da rein, aber nicht zu den Zapfsäulen.« Felker parkte den Wagen abseits auf dem Asphaltstreifen und ließ den Motor laufen.

»Soll ich auftanken?« fragte er.

»Nein«, sagte sie, »warten Sie auf mich.« Jane ging zu dem kleinen Häuschen mit den hellen Fenstern, trat ein und ließ den Lärm der draußen vorbeifahrenden Wagen hinter sich.

Hinter dem Ladentisch saß ein Mann auf einem Hocker

und schaute in den Fernseher, der neben der Kasse aufgestellt war. Er lächelte, als er kurz aufschaute, um ihr zu zeigen, daß er sie gesehen hatte, und wandte sich wieder dem Fernseher zu. »Hi, Janie«, sagte er zu dem Apparat.

»Hi, Cliff«, antwortete sie, »schöner Abend heute.«

»Schaust du dir das Spiel mit mir an?« Clifford Tarkington zeigte sein höchstpersönliches Lächeln, und sein Tuscarora-Gesicht schien noch breiter zu werden, seine schwarzen Augen noch enger, aber sein Mund bewegte sich nicht dabei. »Ein Wahnsinnsabend. Die Indians spielen gegen die Yankees.«

Bei den Tuscarora hatte jeder einen Namen wie Wallace oder Clifford oder Clinton, genau wie bei den Seneca. Die Seneca hatten ihre Kinder nie nach christlichen Heiligen genannt. Die Mohawk bei Caughnawaga, auf der kanadischen Seite des St.-Lorenz-Stroms, hießen »die betenden Indianer«. Aber einen betenden Seneca hatte noch nie jemand gesehen, und wenn es je betende Tuscaroras gegeben hatte, dann hatte man es ihnen 1712 ausgetrieben. In diesem Jahr führte ein Schweizer Söldner eine Armee von Siedlern aus South Carolina und ein paar feindliche Stämme heran, um den Tuscarora ihre Wohn- und Jagdgebiete in North Carolina wegzunehmen. Die Sieger hielten ein Festmahl mit der Leiche eines Tuscarora und verkauften dann ihre Gefangenen auf dem Sklavenmarkt. Die Überlebenden wurden von den Seneca aufgenommen und erhielten das Dorf Ga-a-noga als neuen Wohnsitz.

»Ich bin gekommen, um dir eine dieser alten Rostkutschen abzunehmen, die du hier sammelst«, sagte Jane, »man sieht doch, daß du freien Platz brauchst.«

»Ich könnte mich vielleicht von etwas trennen, das elegant ist, obwohl es nicht so aussieht«, sagte Clifford. »Was genau suchst du?«

»Mittelklasse«, sagte sie, »nichts Auffälliges, und nicht frisch aus der Verpackung.«

»Aber auch nicht zu alt?« versuchte er zu raten. »Ich hätte einen 92er Ford. Ein Prachtstück, läuft tadellos rund, nicht viele Kilometer drauf.«

»Welche Farbe? Ich möchte keinen dieser Fords, die sie

in Hamilton zusammenbauen, die mit den changierenden Farben, bei denen jeder denkt, ich sei vom Land.«

»Perlgrau. Zum Teufel damit, alle sind sie heute grau. Oder weiß. Fünf, wenn du ihn mit der gleichen Farbe zurückbringst.«

Zwei Jahre vorher hatte sie einmal einen zwölfjährigen Jungen aus Ohio rausgebracht, wo ihn zwei Clans von Vettern sein Leben lang in Pflegeheime gesteckt hatten, bis sie herausbekamen, daß ihm eine Erbschaft bevorstand. Sie gaben eine Beschreibung des Wagens über das Fernsehen bekannt. Eine Stunde lang mußte sie den Wagen durch eine Farbstraße schicken, die Zweihundert-Dollar-Sonderausführung. Clifford hatte sich vorgenommen, die Sache bei kommenden Verhandlungen zu erwähnen.

»Fünfhundert?« rief sie erschocken. »Du verstehst mich falsch. Ich will ihn nicht kaufen. Wie wär's mit zweihundert?«

»Vier-fünfzig«, murmelte er in den Fernseher hinein, »es ist ein T-Bird. Mit allem Drum und Dran.«

»Zweieinhalb, und ich spiele auch nicht mit den elektrisch verstellbaren Sitzen.«

»Hat er keine.«

»Und das nennst du mit allem Drum und Dran?«

»Dreieinhalb, und ich lege noch einen vollen Tank drauf.«

»Er ist schon vollgetankt, wenn er dauernd da hinten steht. Du hast Angst, daß sonst Wasserdampf in den Tank kommt. Dreihundert, und ich vergesse, was du mir noch für die Lackierung von damals schuldest.«

»Drei-fünfundzwanzig, und ich nehme deinen Mietwagen da draußen.«

»In Ordnung«, sagte sie und gab ihm den Scheck, den sie bereits ausgefüllt hatte.

Er schaute sich den Betrag an und sagte: »Jedesmal, wenn ich mit dir Geschäfte mache, lerne ich wieder was dazu, Janie.«

»Tja«, sagte sie, »nur daß ich dabei das Schulgeld zahle.«

Er gab ihr einen Metallring mit zwei Schlüsseln. »Bis dann, Janie.«

»Bis dann«, sagte sie und ging auf den Vorplatz hinaus, um das Haus herum und nach hinten. Dort fand sie den Wagen, abgestellt auf dem, was Cliff als seinen Parkplatz benützte, dem rissigen Betonfundament eines alten, längst verschwundenen Gebäudes. Der Ford sah nicht schlecht aus, und als sie ihn anließ, konnte sie hören und spüren, daß Cliff den Motor vor kurzem frisch eingestellt hatte. Sie ließ ihn im Leerlauf und ging zurück zu Felker, den sie neben dem Mietwagen stehend antraf, an die Tür gelehnt.

Beim Einsteigen sagte sie ruhig: »Es ist in dieser Phase der Reise besser, wenn Sie nicht unnötig unter einer Lampe herumstehen.«

»Warum? Haben Sie jemanden gesehen?« Er unterdrückte den plötzlichen Drang, sich umzudrehen und nach hinten zu schauen.

»Ich weiß nicht«, sagte sie, »mindestens fünfzig Wagen sind hier vorbeigekommen, seit wir da sind, aber ich weiß nicht, wen ich suchen muß. Die anderen wissen es.«

Sie fuhr zur Hinterseite des Hauses auf den Parkplatz, wo der Ford noch lief. »Fahren Sie den da raus, damit ich diesen auf den Platz stellen kann.«

Er setzte sich hinter das Steuerrad des Ford und fuhr zur Seite, wartete, bis Jane geparkt hatte und hob die zwei Reisetaschen aus ihrem Wagen, dann öffnete er die Seitentür des Ford, um das Gepäck auf den Rücksitz zu legen.

Jane sagte: »Es ist Bargeld, nicht wahr?«

Er zuckte die Achseln. »Naja. Ich dachte, ich kann es mir nicht leisten, einen Scheck oder so etwas auszuschreiben.«

»Legen Sie sie in den Kofferraum. Daß es Ihnen auf dem Rücksitz einen halben Meter näher ist, macht es auch nicht sicherer.«

Er machte die Hecktür auf und legte die beiden Taschen hinein, dann aber zögerte er plötzlich. »Ich will nicht, daß Sie was Falsches denken. Ist es okay, wenn ich den Revolver vorne im Wagen behalte?«

Sie stand am Mietwagen vor dem offenen Kofferraum. Sie sagte: »Einverstanden. Lassen Sie die Hecktür offen.« Nachdem sie den Kofferraum des Mietwagens zugeworfen hatte, kam sie zu dem Ford herüber. Sie trug jetzt einen

Rucksack und ein Jagdgewehr mit kurzem Lauf. Beides legte sie neben die Reisetaschen.

»Soll ich weiterfahren?« fragte er.

»Wenn es Ihnen nichts ausmacht. Die Leute schauen immer zweimal hin, wenn eine Frau am Steuer sitzt. Es sieht immer so aus, als wäre der Mann betrunken oder so.« Sie legte die Schlüssel des Mietwagens auf die Motorhaube und setzte sich neben Felker in den Ford.

»Fahren Sie immer nur nach Norden. Wenn Sie an die Kreuzung mit der Ridge Road kommen, dann rechts.«

Noch etwas holprig brachte er den Wagen an Cliffords Haus vorbei zur Straße und schaute nach links, um die Geschwindigkeit und die Entfernung der herankommenden Autoscheinwerfer abzuschätzen. Sie bemerkte, daß er sie eine Sekunde lang scharf ansah, bevor er aufs Gaspedal trat.

»Stimmt etwas nicht?« fragte sie.

»Das ist typisch Harry. Er hat mir nicht einmal gesagt, wie Sie aussehen.«

»Warum? Wie sehe ich aus?«

Er hob die Schultern. »Also, wie ein Leibwächter sehen Sie nicht aus.«

Sie bedauerte sofort, daß sie ihn so gefragt hatte, als ob sie wollte, daß er sagte, sie sei hübsch. Sie bedauerte, daß sie überhaupt etwas gesagt hatte. Sie hätte es überhören sollen. Ihr war nicht genug Zeit geblieben, um sich auch noch auf so etwas vorzubereiten, diese besondere Anspannung, mit einem Mann zu reisen, der weder zu alt, noch zu jung war und sich daran gewöhnt hatte, daß den Frauen seine Aufmerksamkeit für sie fast immer gefiel. Sie mußte seinen Gedanken eine andere Richtung geben, deshalb tat sie, als ob sie ihn mißverstanden hätte, als ob ihr diese Idee gar nicht zu Bewußtsein gekommen wäre. »So ist es auch richtig«, sagte sie, »Sie müssen sich daran gewöhnen, Denken und Aussehen voneinander zu trennen. Biegen Sie nach der Ampel da vorn rechts ab.«

Er nahm die Kurve langsam und beschleunigte auf dem Highway nach Osten. Dann sah er sie wieder an. »Es ist eine schöne Verkleidung.« Er schien einzusehen, daß er zu weit gegangen war. »Ziemlich clever.«

»Ihre muß noch besser sein. Sie muß aus Ihrem Kopf kommen. Wann hatten Sie zuletzt Angst um Ihr Leben?«

»Das ist leicht«, sagte er. »Als ich Polizist war.«

»Polizisten sind Hunde. Versuchen Sie, als Hase zu denken.«

»Was?«

Sie sagte es langsam, damit er es verstand. »Das hier ist so etwas wie Hunde auf der Jagd nach einem Hasen. Wenn der Hase gewinnt, dann kann er die Hunde nicht töten und fressen. Er ist danach kein Hund. Er ist weiterhin ein Hase, das ist alles, was er davon hat.«

Er machte sich das Hemd auf und hielt den Revolver in die Luft. »Sie meinen, Hasen brauchen so etwas nicht?«

»Das ist eine feine Sache, wenn Sie sich ihn als allerletztes Mittel denken. Nur bilden Sie sich nicht ein, daß eine Schießerei mit den Leuten, die hinter uns her sind, Ihnen irgendwie helfen würde. Sobald einer eine solche Waffe benützt, müssen früher oder später alle, die danach noch auf den Beinen stehen, mit der Polizei reden.«

»Und wir können nicht mit der Polizei reden.«

»Ein paar Tage in der Zelle tun mir nicht weh. Das kenne ich. Aber wenn die Leute auch nur entfernt das sind, wofür Sie sie halten, dann können Sie es nicht.« Sie schwieg einen Augenblick. »Oder die Leute, an die Sie bis jetzt noch gar nicht gedacht haben.«

»Was für Leute?«

»Ich weiß nicht.«

»Warum sagen Sie es nicht geradeheraus? Was ist es?«

»Wer immer es ist, er möchte Sie im Gefängnis noch vor der Verhandlung tot sehen. Kommt Ihnen das nicht irgendwie bekannt vor?«

Er antwortete zu schnell: »Nein.«

»Also haben Sie schon daran gedacht.«

»Ich habe an alles gedacht. Ich habe diese Geschichten auch gehört, aber nie von jemandem, der sich auskennt. Und nicht in St. Louis.«

»Der Auftrag, Sie umzubringen, zirkuliert im Gefängnis. Geld nützt einem Lebenslänglichen wenig. Etwas anderes schon eher.«

»Es sind nicht die Polizisten.«

»Keiner scheint zu befürchten, daß ein Gefangener, der davon gehört hat, damit zur Polizei geht. Das macht einen doch nachdenklich.«

Jetzt war er ärgerlich. »Ich war keiner von diesen dreckigen Bullen, die etwas über andere dreckige Bullen wissen. Ich habe meine Arbeit gemacht bis zu dem Tag, an dem ich ging, und nachdem ich weg war, hat jeder andere ebenso seine Arbeit gemacht, soviel ich weiß.« Er kochte ein paar Minuten still vor sich hin, und sie wartete, ohne zu sprechen. Dann sagte er leise: »Tut mir leid, ich habe einfach ... mein Leben ist irgendwie in die Luft geflogen. Es hat mich ein paar Tage gekostet, mich an den Gedanken zu gewöhnen, daß die letzten fünf Jahre als Anlageberater reine Zeitverschwendung waren. Wahrscheinlich hat man mich reingelegt. Ich bin bereit, alles aufzugeben, was ich jemals war, aber ich bin nicht bereit zu der Feststellung, daß alles, was ich jemals getan habe, wertlos war. Klingt das vernünftig?«

»Natürlich«, sagte sie. Sie war so weit gegangen, wie es im Augenblick möglich war. Manche der gejagten Hasen begriffen es schneller, weil sie sich schon ihr Leben lang geduckt und versteckt hatten. Andere brauchten länger.

Während der Fahrt auf der Ridge Road verschwand das Dickicht der hellen Straßenlampen am Ufer allmählich im Dunkel der Nacht und beleuchtete nicht mehr die Straße vor ihnen. Die Ridge Road hatte man auf den nördlichen Zweig des Waagwenneyu gelegt, der großen Handelsroute der Irokesen, die vom Hudson bis zum Niagara führte. Dieser Nordzweig lag knapp unterhalb des Ontario-Sees auf dem langen, flachen Steilufer, das in prähistorischen Zeiten den See begrenzt hatte.

Sie sah hinaus in die Dunkelheit jenseits der kleinen Lichtfläche, die die Scheinwerfer auf die Straße warfen, und konnte darunter den Waagwenneyu spüren, genau unter dem Asphalt. Im Dunkeln schnitt die Straße eine Schneise mitten durch den Besitz irgendeines reichen Mannes, der sich gern als Landedelmann sah. Den dichten Wald, der in ihrem Blickfeld lag, hatten wohl seine bäuerlichen Ahnen zum Windschutz ihrer Ernten angelegt und stehengelassen.

Die mächtigen Stämme kamen einer nach dem andern näher und huschten vorbei, ihre ausgreifenden Äste berührten sich beinahe fünfzehn Meter über der Straße, und als Jane nach oben schaute, fühlte sie sich eine Handbreit tiefer im Boden, unter dem Asphalt und auf dem Waagwenneyu. Der alte Pfad lief meist geradeaus und wich nur hier und da einem Baum oder einer feuchten Senke aus. Er war schmal, kaum mehr als einen halben Meter breit, und tief – nicht selten dreißig Zentimeter tief, über die Jahrhunderte ausgetreten von Mokassin-Schritten. Hier lag der Zweig des Handelspfads, der die Seneca vom Genesee-See und den Finger Lakes nach Nordwesten bis nach Kanada brachte. Der andere Zweig war heute die Main Street von Buffalo, und er führte zum Ufer des Erie-Sees und weiter nach Ohio und darüber hinaus. Es waren die Wege in den Krieg.

Die Richtung, in die sie jetzt fuhren, war der Weg nach Hause, heim in die sanft gewellte Landschaft, in der sich die Seneca am sichersten fühlten. Damals war die Welt ein einziger Wald, der nie geschlagen wurde, Eichen und Ahorn und Buchen und Hickory und Fichten und Tannen, als Mischwald und in Gruppen beieinander stehend. Manchmal liefen die Boten diesen Pfad nach Osten, um dringende Nachrichten zu überbringen, eine Warnung oder einen Versammlungstermin. Sie liefen Tag und Nacht, nackt bis auf Gürtel und Lendenschurz, die Kriegskeule im Rücken in den Gürtel gesteckt, den Bogen über die Brust geschlungen. Sie liefen immer zu zweit, einer hinter dem anderen, geräuschlos, ohne ein Wort. Sie konnten an einem Tag 150 Kilometer zurücklegen, so daß der Weg von Neahga an der Mündung des Niagara bis Albany im Gebiet der Mohawk drei Tage dauerte. Über die ganze Entfernung hinweg trat der Pfad an keiner Stelle aus dem Wald heraus. Ab und zu gab es eine Wegmarkierung, eine mit der Axt geschlagene Furche in den dickeren Bäumen, aber die Läufer brauchten nicht hinzuschauen. Sie blickten manchmal nach oben und nach links und fanden sich mit dem Sternbild des Seetauchers zurecht, aber die meiste Zeit erfühlten sie den Pfad mit ihren Füßen.

Als die Bäume dann spärlicher wurden, ersetzte sie Jane durch Geisterbäume jenseits des Lichtkegels der Scheinwerfer, so daß dort, wo man nichts mehr sehen konnte, wieder der große Wald war, tief und dicht und schattenreich. Auf geheimnisvolle Weise stand der Wald immer noch da, seine hochragenden Nachkommen in Parks und Hainen und Windschutzgehölzen. Auch die Seneca waren noch da, auf dieser Straße unterwegs zu ihren Arbeitsplätzen in Lockport oder bei den Niagarafällen, und träumten die Träume der Seneca.

Plötzlich fühlte sie sich von draußen gestört, durch ein Licht, das von hinten auf sie zukam und den Wald auf beiden Seiten zurückdrängte, wo sie ihn nicht mehr spüren konnte. Sie setzte sich auf. »Wie lang ist der Wagen schon hinter uns?« fragte sie.

»Ich weiß nicht«, sagte Felker, »er hat eben das Fernlicht eingeschaltet.«

»Denken Sie nach«, sagte sie. »War er schon da, als wir abgebogen sind?« Sie wußte die Antwort. Es wäre nicht so dunkel gewesen, wenn der andere Wagen schon hinter ihnen gefahren wäre. Es war wohl alles in Ordnung. Sie wurden nicht verfolgt.

»Ich glaube nicht«, sagte er.

Der Wagen kam immer näher und holte schnell auf, aber der Fahrer ließ das Fernlicht an. Felker griff nach oben und verstellte den Rückspiegel, um das blendende Viereck auszuschalten, das er ihm über die Augen warf.

»Da vorne kommt ein langes, gerades Stück«, sagte Jane, »wenn wir da sind, lassen Sie ihn vorbei.«

»Mit Vergnügen.« Bald erreichte er die Stelle, wo die Straße sich zur schnurgeraden Linie streckte. Zu beiden Seiten standen jetzt niedrige Mauern aus Feldsteinen und, weit abgesetzt von der Straße, Häuser, wie man sie baute, als sie noch Farmhäuser waren. Felker verlangsamte auf sechzig, dann auf vierzig, aber der andere Wagen wurde auch langsamer und blieb hinter ihnen. Schließlich ließ er den Wagen auf den Seitenstreifen rollen, und der andere Wagen kam näher. Als Felker schon beinahe stand, zog der andere nach links heraus, die aufgeblendeten Scheinwerfer, vermischt mit Felkers Lichtkegel, beleuchteten das leichte Gefälle vor ihnen und die dahinter wieder ansteigende Straße. Der Wagen glitt langsam an ihnen vorbei und nahm Geschwindigkeit auf.

Jane beobachtete sein Rückfenster, solange er in ihrem Scheinwerferlicht war. Sie sah vier Köpfe darin. Normalerweise hieß das, es waren Kinder, Farmerkinder wahrscheinlich, die den Tag in der Stadt verbracht hatten. Ihr Blick ging nach unten. Der Wagen hatte ein New Yorker Nummernschild, und das war ein gutes Zeichen. Aber das Nummernschild saß in einem Plastikrahmen, auf dem der Name des Autohändlers stand.

»Sagt Ihnen Star-Greendale irgend etwas?« fragte sie.

»Wo haben Sie das gesehen?«

»Die Leute aus der Gegend kaufen ihre Autos hier. Ich habe den Namen noch nie gehört.«

»St. Louis«, sagte er und zog die Augenbrauen zusammen. »Greendale ist eine Stadt bei St. Louis. Aber es heißt nicht Star, sondern Starleson Chevrolet.«

»Halten Sie«, sagte sie, »lassen Sie das Licht an, aber geben Sie mir die Schlüssel. Jemand hat Sie gesehen, wie Sie in St. Louis den Bus genommen haben.«

Sie stieg aus und machte die Tür zu, dann rannte sie nach hinten zur Hecktür. Sie nahm alles heraus und warf es auf den Rücksitz, dann kletterte sie darüber hinweg. Er sah ihr zu, wie sie auf dem Rücksitz den Rucksack öffnete. »Was machen Sie da?«

»Der Wagen hatte ein New Yorker Nummernschild. Sie müssen es wohl beschädigt haben, als sie es von einem anderen Wagen herunterbrachen, und so ließen sie ihre eigene Plastikumfassung dran, um die Stelle zu verstecken.« In großer Eile schob sie die Patronen in das lange röhrenförmige Magazin. »Irgendwo da vorne warten sie jetzt auf uns. Wenn wir umkehren, brauchen wir mindestens eine halbe Stunde bis zu einem Ort, der so belebt ist, daß wir sie abschütteln können.«

Er überprüfte die Munition in seinem Revolver und ließ die Trommel mit einer kurzen Handbewegung wieder einrasten. »In meiner Tasche ist noch eine Schachtel mit Kugeln«, sagte er, »ich hätte sie gern in meiner Nähe, bevor wir weitergehen.«

»Wir gehen nicht weiter. Wir sind nicht die Hunde, schon vergessen?«

»Was dann?«

»Nehmen Sie den Rucksack. Packen Sie Ihr Geld ein, oder was Ihnen sonst wertvoll erscheint. Lassen Sie nichts hier, das verrät, wer Sie sind – ich meine, irgend jemandem verrät, auch der Polizei. Wischen Sie alles ab, was Sie angefaßt haben.«

»Gehen wir zu Fuß?«

Sie antwortete nicht, und er machte sich eilig an die Arbeit. Das Geld paßte nicht ganz in den Rucksack, also steckte er sich den Rest in die Taschen. Jane trug schon ihre Ledertasche über der Schulter und hatte das Gewehr in der rechten Hand. »Es wird Zeit«, sagte sie und ging auf die andere Straßenseite. Sie schwang sich über die Steinmauer und wartete, bis er ihr nachkam.

»Also los«, sagte sie, »steigen Sie immer in die Furchen zwischen den Staudenreihen. So machen es auch die Farmer, weil in den höheren Kämmen der Mais angepflanzt ist.«

»Machen Sie sich jetzt Sorgen um die Ernte?«

»Nein, nur darum, keine Fußspuren zu hinterlassen, die man mit einer Taschenlampe sehen kann.«

Sie ging voraus durch das Maisfeld, immer zwei Furchen mit einem Schritt, und Felker kam ihr nach. Sie konnte ihn hinter sich hören, und das gab ihr ein gutes Gefühl, denn wenn er auf die weicheren Häufelkämme gestiegen wäre, hätte sie seine Schritte nicht gehört. Ab und zu blieb er stehen, um zur Straße zurückzuschauen, und das verlängerte den Abstand zwischen ihnen, aber sie kümmerte sich nicht darum. Er war stark und groß, und hatte sicher keine Mühe, mit ihr Schritt zu halten.

Vor dem Farmhaus bog sie im scharfen Winkel ab, weil dort Tiere sein konnten, die sie möglicherweise witterten und den Farmer herauslockten. Als sie den Windschutzwald am Nordende des Ackers erreichten, blieb sie stehen und berührte Felkers Arm. Er beugte sich zu ihr, und sie flüsterte ihm ins Ohr: »Von hier aus schauen wir uns das Ganze mal an.«

Sie stellte ihre Tasche ab, setzte sich darauf und lehnte sich mit dem Rücken an einen Baumstamm, den Gewehrkolben auf dem Boden, den Lauf nach oben gerichtet. Felker ließ den Rucksack von den Schultern gleiten und setzte sich an den Baum daneben. Es dauerte fünf Minuten. Über dem Horizont erschienen die Scheinwerfer des Chevrolet, zielten erst in den Himmel und kippten, als der Wagen über den Hügel kam, nach unten. Er fuhr schnell, mindestens hundert, daran gemessen, wie er den dunklen Raum zwischen den Telefonmasten verschluckte.

Als der Fahrer den am Straßenrand geparkten Wagen sah, bremste er ab. In dem Ford waren keine Köpfe zu sehen, das zwang den Fahrer zu einer Entscheidung. Der Chevrolet schwenkte leicht in die Mitte der Straße ein und fuhr in Schrittgeschwindigkeit an dem geparkten Wagen vorbei. Er fuhr dreißig Meter weiter, und dann gingen seine Lichter aus, noch bevor er anhielt. Die Türen öffneten sich, und drei der vier Männer stiegen aus und gingen die Straße zurück.

Jane sah keine Innenbeleuchtung in dem Chevrolet, hörte auch keine Tür zufallen. Beides war beunruhigend. Der Fahrer ließ die Scheinwerfer ausgeschaltet und fuhr noch ein Stück weiter, dann erst wendete er. Er war zu weit von dem Ford weg, als daß Jane und Felker ihn gehört hätten, wenn sie versteckt im Wagen geblieben wären. Die drei Männer zu Fuß verteilten sich, als sie noch weit von dem geparkten Wagen entfernt waren. Zwei von ihnen marschierten bis in die Maisfelder hinter den Steinmauern an den Straßenrändern, und alle drei kamen langsam näher. Als einer von ihnen vor dem Wagen stand und die zwei anderen rechts und links, hielten sie an, holten Revolver unter den Mänteln hervor und zielten auf den Ford.

Felker beugte sich näher an Janes Ohr und flüsterte: »Wenn wir wegwollen, sollten wir dann nicht besser gleich gehen?«

Sie schüttelte den Kopf. »Ich will noch etwas Bestimmtes sehen.«

Der Chevrolet bewegte sich nun langsam und lautlos auf den geparkten Wagen zu, immer noch mit ausgeschalteten

Scheinwerfern. Als sich die Stoßstangen beinahe berührten, schoß er plötzlich vor und rammte ihn von hinten, wie um jemanden aufzuschrecken, der sich vielleicht darin versteckte. Der Mann auf der Straße riß die Hecktür auf und hielt sein Gewehr schußbereit ins Innere des Wagens. Eine Sekunde später warf er die Tür ärgerlich wieder zu, und das Innenlicht war schon wieder aus, bevor er sich umdrehte.

»Jetzt«, sagte Jane. Sie kroch ein paar Meter weit in den Wald, dann stand sie auf.

9 Sie ging jetzt fast im Laufschritt nach Norden, zuerst unter den Bäumen und dann quer über ein zweites Feld. Es war ungepflügt, bewachsen von kurzstieligem Unkraut, das bei jedem Schritt gegen den Stoff ihrer Jeans schlug. Als sie die andere Seite des Maisfelds erreicht hatten, blieb sie stehen und sah zurück. Die Scheinwerfer flammten plötzlich auf und tauchten den Ford in einen weißen Lichtkegel.

Dann lief sie weiter durch die Nacht, über die Felder, die Tasche über der linken Schulter und das Gewehr zur Balance in der rechten Hand. Sie konnte Felkers Atem hinter sich hören, und sie traute ihm genug Ausdauer zu, um den Dauerlauf durchzuhalten.

Es konnte klappen, wenn sie einen klaren Kopf behielt. Alles in der heutigen Welt verleitete die Menschen dazu, die Welt als ein Netz von Straßen zu betrachten. Aber in einer Gegend wie dieser waren Straßen nur die schmalen Grenzen zwischen weiten, leicht gewellten Flächen aus fruchtbarem Ackerland. Die vier Männer würden niemals ihren Wagen im Dunkeln stehenlassen und sich zu Fuß an die Verfolgung machen. Wenn sie so veranlagt waren wie jedermann, dachten sie nicht einmal im Traum daran. Wahrscheinlich suchten sie jetzt schon auf der Karte die Stelle, wo die beiden wieder an einer Straße herauskommen mußten. Das Logischste, was Jane und Felkner tun konnten, war, in weitem Bogen hinter den Männern wieder auf die Ridge Road zu stoßen, in der Hoffnung, irgendwie ostwärts bis Lockport zu kommen, wo es Straßenlaternen und gab und eine Polizeiwache. Aber falls sie und Felker nun nicht auf diese Weise kehrtmachten? Wenn sie sich richtig erinnerte, wenn sie ihren klaren Blick behalten hatte, dann gab es keine anderen großen Ost-West-Straßen mehr zwischen hier und der Route 18, kurz vor Olcott.

Felker holte kurz auf und sagte zwischen zwei Atemstößen: »Wo rennen wir eigentlich hin?«

Sie sagte: »Olcott.«

»Was heißt das, Olcott?«

»Mehr oder weniger zehn Kilometer.«

»Und was ist in Olcott?«

»Schonen Sie Ihre Lungen«, sagte sie und atmete wieder regelmäßig, um ihren Kopf wieder mit Sauerstoff zu versorgen. »Reden Sie nicht.«

Schweigend rannten sie weiter. Um mit ihm im Takt zu laufen, verlängerte sie ihre Schritte, so daß das Geräusch ihrer Füße ineinanderfiel, ein starker, gleichmäßiger Rhythmus, kein ungeregeltes Gestolpere, das nur unnütz Kraft verbrauchte und den Läufer erschöpfte. Sie hielt den Kopf hoch und versuchte ihre Rückenmuskeln zu entkrampfen, aber es war nicht leicht mit dem Gewehr über der Schulter und der Ledertasche, die bei jedem Schritt an ihre Hüfte schlug.

Sie zog sich den Tragriemen der Tasche über den Kopf, so daß er zwischen ihren Brüsten lag und die Tasche auf dem Rücken. Dann öffnete sie im Laufen ihren Gürtel und fädelte ihn durch den Ladehebel unter dem Magazin des Gewehrs hindurch, dann durch den Abzugsbügel wieder ein, so daß die Waffe nun fest auf der Tasche auflag. Als sie damit fertig war, fiel ihr das Laufen leichter.

Es war eine klare, kühle Aprilnacht, die den Schweiß trocknete, sobald er hervortrat, und die Luft strömte in ihre Lungen wie ein kaltes Rauschgift und kam in dampfenden Stößen wieder heraus. Sie dachte über Felker nach, während sie sein Atmen hörte. Er verunsicherte sie. Jane hatte noch nie jemanden aus dieser Welt hinausgeführt, der so schnell so viel Ärger am Hals hatte. Und doch schien er das alles ruhig hinzunehmen. Sie konnte ihn tief und regelmäßig atmen hören, kein kurzes, hektisches Luftholen. Er hatte anscheinend keine Angst. Dabei hatte er mehr zu befürchten als manch einer, den sie geschützt hatte, wenn auch weniger als andere, aber sie alle hatten Angst gehabt. Sie waren zu ihr gekommen, weil sie schon alle übrigen Zufluchtsstätten ausprobiert hatten, an die die Menschen glauben: Gesetze, Blutsverwandte, Freunde, sogar die Fähigkeit der Gesellschaft, einfach nur Abscheu und Empörung darüber aufzubringen, daß eine arme, hilflose Person wehrlos dem Bösen ausgesetzt war. Auch er war auf diesem Weg zu ihr gekommen, aber er war nicht wie sie. Er hatte keine Angst.

Sie rannten über Äcker und Wiesen, durch buschiges Gestrüpp und alte Baumgruppen, und kamen einmal einem Haus so nahe, daß sie sich in letzter Sekunde vor der Wäscheleine ducken mußten, bevor sie an der Schindelwand entlang weiterliefen. Auf der Rückseite war ein dunkles Fenster, in dem sie das graublaue Geisterschimmern eines Fernsehers sah, der an der Zimmerdecke befestigt war, aber Leute sah sie nicht. Es war eine leere Nacht. Die Menschen hatten sich in ihre Häuser und Autos eingeschlossen, getrennt von der Nacht durch gläserne Scheiben und die Elektrizität, in der sie untertauchten, wohltuende Decken aus Geräusch und Licht und Wärme.

Jane empfand eine seltsame Hochstimmung. Sie konnte die Luft fühlen und die Bäume in der Nähe, und indem sie sie fühlte und lief, wurde sie ein Teil von ihnen. Sie forderte ihren Körper, sie strengte ihre Beine an und ihre Arme und Augen und Ohren, in einer Fortbewegungsart, die den Menschen abhanden gekommen war, ganz ohne irgendeine Maschine oder ein Asphaltpflaster, um sich den Erdboden vom Leibe zu halten.

Kein einziges Mal schaute sie auf ihre Uhr, denn die Zeit hatte jetzt eine andere Gangart. Sie konnte keine mechanische Zeitmessung auf eine Entfernung anwenden, die sie auf vielleicht zehn Kilometer geschätzt hatte, die aber ebensogut acht oder fünfzehn Kilometer betragen mochte und die nicht gleichförmig und eben und glatt verlief wie eine Rennbahn auf dem Universitätssportplatz. Der einzig wirkliche Zeittakt war die rhythmische Schnelligkeit ihrer Beine, und sie behielt ihn harmonisch und unverändert bei, wie den Takt eines Liedes ohne Musik und ohne Worte.

Schon von weiten konnte sie die Route 18 erkennen. Rechter Hand waren drei Straßenlampen zu sehen und weiter drüben, jenseits der Straße, der Widerschein einer erleuchteten Siedlung.

Immer öfter tauchten nun Häuser auf, und sie waren nicht mehr so leicht zu umgehen, da es keine Farmgebäude waren, sondern Stadthäuser auf kleineren Grundstücken. Jetzt war der Augenblick gekommen, sich wegen des Gewehrs etwas einfallen zu lassen. Auch wenn die meisten Menschen schliefen, war es viel zu riskant, mit einem Gewehr über der Schulter eine Dorfstraße hinunterzugehen. Sie sagte zu Felker: »Halt!«

Er kam näher. »Was ist?« Sein Atem ging schnell und schwer, und seine Stimme klang ein wenig heiser, wie ihre.

»Lassen Sie uns zu Atem kommen.«

Sie marschierten am Zaun einer riesigen Viehweide vorbei, und sie wartete darauf, daß ihr Herz zu hämmern aufhörte und das langsame, tiefere Atmen wiederkam. Sie blieb in Bewegung, um die Verspannung niederzuhalten, die ihre Waden und Sehnen packen wollte. Felker ging an ihrer Seite, ließ seine Arme kreisen und versuchte, sich von dem langen Lauf zu erholen, aber sie spürte seinen Blick. Sie griff sich in den Nacken und hielt in der Nachtluft ihr Haar hoch. Schließlich sagte sie ruhig: »Die Straße da drüben ist Route 18. Es ist die letzte große Durchgangsstraße hier.«

Er sagte: »Und was ist hinter ihr?«

»Eine kleine, ruhige Stadt.«

Jane hatte sich überlegt, daß sie nicht nahe genug an die Straße herankämen, um einen geparkten Wagen zu finden, ohne daß die Insassen sie sofort entdeckten. Die Straßenränder waren vermutlich jeweils gut drei Meter breit und die Straße selbst über sechzehn Meter. Und außerdem: Nachdem sie sie überquert hatten, bestand die andere Seite vielleicht nicht aus Häusern, wie sie hoffte. Da konnte sich weiter das unbebaute Land auftun. Sie sagte laut: »Wie kommt das Huhn über die Straße?«

»Ist das jetzt unser Problem?«, sagte er.

»Wenn sie richtig geraten haben, dann warten sie hier auf uns. Sie warten darauf, daß wir rauskommen.«

»Ich schlage vor, ich gehe rüber und Sie geben mir mit dem Gewehr so lange Deckung, bis irgend etwas passiert oder bis ich mich irgendwo verstecken kann. Dann sind Sie dran.«

Sie dachte darüber nach. »Nicht sehr gut, aber vermutlich ist es unsere einzige Chance.«

Er zuckte die Achseln. »Es ist das einzige, was sie mir je beigebracht haben.«

Sie gingen weiter den Feldrand entlang, bis sie die Straße vor sich hatten. Auf der anderen Seite lag freies Feld, aber dahinter standen ein paar Bäume, ein Hoffnungszeichen für Jane. Immerhin war die Fahrbahn auf diesem Stück nicht zu hell beleuchtet. Sie krochen näher heran bis zu einer Stelle, die bis zur Straße hinauf dicht mit hohem Gestrüpp bewachsen war.

Jane robbte unter den Stauden nach vorn bis zu einem flachen Entwässerungsgraben am Straßenrand und schaute angestrengt nach rechts zu den Straßenlampen, dann tief ins Dunkel auf der linken Seite. In beiden Richtungen war auf dem Asphalt nichts zu sehen, aber trotzdem fühlte sie sich noch nicht wohl dabei. Aber vielleicht war es der lange Lauf, der sie nicht klar denken ließ. Denn eigentlich bestand nicht die geringste Möglichkeit, daß irgendwelche Fremden erraten könnten, daß sie sich nach Norden auf Olcott zu bewegte.

Sie war in östlicher Richtung gefahren, als die vier Männer sie einholten. Als dieser Plan schiefging, wäre es das Vernünftigste gewesen, um den Hinterhalt herumzumarschieren und die Richtung nach Osten beizubehalten oder den umgekehrten Weg zu versuchen, zurück zu den Niagara-Fällen. Olcott war ein kleines Nest am Ufer des Ontario-Sees, mindestens die Hälfte seiner Ferienhütten war von Oktober bis Mai, wenn der Wind vom See herauf zu schneidend blies, verlassen. Außerdem war Olcott zu weit weg. Niemand würde versuchen, in der Nacht zehn Kilometer querfeldein zu laufen, durch Wälder und Maisfelder und über Stacheldrahtzäune hinweg.

Sie wußte, Felker wurde allmählich ungeduldig. Noch einmal schaute sie die Straße hinauf und hinunter, ließ ihren Blick verharren an jedem Baum, jedem noch so fernen Gebäude, an jedem Briefkasten am Straßenrand, dann sah sie sich das Ganze an, ohne etwas schärfer ins Auge zu fassen, um eine mögliche Bewegung darin zu entdecken. Es war albern. Hier gab es nichts, was sie aufhielt, sie bildete sich das nur ein.

Jane rollte sich auf die Seite und nickte Felker zu, dann sah sie ihm zu, wie er sich aufrichtete, und drehte sich wieder in die Bauchlage, um die Straße zu beobachten. Sie hörte, wie Felker durch das trockene Gras kam, dann seine schnelleren Schritte, und nun stand er oben auf dem offenen Asphalt.

Irgendwo, weit weg hörte sie das Geräusch eines Anlassers. Hastig richtete sie ihren Kopf nach beiden Seiten, versuchte genauer zu hören, aus welcher Richtung es kam. Auch Felker hatte es gehört. Er ging schneller, rannte jetzt sogar, um auf die andere Straßenseite zu kommen, bevor ihn der Wagen – egal welcher – mit seinen Schweinwerfern packte. Jane konnte ihn noch immer nicht sehen, aber jetzt hörte man schon das Rauschen der Räder auf Kies und dann auch das flüsternde Brummen des Motors, das in der Beschleunigung lauter und lauter wurde. Sie zog den Repetierschaft durch.

Der Wagen bog aus der dunklen Hauseinfahrt heraus, etwa hundert Meter entfernt. Seine Scheinwerfer waren immer noch ausgeschaltet, und das Brummen steigerte sich zu einem tiefen Dröhnen. Es war zu dunkel, um irgend etwas zu sehen, und so schien der Wagen gar nicht näherzukommen, er nahm nur zu an Intensität und wütender Entschlossenheit.

Sie stützte die Ellbogen auf und schob sich das Jagdgewehr fest gegen die Schulter. Sie fühlte den glatten, vertrauten Kolben an der rechten Wange. Sie blickte den Lauf entlang, über die Visierklappe und den Einschnitt der Kimme, aber sie konnte nicht das kugelförmige Korn sehen. Sie schob den Sicherheitshebel hoch. »Noch nicht«, flüsterte sie, »noch nicht, noch nicht ...«, und dann sah sie den schwarzen Umriß des Wagens, der sich aus der Dunkelheit heraus wie gespenstisch zu einer festen Form verdichtete.

Sie atmete tief aus, blieb so und berührte den Abzug mit dem Zeigefinger nur so weit, daß sie ihn gerade fühlen konnte. Sie ahnte, ohne hinzusehen, wie weit Felker über die Straße gekommen war, während sie sich fieberhaft bemühte, die Geschwindigkeit des Wagens einzuschätzen. Felker war jetzt fast drüben. Sie flüsterte: »Nun lauf schon, verflucht nochmal!«

Die Scheinwerfer gingen an, als hätte ihr jemand Säure ins Gesicht gespritzt. Es war ein blendendes Blitzlicht, das nicht aufhörte, sondern immer gleißender brannte, während der Wagen sich ihr näherte. Plötzlich aber bog er von ihr weg auf die andere Straßenseite, um Felker über den Haufen zu fahren, aber sie wußte, es war zu spät. Felker war nicht mehr da. Der Fahrtwind des Wagens peitschte im Vorbeifahren die Gräser um sie herum und ließ die wieder finstere Straße hinter sich.

Jane stand auf und rannte los, im Dunkeln bis zur anderen Straßenseite. Aus den Augenwinkeln beobachtete sie im Laufen die roten Rücklichter des Wagens. Sie flammten plötzlich auf, als er bremste, wie weit aufgerissene Augen. Die Reifen quietschten, aber der Fahrer war klug genug, die Bremsen nicht blockieren zu lassen auf einer so ländlichen Straße. Als sie den Asphalt überquert hatte und den Kiesrand unter den Füßen spürte, wendete der Wagen in einem Schwung.

Sie rannte die letzten Meter und schlüpfte durch die Stangen des Feldzauns, dann warf sie sich zu Boden und faßte sofort die Straße ins Auge. Der Wagen beschleunigte schon wieder, rollte dann aus und schwenkte dann auf sie zu. Jetzt, dachte sie. Sie versuchten, ihr Licht ganz auf sie zu richten, um sie unbeweglich an den Boden gepreßt zu halten. Sie hob erneut das Gewehr, und diesmal schien das kugelige Korn aufzuglühen und verschwand, als sie auf den Abzug drückte. Es gab ein ohrenbetäubendes »Wuuum!«, und der linke Scheinwerfer ging aus.

Während sie den Ladekolben durchzog und schon wieder

zielte, hörte sie Felkers Revolver. Er gab nur drei Schüsse ab, und der Wagen rutschte von ihr weg und raste los. Sie erhob sich auf die Knie und suchte ihn im Visier, aber er fuhr immer schneller die Straße hinunter.

Felker war an ihrer Seite: »Sind Sie okay?«

Sie stand auf: »Wir müssen hier raus.« Im nächsten Augenblick rannte sie wieder in nördlicher Richtung los, mitten durch ein Feld. Sie konnte noch sehen, wie sich in einem Farmhaus auf der anderen Seite der Kreuzung ein Fenster erleuchtete, aber es war ein paar hundert Meter entfernt. Die Schüsse hatten jemanden geweckt. Wenn der Farmer Licht machte, stand er wenigstens nicht mit seiner Schrotflinte vor der Tür. Aber vielleicht wollte er ja auch telefonieren, und das war kein schöner Gedanke. Sie rannte durch einen sumpfigen Moorstreifen, der nach Hühnerhof roch. Sie hielt ein hohes Dauertempo, um schneller zu sein als der Streifenwagen, der vielleicht schon unterwegs war zur ersten richtigen Durchgangsstraße am Südrand von Olcott.

Da bemerkte sie, daß sie nicht logisch genug gedacht hatte. Es war dunkel gewesen, und die Häuser waren zu weit weg. Die Leute hatten vermutlich die Schüsse mitten in ihrer Stadt gehört. Aber der eine Farmer hatte sie wohl am deutlichsten gehört, er hatte aus dem Fenster geschaut und gesehen – ja, was? Wie ein Wagen mit nur einem Scheinwerfer und kreischenden Reifen in der Nacht verschwand. Felker hatte sich versteckt, und Jane lag hinter der Einzäunung in irgendeinem Futterklee auf dem Bauch. Falls der Farmer angerufen hatte, konnte er nur ein paar Betrunkene melden, die nachts auf die Verkehrsschilder geschossen hatten. Sie lief noch weiter bis zum nächsten Zaun und blieb stehen. »Zaun«, sagte sie, und sie hörte, daß auch Felker anhielt.

Der Zaun war eine Absperrung aus alten Holzpfosten mit kleinen Porzellan-Isolatoren, an denen die kaum sichtbaren Drähte befestigt waren. Während des Zehn-Kilometer-Laufs hatten sie Dutzende solcher Barrieren überwunden. Beim ersten Mal hatte Jane angehalten und den Draht leicht mit der Hand berührt und etwas wie einen Stromstoß erwartet, der sich wie ein Schlag auf den Arm anfühlte. Aber der Strom war abgeschaltet, und genauso war es bei allen anderen Drahtzäunen. Die Farmer in diesem Teil der Welt ließen nachts kein Vieh auf der Weide. Sie prüfte auch diesen Draht, aber spürte nur den kalten Metallfaden an ihren Fingerspitzen. »Aus«, sagte sie.

Sie bückten sich, um zwischen den Drähten hindurchzuschlüpfen, und waren in einem großen Garten mit Apfelbäumen. Während sie darunter hindurchgingen, fragte sie sich, ob sie zufällig auf einen der traditionellen Obstgärten gestoßen war. Die Bäume standen nicht wie sonst in langen, schnurgeraden Linien. Sie standen wie zufällig mal hier, mal da, in halbwegs gleichem Abstand voneinander. Es waren alte Bäume. Sie waren vielleicht nicht alt genug, aber vielleicht waren es Nachkommen. Die Seneca hatten Obstgärten angelegt, wo immer sie siedelten, Äpfel und Birnen und Pflaumen.

Als die Weißen das Land nach den Revolutionskriegen an sich genommen hatten, fällten sie die Hartholzbäume und brannten die Stümpfe nieder, um Platz für den Pflug zu schaffen, aber niemals die Obstbäume. Jane wäre gern bei Tageslicht hier gewesen, um sich die Bäume genauer anzusehen. Vielleicht konnte sie ja eines Tages zurückkommen, wenn sie in voller Frucht standen, und sich vergewissern, daß es keine modischen Macintosh- oder Rome-Sorten waren, sondern die kleinen, harten Äpfel, für die einst die Frauen die Bäume nach diesem Muster gepflanzt hatten.

Aber in Wirklichkeit brauchte sie das gar nicht, weil sie wußte, daß das hier altes Seneca-Gebiet war. Der See war so nahe, daß sie die veränderte Luft riechen konnte, und der Waagwenneyu lag nur ein paar Kilometer südlicher, den Black Creek oder den Eighteen-Mile-Creek flußabwärts. Die Frauen, die den Garten angelegt hatten, schliefen irgendwo in der Nähe. Vielleicht hatte sich eine gerade im Schlaf bewegt, als Jane vorbeikam.

»Ich bin's nur«, flüsterte sie.

»Was?« sagte Felker.

»Ich rede mit mir selbst.«

Schweigend lief sie weiter und überlegte, was als nächstes zu bedenken war. Die Polizei kam wahrscheinlich irgendwann und suchte nach dem Wagen mit nur einem Scheinwerfer. Und wenn nicht, dann mußten die vier Männer es zumindest befürchten. Das konnte sie dazu bringen, Felker lieber zu Fuß zu verfolgen. Sie mußte ihn in die Stadt bringen, bevor die Männer dort ankamen.

Sie liefen an Häusern vorbei und durch die Gärten und hatten für Wachhunde und Polizisten ein aufmerksameres Ohr als für ihre Verfolger. Endlich kamen sie an den See, zur Uferstraße. Man konnte Arkaden und Läden sehen, alle noch winterlich verbrettert, und kleine Hütten, niedrige, zähe Bauten, denn die Winde vom Wasser her konnten bissig werden. Sie beschloß, eine der Hütten aufzubrechen und sich darin zu verstecken, bis es hell wurde und die vier Männer die Jagd abbrechen mußten.

»Die da drüben«, flüsterte sie.

Er sagte: »Schauen wir sie uns an.«

Sie sah ihm nach, wie er über die Straße rannte, dann folgte sie ihm. Er ging zur Seitenwand und blickte durch das Garagenfenster. »Kein Wagen«, flüsterte er.

Auch Jane blickte durch das Fenster. Sie hielt die Hände gegen die Scheibe, um die Spiegelung auszuschalten, und versuchte, im Innern etwas zu erkennen. Sie brauchte ein paar Sekunden, bis sie sich sicher fühlte, und dann drehte sie sich um. Felker war nicht mehr da.

Jane ging zur Hinterseite der Hütte und fand ihn. Er stand mit dem Gesicht vor dem Stromzähler und starrte ihn im Restlicht an. »Was machen Sie da?« fragte sie.

»Wenn jemand hier wohnt, verbraucht das Haus Strom, ein Kühlschrank, ein Herd, eine Uhr.«

»Nein«, sagte sie, »kommen Sie wieder nach vorn.«

Er folgte ihr zur Garage. Am Tor hing ein gewaltiges Vorhängeschloß zur Arretierung des Riegels, der seitlich im Holzrahmen steckte. Sie rüttelte daran. »Haben Sie ein Messer?«

Er nickte und zog ein Messer mit einer feststellbaren Zwölf-Zentimeter-Klinge aus der Tasche.

»Versuchen Sie, ihn herauszuschneiden«, sagte sie. Er fing an, rundherum das Holz auszustechen, und Jane stand währenddessen an der vorderen Ecke Wache.

Nach dreißig Sekunden war er neben ihr. Er hielt den Riegel hoch, an dem noch das Schloß baumelte. »Die Schrauben kamen von allein heraus. Ziemlich altes Zeug.«

Sie zogen das Aluminiumboot aus der Garage ins Freie. Jane konnte sehen, daß der Besitzer dasselbe schon oft getan hatte, denn kaum waren sie über den laut knirschenden Kiesboden der Einfahrt hinweg, fand das Boot wie von selbst seine tief eingegrabene Kielfurche. Sie schoben es den kurzen Abhang hinunter ans Ufer, kamen wieder herauf und gingen in die Garage.

Es war finster und staubig. Im Sommer ließ der Bewohner wohl das Boot am Ufer und parkte hier den Wagen, aber jetzt diente der Raum als Schuppen für alle möglichen Geräte, die vor Wind und Wetter zu schützen waren.

Jane fand die Ruderpaddel aufrecht gegen die Wand gestellt und ein paar Schwimmwesten, die an einem billigen Nagel an einem Pfosten hingen. Daneben stand ein rohgezimmertes Gestell, das jemand aus zwei Brettern auf einem Sägebock zusammengenagelt hatte, für den Außenbordmotor, einen Zehn-PS-Evinrude. Felker schraubte schon die Klammern auf, aber Jane hielt ihn am Arm zurück. »Bringen Sie die Paddel runter, ich suche solange nach einem Benzinkanister. Wenn wir hier keinen finden, nützt uns der da auch nicht viel.«

Felker nahm die Paddel und die Schwimmwesten, ging damit zum Boot und kam gleich danach zurück. Sie hielt den roten Zwanzig-Liter-Kanister samt Doppelschlauchpumpe hoch und schüttelte ihn. »Leer. Das habe ich befürchtet. Alles ist zu ordentlich hier, zu aufgeräumt. Der hier läßt nie einen Kanister Benzin sechs Monate lang in einer Holzgarage stehen. Außerdem hätten wir es sofort gerochen. Ich muß nachdenken.«

Felker sagte: »Wir könnten rudern.«

Sie gingen wieder ins Freie und sahen sich die Straße in beiden Richtungen an. Es gab da ein paar Bauten, die man nicht eigentlich Hütten nennen konnte. Es waren richtige Häuser, und sie sahen bewohnt aus. Oft stand ein Wagen in der Einfahrt, und das Haus selbst auf einem ansehnlichen Grundstück. »Jemand muß das Gras schneiden«, sagte sie. »Mit einem Rasenmäher.«

»Haben wir die Zeit dafür?« fragte er.

»Einmal versuchen wir es. Wenn wir nicht sofort einen finden, dann verschwinden wir.«

Sie schlichen sich über die Straße an ein Haus mit einem weiten, gut gepflegten Rasen davor. Das Schiebetor der Garage war verschlossen, nicht aber die Seitentür. Jane ging geräuschlos hinein. Ein großer Wagen war hier geparkt, ein betagter Oldsmobile, der fast den gesamten Raum einnahm, und an der Wand lehnte ein Rasenmäher. Jane kam näher und zog prüfend die Luft durch die Nase ein. Es roch nicht nach Benzin. Sie faßte ihn an und konnte das lange, aufgerollte Kabel fühlen. In dieser Nacht war sie wirklich vom Pech verfolgt. Wer besaß schon so etwas wie einen elektrischen Rasenmäher? Sie machte einen Schritt zurück und berührte dabei im Rücken den Wagen. Sie drehte sich um und betrachtete ihn genauer. Er war mindestens zwanzig Jahre alt, und das war ein gutes Zeichen. Vielleicht war er zu alt für einen Tankdeckelverschluß.

Jane öffnete die Tankklappe und tastete nach dem Deckel. Er ließ sich aufschrauben. Schnell ging sie hinaus und nahm Felker den Kanister ab. Im Wandregal fand sie eine Rolle Lenkerband, klebte die Verschlußklemme am Schlauchende fest, dann steckte sie den Doppelschlauch in den Benzintank des Wagens, verklebte die Öffnung luftdicht, schraubte den Deckel des Kanisters ab und betätigte die Schlauchpumpe. Dabei ließ sie sich den Mechanismus noch einmal durch den Kopf gehen. Es könnte klappen. Das Gerät war eigentlich so konstruiert, daß man mit der Ballonpumpe Luft in den Kanister preßte, was den Innendruck erhöhte, so daß das Benzin durch den Schlauch in den Außenbordmotor fließen mußte. Wenn sie also, bei abgeschraubtem Kanisterdeckel und mit beiden Schläuchen im Tank des Wagens, zu pumpen begann, mußte irgendwann statt der Luft das Benzin aus dem Tank gesaugt werden und durch den Luftschlauch in den Kanister fließen, und – es funktionierte. Sie hörte ein zischendes Geräusch und spürte, wie sich der Gummiball in ihrer Hand straffte, prall gefüllt mit Benzin. Zügig pumpte sie weiter das Benzin in den Tank. Dabei schaute sie auch unter den

Wagen, wo sie eine schimmernde Lache sehen konnte. Der Oldsmobile war offenbar so alt, daß er schon Öl verlor. Einen Augenblick später hatte sie auch eine Halbliter-Plastikflasche Pennzoil auf dem Regal über dem Wagen entdeckt. Sie schraubte die Flasche auf und schüttete, während sie weiterpumpte, das Öl in den Kanister. Es hatte vielleicht nicht die passende Dichte, aber vermutlich würde es eine Nacht lang einen Kolbenfraß im Außenbordmotor verhindern.

Plötzlich stand Felker neben ihr. »Sie sind da draußen«, flüsterte er, »auf der Straße. Wir sollten uns beeilen.«

Jane ließ den Gummiball los, nahm ihr Gewehr in die Hand und ging zur Seitentür. Sie öffnete sie einen Spalt und konnte die Männer sehen. Sie hatten sich wieder verteilt, zwei marschierten auf der einen Seite der Straße und zwei auf der anderen. Jedesmal, wenn sie an einer leeren Hütte vorbeikamen, schlich sich einer um die Hinterseite herum, tauchte an der Straße wieder auf, und dann gingen sie weiter. Jane machte die Tür zu und lächelte. Die Männer hatten zwar die richtige Straße gefunden, aber das hier war eines der wenigen Häuser, um die sie lieber einen Bogen machten, weil es bewohnt war.

Sie wartete noch ein paar Minuten, bis die Männer sich weit genug entfernt hatten, dann ließ sie Felker an der Tür stehen und fing wieder an, Benzin zu pumpen. Als der Kanister voll war, schraubte sie ihn zu und brachte ihn zu Felker. Diesmal ging sie vor ihm zur Hütte hinüber, blieb an der vorderen Ecke stehen und beobachtete die Straße in der Richtung, in der die Männer verschwunden waren. Nachdem Felker den Kanister ins Boot gebracht und den schweren Außenbordmotor den Abhang hinuntergeschleppt hatte, ging sie um die Hütte herum nach hinten zur Garage. Sie hängte den Riegel und das Vorhängeschloß wieder an die Tür, drückte die Schrauben in ihre Löcher zurück, überprüfte das Ganze noch einmal und lief zum See hinunter.

Gemeinsam schoben sie das Boot ein paar Meter weiter, bis es vorne leicht auf den lautlosen Wellen schaukelte. »Die Herren haben Vortritt«, sagte sie.

Felker stieg ins Boot und setzte die Ruderpaddel in die

Dollen ein. Jane gab ihm das Gewehr und sagte: »Gehen Sie vor zum Bug.« Als er dort stand, hob sich durch sein Gewicht das Heck vom Ufer hoch. Sie gab dem Boot einen kräftigen Schubs, kletterte am Motor vorbei über den Querbalken, und dann glitten sie schon ein paar Meter auf dem sanft gewellten Wasser dahin.

Felker kam vom Bug zurück, reichte Jane ihr Gewehr, setzte sich und begann zu rudern. Das Aluminiumboot war leicht gebaut und kaum länger als vier Meter. Felker war kein guter Ruderer, aber er hatte Kraft. Ein paar entschiedene Schläge, und sie waren über die niedrige, leise zischelnde Brandung hinweg und draußen in der langwelligen Dünung. Sie kümmerte sich nun um den Motor, steckte den Benzinschlauch ein, überprüfte noch einmal, ob Felker die Flügelschrauben am Querbalken fest genug angezogen hatte, und machte den Anlasser startbereit. Falls die vier Männer zufällig auf den See hinausschauten, spielte der Lärm des Motors keine Rolle. Jetzt kam es ihr nur darauf an, von hier wegzukommen.

Lautlos legten sie im Dunkeln eine große Strecke zurück. Jane saß mit dem Rücken zu Felker im Heck, das Gewehr im Schoß, und behielt das Ufer im Auge. Alle Hütten, die ganze Uferlinie entlang, waren ohne Licht. Nur die Straßenlampen hinter ihnen hellten die Nacht ein wenig auf. Das einzige hörbare Geräusch war jetzt manchmal das Quietschen der Paddel in den Dollen und das ruhige Rauschen der Ruderblätter im Wasser. Wenn sie weit genug hinauskamen auf den offenen See, ohne daß die vier Männer sie hörten oder sahen, konnte es klappen. Ihre Verfolger hätten dann endgültig ihre Spur verloren. Vielleicht fuhren sie dann zurück und durchsuchten Janes Haus in Deganawida. Und vielleicht wurden sie dabei ja sogar erwischt.

Es war kalt auf dem Wasser. Nach wenigen Minuten war sie überzeugt, daß der Nordwestwind auf direktem Weg von irgendeinem Gletscher in Kanada herunterwehte, über die weiten Seen und ins Boot und in ihre durchgeschwitzten Kleider. Sie verschränkte die Arme, drückte das Gewehr an sich und behielt weiter das Ufer im Auge.

Sie wartete, bis die Lichter von Olcott und die Silhouetten der Häuser eine ganze Weile fast nicht mehr zu sehen waren. Dann stellte sie den Gasgriff und den Choke ein und zog einmal kräftig an der Starterleine. Der Motor hustete zweimal und blubberte kurz, dann ließ er ein ruhiges Tuckern hören. Sie schob den Choke zurück, legte den Gang ein, so daß sich die Schraube drehte, und nahm langsame Fahrt auf.

Während sie sich immer weiter vom Ufer entfernten, horchte sie zehn Minuten lang auf das Motorgeräusch. Es klang regelmäßig und war ziemlich leise, aber man konnte nicht wissen, welche Benzinsorte der Oldsmobile getankt hatte oder was es nach einiger Zeit in dem Außenbordmotor anrichten würde. Sie fuhr noch drei, vier Kilometer weiter den See hinaus, dann nahm sie das Gas zurück und stellte den Motor auf Leerlauf. »Geben Sie mir Ihren Revolver«, sagte sie.

»Was?«

Sie sagte es noch einmal und lauter als das Motorgeräusch. »Ihren Revolver.«

Er holte den Revolver innen aus dem Hemd heraus, und sie nahm ihn am Griff und schleuderte ihn ins dunkle, tiefe Wasser. Dann hielt sie ihr Gewehr mit beiden Händen neben dem Boot knapp über das Wasser und ließ es fallen. »Die nützen uns jetzt nichts mehr«, sagte sie.

10 Mit hoher Geschwindigkeit rauschte das Aluminiumboot dahin, schob klatschend die schräg herankommenden Wellen zur Seite, und hinter dem Motor breitete sich ein Fächer aus weißem Schaum über die schwarze Wasseroberfläche. Der Fahrtwind trocknete Janes Haar, bis es ihr über den Nacken hochflatterte. Sie sah, daß Felker es sich bequem gemacht hatte, den Kopf auf den Oberarm gelegt.

Jane hielt den Bug weiterhin Richtung Westen und das Boot so weit vom Ufer fern, daß sie von dort nicht bemerkt wurden. So befuhren sie vor langer Zeit mit ihren Kanus den See. Und wenn es bei ihnen gutgegangen war, würde es auch diese Nacht gutgehen. Vieles hatte sich in der Welt verändert, der See nicht. Die Seneca bauten sich ihre Kanus aus Rotbuchen- oder Hickoryrinde. Sie streiften sie in einem Stück vom Baum, brachten sie über ausgebreiteter Aschenglut in Form und nähten die Ränder an Bug und Heck zusammen. Manche Kanus waren dreizehn Meter lang, viel größer und dadurch leichter zu sehen als dieses Boot. Sie mußte nur die Entfernung vom Ufer einhalten, so daß jeder Lärm, der vielleicht dorthin gelangte, nur noch schemenhaft ankam.

Im gleichförmigen, ununterbrochenen Brummen des Motors, der das Boot durch die Nacht schob, wurden ihr die Augenlider schwer. Um diese Zeit näherte sie sich bereits der Mündung des Niagara. Neahga. Das Land am See hatte sein Aussehen geändert, aber von hier aus und in der Nacht war davon nichts zu bemerken. Der See war derselbe wie früher. Jane hätte ohne weiteres die Gaka-ah anhaben können, die Gise-ah und den Ahdeadawesa, den Rock, die Leggings und das lange Hemd, wie es noch ihre Großmutter getragen hatte. Bei dieser Art zu reisen wären sie auch erheblich vernünftiger gewesen als ein feuchtes Sweatshirt und Jeans. Dann wäre ihre Kleidung auch mit Baum- und Blumenstickereien verziert gewesen, mit Stachelschweinborsten aufgenäht, aber das wäre jetzt im Dunkeln unsichtbar geblieben. Als Parfum hätte sie die Ga-aotages getragen, ein aus duftendem Sumpfgras geflochtenes Halsband. Wieso dachte sie in diesem Augenblick an Parfum? Vermutlich war es der Benzingeruch. Die Dunkelheit und das unnachgiebige Motorgeräusch machten sie schläfrig, und es war etwas Seltsames, so lange auf dem Wasser zu sein mit allen Ufern außer Sichtweite. Was man nicht mehr sah, verlor allmählich jede Wirklichkeit.

Hier konnte man sich leicht vorstellen, warum die Leute glaubten – nein, eigentlich glaubten sie nicht, sondern fanden auf diese Weise Worte für das Geheimnis –, daß die Welt ihren Anfang nahm, als die Himmel-Frau herabstürzte, von den Wasservögeln aufgefangen und auf den Panzer einer riesigen Schildkröte gelegt wurde. Da draußen, wo der dunkle Himmel und das dunkle Wasser sich berührten, war die große Schildkröte für Janes Phantasie nicht unwahrscheinlicher als der Urknall. Sie war zu erschöpft, um die sich aufdrängenden Bilder noch zu zensieren. Da draußen lag das Tier wohl unter dem Wasserspiegel, reglos und groß und vorgeschichtlich, wie eine versunkene Insel. Und eine Sekunde lang konnte sie sich sogar vorstellen, diese erste Frau der Welt zu sein, im Sturz. Die Schildkröte, sicher aufgeschreckt durch das bis zu ihr ins Wasser dringende Geschrei der Seevögel, hob sich unendlich langsam aus ihrer dunklen Tiefe, erst tauchte die Hügelspitze ihres Panzers ein wenig aus den Wellen, während das Wasser über die grünbemooste Hornschale zur Seite ablief, dann kam sie weiter hoch und weiter, bis endlich ...

Plötzlich gab es ein scharfes, metallenes Geräusch, im nächsten Augenblick kratzte der Kiel des Bootes über einen harten Untergrund, und der Motor jaulte auf, während die Schraube nach oben gedrückt wurde, er schlürfte statt Kühlwasser nur noch Luft und verstummte. Jane wurde von ihrem Sitz gegen die Seitenwand geschleudert, und in ihrem Kopf schrie es, während sie den Sturz abzufangen versuchte. Zuerst mußte sie das erschreckende Gefühl bekämpfen, sie hätte die große Schildkröte heraufbeschworen, die an die Oberfläche gekommen war, weil sie so intensiv an sie gedacht hatte. Aber der Teil ihres Gehirns, der nie zu arbeiten aufgehört hatte, wußte augenblicklich, das hier war kein uraltes Phantasietier. Es war ein Baumstamm oder ein Felsen oder so etwas.

Felker lag eingeklemmt zwischen seinem Sitz und dem Bug, mit den Füßen in der Luft. Er sagte: »Was war das?«

Sie antwortete nur knapp: »Wir sind mit irgend etwas zusammengestoßen. Ist da vorne ein Leck?«

Er richtete sich auf und untersuchte die Bootswand. »Nein. Ich glaube nicht.«

»Danke«, brummte sie vor sich hin.

»Gern geschehen.« Eigentlich war ihre Bemerkung gar nicht für ihn gedacht gewesen. Sie waren mittlerweile gut sieben Kilometer weit vom Ufer. Es war April, und das Wasser war kalt wie ...

»Eis!« sagte er. Er hing halb über Bord und faßte mit der

Hand nach etwas neben dem Boot. »Ein großes Stück Eis. Unglaublich! Sie haben einen verdammten Eisberg gerammt, genau wie die Titanic.«

Jane mußte laut lachen, und das löste die Spannung.

»Was dachten Sie, was es war?« fragte er.

»Sie würden es mir nicht glauben.« Sie lachte noch lauter, und im nächsten Augenblick hörte sie auch ihn lachen. »Sicher, daß wir kein Leck haben?«

»Warten Sie«, sagte er. Sie hielt den Atem an. Sie hörte, wie er Boden und Bug mit den Fingern abtastete. »Ich bin sicher«, sagte er.

Sie ließ sich auf ihren Sitz fallen. »Das ist eine Erleichterung. Wenigstens müssen wir nicht befürchten zu sterben.«

»Wieso sterben? Können Sie nicht schwimmen?«

»Doch«, sagte sie, »aber ich weiß nicht, ob ich bei einer Wassertemperatur von fünf Grad sieben Kilometer schaffe, während ich einen ausgewachsenen Mann mit den Zähnen an Land schleppe wie ein Labrador.«

»Na, na«, protestierte er, »ich bin gerade fünfzehn Kilometer durch Sumpfland gerannt und habe dann ein Boot über den halben See gerudert. Was muß man hierzulande noch tun, um einer Frau zu imponieren?«

»Wir finden es gut, wenn die Männer uns helfen, unsere Boote vom Eis zu kriegen«, sagte sie. »Nehmen Sie ein Paddel.«

Sie standen auf, jeder nahm ein Paddel in die Hand und steckte es in die knirschende Oberfläche des Eisbrockens. Jane zählte bis drei, und dann hob sich das andere Ende der Eisscholle zwei Meter vor dem Bug hoch aus dem Wasser, und das Boot rutschte eine kurze Strecke zurück. Nach zwei weiteren Versuchen schwamm es wieder frei.

Jane sagte: »Ich muß mich entschuldigen«, und setzte sich hin.

»Finde ich auch«, sagte Felker.

»Ich meine, ich hätte an das Eis denken müssen, als wir sahen, daß keine Boote mehr draußen an den Stegen verankert waren.«

»Da waren keine Stege.«

»Stimmt. Die Leute bauen sie erst im Frühjahr wieder hin, wenn das Eis weg ist.«

»Das heißt, wenn es geschmolzen ist?«

»Nicht ganz. Der Ontario-See ist zu tief, um ordentlich einzufrieren, aber der Erie-See nicht, und die anderen Seen liegen weiter nördlich und frieren auch zu. An der Niagaramündung liegt eine Schwimmbarriere, die das Eis auffangen soll, das den Fluß herunterkommt, damit es nicht die Turbinen in dem geplanten Kraftwerk beschädigt. Und im Frühjahr wird die Barriere immer geöffnet, um das letzte Wintereis wegzuschwemmen.«

Er zuckte die Schultern. »Ich kann mir vorstellen, daß die Leute hier den Tag im Kalender rot anstreichen.«

»Der Tag wechselt von Jahr zu Jahr.« Sie kippte den Motor zurück ins Wasser. »Hoffentlich haben wir keinen Splint abgerissen. Wenn doch, dann treiben wir mit der Strömung und landen in ein paar Wochen in Montreal.«

»Einen Splint?«

»Für einen Mann in Ihrem Alter sind Sie wohl nicht viel draußen gewesen?«

»Ich bin in der Stadt groß geworden. Wenn wir Fisch brauchen, kaufen wir ihn. Was für ein Splint ist das?«

»Ein Schraubenblattsplint. Wenn die Schraube mit etwas zusammenstößt, dann bricht der Splint, so daß sich die Antriebswelle weiterdrehen kann, auch wenn die Schraube blockiert ist.«

»Und warum zum Teufel baut jemand sowas Bösartiges in einen Motor ein?«

»Drücken Sie uns einfach die Daumen«, sagte sie. Sie stellte den Motor wieder ein, zog an der Startkordel, und der Motor sprang an. Sie horchte einen Augenblick; er klang merkwürdig. Sie legte den Gang ein, aber nichts geschah, die Schraube rührte sich nicht. Jane beugte sich über das Heck und schaute ins Wasser, sagte etwas, das Felker nicht verstand, und stellte den Motor ab.

»Der Splint?« sagte Felker.

Jane hob hilflos die Schultern. »So reagiert er bei dieser Art Unfall. Aber es kann ebensogut etwas anderes sein.«

Felker kam vorsichtig balancierend zu ihr ans Heck.

»Keine Chance, ihn mit ein, zwei Hammerschlägen wieder hinzukriegen?«

Jane lächelte. »Wir haben vergessen, auch die Werkzeugkiste mitgehen zu lassen. Hier haben die Leute immer Ersatzsplints dabei.«

Er dachte eine Sekunde nach. »Beschreiben Sie das Ding.«

»Es ist ein kleiner Metallstift, irgendein weiches Metall, denke ich. Ungefähr drei Zentimeter lang und knapp vier Millimeter dick.«

»Und wie ist er befestigt?« Er hörte sich jetzt ganz anders an, und sie wußte nicht, ob es sie verunsicherte oder ob sie lieber dankbar sein sollte.

»Er sitzt in einem kleinen Schlitz.«

»Wo?«

»Unten, nahe an der Schraube.«

»Haben wir etwas zu verlieren, wenn wir die Reparatur wenigstens versuchen?«

»Es ist besser als zu rudern, und versuchen können wir es ja«, sagte sie. »Der Splint wird in zwei Stücke zerbrochen sein, aber vielleicht können wir etwas anderes als Ersatz nehmen.«

Er löste die Flügelschrauben und wuchtete den Motor ins Boot. Jane tastete die Schraube ab. Sie hatte sich offenbar nicht verbogen. Sie steckte vermutlich schon zu fest im Eis, als der Splint abbrach.

Er sagte: »Ich kann etwas fühlen, es steht da unten raus. Draht?«

»Der Vorsteckstift«, sagte Jane. Ohne daß sie etwas sah, wußte sie, was er jetzt machte. Er bog die beiden unteren Enden zusammen, dann steckte er das Messer in die Öse oben und zog den Stift heraus.

»Ein bißchen Licht wäre jetzt nicht übel«, murmelte er.

»Das wünschen uns die vier am Ufer auch. Jetzt schauen sie wahrscheinlich längst in unsere Richtung.«

»Glaube ich auch. Was kommt jetzt?«

»Spüren Sie das Teil, das wie eine Patronenspitze geformt ist?«

»Ich hab's.«

»Je nach Baujahr fällt es Ihnen von allein in die Hand oder Sie müssen es abschrauben.«

Sie hörte, wie er sich damit abmühte, dann sagte er: »Es ist ab.«

»Jetzt tasten Sie nach den Dichtungen, sie sind dünn wie Papier.«

»Nur eine«, sagte er, »ziemlich dick aber.«

»Jetzt bin ich dran.« Sie nahm vorsichtig die Schraube von der Antriebswelle und suchte mit den Fingerspitzen den Sicherheitssplint. »Da ist er«, sagte, »nur daß es jetzt zwei sind.«

Er hielt ihr die Hand hin, und sie legte die Stücke hinein. Er schob sie zusammen, tastete sie ab und dann auch den Schlitz im Motor. »Wie wär's mit einem Nagel?« fragte er.

»Phantastisch«, antwortete sie, »haben Sie einen?«

»Nein. In der Garage habe ich ein Dutzend gesehen.«

»Da schlägt einer scheinbar dauernd irgendwelche Nägel ein.«

»Und mit einem Stück Holz? Wir könnten es aus dem Paddel schneiden.«

»Zu weich. Suchen Sie nach etwas zu Hartem. Allmählich ist es mir egal, was danach mit einem gestohlenen Motor passiert.«

Felker sagte: »Haben Sie irgendwelchen Schmuck an oder so etwas?«

»Nein«, antwortete sie, »Ich trage keinen Schmuck bei der Arbeit, außer als Verkleidung.« Dann aber sagte sie: »Mein Gürtel.«

»Was ist damit?«

»Der kleine Dorn in der Schnalle, den man in die Löcher im Leder steckt, hat vielleicht die richtige Größe.« Sie nahm den Gürtel ab und gab ihn Felker. Er befühlte ihn, hielt ihn kurz an den Schlitz im Motor, dann legte er ihn neben sich auf den Sitz und fing an, den Dorn mit dem Messer aufzubiegen und herauszudrücken.

»Hier ist er«, sagte er.

Sie steckte ihn in den Schlitz, schnitt noch einen schmalen Lederstreifen vom Gürtel, um ihn damit zu arretieren, und stieß einen leisen Freudenpfiff aus.

»Was war das?« fragte er beunruhigt. »Haben Sie das gehört?«

»Ich habe gepfiffen. Er paßt. Das heißt, es fühlt sich an, als ob er paßt.«

»Wissen Sie, ich habe noch nie eine Frau pfeifen hören.«

»Sie hatten ein behütetes Leben.« Sie baute vorsichtig die Schraube wieder zusammen. »Wo ist die Dichtung?«

»Hier. Heißt das, Sie konnten die ganze Zeit pfeifen und haben es nur nicht getan?«

»Ja, und ich kann auch Mathematik und im Freien pinkeln und Zigarren rauchen.« Sie griff nach dem nächsten Teil und fand seine Hand im Dunkeln. Einen Augenblick berührten sich die beiden Hände, dann zog sie ihre Hand weg und ließ ihn das kugelförmige Teil einbauen. »Ich hoffe, Sie haben noch den Vorsteckstift.«

»Klar«, sagte er, »er ist ein bißchen verbogen, aber ich kriege ihn wieder gerade.« Sie hörte ihn, wie er an der Schraube herumfingerte. »Ich glaube, das war's.«

»Lassen Sie mich mal ran«, sagte sie, und dann bemerkte sie, daß sie ihn damit aufforderte, seine Hand von der Stelle zu nehmen, damit sie sich nicht wieder im Dunkeln berührten. So waren die Regeln. »Es fühlt sich an, als wäre alles da, wo es sein muß«, sagte sie. »Wenn es nur ein paar Kilometer aushält, halten wir unseren Vorsprung.«

Er stand auf und hängte den Motor wieder ein, dann kniete er sich an ihrer Seite hin und drehte die eine Flügelschraube fest, während sie die andere festzog. Dann ging er wieder nach vorn.

Jane tastete nach dem Kanisterschlauch, steckte ihn fest und sagte: »Passen Sie auf das Treibeis auf. Wenn Sie welches sehen, keine Hemmungen! Schreien Sie sofort.«

»Sie nehmen an, daß das klappt.«

»Die Verkäuferin in dem Laden sagte, der Gürtel hält ewig und paßt für alle Gelegenheiten.« Sie startete den Motor.

Felker sagte noch etwas, aber es ging unter im hustenden Lärm des Motors. Er spuckte wie gewöhnlich ein bißchen, dann gab er das laute, gleichmäßige Brummen von sich. Sie war froh, daß sie seine Antwort nicht gehört hatte. Irgend etwas in ihrem gegenseitigen Verhältnis war zu leichtgängig geworden. Seine freundlichen Äußerungen waren wie Spähtrupps, die er losschickte, um ihren Widerstand zu schwächen. Sie fühlte sich unwohl dabei. Er veränderte die Lage, er verschob ihre Verteidigungslinie, immer näher auf sie zu.

Auch beunruhigte sie das, was er nicht gesagt hatte. Er war Polizist gewesen. Er hätte also sofort an das Gewehr denken müssen. An einem Jagdgewehr gab es zwei Teile, die für die Reparatur geeigneter gewesen wären als die Gürtelschnalle, und zwar den Stift, der den Abzug an der Kammer befestigte, und den Splint am Magazinverschluß. Polizisten kannten sich mit Gewehren aus, hatten sie griffbereit in einer Halterung im Streifenwagen stehen, fuhren tagtäglich damit herum. Um den Abzugsmechanismus zu reinigen, mußte man den Stift sogar regelmäßig herausnehmen. Felker hätte also ganz berechtigt sagen können: »Zu dumm, daß Sie das Gewehr siebzig Meter tief im See versenkt haben.«

Warum hatte er es nicht gesagt? Weil er vielleicht dachte, sie wüßte nicht, wovon er redete? Oder weil er sich sagte, sie hätte den gleichen Gedanken schon selbst gehabt, nämlich wie unsinnig es war, das Ding wegzuwerfen, wo es doch aus lauter kleinen Metallstücken in allen gewünschten Formen und Größen bestand? Die Antwort war wohl: Er nahm an, daß sie schon von selbst daran gedacht hätte, sich schon schuldig genug fühlte und ihm dankbar war, daß er es ihr nicht vorhielt. Jane fühlte sich aber nicht zu Dank verpflichtet. Sie hatte keine Lust, ihm Pluspunkte zu geben, nur weil er rücksichtsvoll war oder kaltblütig oder gutgelaunt oder weil er große, starke Hände hatte, kräftig genug, einen Vorsteckstift oder etwas anderes geradezubiegen. Alles, was Felker unternahm, war auf ein einziges Ziel hin berechnet: an ihren inneren Wachposten vorbeizuschleichen, die Distanz, in der sie sich wohlfühlte, zu verringern. Aber vielleicht war es bei ihm gar keine Berechnung, vielleicht waren ihre Verteidigungsmaßnahmen nicht so gut, wie sie eigentlich sein sollten.

Ihre Aufmerksamkeit blieb auf das laute Motorgeräusch konzentriert. Offenbar lief er ordentlich. Minute um Minute verging, und jede war eine Atempause vor der Anstrengung des Ruderns und erhöhte die Chance, ihren Verfolgern zu entkommen.

Felker kniete sich auf seinen Sitz und zeigte nach vorn. Er hatte sich ihr halb zugewandt, also drehte sie den Gasgriff herunter und verminderte die Geschwindigkeit. »Eis voraus, ein großes Stück!« rief er. »Mehr nach links.«

Sie änderte den Kurs um einige Winkelgrade und behielt die niedrige Drehzahl bei, um die nächste Meldung zu hören. Sie wußte, sie war unfair zu ihm. Er hatte die schlimmste Woche seines Lebens hinter sich, mit der hohen Wahrscheinlichkeit, daß die vor ihm liegenden Tage noch schlimmer sein würden. Sie war es nicht gewöhnt, Männer wie ihn verschwinden zu lassen. Die meisten waren nicht einmal Männer. Es waren Frauen und Kinder. Den Kindern erschien die Welt wie ein Traum, erst ein schlechter Traum, dann ein anderer, in dem sie sie mit ihrer Stimme vorwärtstrieb, zu dauernder Ortsveränderung, durch fremdartige Gegenden und aus Gründen, die sie sich nicht erklären konnten. Die Frauen sträubten sich gegen die Autorität einer anderen Frau und hörten damit erst auf, wenn sie sicher waren, Jane würde sie am Ende wieder alleinlassen. Die Männer waren zumeist fassungslos vor Schock und Angst, schon bevor sie mit ihnen zusammentraf. Sie wollten nur eines wissen: wie sie möglichst schnell aus allem herauskamen. Und da lag das Problem mit Felker. Er hatte seine Fassung nicht verloren. Er war nicht kopflos weggerannt. Er hatte sich hingesetzt und gründlich nachgedacht und dann beschlossen, zu ihr zu kommen, hatte aber keinen Augenblick die Selbstkontrolle aufgegeben.

Sie spürte allmählich die Nähe des Niagara, lange bevor sie nahe genug war, um die Lichter am Ufer zu erkennen. Etwas in der Luft war anders, auch im Wasser. Plötzlich jaulte der Motor zum zweiten Mal winselnd auf, das Boot glitt noch ein Stück weiter und blieb bewegungslos liegen. Sie drehte den Gasgriff zurück und sagte: »Wieder gebrochen. Jetzt können wir noch rudern.«

»Okay«, sagte Felker.

»Ich helfe Ihnen«, sagte sie. »Wir sollten möglichst

schnell irgendwo anlegen.« Sie kippte den Motor hoch, setzte sich neben ihn und nahm ein Ruder in die Hand.

»Warum?« sagte er, als sie Schulter an Schulter zu rudern anfingen.

»Warum was?«

»Warum schnell?«

»Der Fluß ist die Staatsgrenze. Da drüben ist schon Kanada. Sie sind nicht besonders argwöhnisch, aber beide Seiten haben vermutlich eine Küstenwache draußen. Angenommen, Sie würden einen Mann und eine Frau sehen, die in einer kalten Nacht ein Vier-Meter-Boot mit hochgeklapptem Motor über den Ontario-See rudern – was würden Sie tun?«

Er blickte nach rechts über das Wasser. »Sind sie das da oben? Es sieht wie ein Fort aus.«

»Das sind sie«, sagte sie, »Fort Niagara. Es ist uralt. Ignorieren Sie es einfach.«

Sie kamen zügig voran. Er lieferte dazu die meiste Energie, und Jane bemühte sich angestrengt, das Boot gegen den großen und kräftigen Mann auf geradem Kurs zu halten. Felker hatte einen guten Blick für strategisch wichtige Plätze. Das hier war der schmalste Abschnitt des Flusses. Die Stelle hieß O-neah, der Nacken, und es gab einmal eine Zeit, da war hier der begehrteste Ort des Kontinents, der absolute Kontrollpunkt im Pelzhandel Nordamerikas. Der Transport um die Wasserfälle herum, der sogenannte Niagara-Trageweg, war die einzige große Barriere auf der Handelsroute vom Inneren des Landes zur Küste. Franzosen, Engländer, Amerikaner und alle mit ihnen verbündeten Indianerstämme hatten hundert Jahre lang, von 1680 bis 1780, um die Herrschaft über das Fort gekämpft. Heute stand es leer, ein Museum. Eine der ruhigen Stellen dieser Erde, wo alles vergossene Menschenblut jetzt das grüne Gras wachsen ließ.

Sie ruderten weiter und überquerten die Grenze zwei oder drei Kilometer vom Ufer entfernt. Nach einem langen Schweigen sagte Felker: »Irgendwie kann ich mir Harry bei sowas nicht gut vorstellen.«

»Nein.« Sie lachte leise. »Harry nicht. Harry bekam einen Autoausflug.«

Jane ließ nun öfter Felkers stärkere Ruderschläge zu, um noch vor Tagesanbruch am Ufer anzukommen. Sie konnten allmählich schon die Umrisse der kleinen kanadischen Stadt sehen. Es waren schöne alte Häuser, jedes mit einem übertrieben gepflegten Rasen und engbepflanzten Blumenbeeten. Das sah viel mehr wie England aus als die amerikanischen Städte auf der anderen Seite des Flusses.

Jane lenkte das Boot an einen Betonsteg und knotete es gut versteckt zwischen zwei großen Jachten fest. Dann nahmen sie ihre Taschen und betraten über den Anlegesteg Kanada.

»Wie heißt das hier?« fragte Felker.

»Niagara-on-the-Lake«, sagte sie.

»Da braucht man nicht lange den Weg zu erklären«, sagte er, »und wohin jetzt?«

»Zum nächsten Telefon.«

Der Streifenwagen erschien vor ihnen wie aus dem Nichts. Er hielt mitten auf der Straße an, und zwei Polizisten stiegen aus. »Lassen Sie mich machen«, flüsterte sie. Sie sah sich die beiden Männer an, die jetzt auf sie zukamen. Sie sahen wie die Polizisten einer vergangenen Zeit aus, hochgewachsen, Iren oder Schotten, einer von ihnen mit struppigen blonden Augenbrauen und einem rosigen Gesicht und wasserblauen Augen. »Guten Morgen«, sagte er.

»Guten Morgen«, sagte Jane, aber auch Felker hatte geantwortet, mit ihr im Chor. Sie hoffte nur, er wurde jetzt nicht zu selbstsicher, weil er überzeugt war, von Polizisten mehr zu verstehen als sie.

»Sie beide sehen aus, als hätten sie sich – verlaufen. Wir dachten, wir könnten Ihnen vielleicht irgendwie behilflich sein.«

»Nein«, sagte Jane und zwang sich ein Lächeln ab, »wir machen hier Urlaub. Wir sind hier nur ein bißchen früh angekommen, und jetzt warten wir auf eine zivilisierte Uhrzeit, zu der sie im Oban Inn Frühstück servieren.«

Das gefiel dem Polizisten anscheinend. »Na sowas.« Er sah fragend seinen Partner an. »Ich denke, um sechs oder so gibt's da schon was.« Sein Partner nickte eifrig.

»Gut«, sagte Jane, »und vielen Dank.« Sie machte ein paar Schritte an den Polizisten vorbei, und Felker kam wortlos hinter ihr her.
»Einen Moment, bitte«, sagte der Polizist.
Jane blieb stehen.
»Ich glaube, Sie sind beide Amerikaner?«
»Ja.«
»Tut mir leid, wenn ich Sie aufhalte, aber es ist eher ungewöhnlich, wenn man zwei Amerikaner um diese Zeit mit Rucksäcken ankommen sieht. Könnte ich vielleicht Ihre Ausweise sehen ...«

Jane holte ihre Brieftasche heraus und öffnete sie. Sie suchte darin herum genau wie jemand, den gerade ein Polizist darum gebeten hat. Und das geschah nicht zufällig. Es ermöglichte ihr, kurz ein dickes Bündel grüner Dollars sehen zu lassen. Polizisten waren ziemlich vorhersehbar: Wenn sie das Geld sahen, würden sie kaum noch annehmen, daß Jane und Felker Einbrecher wären.

Jane beendete die Suche und hielt dem Polizisten eine Anzahl kleiner Plastikhüllen hin. Felker konnte Kreditkarten sehen und einen Führerschein. Zu seiner Überraschung griff sie nun aber noch einmal hinein und holte die Brieftasche eines Mannes heraus.

»Ah ja«, sagte der Polizist, »Mr. und Mrs. Whitefield. Und wo sind Sie über die Grenze gekommen?«

»Niagara Falls«, sagte sie. Dann wandte sie sich Felker zu. »Da-gwa-ya-dan-nake ne-wa-ate-keh.«

Felker nickte nachdenklich, aber der Polizist sagte: »Tut mir leid, aber das habe ich eben nicht ganz verstanden.«

»Oh, entschuldigen Sie«, sagte Jane, »eine alte Gewohnheit. Wir sprechen zu Hause immer unsere alte Sprache.«

»Na, dann. Vielen Dank.«

Die zwei Polizisten stiegen in den Wagen ein, lächelten ihnen zu und fuhren los. »Anscheinend verbrauche ich meine besten Tricks gleich am Anfang«, sagte sie. »Aber ich konnte doch nicht zulassen, daß die beiden sich unsere Taschen anschauen und Ihr Geld finden.«

»Wie haben Sie das geschafft? Was war das für ein Kauderwelsch vorhin?«

»Das war kein Kauderwelsch«, sagte sie, »das ist eine Indianersprache. In einem der alten Verträge erhielten die Indianer das Recht, ohne weiteres und in jeder Richtung die Grenze zu überschreiten. Alles, was nach Belästigung durch die Polizei aussieht, brächte eine Menge Ärger ein.«

»Und wo in aller Welt haben Sie so etwas erfahren? Kennen Sie ein paar Indianer?«

»Klar. Meine Familie zum Beispiel.«

Er sah sie genauer an. »Was für Indianer?«

»Die üblichen«, sagte sie, »mit Federn und Glasperlen.«

Er glaubte ihr nicht. »Welcher Stamm?«

»Seneca. Der Wolf-Clan.«

»Sie haben blaue Augen.«

»Ja.«

»Sind das Kontaktlinsen?«

»Nein.«

»Gut, in diesem Fall...« Er schien darauf zu warten, daß sie seine Schlußfolgerung zu Ende führte, aber sie stand nur abwartend da. »Was haben Sie gesagt?«

»Vorhin?«

»In der Sprache der Seneca.«

»Eine Bitte aus dem Vaterunser: Erlöse uns von dem Übel«, sagte Jane.

»Sie beten?«

»Nein, ich bin auf der Flucht«, sagte Jane. »Aber manchmal kommt dabei etwas von dem ins Gedächtnis zurück, was mir meine Mutter beigebracht hat. Jetzt sollten wir ein Telefon finden, bevor uns noch ein Problem über den Weg läuft.«

11 Es war schon acht Uhr. Jane und Felker saßen am Stegrand und ließen die Füße über dem Wasser baumeln. Felker hatte lange nichts mehr gesagt. Jane beobachtete ihn aus den Augenwinkeln. Solche Zustände, wenn es nichts zu tun gab außer zu warten und er Zeit zum Nachdenken hatte, zehrten an seinen Kräften. Sie wußte, daß sie jetzt irgend etwas tun mußte, damit er nicht immer tiefer in sich selbst versank. »Sagen Sie mir, was Sie gerade denken.«

Er lächelte, schaute aber weiter über den Hafen hinweg auf den See hinaus. »Ich habe gerade an Sie gedacht.«

Sie wandte sich von ihm ab. Schon wieder hatte sie einen Fehler begangen. Er war jetzt an dem Punkt angekommen, wo ihm klar wurde, daß er niemanden mehr hatte. Außer der Frau in seiner Nähe.

»Ich dachte, ich sollte mich entschuldigen«, sagte er. »Ich meine, es spielt für mich keine Rolle, ob Sie eine Vollblutindianerin sind oder nur zu einem Prozent, oder? Vermutlich sollte ich ganz korrekt ›amerikanische Urbewohnerin‹ sagen.«

Es war also doch nicht das, was sie befürchtet hatte, und sie war erleichtert. »Zu mir nicht«, sagte sie. »Ich bin so sehr Indianerin, wie man nur sein kann.«

»Und woher kommen dann Ihre blauen Augen?«

»Mein Vater sah ziemlich genauso aus, wie Sie ihn sich vorstellen. Er hatte ein Gesicht wie ein Tomahawk und eine Haut von der Farbe eines Kupferpennys. Er war ein Reiher.«

»Ein was?«

»Ein Reiher. Der Vogel, wissen Sie? Der mit den hohen Beinen? Das war sein Clan.«

»Oh«, sagte er, »wieso sind Sie dann ein Wolf, ein blauäugiger Wolf?«

»Die blauen Augen sind von meiner Mutter, weil sie anfangs keine Seneca war. Sie sah aus wie das Negativ davon. Sehr blond und weiß und Irin.« Sie mußte lächeln, als sie sich daran erinnerte. »Ich war noch ganz klein, da machten sie gerade die ersten Barbie-Puppen, und als ich zum ersten Mal eine sah, dachte ich, das sollte meine Mutter sein. Ich nannte sie Mama-Puppen. Es gab in Deganawida nicht viele, die so aussahen.«

»Oder anderswo. Wenn Ihre Mutter eine Barbie war und Ihr Vater ein Reiher, warum sind Sie dann kein Reiher?«

»Das würden Sie doch nicht verstehen.«

»Andererseits haben wir kaum ein anderes Thema als meine Probleme, und die machen mich nervös.«

»Okay«, sagte sie. »Erst einmal müssen Sie wissen, daß alle Verwandtschaften ausschließlich über die mütterliche Linie bestehen. Der Vater ist zwar immer noch der Vater,

aber kein Verwandter. Die Kinder leben im Haus der Mutter und gehören zu ihrem Clan – ihrer Familie.«
»Das war nicht schwer.«
»Ist es auch nicht wirklich. Nur: Das geht so durch alle Verwandten durch. Die Brüder und Schwestern Ihres Vaters und deren Kinder gehören in seinen Clan, sind also nicht mit Ihnen verwandt. Können Sie mir folgen?«
»Ich glaube. Schade, daß ich es nicht auf einem Stück Papier nachzeichnen kann.«
»Okay. Dann kommen wir zur Heirat. Die Nation ist in zwei Hälften geteilt.«
»Das weiß ich wieder. Männer und Frauen.«
»Nein, nicht so. Die Hälfte der Clans ist auf einer Seite, die andere Hälfte auf der anderen. In der Anthropologie nennt man das eine Einteilung in sogenannte Moieties. Sie können immer nur jemanden aus der anderen Moiety heiraten. Mein Vater war ein Reiher, also konnte er keine Reiher-Frau heiraten, aber auch keine Hirsch-, Brachvogel- oder Falken-Frau. Sie mußte aus dem Schildkröten-, Wolf-, Bär- oder Biber-Clan sein.«
»Jetzt habe ich verstanden, worauf Sie hinauswollen«, sagte er. »Wenn Ihre Mutter eine Barbie war, und Sie nicht mit Ihrem Vater verwandt sind, dann bleiben Sie irgendwie außen vor, oder? Sie sind mit niemandem mehr verwandt.«
»Sehr gut«, sagte sie. »Allerdings war ihnen dieses Problem schon in der alten Zeit bewußt. Sehen Sie, die Irokesen waren so gut wie immer im Krieg.«
»So gut wie immer?«
»Jedenfalls, soweit wir wissen. Die ersten, die sie entdeckten und schreiben konnten, waren die Franzosen, so um 1530 herum. Damals lagen sie im Krieg mit den Algonkins, schon so lange, daß sich keiner erinnern konnte, daß es jemals anders war. Der nächste Frieden kam erst 1783, am Ende der Unabhängigkeitskriege.«
»Zweihundertfünfzig Jahre ...« Er schien darüber nachzudenken, dann zog er fragend die Brauen zusammen. »Aber wieso macht das Sie zu einem blauäugigen Wolf?«
»Sie haben andauernd Krieg, okay? Dabei passiert gewöhnlich zweierlei: Man verliert eine Menge Leute, und

man macht eine Menge Gefangene. Sie nahmen die Kriegsgefangenen und glichen mit ihnen ihre Verluste aus. Dafür mußte ein geregeltes Verfahren her – die Adoption.«

Sie beobachtete ihn kurz, ob er auch verstand, was sie sagte. Unglaubliche Greueltaten machten einen gleichwertigen Akt der Milde notwendig. Hawenneyu, der Schöpfer, und Hanegoategeh, sein Widersacher, waren Zwillingsbrüder.

»Also wurden Sie adoptiert.«

»Nein. Meine Mutter. Mein Vater nahm sie mit und zeigte ihr sein Reservat am Tonawanda Creek, ich vermute, um ihr vorzuführen, worauf sie sich einließ. Sie freundete sich sofort mit ein paar Wolf-Frauen an, und sie setzten sich schon vor der Hochzeit zusammen und starteten eine Kampagne bei den älteren Frauen, und die machten dann die Sache im offiziellen Großen Rat perfekt.« Während sie sprach, hatte sie ihre Mutter wieder vor Augen. So nebenbei von ihr zu erzählen, noch dazu einem Fremden, war wie eine Lüge, weil es nicht sagte, wer sie wirklich war.

Jane konnte sie deutlich vor sich sehen – nicht in der Zeit, als sie an Krebs starb, sondern in der Zeit, als Jane noch ein Kind war. Das Bild war vermutlich aus den sechziger Jahren. Sie war groß und dünn, hatte dichtes, blondes Haar und meisterte jede ihr unvertraute Situation, nicht eigentlich mit Ungestüm, sondern durch Entschlossenheit. Sie war nicht ohne Angst, aber sie zeigte ihre Angst nicht. Ja, sie ließ nicht einmal einen Gedanken daran aufkommen, daß jemand den Augenblick anders als großartig empfinden könnte: Konnte irgend etwas einladender sein, als an ihrem einzigen freien Abend mit Jane zum Elternabend in die Schule zu gehen und alle ihre Lehrer kennenzulernen? Sagte jemand ein Wort, wurde durch sie daraus ein Gespräch. Wenn jemand lächelte, umarmte sie ihn, und wenn jemand sie umarmte, küßte sie ihn. Die Wolf-Frauen mußten von ihr ebenso überwältigt wie hypnotisiert gewesen sein. Erst als Jane älter war, begriff sie, daß ihre Mutter sich diese Natur bewußt geschaffen hatte.

»Wenn Ihre Mutter ein Wolf ist, sind Sie auch ein Wolf,

wissen Sie noch? Das heißt, Sie sind fünfzig Prozent eine Seneca und fünfzig Prozent eine adoptierte Seneca.«

»Nein. Nur eine Seneca. Halbe Sachen gibt es da nicht.« Sie wandte sich zu ihm und blickte über ihn hinweg den Steg entlang zur Uferstraße, wie Felker nun auch. Sie sahen einen verbeulten Pickup mit Anhänger auf den Parkplatz einbiegen. Zwei Männer stiegen aus. Sie waren dunkelhäutig, mit schwarzem Haar und mandelförmigen Augen. Der ältere von ihnen war wie ein Farmer angezogen, mit einem Overall und einem breitkrempigen Hut, aber der jüngere trug einen Ohrring und ein T-Shirt, auf dem »Ottawa Roughriders« stand.

»Das ist unser Mechaniker«, sagte Jane.

»Ihr Seneca?«

»Mohawk.« Sie stand auf und ging zu ihnen, umarmte den Jüngeren und drückte ihn an sich, dann gab sie dem Älteren einen respektvollen Kuß auf die Wange. Seine Augen funkelten zärtlich, aber er tat, als hätte er Felker nicht gesehen, der bereits hinter ihr stand.

Jane drehte sich um, zog Felker etwas näher heran und sagte: »Das ist John Felker.« Felker zuckte bei der Nennung seines Namens kurz zusammen, aber sie sprach schon weiter: »Das ist Wendell Hill, und das ist sein Sohn Carlton.« Höflich schüttelten sich die Männer die Hand. Jane sagte: »Onkel Wendell, das Boot ist da drüben.«

»Sehen wir es uns an«, sagte der alte Mann. Er ging auf den Steg hinaus und warf einen Blick auf den Motor, dann sagte er: »Das können wir machen.«

Carlton stieg in den kleinen Lastwagen und rangierte den Anhänger rückwärts, bis er halb im Wasser stand. Währenddessen stieg Wendell ins Boot und ruderte es an den offenen Anhänger heran. Carlton warf ihm ein Seil zu, und er machte es am Bugring fest. Dann balancierte er über den Anhänger und die Kupplung bis zur Ladefläche des Pickup hinauf und kurbelte das Boot mit einer Winde hoch. Das alles ging ohne Worte vor sich. Carlton, Jane und Felker kletterten auf die Ladefläche.

»Dann sind Sie also auch irgendwie eine Mohawk?«

»Nur eine Seneca«, sagte sie. »Ich habe es Ihnen doch erklärt, man kann nicht zwei Sachen auf einmal sein.«

»Aber Sie nannten ihn Onkel. Er ist ein Bruder Ihres Vaters, oder nicht?«

»Nein. Meiner Mutter.«

»Aber Ihre Mutter ...«

»... gehörte zum Wolf-Clan. Wendell gehört auch zum Wolf-Clan. Alle im gleichen Clan sind miteinander verwandt. Dabei spielt es keine Rolle, ob einer Seneca oder Cayuga ist, Oneida, Mohawk oder Tuscarora.«

»Demnach wäre Ihr Vater auch mit einem Mohawk im Reiher-Clan verwandt.«

»Im Prinzip schon, nur gibt es keinen Reiher-Clan bei den Mohawk. Sie haben nur den Schildkröten-, den Wolf- und den Bären-Clan.«

»Und Carlton ist Ihr Cousin.«

»Jetzt fangen Sie bitte nicht wieder von vorne an«, sagte sie, »ich kann nicht mehr.«

»Na, kommen Sie schon.«

»Carltons Mutter ist aus dem Schildkröten-Clan, also ist er auch eine Schildkröte, und ich bin mit ihm überhaupt nicht verwandt. Wir sind einfach Freunde. Geben Sie's auf. Sie kriegen das nie auf die Reihe.«

Felker schüttelte den Kopf und lachte. »Ich gebe es nicht auf. Geben Sie mir noch einen Versuch. Wenn Sie mich heiraten würden, müßte ich aus der anderen Hälfte der Clans sein. Aus der mit den Vögeln und den Gegenständen.«

Es war wie ein kurzer elektrischer Schlag. Ihre Stimme wurde gefühllos. »Ja«, sagte sie. »Wenn Sie auf einem Lastwagen schlafen können, dann ist jetzt der richtige Moment dafür.« Sie legte den Kopf auf ihre Tasche, drehte sich zur Seite und schloß die Augen. Zehn Minuten später gab sie die Verstellung auf und setzte sich auf. Auch nach den vergangenen vierundzwanzig Stunden schaffte sie es nicht, auf dem Metallbett einer Ladefläche einzuschlafen. Jede Bodenwelle schlug ihr mit offenbar verstärkter Energie geradewegs in die Hüfte. Sie fuhren nach Westen, und sie hatte die Sonne genau in den Augen.

»Sie können auch nicht schlafen?« fragte er.

»Ich schlafe kurz«, schwindelte sie, »wie Katzen.«

Der Lastwagen passierte die Brücke über den Welland-Kanal, wo zwei große Frachter auf ihrem Weg zum St.-Lorenz-Strom und zum Meer so langsam aussahen, als stünden sie still. Sie starrte hinunter und fragte sich, was sie wohl transportierten. Fast immer hatten ihre Flaggen nichts mit ihrem Heimathafen zu tun.

»Wohin fahren wir?«

»Das hier ist Saint Catherines. Vermutlich nehmen sie jetzt gleich den Queen Elizabeth Way, eine Autobahn, da wird es uns erst mal eine Weile richtig durchwehen. Dann, bei Hamilton, werden sie abzweigen und dann auf der Route 53 den Rest des Tages weiterfahren.«

Er seufzte. »Na gut. Keine persönlichen Fragen mehr, und keine Fragen, wo wir sind oder wohin wir fahren. Was haben wir noch? Harry. Wir kennen ihn alle beide. Ein gemeinsamer Freund. Ist das der Weg, auf dem Sie Harry rausgebracht haben?«

Jane sah ihn einen Augenblick genau an. Er fing allmählich an, seine Vereinsamung zu spüren, und sie war ihm keine Hilfe. Nie wieder würde er ein so offenes, vertrauliches Gespräch haben können. Selbst wenn der andere nach einem Dutzend Martinis sein Innerstes nach außen kehrte, mußte Felker den Mund halten. Sie hielt sich mit Informationen zurück, weil es ihre Gewohnheit war. Vielleicht benutzte sie sie aber auch nur, um ihn ohne Orientierung zu lassen, aus dem Gleichgewicht zu bringen, damit sie die Oberhand behielt. »Es tut mir leid«, sagte sie, »das Sechs-Nationen-Reservat am Grand River.«

»Dann führt er sein neues Leben also in einem kanadischen Indianer-Reservat?«

»Wer?«

»Harry.«

»Ich habe nicht von Harry gesprochen. Ich meinte uns.« Wieder gefiel ihr nicht, wie er es sagte. »Wir fahren da hin, weil es der sicherste Platz war, der mir einfiel, als ich sah, daß sie so dicht hinter uns waren.« Sie zuckte die Achseln. »Sie werden uns überall suchen, bloß nicht dort.«

»Sechs-Nationen-Reservat. Wo heute alle Irokesen wohnen?«

»Oder fast«, sagte sie. »Erinnern Sie sich noch an das Fort, an dem wir vorbeikamen?«

»Sicher.«

»Es liegt am Kriegspfad der Stämme während der Befreiungskriege. Sie kämpften hundert Jahre lang auf der Seite der Briten, aber als die Amerikaner gewonnen hatten, vergaßen die Briten im Friedensvertrag jede Bestimmung zu ihrem weiteren Schutz. Ein britischer General bekam Gewissensbisse und schenkte ihnen das Gelände.«

»Ist es auch Ihr Reservat?«

»Ich weiß nicht, was ich darauf antworten soll«, sagte sie. »Ich habe dort eine Art Bürgerrecht, weil jeder es hat, aber die meisten Seneca leben noch im Staat New York. Meine Familie zum Beispiel. Als andere weggingen, brachten sie es nicht übers Herz, auch wegzuziehen. Es ist eigentlich kein richtiges Reservat. Es ist mehr ein Zufluchtsort. Diese Menschen haben ihn schon seit 1784.«

12 Die Route brachte sie hinaus aufs Land, wo nur noch kleine Farmhäuser standen, die Hinterhöfe vollgeparkt mit Autos von etwa dem gleichen Alter wie der Pick-up und in allen möglichen Verfallsstadien. Bei einer Farm, die offensichtlich schon längere Zeit verlassen dastand, marschierten die Hühner durch die offene Tür aus und ein.

»Ist das hier das Reservat?«

»Ja.« Sie beobachtete ihn einen Augenblick. »Was denken Sie jetzt? Daß die Leute ärmlich aussehen?«

Er machte eine abwinkende Handbewegung. »Ich dachte nicht über die Menschen nach. Ich fragte mich, was sie von mir denken werden. Ich fragte mich, ob ich überhaupt zu ihnen passe.«

»Sie passen nicht zu ihnen. Sie kommen nur mit jemandem an, der zu ihnen paßt. Ich wollte Sie eigentlich nicht hierherbringen. Wenn man vor Männern mit Gewehren wegläuft, dann führt man sie nicht ins Haus seines Bruders. Was ich hier mache, ist falsch; aber ich hatte das Gefühl, ich muß es tun.«

»Wollen Sie mir sagen, daß ich mich benehmen soll?«

»Ich sage Ihnen, *wie* Sie sich benehmen sollen. In gewisser Hinsicht ist es wie mit den Kanadiern, die in der Gegend leben. Sie sind irgendwie altmodisch und konservativ, aber nicht isoliert. Sie wissen ebensogut wie Sie, was im Rest der Welt vor sich geht. Viele von ihnen arbeiten auch da draußen. Aber ich will nicht, daß sie wissen, warum wir hier sind. Ich bin vermutlich der einzige Kriminelle, den sie kennen.«

»Haben Sie sowas schon öfter gemacht?«

»Was gemacht?«

»Jemanden hierher gebracht.«

»Seien Sie einfach höflich und freundlich. Diese Leute gehören zur Familie.«

Der Lastwagen hielt vor einem Farmhaus, das fast genauso aussah wie alle anderen. Es hatte irgendwann einen roten Anstrich wie eine Scheune bekommen, aber das war sicher schon eine ganze Weile her. Hinter dem Haus lagen ein schmales Feld mit Maisstoppeln und ein kleiner Garten mit ungefähr zwanzig blattlosen Obstbäumen. Als Jane sich ihre Ledertasche umhängte und vom Wagen heruntersprang, nahm auch Felker seinen Rucksack und kam ihr nach.

Wendell war ausgestiegen. Er sagte zu Felker: »Wo wollen Sie Ihr Boot wiederhaben?«

Jane lächelte. »Behalt es, Wendell. Es ist ein Geschenk.«

Wendell nickte. »Danke, Janie.«

Dann fuhren Wendell und Carlton mit dem Pickup los, und Jane wandte sich Felker zu. »Jetzt verlangen Sie nicht, daß ich Ihnen das erkläre.«

Er schaute sich mit bedenklicher Miene das Haus an. »Gehen wir da rein?«

»Janie!« Es war die Stimme einer Frau, und im nächsten Augenblick sah Felker sie um die Ecke kommen. Sie war dunkelbraun, und ihre Haut zeigte Lachfalten um die Augen, und als sie näherkam, konnte Felker sehen, wie sie sich noch tiefer einkerbten. »Was für eine Freude, dich zu sehen. Kommt rein.« Ihre Stimme war wie die typische Stimme einer Bäuerin, aber die Sprechmelodie klang eine Spur anders, und zudem entdeckte Felker eine winzige Besonderheit. Als sie »kommt« sagte, berührten sich ihre Lippen nicht. Er hatte dasselbe schon bei Wendell bemerkt, als er zum Beispiel »mich« sagte, und vermutete darin eine sprachliche Eigentümlichkeit der Irokesen.

»Das ist John Felker«, sagte Jane, »Mattie Wilson.« Dann sprach sie noch ein paar Worte auf Seneca, die anscheinend noch dazugehörten. Als die ältere Frau fröhlich antwortete, hörte Felker genau hin. Die Konsonanten b, m oder p artikulierte sie nicht.

Sie betraten das Haus und standen in einer großen Bauernküche. Ohne weitere Aufforderung, jedenfalls nicht auf englisch, setzte sich Jane an den Tisch, und Felker machte es ihr nach. Er blickte sie mit einer stummen Bitte um Verhaltenshinweise an, aber alles, was er bekam, war ein Lächeln.

Mattie Wilson deckte Maisbrot mit Honig und Heidelbeeren auf und schenkte ihnen einen starken Kaffee ein, nahm aber selbst nicht Platz neben ihnen. Statt dessen lief sie herum und stellte ihnen weitere Schüsseln hin, während sie erzählte. »Jimmy hat einen Job in Brooklyn«, sagte sie. »Kein schlechter Platz. Es muß euch dort wohl auch ganz gut gehen.«

Jane fügte eine Erklärung hinzu: »Jimmy ist Stahlarbeiter. Er und seine Brüder George und Henry. Sie sind viel unterwegs.«

»Wenn sie mal arbeiten«, sagte Mrs. Wilson gutgelaunt. »Den Rest der Zeit essen sie bloß und liegen faul herum wie ein Rudel Hunde.«

Felker lachte. »Das hört sich an wie meine Mutter. Ich kriege fast Heimweh.«

Das steigerte noch Mrs. Wilsons Heiterkeit. »Na gut, Sie sind sicher auch nicht besser als alle anderen Männer, ich sollte Ihrer Mutter mal schreiben. *Sie* tun es ja doch nicht.«

»Nein«, sagte er, »ich glaube, ich möchte nicht, daß Sie beide sich zusammentun. Ich bin ihr allein schon nicht gewachsen.« Er nahm wieder von dem Essen. »Schicken Sie ihr einfach das Rezept für dieses Maisbrot.«

Jane beobachtete ihn nervös und angespannt. Wenn er etwas sagte, schien er sich am Rand eines Abgrunds zu bewegen, aber er ging jedesmal nur bis zur Kante und kam mit wachsender Zuneigung von Mrs. Wilson wieder zurück.

Als sie überzeugt war, daß die beiden sich satt gegessen hatten, holte Mattie einen Schlüsselbund aus der Schublade der Anrichte und gab ihn Jane. »Ihr richtet euch jetzt besser da drüben ein«, sagte sie. »Seid ihr später wieder da zu einem O-ta-de-none-o-na-wa-ta?«

Jane sagte: »Vielleicht«, dann stand sie auf und gab Mattie Wilson einen Kuß. Felker sagte: »Vielen Dank, Mrs. Wilson. Wenn ich gewußt hätte, wie schön es hier ist, hätte ich nicht darauf gewartet, daß Jane mich herbringt. Ich wäre von ganz allein gekommen.«

Im Hinausgehen sagte Mattie zu Jane in Seneca: »Behalt den da im Auge. Er sieht gut aus, aber was er von Frauen versteht, hat er nicht von seiner Mutter gelernt.«

Sie gingen, zuerst durch das vertrocknete Maislaub, dann unter den Bäumen im Obstgarten. »Was hat sie gesagt?« fragte er.

Jane lächelte wieder. »Sie sagte, Sie haben eine Blaubeere zwischen den Zähnen.«

Er fuhr mit der Zunge im Mund herum. »Hab ich nicht.«

»Dann rostet mein Seneca-Wortschatz wohl langsam ein.«

Sie kamen zu einem zweiten, etwas kleineren Farmhaus, das etwas besser gepflegt war. Jane ging auf die Veranda, öffnete die Tür mit dem Schlüssel und betrat das Haus. Im Innern sah es aus wie in der Wohnung eines Junggesellen, der hier lange nicht gewohnt hatte.

»Ist das Jimmys Farm?«

»Also die Besitzverhältnisse sind hier ein bißchen kompliziert«, sagte sie. »Das ist zwar Jimmys Haus, aber im Grunde gehört es seiner Mutter, weil sie die Älteste des Clans ist. Sie unterteilen hier das Land nicht nach der Methode ›Hier ist die Grenze, da machen wir einen Zaun hin‹. Sie benützen, was sie brauchen, bis sie es nicht mehr brauchen. Jimmy ist nicht verheiratet. Wenn er es einmal ist, dann könnte er hier wohnen oder woanders, in einem Haus, das ihr gehört.«

»Das klingt nicht gerade kompliziert.«

»Ist es auch nicht«, sagte sie. »Aber irgendwann in den zwanziger Jahren verfügte die kanadische Regierung, daß von nun an alle Indianer in der väterlichen Linie verwandt sind. So könnte das legale Eigentum an dem Haus auch jemandem zukommen, der mit Jimmy nicht einmal richtig verwandt ist. Aber das spielt jetzt keine Rolle. Im Augenblick gehört es uns. Ich nehme jetzt ein Bad, und dann schlafe ich mich aus.«

»Ich bin froh, daß Sie das erwähnen«, sagte Felker. »Gibt es hier eine Couch oder so etwas?«

»Es gibt zwei Schlafzimmer. Suchen Sie sich eins aus.«

Er zögerte. »Jane, bevor ich mich hinlege, sollte ich Ihnen etwas sagen. Sie haben mir letzte Nacht dreimal das Leben gerettet. Ich möchte Ihnen dafür ...«

»Sparen Sie sich das«, unterbrach sie ihn. »Wir können später reden.«

Jane lag lange in Jimmys Badewanne und ließ das heiße Wasser ihren Muskeln guttun, im Rücken und an Armen und Beinen. An der Wand über ihr hatte Jimmy, zu Meditationszwecken vielleicht, ein Plakat aufgehängt mit einer Frau, die aus irgendeinem Grund alle Kleider abgelegt hatte und rittlings auf einem Motorrad saß. Jane musterte sie kritisch. So gut sah sie nun auch wieder nicht aus. Es kam wohl auf die persönliche Einstellung an.

13 Sie lag noch im Bett, als die Sonne ins Zimmer schien, wachte nur sehr langsam auf und wehrte sich gegen das aufsteigende Bewußtsein. Sie hatte einen Traum festgehalten, ihn erkundet und herausgefunden, daß es ein Traum ohne Grenzen war, der sich vor ihr in die Weite öffnete, wohin sie auch blickte. Schließlich hatte sie ihn aufgegeben, wie ein Schwimmer, der dem Drang nachgibt, aus Luftmangel zur Oberfläche aufzutauchen. Als sie die Augen öffnete, erlebte sie eine Sekunde, in der sie sich nicht mehr erinnerte, wo sie war, und es fühlte sich an, als wäre sie zu früh nach oben gekommen, sie schnappte nach Luft und schluckte nur Wasser. Sie empfand ein Gefühl, das dem Ertrinken ähnlich sein mußte, einen verzweifelten Drang ins Freie, alles hinter sich zu lassen.

Sie setzte sich auf und schaute sich in Jimmys Zimmer um, damit der Traum verschwand. Dann horchte sie, was Felker machte. Er ging im Wohnzimmer herum. Das war es wohl auch: Sie hatte ihn gehört, und ihr Gehirn hatte selbsttätig den Lärm in ihren Traum hereingenommen, um sich die Ruhe zu erhalten, die es brauchte. Sie stand auf, holte ihre Ledertasche aus dem Kleiderschrank und nahm sie mit ins Bad.

Nachdem sie sich angezogen hatte – saubere Bluejeans und ein Sweatshirt – kam sie heraus und ging am Wohnzimmer vorbei direkt in die Küche. Als er zu ihr hereinkam, machte sie gerade Kaffee. Sie sah ihn nicht an, während sie sagte: »Tut mir leid, daß ich so lange geschlafen habe.«

»Ist schon okay«, sagte er. »Ich bin auch eben erst aufgestanden.« Sie drehte sich zu ihm und sah, wie er mit der Hand über die dichten Stoppeln am Kinn strich. »Finden Sie, ich sollte mir einen Bart stehen lassen?«

»Ein Bart ist bei Ihnen keine besonders großartige Verkleidung.«

»Was wäre denn eine großartige Verkleidung?«

»Ja, was? Großartig wäre, wenn Sie ein Jahr lang weibliche Hormone nähmen und eine operative Geschlechtsumwandlung vornehmen ließen, die so so perfekt ist, daß nicht einmal Ihr Ehemann, der publikumsscheue Milliardär, herausbekommt, daß Sie nicht immer schon eine Frau waren, und sein gesamtes Sicherheitspersonal auch nicht.«

»Dann nehme ich lieber bloß die gute Verkleidung. Was wäre gut?«

»Das habe ich mir noch nicht überlegt.« Sie runzelte nachdenklich die Brauen. »Sie sind ein großer, kräftig gebauter, behaarter Ex-Polizist. Wenn Sie einen Schnurrbart hinzufügen, dann sehen Sie nur noch mehr aus wie das, was Sie sowieso schon sind. Sie brauchen etwas, das sie anders erscheinen läßt als der Typ Person, der zufällig so aussieht wie Sie.«

»Das klingt allmählich wie Zen.«

»Ist es nicht, es ist vielmehr eine innere Haltung. Wir müssen über Sie nachdenken.« Sie sah ihn einen Augenblick unverwandt an. »Wissen Sie, wer noch am ehesten wie ein Polizist aussieht?«

»Wer?«

»Ein Verbrecher. Er hat denselben Gang und denselben Gesichtsausdruck. Verbrecher haben nur schlechtere Tätowierungen und einen besseren Haarschnitt.«

»Wenn ich mich für einen Verbrecher ausgäbe, wäre das also kein großer Fortschritt.«

»Das war nur ein Beispiel«, sagte sie, »aber Sie könnten als Ex-Soldat durchgehen. Waren Sie bei der Armee?«

»Klar. Die Armee. Ich habe sie gehaßt.«

»Aber Sie kennen die richtigen Bezeichnungen und wo Einheiten stationiert sind und solche Sachen. Wenn Sie nicht versuchen, sich in einer Kaserne als Soldat auszugeben, könnte es gehen.«

»Ich bekomme auch keinen Sold. Nehmen wir an, ich bin ein Stabsfeldwebel außer Diensten. Was bringt das?«

»Es gibt den Menschen ein Etikett, unter dem sie Sie ablegen können, damit sie nicht lange über Sie nachdenken müssen. Diese Gedankenarbeit machen wir uns jetzt.«

»Also was wäre ich jetzt am besten?«

»Überlegen Sie mal, wer Sie in Wirklichkeit sind. Ich meine, was hätten Sie getan, wenn die Umstände und Zufälle Sie nicht in diese Situation gebracht hätten? Dann können wir uns andere Umstände ausdenken, um für alles eine gute Begründung zu haben. Es muß nur etwas sein, das Sie sehr, sehr lange Zeit sein können.«

»Wie lange? Immer und ewig?«

»Sagen wir zwanzig Jahre. Ich denke mir, Ihnen ist das auch schon aufgefallen. Es ist wirklich erstaunlich, wie wenige, die sich ihren Lebensunterhalt mit einer Waffe verdienen, so lange durchhalten.«

»Das ist mir aufgefallen«, sagte er. Dann fügte er hinzu: »Aber es gibt einen endlosen Vorrat an solchen Leuten.«

»Aber den Ersatzleuten sind Sie egal, weil John Felker auch tot ist und Sie jemand anderer sind.« Sie betrachtete ihn einen ruhigen Moment lang. »Also: Was wollen Sie werden, wenn Sie mal groß sind?«

»Ich weiß nicht.«

»Dann denken Sie weiter darüber nach.«

Sie verbrachten den Tag in der Küche, saßen sich manchmal am Tisch gegenüber, gingen dann wieder auf und ab, aßen etwas, spülten das Geschirr ab, machten sich frischen Kaffee und redeten die ganze Zeit miteinander.

»Die halbe Arbeit ist das Vorhersehen der Situation«, sagte Jane, »Sie müssen vorausdenken, so daß Ihr Auftreten niemanden veranlaßt, Fragen zu stellen, die Sie nicht selbst beantworten können.«

»Wie zum Beispiel?«

»Wenn Sie sich um einen Job bewerben, der eine Sicherheitsüberprüfung erfordert oder wo sie alle Angestellten durch einen Lügendetektortest schicken.«

»Das kenne ich. Als erstes fragen sie einen immer nach dem Namen, um die Kurve zu sehen, wenn man nicht lügt. Was noch?«

»Ein Haus können Sie erst dann kaufen, wenn Sie einer Kreditprüfung standhalten. Bis dahin mieten Sie sich was. Bevor Sie irgend etwas tun, denken Sie erst mal nach.«

»Das Leben einer Ratte in ihrem Loch.«

»Nein, genau das Gegenteil davon. Sie suchen sich immer etwas, das Sie durchschnittlich aussehen läßt. Zum Beispiel suchen Sie sich keinen Job als Geschirrspüler. Nicht daß es keine ehrbare Arbeit wäre, aber das machen alle, die Sträflinge oder so etwas sind. Es macht Sie so verwundbar wie die. Sie wählen die beste Karriere, die Sie sich zutrauen. Wenn Sie Referenzen brauchen oder Dokumente, rufen Sie die Nummer an, die ich Ihnen geben werde, und Sie kriegen sie.«

»Sie haben Leute, die gefälschte Referenzen schreiben?«

»Sagen wir einfach, es gibt Leute, die so etwas machen. Oder Steuerbescheinigungen für die letzten zehn Jahre ausfüllen, und zwar auf den richtigen, nicht mehr verwendeten Formularen. Oder was sonst nötig ist.«

»Ich habe ein paarmal gefälschte Papiere gesehen, aber die waren alle nicht gut.«

»Wenn Sie die Fälschungen als solche erkannt haben, waren sie schlecht gemacht. Aber das kann man kaufen, wie alles andere.«

»Was Sie sagen, hört sich nach einem ganzen Industriezweig an.«

»Das ist es auch«, sagte sie. »Ich habe ihn nicht geschaffen; ich habe ihn nur vorgefunden. Sie sind daran gewöhnt, einen Berufsverbrecher zu schnappen, und dann sehen Sie, daß auf seinen Papieren ein fremder Name steht. Das hier ist eine viel größere Geschichte.«

»Was meinen Sie damit?«

»Niemand hat eine Ahnung, wie viele Menschen so leben. Geschiedene Eltern, die ihre eigenen Kinder rauben und mit ihnen flüchten, Millionen illegaler Ausländer, Frauen, die sich vor irgendeinem Irren verstecken, der ihnen auflauert, andere, die auf dem falschen Fuß angefangen haben und dann nicht den passenden Abschluß haben oder die entsprechend guten Zeugnisnoten oder die richtigen Entlassungspapiere. Oder diejenigen, die einfach nur die Nase voll haben und aus allem rauswollen. All diese Menschen brauchen die gleichen Dinge. Meist Dinge, die auf einem Papier stehen oder die man sich durch ein Papier besorgen kann. Und wo ein Markt ist, steigt jemand in das Geschäft ein. Es ist viel leichter, einen Führerschein zu fälschen als einen Zwanzig-Dollar-Geldschein, und man bekommt mehr dafür als zwanzig Dollar.«

»Aber diese Leute wissen doch, wer ich bin und wo ich bin?«

»Dieses Problem löse ich. Ich helfe niemandem, der vor Schulden davonläuft oder einem Vaterschaftsprozeß oder ähnlichem. Ich hole mir, was ich brauche, nicht aus kleinen Läden, die falsche Personalausweise mit Folie überziehen, damit sich die Teenager Alkohol kaufen können. Ich nehme nur die besten.«

»Aber es sind immer noch Illegale.«

»Das sind wir auch. Die Papiere sind das Leichteste an der Sache. Woran wir arbeiten müssen, sind Sie.«

Als sie zu reden aufhörten, war es nach Mitternacht. Am nächsten Morgen, als Jane in die Küche kam, lächelte er. »Ich denke, ich hab's raus.«

»Was haben Sie raus?« fragte sie. Sie war froh, daß er schon Kaffee gemacht hatte. Sie hatte wieder geträumt, und danach fühlte sie sich immer verwirrt und reizbar. Sie wußte, die Träume entstanden aus Angst, aus den nicht endenden Gesprächen und der Konzentration auf jeden Aspekt seiner Vergangenheit und seiner Zukunft, wobei alle anderen Dinge auf dieser Welt ausgeschlossen blieben, wie etwa die Luft draußen oder der Sonnenschein.

»Der Grund für meine Entscheidung, Anlageberater zu werden, war meine Vorliebe für Zahlen. Ich war gut im Rechnen, und Buchhaltung erschien mir vernünftig bei dem bißchen Mathematik, das ich beherrschte. Aber was ich eigentlich werden wollte, war Lehrer.«

Sie sah ihn prüfend an. Im Normalfall gaben Polizisten für ihre Berufswahl einen anderen Grund an, nämlich den, anderen Menschen helfen zu wollen. Nachdem sie dann zum hundertsten Mal einen blutüberströmten Verdächtigen in die Notaufnahme geschleppt hatten, kam manchen von ihnen die Idee, daß da was schiefgelaufen war. »Jetzt ist der miserabelste Augenblick in der Geschichte dieses Landes, um Lehrer werden zu wollen. Überall werden Lehrer entlassen. Andererseits sind Mathematiklehrer nicht so leicht zu kriegen.«

»Ich habe gestern abend noch lang darüber nachgedacht. Ich möchte nicht gern den Rest meines Lebens in einem Versteck zubringen. Wenn ich dann mal neunzig bin – was habe ich dann geleistet? Außer daß ich neunzig geworden bin?«

»Sprechen Sie weiter«, sagte sie, »ich denke dabei nach.«

»Das sieht doch nach Durchschnitt aus, oder? Kein schlechter Job, aber auch nicht zu exponiert. Die Leute, die man trifft, wären die meiste Zeit Eltern.« Er sah hoffnungsvoll zu ihr hinüber.

»Vielleicht«, sagte sie, »welche Ausbildung haben Sie?«

»Das ist das Problem. Ich bin nach dem ersten Semester schon wieder raus aus dem College. Ich hatte die Einberufung im Nacken, und da dachte ich mir, ich bringe erstmal den Militärdienst hinter mich. Danach, als ich damit fertig war, machte ich in Abendkursen meinen Magister in Betriebswirtschaft.«

Jane ging mehrere Minuten lang im Raum auf und ab. »Je mehr ich darüber nachdenke, um so besser finde ich die

Idee.« Sie blieb stehen und sah ihn an. »Und Sie sind überzeugt, daß es das Richtige ist?«

»Ja.«

»Also gut. Sie brauchen jetzt nur noch Ihre Zeit zu verlängern, die Sie im College verbracht haben. Das ist leicht, weil Colleges genau der Ort sind, wo immer mal jemand aus den Akten verschwindet, wenn man weiß, wie man es anstellen muß. Mit Ihrem Alter sind Sie allerdings jemand, der seine zweite Karriere anfängt, und dafür brauchen wir eine Begründung.«

»Wie wär's mit der Wahrheit? Ich war ein Polizist, der eigentlich Lehrer werden wollte.«

»Nein. In ihrer neuen Umgebung würde diese Polizeigeschichte die Leute nur neugierig machen. Sie müssen ein Stück Ihrer Biographie abstoßen oder eine graue Maus werden. Wenn wir Ihren Magister weglassen, dann kostet Sie das einige Jahre. Nein, Sie haben was anderes gemacht, und Sie wurden entlassen. Welchen Job hätten Sie denn mit Ihren Zeugnissen haben können, der Sie mit solchen Firmen wie Smithson-Brownlow in Verbindung gebracht hat?«

»Eine ganze Menge. Jedes große Unternehmen hat eine eigene Abteilung für so etwas. Die Luftfahrtindustrie?«

»Nein, kein großer Konzern. Zu viele Möglichkeiten, dort einzudringen und Fragen zu stellen. Wir brauchen eine kleine Firma, so daß einer, der sie kontaktieren will, nur eine einzige Telefonnummer hat, die er anrufen kann.«

»Dann ... ein Laden, eine Bank, eine Versicherungsagentur ...«

»Eine Bank. Sie haben in einer kleinen Bank gearbeitet, und die hat irgendwann dichtgemacht. Das ist langweilig, und Sie brauchen nicht viel zu erklären. So etwas kommt alle Tage vor. Sie melden sich zu einer Lehrerfortbildung. Sie haben schon ihren Magister in Betriebswirtschaft, keinen echten natürlich, und jetzt nehmen Sie Mathematik als Hauptfach.«

»Bei alledem entstehen doch nur neue Schwierigkeiten – gefälschter Studienabschluß, gefälschte Jobs ...«

»Ich sagte Ihnen schon, Sie sollen die Papiere vergessen. Die sind das geringste Problem.«

Sie verbrachten den Tag mit Gesprächen über seine Karriere und dachten sich Erlebnisse und Erinnerungen aus, die er in sein neues Leben mitnehmen konnte. Als er am anderen Morgen aus seinem Zimmer und in die Küche kam, wartete Jane schon auf ihn. »Sie sind früh auf«, sagte er.

»Wir haben eine Menge Arbeit vor uns.« Diesmal hatte sie sich selbst aus ihrem Traum befreit und gesehen, daß es fünf Uhr war. Sie hatte beschlossen, nicht wieder einzuschlafen, weil der Traum immer noch im Unterbewußtsein auf sie lauerte.

Sie ging zur Anrichte und holte die Kleinbildkamera. »Ich habe Jimmys Kamera ausgegraben. Wir werden Sie jetzt fotografieren. Am besten vor der Wand da drüben mit dem reflektierten Licht. Zuerst ein paar Fotos im Stehen.«

Langsam ging er zur Wand. »Warum?«

»Führerschein und so weiter.« Sie holte ihn in den Sucher und sagte: »Lächeln«, dann setzte sie die Kamera wieder ab. »Soll das ein Lächeln sein?

»Ich verstehe ja nicht viel von dem ganzen hier«, sagte er. »Aber kommt es Ihnen nicht ein bißchen gefährlich vor, wenn Fotos von mir in der Gegend herumflattern?«

»Verlassen Sie sich auf mich«, sagte Jane. »Die Leute, die Ihre Fotos sehen, würden sterben, wenn sie in die falschen Hände kämen.«

»Würden sie, aha.« Mit skeptisch halbgeschlossenen Augen sah er sie an. Die Kamera klickte. »Haben Sie gerade eins gemacht?«

»Das war für den Führerschein. Darauf schaut jeder so aus, als hätte er gerade einen Wurm verschluckt.«

Er lächelte und Jane drückte wieder auf den Auslöser. »Halt«, sagte er, »wofür war jetzt das?«

»Ich weiß nicht. Vielleicht die Weihnachtsfeier in der Bank.«

»Ich war noch gar nicht soweit.«

»Dann montieren sie Sie in ein anderes Foto. Wo Sie gerade dabei erwischt werden, wie Sie den Arm um die Frau ihres Chefs legen.« Als er nicht lächelte, sagte sie: »Jetzt hören Sie auf, sich Sorgen zu machen. Wir brauchen ja nur ein paar Fotos. Den Rest können wir beide nachher verbrennen.«

»Und die Negative?«

»Die auch. Jetzt holen Sie sich ein anständiges Hemd und eine Krawatte aus Jimmys Schrank und ziehen darüber den Mantel an.«

Als alle sechsunddreißig Aufnahmen gemacht waren, sagte Jane: »Ich bin in ein paar Stunden mit den Abzügen wieder da. Wenn jemand an die Tür klopft, lassen Sie ihn herein und seien Sie freundlich zu ihm.«

Sie nahm die Filmrolle heraus, zog eine von Jimmys Jakken an und war im nächsten Augenblick draußen. Er sah ihr durch das Fenster nach, wie sie quer durch das Maisfeld zu Matties Haus hinüberging.

Noch bevor zwei Stunden um waren, kam sie zurück. Sie hatte einen blauen Umschlag mit den Negativen und den Glanzabzügen in der Hand. Felker breitete die Fotos auf dem Küchentisch aus und sah sich nacheinander jedes einzelne an.

»Dreiunddreißig«, sagte er.

»Drei habe ich dem Spezialisten geschickt. Wenn Sie sie das nächste Mal sehen, kleben sie auf irgendeinem Dokument.«

»Warum drei?«

»Haben Sie schon mal jemanden gesehen, der in allen Papieren dasselbe Foto hat?«

Er sammelte die Bilder wieder ein und steckte den Umschlag in die Tasche. »Was jetzt?«

»Jetzt warten wir, und wir arbeiten an Ihnen.«

An diesem Tag gingen sie am Ufer des Grand River entlang und dann auf Landstraßen an kleinen Farmen und Wäldern vorbei. Die ganze Zeit über redeten sie.

»Es wird Zeit, daß wir unsere Phantasie anstrengen«, sagte sie. »Denken Sie wie ein Polizist. Die Person, die Sie suchen, sind Sie selbst. Der Flüchtige hat einen falschen Namen und falsche Papiere. Wo fangen Sie an?«

»Ich setze ein Rundschreiben auf mit allem, was wir haben: Beschreibung, Foto, Gewohnheiten.«

»Sehr gut«, sagte Jane. »Und an wen geht das?«

»An alle.«

»Falsche Antwort, aber wenigstens denken Sie wieder

wie ein Polizist. Es geht an Polizeireviere. Das sind nicht ›alle‹. Niemand bekommt so etwas je zu Gesicht, nur die anderen Polizisten. Was ist die Moral aus dieser Geschichte?«

»Halte dir die Polizei vom Leib?«

»Richtig. Das ist auch zu schaffen. Natürlich ist es absolut selbstverständlich, daß Sie auf Ihre Fahrweise achten. Sie werden nie wieder in solcher Eile sein, daß Sie zu schnell fahren oder in zweiter Reihe parken. Natürlich gehen Sie auch nicht irgendwohin, wo es Ärger geben könnte.«

»Soweit alles klar«, sagte er.

»Was tun Sie, wenn ein Mann auf der Straße versucht, mit Ihnen Streit anzufangen?«

»Weggehen.«

»Und wenn er Sie nicht weggehen läßt?«

»Um Hilfe rufen?«

»Denken Sie genau nach. Eigentlich sollten Sie so etwas wissen«, sagte sie. »Offenbar haben Sie noch nicht oft um Hilfe gerufen. Da rührt sich niemand, aber gelegentlich ruft einer die Polizei. Das Sicherste in Ihrem Fall ist, Sie schlagen den Mann sofort nieder, machen ihn kampfunfähig, und dann nichts wie weg. Die Leute drumrum, die schon nicht den Mut aufbrachten, ihn festzuhalten, können Sie genausowenig festhalten.«

»Ich denke, das stimmt.«

»Nehmen Sie an, Sie kommen von der Arbeit nach Hause und finden Ihre Wohnung aufgebrochen?«

»Das habe ich mir schon überlegt. Ich rufe nicht die Polizei. Die nehmen überall Fingerabdrücke ab und brauchen meine eigenen, um zu wissen, welche von dem Einbrecher sind.«

»Sehr gut. Aber was, wenn es geschieht, während Sie zu Hause sind? Sie schlafen und hören plötzlich, wie jemand ein Fenster einschlägt?«

»Gleiche Antwort. Ich lasse ihn mitnehmen, was er will, und damit gehen.«

Sie schüttelte den Kopf. »Nein, das wäre leider die Ausnahme von der Regel. Es gibt kaum einen Einbrecher, der ein Haus vorher nicht genau beobachtet, ob gerade jemand drin ist. Wenn ja, macht er sich gar nicht erst an die Arbeit. Wir haben also einen Angreifer, der genau weiß, wer Sie sind und daß Sie da sind.«

»Sie meinen ...«

»Genau das, fürchte ich. Wahrscheinlich ist es überhaupt kein Einbrecher. Das heißt, einer von denen, die hinter Ihnen her sind, hat Sie gefunden. Ihnen bleibt nur noch abzuhauen.«

»Aber wenn ich ihn irgendwie überwältige, dann könnte ich vielleicht herausfinden ...«

»Was denn? Wer er ist? Das kann ich Ihnen gleich sagen. Er ist einer von den Hunderten, die im Gefängnis gehört haben, daß Sie einen Haufen Geld wert sind, und er hatte den richtigen Riecher.«

»Und was ist, wenn ich nicht mehr raus kann?«

»Dann ist es Ihre Entscheidung«, sagte sie. »Man kann niemals vorhersagen, unter welchen Umständen jemand das Recht hat, auf den Abzug zu drücken. Sie sind kein Polizist mehr, also gibt es auch keine Regeln. Sie müssen nur sicher sein, daß Sie die notwendige Denkarbeit schon vorher geleistet haben.«

»Okay, was ist, wenn ich es tue?«

»Selbst wenn es der klarste Fall von Notwehr der Kriminalgeschichte wäre, man würde herausfinden, wer Sie sind. Also: Sie verstecken die Leiche, so gut Sie können, und hauen ab. Sie kommen zu mir zurück, und wir versuchen das Ganze noch einmal.«

Sie gingen täglich dieselbe Strecke auf den Straßen und Wegen am Rand der Felder und weit weg von den Häusern. Am dritten Tag fragte Jane: »Erinnern Sie sich noch an das Fahndungsschreiben, das John Felker, der Polizist, herausgeben wollte, um John Felker, den Betrüger, zu fangen?«

»Sicher«, sagte er.

»Was stand da noch drin?«

»Alter, Größe, Gewicht ...«

»Viel helfen kann ich Ihnen dabei nicht, aber es gibt ein paar nützliche Tips. Vergessen Sie nicht: Es kommt nicht darauf an, wie Sie aussehen, sondern welche Fotos von Ihnen existieren. Höchstens einer von tausend, die Sie suchen, hat Sie jemals leibhaftig gesehen. Das letzte Foto bei der Polizei dürfte mindestens fünf Jahre alt sein?«

»Stimmt.«

»Wenn es irgendwelche späteren Fotos von Ihnen gibt, zum Beispiel bei Ihrer Schwester, vernichten Sie sie. Rufen Sie sie an, sie soll sie verbrennen. Ihre Exfrau ...«

»Kein Problem. Wenn sie welche hat, sind sie über zehn Jahre alt.«

»Gut. Also dann: Wenn Sie an Ihrem Erscheinungsbild arbeiten, denken Sie an die Fotos, als ob sie noch der Polizist John Felker wären. Die einfachsten Mittel sind die besten. Sie sind groß, also fahren Sie einen kleinen Wagen. Das ergibt einen unbewußten Effekt. Die Leute denken einfach: klein. Tragen Sie einen Hut oder eine Sonnenbrille, irgend etwas, was John Felker, den Polizisten, daran hindert, mit einem Blick die richtige Verbindung herzustellen. Wenn Sie nicht gerade in einer dummen Situation sind, hat niemand länger Zeit für Sie als einen einzigen Blick. Was steht noch in dem Fahndungsschreiben?«

»Besondere Kennzeichen: Narben.«

»Haben Sie welche?

»Nein.« Er lächelte. »Soll ich mir welche besorgen?«

»Kaum. Was noch?«

»Auffällige Eigenarten, Gewohnheiten.«

»Okay«, sagte sie, »gehen Sie über das hinaus, was auf der Liste steht. Die Polizisten sind nicht die einzigen, die Sie suchen. Sie rauchen anscheinend nicht. Trinken Sie?«

»Nicht viel. Ein oder zwei gelegentlich.«

»Ein oder zwei was?«

»Gläser Bier. Selten einen Whisky-Soda.«

»Wo? In einer Bar?«

»Nein. Wir hatten genug damit zu tun, irgendeine Meldung aus einer Bar zu überprüfen, da hatten wir nach Dienstschluß keine Lust, nochmal hinzugehen. Es gab in St. Louis ein paar Adressen, wo meistens nur Uniformierte waren, sonst kaum jemand, und manche Polizisten fühlten sich da wohl, aber ich nicht. Immer nur dieselben Gesichter, wie bei der Arbeit.«

»Gut. Halten Sie sich von Bars fern. Da passiert immer

etwas, drinnen eine Schlägerei und auf dem Parkplatz ein Überfall. Wenn Sie Kunde in einer Bar wären, würden sie dort als erstes nach Ihnen suchen. Es ist überraschend, wie scheinheilig die meisten sind. Wenn einer sich in einer Bar mal richtig gehenlassen will, möchte er nicht den Mathematiklehrer seiner Kinder als Kumpel neben sich haben. Was ist mit dem Rest Ihres gesellschaftlichen Lebens?«

»Was heißt das?«

Sie machte schweigend ein paar Schritte. »Wenn Ihnen das Thema unangenehm ist, lassen wir es fallen. Nur denken Sie über das nach, was ich Ihnen jetzt sage. Sie sind seit zehn Jahren geschieden. Sie haben im Augenblick keine Freundin. Sind Sie schwul?«

»Nein«, sagte er.

»Leben Sie enthaltsam?«

Er kicherte. »Normalerweise nicht lange, und niemals freiwillig.«

Jetzt schien sie ihre Worte noch vorsichtiger zu wählen. »Okay, mehr brauche ich nicht zu wissen. Falls Sie irgendeine ... ungewöhnliche sexuelle Neigung haben, bedenken Sie künftig die Konsequenzen.«

Er blickte sie scharf an. »Ungewöhnlich?«

Wieder ging sie schweigend einige Schritte, dann sagte sie: »Was ich meine, ist: vorhersagbar.«

»Es gibt in meiner Vergangenheit keine Frau, mit der ich nicht gern wieder in Kontakt käme.«

Sie seufzte, sichtbar unzufrieden. »Na schön. Aber es gibt noch andere Möglichkeiten. Da Sie Single sind und nicht im Zölibat gelebt haben, gibt es vermutlich eine ganze Reihe von Frauen, die etwas über Sie erzählen könnten. Und da wir nicht wissen, wer hinter Ihnen her ist, können wir nicht ausschließen, daß eine Frau darin verwickelt ist. Manchmal bringt eine Frau eine andere Frau dazu, Dinge zu sagen, die sie keinem Mann sagen würde.«

»Ich glaube nicht, daß sie irgend etwas erzählen könnten.«

Das kam zu schnell, und ihr wurde klar, daß sie sich deutlicher ausdrücken mußte. Sie blickte geradeaus und gab ihrer Stimme einen unpersönlichen, klinischen und munteren

Klang. »Es gibt Dinge, die Sie unbeabsichtigt verraten. Falls Ihre Frau und alle Ihre Freundinnen vom gleichen Typ waren, dann sollten Sie Ihren Horizont etwas erweitern. Wenn Sie dafür bekannt sind, die hübschesten Prostituierten zu kennen, was bei einigen Polizisten der Fall ist, dann ändern Sie genau diese Gewohnheit. Wenn Sie in einer neuen Stadt die Prostituierten finden, finden die sie auch, und die bezahlen sie dann allein schon fürs Reden. Wenn Sie ein Pornomagazin abonniert haben für Leute mit speziellen Wünschen, wäre es sinnvoll, derartige Zeitschriften nicht wieder unter Ihrem neuen Namen zu abonnieren. Mit Verkauf von Adressen wird überall Geld verdient. Das gilt auch für andere Interessen, vom Münzensammeln bis zur Kollektion von Motorrädern.« Sie schwieg abrupt. Sie wußte, woher das kam: von Jimmys idiotischem Plakat.

Jane sagte eine ganze Weile nichts mehr. Schließlich wandte sie sich zu ihm und sah, daß er sie anstarrte und dabei grinste. »Kein Treffer bis jetzt. Aber machen Sie weiter. Ich mag es, wenn Frauen über Sex reden.«

»Vergessen Sie's«, sagte sie. »Haben Sie irgendeine chronische Krankheit, mit der Sie zum Arzt gehen oder Medikamente nehmen müssen?«

»Ist das jetzt noch dasselbe Thema oder ein neues?«

»Ein neues. Ich helfe Ihnen nur, am Leben zu bleiben, deshalb würde ich es begrüßen, wenn Sie mithelfen könnten.«

Er wurde wieder ernst. »Keine Gesundheitsprobleme.«

»Gut«, sagte sie, »dann sehen wir uns ihre Kaufgewohnheiten an. Gehen Sie in Gedanken Ihre Garderobe durch. Stellen Sie sich Ihren Kleiderschrank vor. Schauen Sie sich die Krawatten an, die Anzüge, Jacken, Schuhe und Hemden. Männer von Ihrer Größe kaufen manchmal bestimmte Marken oder bestellen Kleidung im Versandhandel, weil ihnen die Sachen besser passen. Selbst wenn Sie nicht mehr zu Hause sind, kommen immer noch Kataloge und Warenproben an. Ihre Kleider sind noch dort, und Ihre Verfolger werden sie sich genau ansehen. Auch wenn Sie schlau genug sind, sich dieselben Sachen von einer anderen Marke zu kaufen, haben die durch die Sachen in Ihrem Schrank ein zutreffendes Bild von Ihrem Aussehen.«

»Jetzt haben Sie mich«, sagte er. »Ich bin einer von denen, die ein paar Sachen haben, die ihnen stehen, und dabei bleiben.«

»Korrigieren Sie das«, sagte sie. »Kaufen Sie nichts, was Sie auch vor einem Monat gekauft hätten. Das sollte nicht zu schwer sein. Sie sind jetzt kein Finanzberater mehr, sondern Student.«

»Das hoffe ich wenigstens«, sagte er.

»Sie sind einer«, sagte sie. »Prägen Sie sich das ein. Sie sind nur solange auf der Flucht, bis wir Sie untergebracht haben. Vergessen Sie das nicht. Sie haben es nicht leicht, aber das nimmt ein Ende.«

Auf dem Rückweg zum Haus blieben sie kein einziges Mal stehen. Ihre Gespräche waren ungeduldig und drängend geworden, als wollte Jane ihm alles, was sie wußte, auf einmal erzählen. Während sie Abendessen machte, ließ sie ihn die Rolle des Studenten annehmen, der am College mit seinem Berufsberater spricht und ihm erklärt, warum er Lehrer werden will und wie er sein Interesse an der Beschäftigung mit jungen Menschen entdeckt hat. Ab und zu stellte sie ihm eine Frage.

»Sagen Sie mir, welche Kurse Sie im ersten Jahr hatten.«

»Mathematik 101 und 102, dann 363 und 4 ...«

»Leider falsch. Sagen Sie ›höhere Differentialrechnung‹ oder ›Wahrscheinlichkeitstheorie‹. Geben Sie ihnen keine Zahlen, weil in den gefälschten Studienunterlagen vielleicht nicht dieselben Zahlen stehen. Die Einträge in den Unterlagen müssen aber mit den Kursbezeichnungen aus dem Vorlesungsverzeichnis des Colleges, auf dem Sie angeblich waren, übereinstimmen. Jedesmal, wenn jemand Ihre Antworten aufschreibt, müssen Sie vorher nachdenken.«

So ging es bis tief in den Abend hinein, sie machten sich Kaffee und saßen an Jimmys Tisch in der Küche einander gegenüber.

»Was machen Sie mit Ihrem Geld?«

»Es vergraben, denke ich. Auf die Bank bringen kann ich es nicht. Da gibt es eine Auskunftspflicht bei Einzahlungen über zehntausend Dollar.«

»Wieviel haben Sie mitgenommen?«

»Dreihundertfünfzigtausend.«

»Man kann es trotzdem verstecken«, sagte sie, »Sie eröffnen sieben oder acht Konten bei verschiedenen Banken, zwei da, wo Sie wohnen, und die übrigen in anderen Städten.«

»Auf meinen eigenen Namen?«

»Ja. Auf jedes Konto zahlen Sie ein paar tausend Dollar ein, sagen wir achttausend. Legen Sie sie aber nicht auf ein Sparkonto, weil die Zinsen dem Finanzamt gemeldet werden.«

»Und wie weiter?«

»Dann überzeugen Sie eine der Banken in Ihrer Nähe davon, daß Sie ein Geschäftsmann sind, der seine Bareinkünfte gelegentlich im Nachtbriefkasten läßt, jedesmal ein paar hundert Dollar, um das Konto aufzufüllen. Von Zeit zu Zeit überweisen Sie von diesem Konto etwas auf die anderen.«

»Und was bringt das?«

»Sie können sich damit für jedes der anderen Konten ein Wertpapierdepot anlegen, bei einem Aktienhändler oder in einem Investmentfonds. Sie richten es so ein, daß Sie regelmäßige monatliche Beträge per Dauerauftrag auf diese Konten überweisen, ein paar hundert Dollar jeweils. Von Zeit zu Zeit können Sie auch ein wenig bar einzahlen, aber das meiste Geld kommt in Form von Überweisungen von der Bank in ihrer Nachbarschaft. Wenn Sie mal nicht dazu kommen, dann kaufen Sie sich von Ihrem Bargeld Travellerschecks und verwenden diese für die Einzahlungen auf die anderen Konten.«

»Und damit bleibe ich unauffällig?«

»Ja, wenn Sie für Ihr angebliches Geschäft und Ihre Kapitaleinkünfte Steuern zahlen. Sehen Sie zu, daß Ihre Bareinzahlungen niedrig, aber regelmäßig bleiben, damit niemand denkt, Sie treiben irgend etwas Illegales. So weit wie möglich leben Sie vom Bargeld. Das bringt Ihnen auch mal kleinere Scheine, so daß Sie nicht dauernd Hunderter-Beträge einzahlen. Wenn Sie etwas per Überweisung bezahlen müssen, für Studiengebühren zum Beispiel, dann tun Sie das von dem zweiten Konto in Ihrer Stadt. Nach ein paar Jahren haben Sie allmählich zwei Drittel Ihres Bargelds in sieben oder acht guten Wertpapierdepots angelegt. Dann beenden Sie die Daueraufträge und schließen alle Konten bis auf zwei, eines in Ihrer Nähe und irgendein anderes, damit Sie notfalls immer etwas Geld hin- und herschieben können. Um diese Zeit fließt dann schon Ihr Lehrergehalt, und Sie können wie ein normaler Mensch leben.«

»Dann bleibt mir noch ein Drittel, abzüglich Lebenshaltungskosten, bis ich einen Job habe. Wofür aber?«

»Das nehmen Sie her, wenn Sie einen Fehler machen«, sagte sie. »Dieses Geld bringt Sie raus.«

»Wo haben Sie das alles gelernt?«

Sie zuckte die Achseln. »Das ist mein Job.«

»Und warum machen Sie das?«

»Weil ich etwas Sinnvolles tun muß.«

»Sie verstehen etwas von Colleges, Sie waren wohl mal selber auf einem. Was haben Sie studiert?«

»Eigentlich gar nichts«, sagte sie. »Offen gesagt, ich habe die meiste Zeit in der Bibliothek verbracht. Es ist komisch: Im zwanzigsten Jahrhundert Indianer zu sein, heißt, daß man sehr viel gelesen haben muß. Ich hatte die vage Vorstellung, ich könnte Jura studieren, aber etwas hat mich abgelenkt, bevor ich mich dazu entschlossen hatte.«

»Was hat Sie abgelenkt?«

»Als ich im zweiten Semester war, kam jemand, den ich kannte, in Schwierigkeiten. Er war etwas älter als ich. Im Krieg sollte er eingezogen werden, aber er hatte sich davor gedrückt. Er hatte nicht einmal seinen Namen geändert, er beantwortete nur ihre Briefe nicht mehr und ging auf ein anderes College. Er wollte der Regierung keine Probleme machen. Er hatte nur keine Lust, andere umzubringen. Aber die Armee hatte entschieden, daß er kein Wehrdienstverweigerer aus Gewissensgründen sei. Wahrscheinlich wußten sie immer schon, wo er war, waren aber zu beschäftigt, um ihn zu holen. Dann, nach dem Krieg, hatten sie die Zeit dafür.«

»Wie haben Sie ihn kennengelernt?«

»Wir waren im gleichen Kurs. Manchmal tranken wir nach einem Seminar einen Kaffee zusammen. Es war keine nennenswerte Beziehung. Aber eines Nachts kam er zu mir ins Wohnheim und sagte mir, in seiner Abwesenheit sei das FBI in seiner Wohnung gewesen und habe ihn gesucht. Während er sprach, wurde mir plötzlich klar, daß er sich umbringen würde, wenn er ins Gefängnis müßte. Er verabschiedete sich. Nicht eigentlich von mir – wir hatten nicht wirklich viel miteinander zu tun, aber ich war das einzige Mädchen, mit dem er damals reden konnte in dieser Nacht –, sondern er verabschiedete sich bei mir von allen Frauen, von denen, die er einmal gekannt hatte und jetzt nicht mehr, und von denen, die er kennengelernt hätte, wenn sein Leben weitergegangen wäre.«

»Und Sie haben es ihm ausgeredet?«

»Nein«, sagte sie, »ich wollte es, aber mit einem Mal wurde mir bewußt, daß ich ihm gar nicht zuhörte. Ich schaute ihn nur an und dachte mir, wie leicht es doch wäre, ihn verschwinden zu lassen.«

»Als Studentin im zweiten Semester? Wie alt waren Sie da, neunzehn?«

»Ich hatte zweimal in den Sommerferien bei einer Inkassofirma in Buffalo gearbeitet, im Suchdienst gegen untergetauchte Zahlungsverweigerer. Ich hatte eine ziemlich gute Vorstellung davon, was geht und was nicht. Ich bekam auch ein Gefühl dafür, wie die Hunde jemanden jagen. Sie sind ja nicht alle gleich, und sie suchen nicht gleichermaßen verbissen nach jedem, der vor ihnen wegläuft. Bei einem jungen Kerl, noch Student und ungefährlich, rechnen sie sich manchmal aus, daß er früher oder später wieder auftaucht. Irgendwann zahlt er Steuern oder braucht eine Geburtsurkunde oder nimmt einen Kredit auf oder so etwas. Ich denke sogar, es machte ihnen ein besonderes Vergnügen, einen nicht anerkannten Kriegsdienstverweigerer zwanzig Jahre später einzufangen, damit es in die Zeitungen kommt und jeder sehen kann, wie unerbittlich sie ihn gesucht haben.«

»Und Sie halfen ihm zu verschwinden?«

»Ja. Dann hörten ein paar andere davon, seine Freunde, meine Freunde.«

»Und die sagten es weiter?«

»Nicht gleich. Aber die Menschen werden älter, und die

Jahre gehen vorüber, und irgendwann trifft fast jeder einmal jemanden, der in diesem Augenblick gerade diese Art Hilfe braucht.«

Er nickte. »Und so gaben sie den Anstoß, es wieder zu tun.«

»Nein«, sagte sie. »Ich war es selbst. Als ich feststellte, daß ich es konnte, war die Versuchung da, es noch einmal zu tun. Ich war die, die so entschied.«

Irgendwann beleuchtete die aufgehende Sonne den Raum und sie knipsten die Lampen aus und machten Frühstück. Während sie in Jimmys Spüle das Geschirr spülten und abtrockneten, sagte Felker: »Was kommt als nächstes?«

Jane zog den Stöpsel und ließ das Wasser ablaufen. »Wir müssen schlafen.« Sie war jetzt beinahe vierundzwanzig Stunden aufgeblieben. Sie war nicht sicher, ob sie den Traum in ihrem Kopf ausgebrannt hatte, aber sie wußte, sie war die letzten zwei Stunden keine große Hilfe für Felker gewesen. »Wenn Sie vor mir aufwachen, dann verwenden Sie die Zeit dafür, über Ihre Zukunft nachzudenken. Eliminieren Sie alles, bei dem Sie sich unsicher fühlen. Vergessen Sie das Bisherige. Nichts ist so tot wie die Vergangenheit.«

14 Jane erwachte, und das Zimmer war dunkel. Sie fühlte sich nervös, unruhig. Von fern hörte sie Trommeln und dann menschliche Stimmen, die das Ga-da-shote sangen. Der Chor der ersten Reihe der Tänzer sang »Ga no oh he yo«, und die zweite Reihe antwortete darauf mit »Wa ha ah he yo«.

»Sind Sie wach?« Felker stand plötzlich im Raum.

»Ja«, sagte sie. Sie zog die Bettdecke ans Kinn und setzte sich auf. »Was ist los?«

»Dasselbe wollte ich Sie fragen.«

Sie lachte. »Tut mir leid. Sie haben mich erschreckt. Sind Sie schon angezogen?«

»Sicher. Sobald ich die Kriegstrommeln hörte, hielt ich das für eine gute Idee.«

»Geben Sie mir eine Minute.«

Sie sah, wie sein Schatten hinausglitt und die Tür geschlossen wurde. Dann stand sie auf, machte Licht und suchte in ihrer Tasche nach sauberen Kleidern, während sie gleichzeitig versuchte, ihren Kopf von dem Panikgefühl zu befreien, das in einem tiefen, ruhelosen Schlaf über sie gekommen war. Als sie in ihre Jeans stieg, fiel ihr an Jimmys Kleiderschrank ihr Spiegelbild ins Auge. Sie sah ängstlich aus.

Sie ging ins Wohnzimmer und kämmte dabei ihr Haar. »In fünf Minuten wird Mattie hier sein, um herauszufinden, warum wir nicht beim Tanz sind.«

»Sollten wir dann nicht lieber auf sie warten?«

»Nein. Wenn wir nicht sofort hingehen, ist das unhöflich.« Sie verließ das Haus und ging über das Feld zu einem länglichen, niedrigen Gebäude in der Nähe. Schon waren Lichter zu sehen und geparkte Wagen, man hörte Stimmen und den Klang der Trommeln. »Das ist übrigens kein Kriegstanz. Man nennt es den Trab-Tanz. Es ist immer der erste Tanz eines großen Festes.«

»Und was feiern wir?«

»Das Ahorn-Dankfest.«

»Sie meinen die Bäume?«

»Es ist die erste größere Feier im Jahr, weil das erste und schönste, das der Frühling bringt, der aufsteigende Ahornsaft ist. Danach kommt das Mais-Festival, das Erntedankfest und Neujahr. Das Übliche eben.«

»Neujahr kenne ich auch. Was veranstalten sie an dem Tag?«

»Früher erwürgte man einen weißen Hund und hängte ihn an einem Mast auf.«

»Das Übliche.«

»Und dann mußte man Träume erraten.«

»Das klingt unterhaltsam. Hatten Sie einen Traum?«

»Ja.«

»Darf ich raten?«

»Nein.«

Während sie in der kühlen Nachtluft dem Haus näherkamen, schien die Musik lauter zu werden. Dauernd öffneten sich an jedem Ende des Gebäudes die Türen und ließen immer mehr Menschen hinein, jedesmal hellte sich die Dunkelheit kurz auf, und das Singen nahm an Lautstärke zu. Das Stampfen von vielen hundert Füßen begleitete die Trommelschläge und die hohlen Kürbisrasseln.

Als sie im Lichtkegel des Eingangs angekommen waren, blieb Felker stehen und horchte. »Schüchtern?« fragte Jane.

»Ein bißchen.« Die Musik klang jetzt anders. Sie wurde langsamer, und eine einsame männliche Stimme, die Felker mit ihren typischen Melodiebrüchen an einen Zydeco-Bariton aus Louisiana erinnerte, sang »Ya ha we ya ha!«, und zwei-, dreihundert andere Stimmen, Männer und Frauen und Kinder, schmetterten ihr »Ha ha« als Antwort. »Ich frage mich, was sie da drinnen von mir halten.«

Sie streckte die Hand aus und berührte ihn. Dann hakte sie sich bei ihm unter und zog ihn sanft mit sich zum Eingang. »Stellen Sie sich eine polnische Hochzeit vor. Alle sind willkommen, und alle sind da.«

Er ging mit ihr. »Das verstehe ich wieder. Es ist genau wie in St. Louis.«

»Nicht wie St. Louis«, sagte sie. »Wie Polen.«

Die Tür schwang auf, und sie waren drin. Der Raum war eine große Halle für öffentliche Versammlungen, mit Bänken an einer Wand, sonst aber leer. Die Menschen darin bewegten sich in vier Kreisen, einer im andern. Während der äußerste Kreis an ihnen vorbeikam, lächelte hier und da ein dunkelhäutiges Gesicht zu Jane herüber, warf jemand seine langen, schwarzen Haare in den Nacken und ließ glitzernde Mandelaugen sehen, die sie genau betrachteten und über Felker scheu hinweggingen. Es gab aber auch andere Gesichter, die er hier nicht erwartet hatte: Menschen mit heller Haut und hellem Haar, die einem Indianer nicht ähnlicher sahen als er selbst. Er fand sich bereits nicht mehr ganz so auffällig.

Jane zupfte ihn wieder am Arm, damit er sich zu ihr beugte, und sagte ihm ins Ohr: »Nicht vergessen, eine polnische Hochzeit. Machen Sie einfach mit, und schon sind Sie ein Gast. Wenn Sie nur so herumstehen, bleiben Sie ein Fremder.«

Felker holte tief Luft und machte einen Schritt, um im äußeren Kreis mitzutanzen, aber Jane hielt ihn noch einmal am Ärmel fest. »Vorne die Jungs, hinten die Mädchen.« Sie schob ihn in die Menschenkette, mitten hinein in eine Reihe Männer. Drei kleine Mädchen, die seinen zögernden Auftritt beobachtet hatten, kicherten, ihre Augen sorgsam von ihm abgewandt. Er sah, wie Jane sich in einen inneren Kreis einreihte zwischen Mattie und einer jüngeren Frau, die kurz über die Schulter blickte, Janes Hand ergriff und sie danach wieder losließ. Sie tanzten, bis alle erhitzt und außer Atem waren, und schließlich beendete der Vorsänger sein Lied.

Felker hörte plötzlich einen schauerlichen Lärm, wie das Knurren und Bellen von einem Dutzend Männerstimmen. Die Trommeln schlugen wieder, und alle lächelten und gingen zur Seite. Eine starke Hand packte seinen Arm. Er drehte sich um und sah einen alten Mann mit einer Haut wie Janes braune Ledertasche. Er schmunzelte, so daß sich seine schwarzen Augen verengten. »Kommen Sie«, sagte er, »Sie werden sonst zertrampelt.«

Felker ging mit ihm zur Wandbank. »Ich bin Basil Hendrick«, sagte der alte Mann.

»John Felker.« Sie schüttelten sich die Hand.

Die Tür am östlichen Ende der Halle wurde aufgestoßen, und zehn Männer tanzten in den Raum, in dunkelblauen Holzmasken mit spitzen Lederohren und einem Stück Pelz dazwischen, mit großen Augen und großen Zähnen. Sie brummelten unverständlich, beugten sich vor und starrten die Menschen an, die sich an den Wänden drängten. Felker konnte beobachten, daß einer von ihnen an Jane vorbeikam, die auf der gegenüberliegenden Wandseite stand, zusammen mit fünf jungen Frauen. Einige von ihnen trugen Indianerröcke mit feiner Bilderstickerei und darüber ein weites rotes Hemd, dazu baumelnde Ohrringe und große flache Silberbroschen. Andere wiederum sahen aus wie Farmerstöchter aus dem Mittelwesten beim Kirchgang, in einfachen Kleidern, Röcken und Pullovern. Alle schienen vergnügt beim Anblick der maskierten Männern, die jetzt brüllend und dumpf schreiend zu tanzen begannen.

»Das ist der Büffel-Tanz«, sagte Basil Hendrick.

»Büffel-Tanz?« sagte Felker. »Ich wußte nicht, daß es in der Gegend noch Büffel gibt.«

Das gefiel Basil Hendrick anscheinend. »Gibt es auch nicht. Ein paar Kriegertrupps trafen an der Kentucky-Salzlecke auf eine Herde Büffel.« Er sah den Tänzern zu und nickte im Takt der Trommeln mit dem Kopf. »Sie sagten: ›Was zum Teufel ist das?‹, kamen gar nicht mehr drüber weg.«

Felker bemerkte, daß er lächelte. »Was hatten die überhaupt da unten zu tun?«

»Gegen die Cherokees kämpfen. Sie kämpften so ziemlich überall zwischen Maine und South Carolina und vom Atlantik bis zum Mississippi. Wenn sie ab und zu noch weiter weggingen, glaube ich, dann nur, um Frauen zu rauben.« Der alte Mann betrachtete Felker. »Kennen Sie Janie vom College her?«

»Nein«, sagte Felker, »wir haben gemeinsame Freunde.«

»Ah ja«, sagte Basil. »Wenn man sich Jane da drüben so anschaut, würde man nicht als erstes ihre Bildung bemerken. Man würde nicht sagen: Das ist eine Wissenschaftlerin.« Er stieß einen johlenden Schrei aus, dann sagte er: »Ihr Daddy brachte sie immer hierher, als sie noch klein war. Sie waren meist oben in Toronto, schauten sich ein Theaterstück an oder so etwas und dann kamen sie hierher und legten sich Decken um und waren wieder Indianer. Guter Mann. Als er runterfiel, waren sicher fünf- oder sechshundert Menschen bei der Begräbnisversammlung unten in Tonawanda.«

»Runterfiel? Was heißt das?«

»Er arbeitete damals auf dem Bau. Eine große Brücke, irgendwo draußen im Westen. Ein Kabel riß, und schon war er unten.«

»Furchtbar«, sagte Felker.

»Man verdient gutes Geld, und die Irokesen haben da immer Arbeit finden können, weil sie keine Angst vor der Höhe haben, aber manche sterben dabei.«

»Haben sie wirklich keine Höhenangst?«

Basil zuckte die Schultern. »Ich auf jeden Fall habe sie. Ich war Eisenbahnarbeiter. Ich habe viel gesehen, aber immer vom Boden aus. Dieses Gerede, daß sie keine Angst haben, ist Scheißkram, glaube ich. Ein Irokese trainiert sich eben so, daß er sie aushält. Früher sagten sie immer, ein Krieger braucht eine sieben Daumen dicke Haut.« Er zwickte sich in den Arm. »Meine ist vielleicht fünf Daumen dick.«

Die Büffel-Männer tanzten unter dem Jubel der Menge zur Tür hinaus.

»Sie hat Sie bei Jimmy untergebracht?«

»Ja«, sagte Felker.

»Dachte ich mir. Mattie hat gern junge Leute um sich.«

»Hat sie auch andere zu Besuch gebracht? Fremde, meine ich.«

Basil warf ihm einen listigen Blick zu. »Kann ich nicht sagen.«

Die Trommeln wurden lauter, die Kürbisse rasselten, die Kastagnettenhölzer klackerten, und die Tür flog zum zweiten Mal auf. Diesmal kamen fünfundzwanzig Männer herein, alle in Lendenschurz und mit Körperbemalung, mit Federn und Glöckchen an Knien, Fußgelenken und Armen. Es war ein schneller Tanz voll scharfer, kraftvoller Bewegungen, und auch die Musik hatte einen anderen Klang.

»Was ist das jetzt?« fragte Felker.

»Kriegstanz. Der Wa-sa-seh, so heißt er richtig. Es bedeutet soviel wie Tanz der Sioux. Ich denke mir, als mein Ururgroßvater sich jenseits des Mississippi den Weg freigekämpft hatte, da muß er in der offenen Weite wohl auf sie gestoßen sein. Das hat Eindruck gemacht.«

»Haben sie verloren?«

»Ich würde sagen, das ist untertrieben. Ein Kriegstrupp so weit draußen, das waren sicher nicht mehr als dreißig Leute. An jedem normalen Tag ist es da nicht allzu schwer, mit ein paar hundert Siouxkriegern zusammenzustoßen, auf ihren Ponys beim Morgenritt, und diese Kerle ließen sich nicht durch irgendein Scheißpalaver aufhalten. Mein Ururgroßvater hat vermutlich, so schnell er konnte, den Rückzug in die Wälder angetreten.«

»Das hört sich an, als wären Sie selbst gern dabeigewesen.«

»Mit einem Fernglas«, sagte Basil, »nicht allzu nahe. In der guten alten Zeit, so um 1650 herum, hielten sie mal eine Volkszählung ab. Für jede Person legten sie ein Maiskorn in einen großen Korb. Das waren dann, sagen wir mal, vielleicht siebzehn- oder achtzehntausend Leute. Nehmen Sie als Zugabe noch die übrigen Irokesenstämme, dann kommt das Ganze vielleicht auf fünfzigtausend. Nicht viel, wenn man den Rest der Welt besiegen möchte.«

Nachdem die Krieger wieder draußen waren, suchte Felker nach Jane, aber er konnte sie in der Menge nicht finden. Zwei Männer mit einer Trommel und zwei Kürbisrasseln gingen bis zur Mitte des freien Platzes und setzten sich, einander zugewandt, auf den Boden. Sie redeten eine Weile leise miteinander, und niemand beachtete sie, außer daß man ihnen nicht gerade auf die Füße stieg. Schließlich ertönten die Trommel und die Rasseln, die beiden Männer nickten im Rhythmus mit den Köpfen, und auf ein unmerkliches Zeichen hin begannen sie zu singen.

»Fisch-Tanz«, sagte Basil. »Kommen Sie, ich zeige es Ihnen.«

Er wartete, bis die vorbeitanzende Menschenschlange an ihr Ende kam, schloß sich ihr an, indem er mit dem Rücken zu den anderen mittanzte, und zog Felker mit sich.

Felker bemerkte einen Seitenblick von Basil und folgte ihm mit den Augen. Im gleichen Augenblick trat Jane zwischen sie und fing an, mit Basil zu tanzen. Zwei der jungen Frauen, mit denen sich Jane vorher unterhalten hatte, kamen zusammen auf Felker zu und forderten ihn zum Tanz auf.

»Zwei Partnerinnen, John«, sagte Basil. »Nur willkommene Ehrengäste kriegen zwei.«

Felker grinste und verbeugte sich ein wenig vor seinen beiden Tanzpartnerinnen. Sie waren beide indianisch gekleidet, in Röcken mit kostbarer Blumenstickerei am Saum und die Vorderpartie herauf. Sie trugen Wildleder-Leggings, die unten geschlitzt waren, damit die auf die Mokkasins gestickten Perlen sichtbar blieben, und lange Ohrringe, die unter dem langen schwarzen Haar glitzerten. Jede Bewegung vollführten sie vollkommen gleichzeitig. Als sie kehrtmachten und mit den anderen nach vorne tanzten, schwenkten sie in die Reihe wie ein Paar gutdressierter Pferde. Die unerwartete Richtungsänderung überraschte Felker, und er mußte zusehen, daß er nicht stolperte.

Die zwei Männer in der Mitte steigerten allmählich das rhythmische Tempo, und damit nahm gleichzeitig auch die Lautstärke zu. Im stampfenden Lärm so vieler Tänzer und bei dem Lied der beiden Sänger konnte man leicht vergessen, daß dies alles eine untergegangene Welt war. Die beiden jungen Frauen wären unverkennbar das Geschenk für einen Krieger gewesen, der aus irgendeiner Schlacht zurückkam, und das waren sie auch jetzt noch. Sie waren nicht ein blasser Abglanz einer alten Tradition, sondern tatsächlich anwesend, nicht weniger wirklich als jemals in ihrer Vergangenheit. Sie waren mehr als ein feierlicher Willkommensgruß, mehr als ein Symbol für Wohlstand und reiche Fülle: Sie waren das Mittel gegen den Tod. Ihre geschmückten Kleider sagten es. Es stand zu lesen in den bunten Blütenstickereien auf den Röcken dieser Frauen aus einem Volk, das immer im Krieg war.

Der Tanz war zu Ende, und die beiden Frauen schüttelten ihm die Hand. Die eine sagte: »Ich bin Emma. Sie lernen ziemlich schnell.«

Felker sagte: »Danke. Ich bin dankbar, daß Sie mir dazu eine Chance gegeben haben.« Mit einem kurzen Seitenblick beobachtete er, daß die andere Frau Jane etwas zuflüsterte, die daraufhin belustigt die Miene verzog und die Frau in den Arm zwickte, so daß sie lachend einen Schritt zurücktrat.

Die Musik setzte wieder ein, und Jane stellte sich vor Felker auf und fing zu tanzen an. »Macht es Spaß?«

»Ich habe es schon schlechter gehabt als hier«, sagte er. Er blickte sich suchend um. »Hey, mein Dolmetscher ist weg. Wie heißt dieser Tanz?«

Sie sagte: »Er heißt Den-Busch-Schütteln.«

Die Leute gruppierten sich neu, als die hellen, harmonischen Stimmen der Sänger vernehmlicher durch das Gemurmel drangen. Emma stand vor einem jungen Mann, der aussah wie ein indianischer Krieger in einem Film, und Felker erkannte einen der Kriegstänzer. Der Krieger und er bewegten sich, während sie mit Emma und Jane tanzten, Schulter an Schulter. Überall im Raum stellten sich nun solche Doppelpaare auf, die Frauen suchten sich ihre Partner aus, und dann tanzten sie zum Klang der Trommeln und der Kürbisse.

In der dröhnenden Hitze verlor Felkers Verstand die Gewohnheit, immer nur das sehen zu wollen, was ihm unmittelbar vor Augen stand. Er sah hinweg über Jane in Bluejeans und weißer Bluse und dann über Emma in ihrer traditionellen Frauentracht der Seneca, und die beiden Bilder verschwammen zu einem und tauschten die Plätze. Es gab keinen Unterschied mehr zwischen ihnen. Sie hätten Schwestern sein können, und wenn es nach ihm ging, waren sie Schwestern in diesem seltsamen, blumigen Verwandtschaftssystem. Vielleicht war es auch dieselbe Frau zu verschiedenen Zeiten oder aus einem anderen Blickwinkel gesehen, eine Art Geist. Emma lächelte, aber Jane schaute ihm in die Augen, als wollte sie darin etwas lesen.

Er beobachtete sie dabei und sagte dann: »Warum heißt das Den-Busch-Schütteln?«

»Das ist eben so.«

Er beugte sich näher zu ihr und sah, daß ihre Augen glänzten, eine aufsteigende Quelle. »Was ist los?«

»Nichts«, sagte sie und schaute zur Seite. Eine Sekunde später fuhr sie sich mit dem Ärmel über die Augen und blickte ihn wieder an, unerschrocken.

Nach einer Weile hörte die Musik zu spielen auf. Der Sänger erhob sich und hielt eine laute und offenbar ernste, flammende Rede in der Sprache der Seneca. Einige Frauen gingen zur Schmalseite der Halle, holten sich ihr Essen auf zugedeckten Tellern und zogen ihren schlafmüden Kinder Jacken an. Junge Paare, die Arme umeinandergelegt, trieb es hinaus in die Dunkelheit.

Felker und Jane gingen schweigend über das dunkle Feld. Die Nacht war jetzt still und kalt, und der Atem formte sich zu kleinen Dampfwolken. Jane sagte: »Na, was halten Sie davon?«

»Ich denke, die Welt ist verkorkst, seitdem wir nicht

mehr in Dörfern leben. In Stämmen, meine ich. Es gab Stämme in Schottland, wo meine Familie herkommt. Sie malten sich blau an und bewarfen die Römer mit Steinen.«

»Vielleicht finden wir ein Dorf für Sie«, sagte Jane, »eins mit vielen schönen Steinen.«

Er atmete abrupt aus, laut und traurig. »Ich muß sagen, ich habe das tatsächlich ein paar Stunden lang vergessen.«

Sie faßte ihn am Arm. »Gut«, sagte sie, »so muß es sein.« Sie blickte ihn prüfend an. »Wissen Sie, ich glaube, Sie schaffen es. Wenn wir Sie erst einmal untergebracht haben, geht es Ihnen vielleicht sogar besser denn je.«

»Ich weiß nicht«, sagte er.

»Glücklicher, meine ich.« Noch einmal musterte sie ihn mit zusammengezogenen Augen. »Sie sind kein Buchhalter.«

Sie gingen die Stufen hinauf zur Veranda vor Jimmys Haus und dann hinein. Sie hatte die Tür nicht verschlossen. Sie betrat das Wohnzimmer, machte keine Lampe an, und auch er tat nichts dergleichen. Er ging in sein Zimmer, zog die Schuhe aus und setzte sich aufs Bett. Er atmete tief durch und stieß einen Seufzer aus, bevor er bemerkte, daß sie bei ihm im Raum war.

Sie stand neben dem Bett im Mondschein, während sie ihre Bluse aufknöpfte. Das Licht schien durch den Stoff hindurch, als sie die Bluse aus den Jeans heraus und über die Schultern zog.

»Ich kenne Ihren Traum«, sagte er leise.

»Wirklich?« sagte sie.

»Sie haben geträumt, daß wir uns lieben.«

Sie streifte die Jeans ab, dann den Slip und begann sein Hemd aufzuknöpfen, einen Knopf nach dem anderen, mit einer unerbittlichen Langsamkeit. Als sie an der Taille angekommen war, öffnete sie seinen Gürtel und wartete, bis er aufstand. Ihre Hände waren weich und behutsam und wohltuend, während sie ihm die letzten Kleidungsstücke abnahm, und dann machte sie sich klein in seinen Armen, und ihr Haar breitete sich über seine Brust, noch kalt von dem Gang durch die Nacht.

15 Felker erwachte, als ein Vogel, weit weg, sein erstes Morgenlied sang. Er war allein im Bett, und im Haus war kein Geräusch zu hören. Er rollte sich zur Bettkante, um auf den Boden schauen zu können, und sah, daß ihre Sachen nicht mehr da lagen.

Er lauschte wieder eine Weile, dann setzte er sich auf, brachte mit einem Schwung die Beine auf den Boden und ging zum Kleiderschrank, an den er seinen Rucksack gehängt hatte. Er hing noch dort, und das Geld darin war auch noch da. Er fand seine Kleider so über einen Stuhl gehängt, wie wenn er sie selbst hingelegt hätte. Er hatte mit dem Gedanken zu kämpfen, daß überhaupt nichts geschehen war. Er ging zum Fenster und blickte in das graue Frühlicht hinaus, aber er sah nur leere Felder und einen halben Kilometer weiter ein paar Hektar Wald. Er schaute sich das Bett an, aber auf ihrer Seite verriet nichts, daß hier jemand geschlafen hatte. Er beugte sich hinunter und legte das Gesicht auf das Kissen. Er konnte ihr Haar riechen, einen duftenden Hauch von Blumen, aber auch Schweiß, einen süßen Moschusgeruch, der ihm ihre Gegenwart wiedergab und ihn daran erinnerte, wie sie sich im Dunkeln anfühlte.

»Was machst du da?« Es war ihre Stimme.

Er drehte sich um und richtete sich auf. »Ich versuche, das Parfum zu erraten.«

»Ich muß wohl Jimmy danach fragen. Es ist sein Shampoo.«

Felker nickte anerkennend. »In dem Jungen steckt mehr, als man ihm auf den ersten Blick ansieht.« Er ließ seine Blicke durch das Zimmer gehen. »Hätte ich mir eigentlich denken können.«

Er folgte ihr in die Küche. Sie trug ein rotkariertes, wollenes Männerhemd, das über die Jeans herunterhing, und ihr Haar war zu einem festen Pferdeschwanz gebunden. »Wo warst du?«

»Draußen, ich habe ein paar Eier für das Frühstück geholt«, sagte sie und deutete auf einen Korb an der Tür.

»Du warst schon einkaufen? Wo ist um diese Zeit denn schon auf?«

Sie lachte. »Das hier ist eine Farm. Man geht einfach raus

und hebt ein paar Hühner hoch.« Sie fing an, sich das weite Jagdhemd auszuziehen und sah ihn an. Sie bemerkte, wie er ihre Brüste betrachtete, über denen sich das T-Shirt spannte. Sie hob eine Augenbraue.

»Komm.« Er nahm sie an der Hand und führte sie ins Schlafzimmer.

»Ich dachte, du hast Hunger«, sagte sie. Ihre Stimme klang tief und angespannt, fast wie ein Flüstern. »Und ich mache Frühstück.«

»Das hier ist wichtiger«, sagte er. »Wenn ich heute sterbe, dann sind mir zwei Spiegeleier mehr oder weniger egal.«

Dann bewegten sich seine Hände unter ihrem T-Shirt hinauf und legten sich auf ihre Brüste, und dann zog er ihr das T-Shirt über den Kopf und warf es zur Seite, und die Jeans glitten ihr von den Hüften, und er schien überall gleichzeitig zu sein, küßte und streichelte sie so, daß es ihr weh tat, bis sie ihn ihrerseits küßte.

Sie hatte sich gewünscht, daß er sagte, er wollte es, damit sie sicher sein konnte, das war nicht bloß etwas, das zwei Menschen eben tun, nachdem sie einmal miteinander geschlafen hatten. Sie wußte, wenn dieses kalte Morgendämmerungsgefühl noch länger dauerte, dann würde es nie vorübergehen. Jetzt vergaß sie das alles, weil es überhaupt keine Rolle mehr spielte. Es war nie gewesen. Was jetzt geschah, war das, was sie sich auf ihrem Gang durch den dunklen Morgen vorgestellt hätte, falls sie dieser Sehnsucht die Form eines Wunsches zugestanden hätte. Auch er mußte dasselbe gedacht haben, denn in ihm war kein vorsichtiges Ertasten, kein Zögern. Was sie dachten, schienen sie gleichzeitig zu denken, und der innere Antrieb ging unversehens über in die Bewegungen der Körper. Sie drängten sich aneinander, damit ihre Lippen sich begegneten in langsamen, hingezogenen, feuchten Küssen, die niemand begann oder beendete, weil es absichtslos geschah, eine Anziehung, der sie nicht widerstanden. Im Lauf der langen Nacht hatten ihre Körper einander kennengelernt, während das, was sie sprachen, noch immer die Worte von Fremden blieben. Sie nahm es hin, weil sie keine andere Wahl hatte, und erlaubte sich ein Gefühl der Freude, statt Scham zu empfinden.

Später saßen sie beim Frühstück. Jetzt war es gemütlicher in der Küche, die Sonne war aufgegangen, das warme Licht füllte den weißen Raum, Spiegeleier und Kaffee dufteten, und vor dem Fenster lärmten die Spatzen. »Wie wär's mit einem Picknick?« fragte Jane.

»Gute Idee«, antwortete er.

Als sie eben dabei waren, das Mittagessen einzupacken, hörten sie die ersten Tropfen auf das Dach klatschen. Es regnete drei Tage lang. Das Maisfeld draußen verwandelte sich eine zähe, erdige Suppe, und das Gras nahm eine unglaubliche Smaragdfarbe an.

Am vierten Tag hörte der Regen auf, und am sechsten Tag hatten sie beim Aufstehen wieder eine andere Welt vor Augen. Es war die erste Woche im Mai, und die winzigen Knospen, an den Zweigen der Bäume eben noch eng ineinandergefaltet, waren über Nacht zu leuchtend hellgrünen Blättern aufgegangen.

Am siebten Tag kam der Brief. Und Jane brachte das Haus in Ordnung.

16 Es war früher Morgen. Sie saßen am Küchentisch und versuchten, nicht immer nur die beiden Koffer zu sehen, die Jane in Brantford gekauft hatte.

Felker brach das Schweigen. »Sollten wir ihnen nicht etwas Geld für das Essen und alles andere hinlegen?«

»Nein«, sagte sie, »für die Gastfreundschaft gibt es Regeln. Ich werde Mattie mal ein Geschenk machen.«

»So wie bei Wendell?«

»Ja.«

»Ich weiß, das ist jetzt vielleicht eine dumme Frage, aber was würde passieren, wenn wir einfach hierblieben? Gar nicht woanders hingingen?«

»Irgendwann passiert etwas. Du wirst krank oder du mußt ins Krankenhaus oder der Regierungsbeauftragte hier sieht dich und fängt an, Fragen zu stellen, oder du kriegst einen Strafzettel für zu schnelles Fahren.« Sie lächelte resigniert. »Wir müssen dich irgendwo unterbringen.«

Es klopfte. Jane ging und öffnete die Tür, und er sah Carlton, den Mohawk, auf der Veranda. Felker stand auf und trug das Gepäck nach draußen zum Lastwagen. Sie fuhren zu Mattie hinüber, und Jane rannte ins Haus.

Mattie war am Herd beschäftigt, und im Fernseher lief eine Familienserie. »Hi, Janie«, sagte sie. »Verläßt du uns schon?«

»Ja.«

Mattie kam zu ihr und umarmte sie herzlich. Jane konnte Hühnerfedern riechen und Mehl und einen Hauch frischer Luft, der sich während der Morgenarbeit irgendwie in der großen, weichen Küchenschürze verfangen hatte. Mattie hielt Jane auf Armlänge fest und sagte: »Du hast geweint.«

»Unsinn.«

»Doch, du hast. Nicht gerade eben vielleicht, aber nachts im Dunkeln.« Sie deutete mit einer Bewegung zur Tür hin. »Hat er dich weinen sehen?«

Jane schüttelte den Kopf.

»Kluges Mädchen«, sagte sie. »Bleib dabei. Männer mögen keine Probleme, die sie nicht lösen können. Es macht sie bloß wütend.«

Jane drückte Mattie einen Kuß auf die Wange, gab ihr Jimmys Schlüssel und sagte: »Also, bis dann, Mattie.«

Carlton fuhr sie nach Norden, durchquerte Galt und kam auf der anderen Seite zur Route 401, und dann rauschte er in einem dichten, mit hoher Geschwindigkeit dahinfahrenden Verkehrsstrom nach Toronto hinein. Sobald er die Abzweigung zum Flughafenzubringer genommen hatte, sagte Carlton: »Auf welchen Parkplatz soll ich?«

»Auf gar keinen«, sagte Jane. »Du setzt uns einfach bei der Air Canada ab.« Als er am Randstein hielt, sagte Jane zu ihm: »Bleib sauber.«

»Du wirst uns fehlen«, sagte Carlton.

Vor dem Eingang des Terminals sagte Jane, ohne die Lippen zu bewegen: »Das erledige ich.«

Sie zahlte für die Tickets mit einer Kreditkarte auf den Namen Janet Foley und gab an, das zweite Ticket sei für Daniel Foley. Sie checkte die beiden Koffer ein und gab Felker sein Ticket und ging mit ihm ans andere Ende der Halle.

»Nimm das hier«, sagte sie, »der Abflug ist am Gate 42, und die Maschine geht in vierzig Minuten. Bis dahin gehst du in eine Toilette und sperrst dich ein. Ich treffe dich an Bord.«

»Ist das notwendig?«

»Tu's einfach«, sagte sie. »Das hier ist der letzte Ort, wo jemand vernünftigerweise nach dir suchen würde. Wenn wir hier raus sind, haben sie dich für immer verloren.«

Er betrat die erste Herrentoilette, an der sie vorbei kamen, und Jane ging weiter, als hätte sie mit ihm nichts zu tun. Habe ich auch nicht, dachte sie. Sie kaufte sich eine Illustrierte und ging zu Gate 42. Die Zeitschrift hatte gerade die richtige Größe, um sie sich vors Gesicht zu halten, während Jane nach der Art Männer Ausschau hielt, die nicht hierhergehörten.

Sie sah ein paar kanadische Marine-Offiziere, die in Uniform reisten. Auch wenn Felkers Verfolger noch so einfallsreich waren, so weit hatten sie wohl nicht vorausgedacht, daß sie sich Uniformen beschafften. Dann gab es da acht Pakistanis, drei Afro-Amerikaner, neun Chinesen. Die Männer, die sie damals in der Nacht gesehen hatte, waren hellhäutig gewesen. Das verdächtigste Paar waren zwei junge Leute, die anscheinend dauernd in alle Richtungen schauten, aber dann sah sie, daß sie nur ihre Kinder im Auge behielten, die ein paar Sitzreihen weiter auf den Stühlen spielten, offenbar allein. Zwei Männer tauchten auf, sie konnten es mit hoher Wahrscheinlichkeit sein, aber dann setzten sie sich, und sie erkannte auf den Ledersohlen des einen Mannes den Aufdruck »Eaton's«. Ein Amerikaner, der wie ein Kanadier auszusehen versucht, kauft sich vielleicht kanadische Anzüge, aber keine kanadischen Schuhe. Sie wurde ruhiger und gönnte sich zum Ausgleich einen Blick in die Illustrierte, wo auf Seite 127 ein Kamelhaarmantel abgebildet war, der einer Frau im wirklichen Leben gut stehen würde. Sie bog die Ecke der Seite nach innen und nahm ihre Beobachtungen wieder auf.

Die Angestellten der Fluglinie kamen fünf Minuten vor der Zeit am Gate an, richteten sich das Pult ein und gaben ihre Ansagen über die Lautsprecher durch, erst auf englisch, dann auf französisch. Nach der zweiten Durchsage kam Felker herein. Sie legte die Illustrierte beiseite und musterte die Gesichter. Die einzigen, die ihn anstarrten und so taten, als sähen sie ihn nicht, waren zwei junge Mädchen an der Glaswand. Sie hatten vermutlich eine Art hormonales Interesse für Männer seines Aussehens, wußten in ihrem Alter jedoch nur ungenau, warum das so war. Keine so schlechte Idee, dachte Jane, sie in eine Klosterschule zu sperren, bis sie fähig waren, einen Haufen unregelmäßiger Verben in einer Fremdsprache zu konjugieren.

Die nächste Ansage kam, und sie fühlte sich beruhigt. »Bereit zum Einstieg.« Sie wartete, bis er vor ihr in der Schlange stand, damit sie seinen Rücken im Auge hatte, aber noch immer sah sie niemanden, der sich für Felker interessierte.

Im Flugzeug zwängte sie sich im Mittelgang an Menschen vorbei, die ihre Mäntel auszogen und ihre Sachen in den oberen Fächern verstauten, und setzte sich neben ihn. Nachdem das Flugzeug über die Piste gepoltert war und abgehoben hatte, lehnte er sich zu ihr herüber und sagte: »In Kanada haben sie wunderbar saubere Toiletten.«

»Glückspilz«, sagte sie.

»Warum Vancouver?«

»Die nächsten Stunden essen und schlafen wir, sehen uns einen Film an und lesen. Wir sprechen nicht miteinander.«

»Nicht einmal über Vancouver?«

»Nein.«

»Komm schon. Ist hier auch nur ein einziger, der nicht weiß, wohin wir fliegen?«

Sie lächelte. »Bitte. Tu einfach, was ich von dir verlange. Es ist besser so.«

»Krieg ich später was dafür?«

»Nein.«

»Und was ist mit irgendeinem neutralen Thema? Ist Harry dort?«

»Harry ist kein neutrales Thema.«

Als sie die Great Plains überflogen, fielen ihr die Augen zu. Sie schlief bewegungslos, versank einfach in der Dunkelheit, bis die Leute die Anweisung des Piloten mißachteten, nicht aufzustehen, bevor das Flugzeug am Terminal zum Stillstand gekommen sei.

Jane öffnete die Augen und sah, daß Felker sie beobachtete.

Im Terminal ging sie mit schnellen Schritten und wortlos zur Gepäckausgabe. Sie blieb immer noch wachsam, aber hier war alles anders. Sie erwartete nicht mehr, die vier Männer zu sehen. Wer auch immer hinter Felker her sein mochte, es war noch keine so große Sache, daß sie Hunderte von Wachposten auf allen Flugplätzen des Kontinents aufgestellt hatten, aber vielleicht kam das ja noch. Sie hoffte nur, daß sein Chef es inzwischen noch nicht satt hatte, dauernd Felkers Anrufbeantworter anzurufen. Wenn es einmal soweit war, dann stand er auf den Fahndungslisten von FBI und Interpol, und jede örtliche Polizeidienststelle war auf der Suche nach ihm. Finanzberater, die das Geld ihrer Kunden veruntreuten, gingen auf Reisen.

Als sie die Gepäckausgabe hinter sich hatten, atmete sie tief durch. Hier war es erst später Nachmittag, und die Luft war feucht und frisch und kühl. Der Flugplatz lag auf einer Insel, eingezwängt zwischen zwei Armen des Fraser River, mit der schmalen Strait of Georgia im Westen. Das erste Taxi aus der Wartereihe hielt vor ihnen, und der Fahrer stieg aus, während der Kofferraumdeckel aufging.

»In die Stadt?« fragte er. Er war klein und blond und hatte ein rötliches Gesicht.

»Ja«, sagte Jane, »zum Westin Hotel.«

Der Mann packte die Koffer und stellte sie in den Kofferraum, und Jane und Felker stiegen ein. Das Taxi reihte sich in den rollenden Verkehr ein und bog an der Granville Street auf die Straße nach Norden ab. Jane sah sich durch das Fenster die Stadt an. Sie war in einem Wagen, und nicht mehr in dem hellerleuchteten Glaswürfel des Terminals.

Als das Taxi vor dem Hotel hielt, gab sie dem Fahrer einen der kanadischen Zwanziger, die sie sich in Brantford besorgt hatte. Sie überließen dem jungen Pagen ihr Gepäck und gingen hinter ihm her zur Rezeption.

»Dr. Wheaton und Frau«, sagte Jane, womit Janet und Daniel Foley ausgespielt hatten. Es war wieder wie ein kleiner Sprung, der die Linie ihrer Spur unterbrach. Niemals denselben Namen für das Flugticket und das Hotel benützen. Keine Möglichkeit zur Irreführung auslassen.

»Ja«, sagte der Angestellte und fischte mit langen, gepflegten Fingern eine weiße Karte aus einem Karteikasten hinter ihm. »Da haben wir schon Ihre Reservierung.«

Felker unterschrieb die Karte, und der Mann an der Rezeption übergab die Schlüssel dem Pagen, der den Gepäckwagen mit ihren Koffern durch das Foyer vor sich herschob, indem er ihn als Schutzschild einsetzte und ihnen damit ungehinderten Durchgang bis zum Lift verschaffte. Er öffnete ihnen die Zimmertür und tat geschäftig, machte alle Lampen an und aus, so daß Jane Felker etwas Geld zustecken konnte, das er dann dem Pagen gab.

Alles ging sehr schnell, reibungslos und ohne Aufsehen. Das war ein weiteres Prinzip bei diesem Verfahren. Man benützte die Einrichtungen, die dazu erfunden waren, Menschen mit ein bißchen Geld vor den rauhen Widrigkeiten des Alltags zu bewahren. Die Wheatons dieser Welt brauchten auf keinen Bus zu warten oder irgendwo Schlange zu stehen. Sie traten aus einer behüteten Einfriedung in die nächste. Warten irritierte sie. Und für die Felkers dieser Welt war es eine Gefahr.

Felker ließ sich rückwärts auf das Bett fallen und besah sich die Zimmerdecke. »Jetzt kann ich aber fragen, oder nicht?«

»Was fragen?« Jane kroch neben ihn aufs Bett.

»Warum Vancouver?«

»Wir sind hier, weil ein Mann namens Lewis Feng hier ist. Er ist der Beste.«

»Der beste wofür?«

»Ich habe ihm deine Fotos geschickt.«

»Und was macht er hier?«

Sie setzte sich auf und sah ihn an. »Die Leute, die die besten amerikanischen Pässe und Führerscheine und solche Dinge brauchen, sind nicht in den Vereinigten Staaten. Sie sind draußen und schauen durchs Fenster herein.«

»Wer sind die?«

»Im Augenblick ist es China, das den Markt in Bewegung

hält«, sagte sie. »In Hongkong gibt es viele reiche Leute, die der Meinung sind, Hongkong sei jetzt nicht mehr der geeignete Platz zum Reichsein, nachdem der britische Pachtvertrag zu Ende gegangen ist. Und einige von ihnen unternehmen etwas, um sich anderswo niederzulassen. Sie schicken ein paar Familienmitglieder voraus, die schon mal das Haus bestellen, richten sich Bankkonten ein, und so weiter.«

»Aber warum brauchen sie gefälschte Papiere? Jemand mit ehrlichem Geld kann sich doch jeder Zeit einen Bürgermeister kaufen und richtige Papiere kriegen.«

»Die Schwerreichen tun das auch manchmal. Ein Milliardär hat kein Problem, wenn er umziehen will, aber da ist ja noch die Familie, dazu Freunde, Sympathisanten, und wer – sagen wir – sechzig Jahre chinesische Geschichte miterlebt hat, gewöhnt sich an den Gedanken, daß Regierungen es sich plötzlich anders überlegen. Also gehen viele von ihnen auf Nummer Sicher und richten sich eine Zweitresidenz ein, in die sie fliehen können, wenn ihnen alle Türen verschlossen sind, eine zweite Identität, falls die erste nicht standhält. Dasselbe passiert in Taiwan und Singapur. Eine Menge Leute, die in den letzten zwanzig Jahren viel Geld gemacht haben, würden auch nicht gerade ihren Kopf darauf verwetten, daß sie von China in Ruhe gelassen werden.«

»Und so ist plötzlich Vancouver der günstigste Platz, wenn man falsche amerikanische Papiere braucht?«

Sie schüttelte den Kopf. »Du lieber Himmel, nein. Nur einer von vielen. Da haben wir Miami und seine Flüchtlinge, Drogenschmuggler und Möchtegern-Revolutionäre oder auch die, die es tatsächlich versucht haben und gescheitert sind. L.A. ist jetzt das Zentrum für Geldwäsche, und das heißt, man braucht Kuriere, um es hinzubringen, und andere brauchen eine Menge Ausweise für die Transfer- und die Bankgeschäfte. Und dann New York, einfach weil es New York ist und immer noch die beste Quelle für alles, was man kaufen möchte.«

»Da wollten wir eigentlich hin, oder? New York?«

»Ja. Das war vorher.« Sie sagte nicht, vor was.

»Warum sind wir nicht einfach hingeflogen?«

»Das hier ist sicherer für dich.«

»Warum?«

»Weil Lewis Feng eine sehr spezielle Kundschaft hat. Einige von ihnen sind vielleicht Gangster, aber wenn, dann kommen sie aus Shanghai oder sonstwo, nicht aus St. Louis. Das bedeutet, sie haben kein Interesse an dir, und sie kennen auch niemand, der eins haben könnte. In New York kann ich das nicht garantieren.«

»In Ordnung«, sagte Felker. »Was machen wir jetzt?«

»Ich gehe weg und arrangiere ein paar Dinge, kaufe dir auch neue Kleider. Du bleibst hier, unsichtbar.«

»Wie lang?«

»Wir treffen Lewis Feng morgen abend.«

17 Es war ein winziger Laden in einem ruhigen Viertel, die dritte von sieben schmalen, in verschiedenen Farben gestrichenen Fassaden, jede mit einer einzigen Tür und einem kleinen Schaukasten mit teuren Strickkleidern, Elfenbeinschnitzereien, Pelzen und Leder. Auf dem Schild über der Tür stand »Westminster Schreibwaren«. Als Jane die Tür öffnete, ertönte ein Glöckchen, das oben an einer Stahlfeder befestigt war, und läutete dann noch einmal, als Felker die Tür schloß. Auf allen Regalen waren Schreibpapiere ausgestellt, säuberlich in ihren Kartons gestapelt, daneben Stöße von Pergament und Bütten, handgeschöpftes Papier aus Seidenfäden und Baumwolle, dazu gab es außerdem Farbtinten und Schreibfedern für Kalligraphen, Künstler und Architekten.

Jane blieb in der Mitte des Raumes unter einer Videokamera stehen, so daß man sie auf dem Kontrollbildschirm leicht erkennen konnte, und im nächsten Augenblick erschien Lewis Feng. Er war fast ein Zwei-Meter-Mann, schlank, trug einen dunklen Anzug und dazu ein Hemd, das so weiß und gestärkt aussah, als gehörte es zu den Papieren im Regal. »Hallo, Jane«, sagte er.

»Hi, Lew«, antwortete sie.

»Komm rein.« An der Art, wie er es sagte, erkannte Felker, daß das hier nur ein Vorraum war.

Er führte sie in sein Büro, das wie das Beratungszimmer eines Arztes eingerichtet war. Während Jane und Felker warteten, ging er hinter den Schreibtisch, machte einen Aktenschrank auf und nahm einen Schlüssel heraus. Damit öffnete er die nächste Tür. Sie führte in eine geräumige Werkstatt mit einer Unzahl von Geräten. Felker erkannte einige davon. Dort standen ein Lichttisch, ein Vergrößerungsapparat, einige Graviermaschinen, auch eine altmodische Druckpresse. Felker verstand. Ein Schreibwarenhändler konnte eine unglaubliche Sammlung an Druckmaschinen und Spezialpapieren besitzen, ohne daß jemand auf dumme Gedanken kam. Lew Feng bemerkte, daß Felker sich im Zimmer umsah, und sagte: »Unsere Geschäftsgrundlage ist das beiderseitige Fehlen jeglicher Neugierde.«

»Selbstverständlich«, sagte Felker. Als er Jane kurz ansah, zuckten seine Augenränder.

Feng ging zu einem Regal, in dem mehrere Stapel Druckpapier noch in ihrer Verpackung aufeinanderlagen. Er hob den obersten Packen von dem Stoß herunter, riß auf einer Werkbank die Umhüllung auf, nahm ein Stück Papier heraus und legte es vor Felker hin.

»Das ist Ihre Geburtsurkunde. Das Formular ist authentisch. Die Unterschrift ist gefälscht, aber der Standesbeamte ist sowohl echt als auch tot.« Er hielt einen Augenblick inne, während Felker sich das Dokument ansah, dann griff er wieder in das Paket. »Führerschein. Er ist echt. Die theoretische Prüfung und die Fahrprüfung wurden abgelegt und daraufhin der Führerschein ausgestellt. Das einzige, was wir hinzugefügt haben, ist Ihr Foto. Die Entlassungpapiere der Armee und die alten Steuerbescheide sind überzeugend, aber falsch. Sie können sie überall benützen, nur nicht bei einer Behörde. Die Sozialversicherungskarte ist echt, aber ihr Wert ist begrenzt. Die einzige Möglichkeit, eine zu bekommen, war ein Achtzehnjähriger, der sie mit einer zweiten Geburtsurkunde auf Ihren Namen beantragte. Sie können sie also problemlos verwenden und Ihre Beiträge einzahlen, aber ich fürchte, Sie werden siebenundvierzig Jahre warten müssen, bevor Sie einen Vorteil daraus ziehen können.«

»Ich muß eben immer etwas Geld auf der Seite haben«, sagte Felker.

Lewis Feng ließ keine Heiterkeit erkennen. »Ich weiß, es hört sich in Ihrer gegenwärtig schwierigen Situation wie eine schwere Strafe an, aber Sie sollten Bescheid wissen. Wenn Sie diese Dokumente mißbräuchlich verwenden, könnte es für Sie – peinlich werden.«

»Ich verstehe«, sagte Felker, »bitte machen Sie weiter.«

»Dieses Zeugnis hier ist ein Bachelor of Science aus dem Devonshire-Greenleigh College, ein sehr angesehenes kleines College in Pennsylvania, das vor acht Jahren kein Geld mehr hatte und schließen mußte. Wir halten die Illusion aufrecht, es gebe dort immer noch eine funktionierende und von ehemaligen Studenten finanzierte Registratur, die ein Arbeitgeber anschreiben kann, wenn eine Abschrift erforderlich ist. Falls Sie demnach Studiennachweise brauchen, wenden Sie sich einfach an die Adresse auf dem Kuvert.«

Felker nahm die Urkunde in die Hand und las: »John David Young.«

Lew Feng sagte: »Viele unserer Kunden sind Asiaten, deshalb benützen wir asiatische Namen, die in Nordamerika kein großes Aufsehen erregen: Young, Lee, Shaw und so weiter. Jane gab als Vornamen John an, und wir hatten gerade einen John Young.«

»Sie hatten einen?«

»Wir hatten gerade einen aufgebaut. Jane verlangte die größtmögliche Absicherung, und das ist zeitaufwendig. Die Kreditkarten sind echt. Der Wagen wurde bei einem Händler auf John Youngs Namen gekauft ...«

»Der Wagen? Ich habe einen Wagen?«

»Es ist der sicherste Weg, um über die Grenze zu kommen.«

Felker sah Jane an, dann Feng. »Was kostet das alles denn?«

»Wir wurden im voraus bezahlt«, sagte Lewis Feng.

»Darüber sprechen wir später«, sagte Jane.

Lewis Feng erklärte weiter: »Das hier ist der Schlüssel zu Ihrer Wohnung in Medford, Oregon. Sie wurde durch eine legale Makleragentur angemietet; es erwartet also niemand, daß Sie so aussehen wie die Person, die die Kaution bezahlte.«

»Und das alles ist abgesichert?«

»Niemand weiß etwas davon außer den Mitgliedern meiner Familie, und ich beschütze sie, indem ich darauf achte, daß sie nie einen Kunden zu Gesicht bekommen oder mehr kennen als eine lange Liste von Namen, die wir erfinden. In gewissem Umfang muß ich Akten anlegen über die Informationen, die wir hergestellt haben, damit, falls Sie einmal weitere Dokumente brauchen, keine Unstimmigkeiten auftreten. Aber sie sind sehr gut versteckt und enthalten keine Querverweise zu Ihrer wahren Identität, die auch ich nicht kenne. Wie ich schon sagte, das Fehlen jeder Neugier ist die Grundlage unserer Geschäftsbeziehung.«

Er gab Felker einen knisternden gelben Umschlag für die Papiere und die Schlüssel und reichte ihm die Hand. Felker schüttelte sie benommen. »Viel Glück in Ihrem neuen Leben, Mr. Young.«

»Danke.«

Schweigend verließen sie den Laden und marschierten zwei Querstraßen weiter. »Das ist dein Wagen«, sagte Jane. Am Randstein parkte ein grauer Honda Accord mit Nummernschildern aus Oregon. Er blieb stehen, um ihn sich anzuschauen, aber Jane zog ihn weiter. »Laß ihn. Ich möchte nicht, daß sie ihn im Hotel sehen.«

Er blieb ein zweites Mal stehen. »Woher kommt das ganze Geld dafür?«

»Die Leute machen mir Geschenke. Ich habe dir etwas geschenkt.«

»Ich habe schon mein Geschenk. Ich wäre längst tot, wenn du nicht ...«

»Halte dein Geld fest. Du wirst es brauchen, bis du richtig untergebracht bist.«

Sie winkte einem Taxi, und sie stiegen ein. Keiner sprach auf dem Weg ins Hotel. Als der Fahrer vor dem Eingang hielt, sagte sie: »Warten Sie hier auf mich.« Felker nahm sie beiseite: »Was ist hier los?«

»Du lebst«, sagte sie. »Du bist ein neuer Mann, mit einem Koffer voll Geld und einem neuen Wagen und einer neuen Wohnung. Du fängst ganz neu an. Jetzt finde heraus, ob du was daraus machen kannst.«

»Laß uns drinnen darüber reden.«

Jane schüttelte den Kopf. »Ich habe uns schon abgemeldet im Hotel. Unsere Koffer stehen in der Rezeption, und mein Flugzeug geht in zwei Stunden.«

»Heißt das, es ist vorbei?«

»Es ist vorbei. Der alte John wird vermißt, er ist mutmaßlich tot.«

»Du weißt, was ich meine.«

»Irgendwann einmal, wenn du so lange lebst, kannst du mit mir Kontakt aufnehmen. Und wenn ich so lange lebe, treffe ich dich vielleicht einmal irgendwo.« Sie sah ihm in die Augen, dann legte sie ihm die Arme um den Hals und drückte ihn fest an sich. Sie flüsterte: »Alles Gute zum Geburtstag, John Young.« Dann ging sie zur Gepäckaufbewahrung, legte die Quittung und einen kanadischen Geldschein hin und nahm ihren Koffer.

Beim Einsteigen sagte sie zu dem Taxifahrer: »Flughafen, bitte.« Als das Taxi auf die Straße einbog, drehte sie sich nicht nach John Felker um. Sie holte ihre Brieftasche heraus und öffnete sie. Sie griff in das kleine Seitenfach und zog das Foto heraus. Es war ihr Lieblingsfoto. Sie hatte ihn fotografiert, als er noch nicht bereit dazu war. Daß sie ihm gesagt hatte, sie habe Lewis Feng alle drei Fotos geschickt, war ihre einzige Lüge ihm gegenüber.

Zwanzig Minuten später kam John Young bei dem Honda Accord an. Er legte sein Gepäck in den Kofferraum, versteckte seine Papiere außer dem neuen Führerschein unter dem Ersatzreifen und schloß die Hecktür. Dann stieg er ein, fuhr den Wagen einmal um den Block und parkte ihn wieder. Von hier aus konnte er nicht das Meer sehen, aber den Nebel, der langsam heraufkam, die Nähe des Ozeans, die alles zu verdunkeln begann. Er saß vollkommen still und bereitete sich in Gedanken auf das vor, was er jetzt zu tun hatte.

18 Um fünf Uhr morgens verließ Jane ihr Flugzeug. Während sie damit beschäftigt war, ihren Koffer zu holen und ein Taxi zu finden, ging hoch und blendend die Sonne auf. Die letzten paar Stunden im Flugzeug hatte sie geschlafen, aber danach fühlte sie sich ausgelaugt und wie benebelt. Buffalo hatte nur einen kleinen, schlichten Flughafen, aber die Leere und der Mangel an Ablenkungen ließen ihr Zeit und Muße. Sie hatte plötzlich das Gefühl, an der flachen Landschaft draußen vor den Fenstern keinerlei Freude zu empfinden, und sie gab ihm nach. Hier drinnen war sie noch auf der Durchreise, in Bewegung. Sie konnte umkehren und zu einem Gate gehen, und auf der anderen Seite würde die Welt liegen. War sie aber einmal durch die Tür, so befand sie sich nur im Westen des Staates New York, wieder da, wo sie die Reise begonnen hatte.

Wenn sie sonst hier ankam, überkam sie ein Gefühl der Erleichterung, endlich wieder zu Hause zu sein. Sogar der schmutzige, graue Asphalt der Genesee Street begrüßte sie freundlich. Diesmal aber biß sie die Zähne zusammen. Das Taxi fuhr auf die Schnellstraße, und selbst dann noch waren die Häuser, die sie hinter den Zäunen sah, klein, ungepflegt und deprimierend.

Sie verstand das ohne weiteres, weil sie seit dem Verlassen des Hotels in Vancouver versucht hatte, sich auf diesen Morgen vorzubereiten. Es war falsch, daß sie hier war. Sie sollte bei ihm sein. Sie mußte sich sagen, daß sie alle Regeln selbst aufgestellt hatte, und diese Regeln besagten, daß ein Lotse wie sie nicht die Aufgabe hatte, Menschen samt all ihren Verknüpfungen und Bindungen irgendwo unterzubringen – er führte sie hinaus aus ihrer Welt. Wenn sie den Hasen in die Freiheit brachte, mußte er ein völlig neuer Hase sein. Und das konnte er nur, wenn er allein war.

Wenn er dort unbelastet und ungeschützt ankam, mußte er sich neue Beziehungen schaffen, sich tiefer in den Boden eingraben und bald nicht mehr zu unterscheiden sein von den Leuten um ihn herum. Menschen, denen nie etwas zugestoßen war, erschienen immer hart und unveränderlich, sie waren es aber nicht. Menschliche Wesen waren formbar und verletzlich. Nach wenigen Jahren nahmen sie die

Sprechweise ihrer Umgebung an, einen anderen Gang, sie wechselten Vorlieben und Gewohnheiten und bemerkten es nicht einmal. Das taten sie nicht, um ihre Verfolger irrezuleiten; sie taten es, weil es die einzige Möglichkeit war, mit den Menschen in ihrer Nähe in Berührung zu kommen, und die Berührung hinterließ einen bleibenden Eindruck, machte sie den anderen ähnlich, denen sie jeden Tag begegneten. Menschen konnten nicht allein bleiben.

Das Taxi brauchte nur fünfzehn Minuten bis Deganawida, und dann übernahm Jane das Kommando. »Biegen Sie an der nächsten Ampel links ab. Dann zwei Ampeln geradeaus. Danach rechts. Das dritte Haus, das mit der grünen Tür.«

Kaum war das Taxi aus der Einfahrt, Jane hob gerade ihren Koffer, kam schon Jake Reinerts heraus. Es war erst halb sieben Uhr morgens, aber da stand er, angezogen für den Tag, mit noch leicht unsicheren Schritten im Freien und das duschnasse Haar streng über den Kopf zurückgekämmt. Sie war zu müde für Jake. »Hi, Jake«, sagte sie und ging schnell auf ihre Tür zu.

Der alte Mann schaute vor sich auf die Eingangsstufen und lief mit einer Eile, die sie seit Jahren nicht an ihm gesehen hatte, über seinen Rasen, dann über den ihren und hinterließ bei jedem Schritt nasse Vertiefungen in dem durchweichten Gras. »Halt, Jane«, sagte er, »ich muß mit dir reden.«

Sie setzte den Koffer vor dem Eingang ab und holte ihre Schlüssel heraus. »Na gut«, sagte sie ohne Begeisterung, »komm rein.«

Sie schob die Tür auf und ging schnell zum Schaltkasten an der Wand und gab ihren Code ein, um das Alarmsystem auszuschalten. Als sie sich umdrehte, war Jake schon im Zimmer und machte gerade die Tür zu. »Jemand hat während deiner Abwesenheit bei dir eingebrochen.«

»Aha?« sagte sie. »Hat man sie erwischt?«

»Nicht ganz.«

Sie hatte so etwas erwartet, alles bis zu seiner letzten Antwort. Sie stellte sich schon einen größeren Hausputz vor, denn sie hatten bei ihrer Suche zweifellos keinen Teil ihrer Wohnungseinrichtung ausgelassen. Es war ihr egal. Sie hatte nie Unterlagen über ihre Kunden im Haus. Ihre Kleider waren das einzig Teure in der Wohnung, und es hätte sie vermutlich erleichtert, die nächsten Tage mit Einkäufen zu verbringen. »Wieso nicht ganz?«

Jake schien seine Gedanken erst in eine logische Reihenfolge bringen zu müssen. »Also, es ist folgendermaßen passiert. Sie haben dieses Fenster aufgebrochen, hier.« Er machte ein paar Schritte und zeigte ihr das über die Bruchstelle genagelte Sperrholzbrett. Sie konnte das schwarze Adhäsionsmittel sehen, das die Polizei wegen der Fingerabdrücke über alle Glasflächen verteilt hatte, aber schon beantwortete er die ungestellte Frage. »Das hat das Signal im Polizeirevier ausgelöst. Im Haus haben sie den Alarm gehört, also machten sie sich auf und davon. Aber ich bin aufgewacht und habe das Türlicht angemacht, genau in dem Moment, als sie zwischen unseren Häusern durchkamen. Du weißt ja, wie hell das ist. Flutlicht. Wie der lichte Tag. Es war so hell, daß es sie erschreckte. Sie drehten sich alle um und schauten, woher es kam, dann hielten sie sich etwas vors Gesicht und rannten zu ihrem Wagen.«

Jane war so erschöpft, daß sie sich schwindlig fühlte. Sie fing zu lachen an. Jakes Türbeleuchtung war so stark, daß sie ein, zwei Mal, als er sie anhatte, wütend wurde. »Mit der Lampe hast du wirklich mal was für dein Geld bekommen, Jake.«

»Einen Dreck hab ich. Der verdammte Elektroladen hat Margaret vor Jahren das verdammte Gerät verkauft, und als ich es sah und wieder hinbrachte, wollten sie es nicht zurücknehmen. Die Glühbirnen kosteten fünf Dollar, damals! Du hättest auf Blendjagd damit gehen können.«

»Also diesmal bin ich froh, daß du es noch hast. Sie waren also gar nicht drin?«

»Nein«, sagte er, »nicht bei all dem Licht und so. Und natürlich wußten sie, daß irgendwo ein Alarm versteckt war. Und wie lange braucht schon die Polizei in einer Kleinstadt wie dieser, bis sie am Tatort ist?«

»Wie lang?«

»Viel zu lang. Vier, fünf Minuten vielleicht. Bis dahin sind sie längst meilenweit weg.«

»Nun gut, wenn sie nicht reingekommen sind, dann fehlt ja auch nichts«, sagte sie und nahm ihren Koffer, um ihn ins Schlafzimmer zu tragen.

Jake übersah den Hinweis. »Ich habe sie gesehen.«

»Ja«, sagte sie unbeteiligt.

»Ich meine: richtig gesehen«, sagte er. »So deutlich wie in einem Blitzlicht. Es waren vier, und keine Anfänger. Erwachsene Männer. Als ich das Licht anmachte, zog einer einen Revolver. Er konnte mich nicht sehen, weil der Schalter innen an der Eingangstür ist.«

»Hast du sie der Polizei beschrieben?«

»Klar, aber sie waren nicht von hier. Die Polizei von Deganawida wird sie nicht erwischen und sie zur Identifizierung vor mir aufstellen.«

»Ich denke auch nicht, daß sie mit dir eine Gegenüberstellung machen, Jake. Sie müßten ja zusätzliche Personen aufstellen, damit du's nicht so einfach hast, und du kennst hier jeden«, sagte sie. »Aber wenn sie nur auf der Durchreise waren, dann brechen sie wenigstens nicht morgen bei jemand anderem hier ein.«

»Jane...«

»Was?«

»Du weißt, der Polizeichef, Dave Dormont, ist ein guter Freund von mir. Ich habe ihn einmal am Ellicott Creek aus dem Wasser gezogen, als wir noch Kinder waren. Die von der Rowland-Gang hatten ihn reingeschmissen, und ich war zehn Jahre älter als er und... Jedenfalls ist er wirklich ein prima Polizist. Vielleicht weil sie immer auf ihm rumhackten, als er klein war, kann er es jetzt nicht ausstehen, wenn die Großen den Kleinen was antun. Er war beim FBI, jahrelang.«

»Davon habe ich gehört«, sagte sie.

»Das war nicht bloß so dahingeredet. Ich will damit sagen, er könnte vielleicht von Nutzen sein.«

»Oh«, sagte sie, »ich glaube nicht, daß ich spezielle Hilfe brauche. Schau dich doch um. Wenn sie nicht auf der Suche nach Frauenkleidern waren...«

»Sie waren nicht hinter deinen Sachen her«, sagte er ruhig, »und du weißt es.«

»Wirklich?«

»Ich sagte, sie sind in dein Haus eingebrochen, und du regst dich nicht mal auf oder rennst herum und schaust, was sie mitgenommen haben. Ich sagte ›sie‹, und du fragst nicht ›Wie viele?‹. Und als ich sagte, ich habe sie gesehen, fragst du nicht, wie sie aussahen. Du weißt, wie sie aussahen, weil du sie auch gesehen hast.«

»Jake«, sagte sie betont langsam, »ich mag dich sehr, und ich schätze deine Freundschaft, und ich werde nie vergessen, was du für uns alle getan hast, als wir klein waren. Dir war es egal, wessen Kinder es waren, wir krabbelten alle in deinen Wagen und stritten uns um die Fensterplätze und standen Schlange, wenn es Eislollis gab. Aber ich brauche keine Hilfe.«

»Du meinst, ich täusche mich?«

»Ich meine, wir werden diese Unterhaltung nicht bis zu ihrem Ende führen.«

Er starrte eine Weile auf den Fußboden. »Gut. Ich möchte nur, daß du weißt, es macht nichts, wenn sich herausstellt, daß du einen Fehler gemacht hast. Ich habe die vier gesehen, und ich weiß, solche Männer fallen nicht aus heiterem Himmel, wenn sie nach einer jungen Frau in Deganawida suchen. Man muß schon dort hingehen, wo sie sind, um ihre Aufmerksamkeit zu erregen. Wie es dazu kam, interessiert mich nicht. Ich bin auf deiner Seite.« Er machte ein paar Schritte auf die Tür zu und blieb dann stehen. »Danke übrigens, daß du mich nicht angelogen hast. Du weißt, ich hasse das.«

»Ja, ich weiß«, sagte Jane.

Jake ging hinaus und machte die Tür zu, und sie verschloß sie eilig hinter ihm und stellte das Alarmsystem wieder an. Sie stieß einen Seufzer aus, vor Erschöpfung, Ärger und Mutlosigkeit. Nach einem Bad und einem langen Schlaf, sagte sie sich, konnte sie ihrem Leben besser gegenübertreten. Als sie oben in ihr Schlafzimmer kam, sah sie, daß die Kontrollampe ihres Anrufbeantworters blinkte. Eine Sekunde lang blieb ihr das Herz stehen, und sie hörte sich nach Luft schnappen. Wußte er ihre Nummer? Aber wieso nicht? Er war tagelang allein in der Wohnung gewesen, und die Nummer stand auf dem Apparat. Vielleicht war etwas schiefgegangen. Vorsichtig drückte sie die Wiedergabetaste, abergläubisch ängstlich, sie könnte die falsche Taste drücken und alles löschen.

»Jane?« Es war eine Frauenstimme. »Du weißt, wer hier spricht.« Eine Pause. »Ich wollte dich wissen lassen, daß ich es geschafft habe. Ich werde dir nie vergessen, was du für mich getan hast. Nie.« Dann hörte sie ein kompliziertes Klicken und ein zwei Sekunden langes Freizeichen, bevor sich der Apparat abschaltete. Es war Rhonda Eckerly, und die Nachricht war mindestens eine Woche alt. Jane ließ die Luft heraus, die sie angehalten hatte. Sie konnte die Freude in Rhondas Worten hören, eine innere Bewegung, an der ihr fast die Stimme brach. Jane versuchte, dasselbe Glück zu empfinden, aber sie konnte es nicht. Sie hatte sich Felker auf dem Anrufbeantworter gewünscht. Selbst wenn es eine bodenlose Dummheit von ihm gewesen wäre: Sie wollte seine Stimme hören. Sie wünschte sich, er sollte ebenso dumm sein wie sie.

Jane lag beinahe eine Stunde in der Badewanne, bis das Wasser kalt wurde, ihre Fingerspitzen und die Zehen in Falten lagen und sich das letzte Molekül Straßenstaub aufgelöst hatte. Dann zog sie sich an, legte sich hin und dachte nach. Um vier Uhr nachmittags wachte sie auf der Bettdecke liegend wieder auf und war mit ihren Gedanken schon bei der Polizei.

Sie setzte sich hin und wählte die Auskunft, um nach der Telefonnummer für uneilige Angelegenheiten zu fragen. »Polizeirevier Deganawida«, sagte eine tiefe, volltönende Stimme.

»Hallo«, sagte sie, »hier ist Jane Whitefield. Ich komme eben von einer Reise zurück und höre, bei mir wurde eingebrochen.«

Die andere Seite zögerte etwas. »Melden Sie das jetzt oder haben Sie das schon gemeldet?«

»Die Polizei war schon hier.«

Noch einmal gab es eine kurze Verzögerung, dann kam die Stimme wieder und klang jetzt fröhlich, wahrscheinlich hatte er gefunden, was er gesucht hatte. »Stimmt, Madam.«

»Ich wollte nur wissen, ob es irgend etwas gibt, was ich tun muß. Ich war nicht da, als sie da waren.«
»Nein«, sagte er. »Wenn etwas fehlt, müßten Sie hier eine Verlustmeldung ausfüllen. Und Ihre Versicherung braucht eine Kopie davon.«
»Es fehlt nichts. Sie sind gar nicht erst reingekommen.«
»Okay«, sagte er, »ich notiere das.«
»Gut«, sagte sie, »ich danke Ihnen.«
»Moment, nur noch eine Kleinigkeit.« Wo lernten sie alle nur diese Ausdrucksweise? »Wenn Sie irgend etwas Verdächtiges sehen, rufen Sie uns bitte gleich an, und wir gehen der Sache nach. Manchmal kommen sie wieder.«
»Mach ich«, sage sie und legte schnell auf. Sie saß mit untergeschlagenen Beinen auf dem Bett und überlegte. Es war eine unheimliche Erleichterung, daß die vier Männer überhaupt hierhergekommen waren. Das hieß, sie hatten die Spur bereits in Olcott verloren, nur ein paar Kilometer von hier entfernt. Und da sie es nicht bis ins Haus geschafft hatten, konnten sie auch nichts herausgefunden haben, das ihnen weitergeholfen hätte. Was sie von jetzt an noch herausbekamen, war nichts wert. Es gab keine logische Möglichkeit für sie, die Spur von Olcott weiterzuverfolgen bis zu John Young, 4350 Islington, Apartment B, Medford, Oregon.

Sie ging die Treppe hinunter und nahm wieder sein Foto aus der Brieftasche. Das Vernünftigste war jetzt, damit in die Küche zu gehen und es zu verbrennen. Dann fiel ihr ein, daß auch das Foto nirgendwohin führte. Wenn sie ihm gefolgt waren, brauchten sie kein Foto. Und wenn sie ihn gesehen hatten, wie er aus ihrem Haus kam, dann wußten sie schon, daß sie ihn kannte. Sie blieb im Wohnzimmer stehen und betrachtete das vernagelte Fenster. Es war ein Spezialglas, das zusammen mit dem Alarmsystem eingebaut worden war, und die Männer hatten, um es zu bearbeiten, den Film mit den Alarmkontakten abgerissen.

Jane nahm das Telefon im Wohnzimmer und wählte die Nummer der Alarmsystemfirma. Sie hatte die Stimme der nervösen, alleinlebenden jungen Frau bis zur Perfektion eingeübt, und der Mann am anderen Ende war sofort bereit, gleich morgen früh einen Techniker mit einer Ersatzscheibe herzuschicken.

Dann rief sie Cliff an.

»Janie, Janie«, sagte er, »du stellst die verrücktesten Dinge an mit meinen Autos.«

»Ist der Wagen kaputt?«

»Nein.«

»Ich habe ihn auch nicht neu lackiert, oder?«

»Nein.«

»Auch nicht zu lange behalten?«

»Nein, du hast ihn bloß in der hinterletzten Provinz abgestellt.«

»Cliff, ich schlage dir ein Geschäft vor.«

»Laß mich raten: Du wäschst und wachst ihn, und ich berechne dir nicht den Wertverlust und die Abschleppkosten und das Wiederherrichten? Na so was halt, ich weiß nicht ...«

»Nein«, sagte sie. »Du vergißt deine Kosten, und ich vergesse, was du mir schuldest.«

Er brachte vor Schreck erst mal kein Wort heraus. »Jane, bist du okay?«

»Warum?«

»Du kommst mir vor wie – nicht normal.«

»Kennst du viele normale Leute, Cliff? Kommen sie ausgerechnet zu dir, wenn sie einen Wagen brauchen?«

»Na schön, aber ...«

»Ich bin nur müde. Das nächste Mal ziehe ich dir schon wieder das Geld aus der Nase. Danke, daß du alles so gemanagt hast.«

»Klar doch, Janie.«

Als sie am nächsten Morgen hinausging, um die Post zu holen, fuhr gerade der Techniker die Einfahrt herauf. Nach zwanzig Minuten hatte er die Scheibe ausgewechselt, und Jane sagte: »Könnten Sie bitte auch den Luftschacht im Dach für mich verdrahten?« Sie hatte einen mitleidregenden Ausdruck im Gesicht, und er widersprach nicht. »Wir setzen das dann auf Ihre nächste Rechnung«, sagte er und holte seine Leiter vom Lastwagen.

Die nächsten drei Tage ging sie nur nachts oder am frühen Morgen aus dem Haus und immer nur für ihre Trainingsläufe auf dem langen, grasüberwachsenen Streifen am Flußufer. Sie war zu unruhig und nervös zum Lesen, also putzte sie gründlich ihre Wohnung, erfand dann weitere Arbeiten, durch die alles noch sauberer werden sollte, und verrückte die Möbel zu immer neuen Konstellationen. Schließlich gab sie sich mit einem Arrangement zufrieden, bei dem alle Möbelstücke an den Wänden aufgestellt waren und das Wohnzimmer einen großen freien Platz bot, auf dem sie nun ihr Stretching und ihre Tai-chi-Übungen machte. Am Abend des vierten Tages gestand sie sich ein, daß es Zeit war, die Wohnung sein zu lassen und Jake gegenüberzutreten.

Er hatte diese ganze Zeit damit verbracht, seine Beobachtungen zu machen. Er hatte die ihr zugewandte Hausseite völlig neu gestrichen, Geranien angepflanzt, den Rasen gemäht und jeden keimenden Löwenzahn ausgestochen. Danach, aus schierer Verzweiflung, hatte er trotz seines Alters eine ganz neue Gewohnheit angenommen, indem er plötzlich anfing, hinter dem Haus zu sitzen und Zeitung zu lesen.

Jane ging aus ihrem Garten zu ihm hinüber und setzte sich neben seinem Liegestuhl ins Gras. Nach einer Minute sagte er: »Bilde ich mir das nur ein, oder werden die Menschen immer blöder?«

»Ich weiß nicht.«

»Es vergeht kaum ein Tag, an dem ich nicht von jemandem lese, der sich irgendwie selbst schadet, dabei bräuchte er bloß zu mir zu kommen und mich zu fragen, und ich könnte ihm sagen, was er tun soll.«

»Wer ist es denn dieses Mal?«

»Such's dir aus. Heute ist es zufällig Washington, aber es gibt sie im Überfluß, die Armen im Geiste. Ich sollte ein Schild raushängen.«

»Alles andere hast du ja schon getan.«

»Was?«

»Du hast die Hauswand auf meiner Seite mindestens dreimal gestrichen.«

»Das ist die Wetterseite. Die braucht spezielle Pflege.«

»Jake, ich habe beschlossen, es ist besser, wir reden, bevor du beim Rüberschauen zu meinem Fenster von der Leiter fällst und dir was tust.«

»Sehr rücksichtsvoll«, sagte er.

Sie wählte ihre Worte mit Bedacht. »Diese vier Männer waren nicht hinter mir her. Sie suchten einen Freund von mir. Denselben, den du an meiner Tür gesehen hast. Ich habe ihm geholfen zu verschwinden.«

»Ich soll keine weiteren Fragen stellen. Verstehe ich das so richtig?«

»Ich sage dir, was du mit einem gewissen Recht wissen darfst«, sagte sie. »Er ist in Sicherheit, weil sie ihn nicht finden können. Wir sind in Sicherheit, weil sie wissen, er kommt nicht hierher zurück.« Sie stand auf und lächelte. »Ende.«

Er nickte und verzog nachdenklich den Mund. »Warum hast du es dir anders überlegt und es mir doch erzählt?«

»Es gibt eine ganze Reihe von Gründen. Der eine ist: Ich möchte nicht, daß du es eines Tages für nötig hältst, mit deinem Freund, dem Revierchef Dormont, zu reden; man kann von niemandem erwarten, daß er ein Geheimnis für sich behält, wenn man ihm nicht sagt, daß es ein Geheimnis ist. Ein anderer Grund: Falls er oder jemand wie er mal abends vor meiner Tür steht, daß du nicht glaubst, ich sei in Lebensgefahr, und wuchtest deine alte Kaliber 12 raus und bläst ihm den Kopf ab.«

»Du hast so etwas schon öfter gemacht, nicht wahr?«

Sie antwortete nicht.

»Du sagst ›jemand wie er‹. Das ist es, oder?« sagte er. »Nicht er ist das Geheimnis, sondern du bist es.«

»Wenn ich mehr sage, würde es mir schaden«, gab sie zu. »Es würde mir sehr schaden.« Sie sah ihm einen Moment in die Augen, bis sie gefunden hatte, was sie dort suchte, dann gab sie ihn frei. »Ich habe ein paar Einkäufe zu erledigen. Brauchst du was?«

»Nein«, sagte er. »Nein, danke.« Er sah ihr nach. Die langen, braunen Beine und der kräftige, aufrechte Rücken ließen sie größer erscheinen, als sie war, aber nicht groß genug für diese Sache.

Jake legte die Zeitung auf den Schoß und starrte versonnen in die großen Bäume an der Franklin Street. Das kleine Mädchen von nebenan war nicht großgeworden, um nur so etwas Normales wie ein bißchen verbotenen Sex zu haben. Sie war – ja, wer zum Teufel war sie? – sie war Jigonsasee. Wie konnte sie annehmen, er wüßte das nicht? Dachte sie wirklich, er würde sechzig Jahre lang in einer Stadt namens Deganawida leben und nie herauszufinden versuchen, warum sie ihr einen Namen gegeben hatten, den kaum einer buchstabieren konnte? Früher brachte man das den Kindern in der Schule bei, aber weiß Gott, was für einen Schrott lernten die heutzutage.

Vielleicht war sie ja auch nur verrückt. Weiße wurden verrückt und hielten sich für Jesus oder Napoleon, aber diese beiden hatten mit einer Indianerin so viel zu tun wie ein australisches Beuteltierpärchen. Außerdem: Sex mochte sein, was er wollte, aber auf jeden Fall legte er fest, als was Menschen sich selbst definierten. Er hatte noch nie von einer erwachsenen Frau gehört, die sich für einen Mann hielt.

Jigonsasee – der Name sagte ihr etwas, dachte er. Vor langer, langer Zeit wohnte einmal eine Frau ganz allein in einer Rindenhütte an dem Pfad, der nicht weit von hier in ostwestlicher Richtung unterhalb des Ontario-Sees verläuft. Sie gab den Kriegern zu essen, die bei ihr vorbeikamen, wenn sie sich wieder irgendwo gegenseitig umbringen mußten. Eines Tages kommt aus dem offenen See ein Kanu an mit einem einsamen Huronen, der die ganze Strecke vom kanadischen Ufer herübergepaddelt ist. Ein Flüchtling, ein von seinem Stamm da drüben Ausgestoßener. Er ist die Ufer entlanggefahren auf der Suche nach dem Rauch einer Feuerstelle, um dort seine Botschaft abzuliefern. Die Botschaft sieht nach nichts aus, weil sie nichts anderes besagt als dies: Frieden ist besser als Krieg. Sein Name war Deganawida.

Das erste Feuer, das er sieht, gehört der Frau. Sie nimmt den ruhelosen Fremden auf und gibt ihm zu essen, und sie ist es, die seine Botschaft hört. Und er nennt sie Jigonsasee, das bedeutet »Neues Gesicht«. Dann treffen die einsame Frau und der Mann ohne einen Stamm auf einen Krieger, der nach der Ermordung seiner zwei Töchter den Verstand verloren hat. Sein Name ist Hiawatha, und auch er ist zum ruhelosen Wanderer geworden, ein Menschenfresser. Die drei zusammen überreden alle fünf Stämme, das gegenseitige Abschlachten zu beenden. Der verrückte Menschenfresser kämmt dem grausamsten der kriegerischen Häuptlinge die Schlangen aus dem Haar. Der ausgestoßene, visionäre Fremde erklärt den Stämmen in allen praktischen Einzelheiten, wie sie sich zu einem Bündnis vereinen müssen und wie man dieses Bündnis aufrechterhält. Und danach bleibt die Konföderation der Irokesen für alle Zeiten unverändert bestehen. Was Deganawida ihnen gesagt hat, wird von jeder nachfolgenden Generation befolgt.

Dann gehen vielleicht drei- oder vierhundert Jahre ins Land, und die zwei schlauesten Männer einer anderen Generation, einer anderen Rasse – Benjamin Franklin und Thomas Jefferson –, wissen nicht mehr weiter bei ihrem Auftrag, die Struktur einer neuen Gesellschaft zu entwerfen. Alles, was sie in der Welt zur Nachahmung vorfinden, ist ein Haufen theoretischer Abhandlungen aus der Feder toter Franzosen und das funktionierende Musterbeispiel eines Staatenbundes bei den Irokesen. Um diese Zeit sind die einsame Frau, der visionäre Flüchtling und der verrückte Menschenfresser, die sich das Bündnis ausgedacht haben, schon so lange tot, daß niemand mehr weiß, in welchem Jahrhundert sie das alles geleistet haben. Aber die Irokesen, überaus lebendig, haben die Worte und Taten der drei getreulich überliefert.

Wer für Jane bedeutsam wurde, war zweifellos die Frau, Jigonsasee, eine Mischung aus Betsy Ross[*] und der Jungfrau von Orléans, aber mehr noch wie Maria Magdalena. Jigonsasee wurde noch immer die Mutter der Völker und die Große Friedensfrau genannt, weil sie entschieden hatte, es sei besser, zwei Flüchtlinge zu retten, als den ewigen Kriegern Essen zu bringen, die auf dem Pfad vorbeikamen, um Menschen abzuschlachten, die genauso waren, wie sie selbst.

Jake saß in seinem Liegestuhl, und der Sonnenuntergang

---

[*] Betsy Ross nähte 1777 die ersten Fahnen der Vereinigten Staaten; ihrem Vorschlag gemäß wurden außerdem fünf- statt sechszackige Sterne verwendet. (Anm. d. Übs.)

wärmte ihm das Gesicht und die Gelenke, und er sah die hohen Bäume in der Ferne, die sich langsam wiegten im Maiwind, ganz im hellen Grün ihrer frischen Blätter. Janes Geheimnis war nicht das Traurigste, was er je gehört hatte. Er war jetzt ein alter Mann, er war im Krieg gewesen und hatte die Frau, die er liebte und ehrte, die Augen schließen und sterben sehen. Aber trotzdem war es traurig genug. Er bewunderte große Helden genauso wie jeder andere, aber er mochte es nicht mit ansehen, wie jemand, der ihm am Herzen lag, ein Risiko einging, nur um irgendeiner Toten immer ähnlicher zu werden.

Ein Mädchen wie Jane, flink und lebendig wie das Eichhörnchen in den Bäumen hier, eine Zukunft voller Verheißungen – verschwendet für nichts. Wenn er es aber so ausdrückte, mußte er gleichzeitig etwas anderes zugeben: Was konnte eine Verheißung anderes sein als die Erwartung, daß Jane dazu geschaffen war, etwas Besonderes zu tun, auch etwas Gefährliches? Wenn jemand etwas Gutes verschwendete, nannte man es nicht Verschwendung, sondern ein Opfer.

Und Jane Whitefield war natürlich nicht verrückt, nicht ein bißchen. Vermutlich wußte sie nicht einmal, daß sie versuchte, das Leben einer tausendjährigen Indianerin nachzuleben, so wie seine Tochter sich ja auch nicht für Sokrates hielt, wenn sie an der High-School unterrichtete. Es war ganz einfach so: Wenn Jane gute Arbeit leisten wollte, dann kam ihr als erstes dieser Lebensweg in den Sinn, ein innerer Drang, den sie für Instinkt hielt, weil er über so viele Generation hinweg befolgt wurde, daß er nicht einmal mehr die Form eines bewußten Gedankens annehmen mußte.

Es war schon dunkel, als Jane ihre Lebensmittel auf dem Rücksitz ihres Wagens verstaut hatte und vom Parkplatz über die Straße noch zum Zeitungsstand ging. Es war eine kleine, offene Bretterbude, mit überall abblätternder weißer Farbe und einem grünen Metallrahmen, den Raymond Illia jeden Abend bei Sonnenuntergang abdeckte. Raymond war gerade damit beschäftigt, die Ziegelsteine etwas anders auf die Stöße von Zeitungen zu verteilen, damit der Wind sie ihm nicht wegwehte. Er blickte auf und lächelte. »Hey, Jane. Spielen wir Cowboys und Indianer?«

»Nein, Raymond«, sagte sie, »Indianer müssen da immer so dummes Zeug reden.«

»Du darfst mich fesseln.«

»Du hast wieder deine Heftchen gelesen, stimmt's? Die, die du immer versteckst.«

»Erwischt!« sagte er, viel zu laut. Raymond war in Janes Alter, aber aus irgendeinem Grund hatte er sich nicht weiterentwickelt, seit sie zusammen in der achten Klasse waren. Jeder wußte es, und jetzt war es schon lange her, daß die Leute nur flüsternd davon sprachen und mißbilligend mit der Zunge klickten, was sie im Angesicht einer Tragödie immer taten. Deganawida war zu klein, als daß man über einen Menschen hätte hinwegsehen können. Statt dessen hatte sich ihr Urteil leicht verschoben, sie hatten Raymond bei sich aufgenommen, und das Leben ging weiter. Raymond bekam eine Art Behindertenrente vom Staat, aber er konnte lesen und richtig auf große Scheine herausgeben, und anscheinend gefiel es ihm, im Freien herumzustehen, Leuten guten Tag zu sagen, mit ihnen zu plaudern und wichtig zu sein.

Jane ging auf die ausgelegten Zeitungen zu und zog die Buffalo News heraus, die New York Times, die Chicago Tribune und die Los Angeles Times. Sie gab Raymond die abgezählten Geldstücke, und er steckte sie hochzufrieden in den Münzwechsler, der an seinem Gürtel hing. »Paß auf dich auf, Raymond«, sagte sie.

Sie ging zurück auf den Parkplatz des Supermarkts, stieg in ihren Wagen und warf die Zeitungen auf den Beifahrersitz. Beim Anlassen schaute sie nach rechts, ob der Weg frei war, und ihr Blick streifte die oberste Zeitung auf dem Stoß, die Los Angeles Times: »Geheimnisumwitterter Mann in Santa Barbara ermordet.« Sie nahm die Zeitung in die Hand:

Santa Barbara. Der Mann, der in seiner Wohnung in einer ruhigen Straße dieser friedlichen Ortschaft am Meer ermordet aufgefunden wurde, wurde als Harry Kemple identifiziert ...

Jane schloß die Augen und hielt starr das Lenkrad mit der einen Hand fest, die Zeitung in der anderen. Nach einigen Sekunden öffnete sie ihre Augen wieder und zwang sich, den Namen anzusehen:

... Harry Kemple identifiziert, ein Glücksspieler, der vor fünf Jahren von der Polizei in Chicago gesucht wurde, um ihn zum Tod eines Mafiabosses während eines Pokerspiels zu befragen. Aus Polizeikreisen verlautete, daß Kemple seitdem unter dem falschen Namen Harry Shaw gelebt habe. Als man jedoch die Fingerabdrücke des Ermordeten abnahm, eine Routineuntersuchung in Mordfällen, stellte sich überraschend seine wahre Identität heraus. Ein Sprecher der Staatsanwaltschaft dementierte, daß Kemple mit Hilfe irgendeines Zeugenschutzprogramms hier untergebracht worden sei...

Eine Hitzewelle stieg Janes Rücken herauf bis zum Hals und zu den Schläfen. Sie hörte ihre Atemzüge wie die eines anderen Menschen, in kurzen Stößen, und dann spürte sie, daß sie weinte. Harry war tot. Jemand hatte einen Fehler gemacht. Harry war zu lange im Untergrund, als daß er sich einfach so hätte fangen lassen.

Jane strengte sich an, ruhig nachzudenken. Sie mußte Lew Feng anrufen. Sie schaltete den Motor ab und sah, daß ihre Hände zitterten. Sie zog die Schlüssel ab und rannte zu der Reihe der Telefonzellen an der Außenwand des Supermarkts.

Sie steckte einen Vierteldollar in den Schlitz und wählte die Nummer der Westminster Schreibwaren in Vancouver. Im Telefonamt sagte jemand: »Bitte werfen Sie zwei Dollar und fünfzig Cents ein.« Jane fischte fünf weitere Münzen aus ihrem Portemonnaie und schob sie in den Schlitz. Schließlich hörte sie ein Läuten. Dann klickte es zweimal, und der Anrufbeantworter war dran: »Der Inhaber der Westminster Schreibwaren ist unerwartet verstorben, der Betrieb bleibt bis auf weiteres geschlossen.« Das war Charlie Feng, Lewis' Sohn. Die Maschine schaltete sich ab, und Jane wurde schwindlig. Nun hatten sie Lew Feng getötet.

Sie sah in ihrem Portemonnaie nach. Es waren nicht mehr

genügend Münzen drin. Sie konnte den nächsten Anruf nicht über ihre häusliche Telefonrechnung laufen lassen. Halb ging, halb rannte sie zu Raymonds Zeitungsstand hinüber. »Raymond«, sagte die, »kannst du mir einen Zehner wechseln?«

»Klar«, sagt er und fing an, Ein-Dollarscheine abzuzählen.

»Nein«, sagte Jane, »Münzen, Vierteldollars.«

Er griff an seinen Münzwechsler und pumpte leise mitzählend Vierteldollarmünzen heraus, kam aber nicht weit, dann gingen sie ihm aus. »Ich glaube, ich habe nicht genug«, sagte er. »Vielleicht kannst du im Supermarkt ...«

»Ich nehme, was du hast«, unterbrach sie ihn, gab ihm den Zehn-Dollarschein und rannte zurück zum Telefon.

Diesmal wählte sie die andere Nummer. Es war die Nummer in Fengs Hinterzimmer, die er nur seinen Identitätskunden mitteilte. Jetzt klingelte es viermal, bevor die Maschine übernahm. Wieder war es Charlie Fengs Stimme. »Wegen eines plötzlichen Todesfalls in der Familie ist unser Versandhandel geschlossen. Bitte schicken Sie uns keine Adressenänderungsformulare, da unsere Adressenlisten nicht mehr benützt werden.« Es war eine Warnung. Jemand hatte die Liste der neuen Namen. Charlies Stimme wechselte in eine andere Tonhöhe und sagte etwas Langgezogenes auf chinesisch, und danach war die Ansage zu Ende.

Jane hatte sich die Nummer in Medford nicht eingeprägt, denn es hätte sie irritiert, sie ständig im Kopf zu haben, ein dauernder, unausweichlicher Hinweis darauf, daß sie ja nur den Hörer abzuheben brauchte. Sie studierte kurz das Informationsblatt an der Rückwand und rief die Auskunft an.

»Die Stadt bitte?« sagte die Stimme eines jungen Mannes.

»Medford.«

»Und weiter?«

»Haben Sie einen Eintrag für John D. Young? Es ist eine neue Nummer.«

Sie konnte eine Computertastatur hören. »Tut mir leid. Einen John D. Young haben wir nicht.«

Jane schloß die Augen und versuchte, ruhig zu bleiben. »Ich weiß, daß der Anschluß beantragt und daß die Nummer mitgeteilt wurde. Mr. Young ist erst vor wenigen Tagen eingezogen. Vor vier Tagen höchstens.«

»Tut mir leid«, sagte er, »vielleicht hat er sein Abbuchungskonto noch nicht gemeldet.«

»Kann man das herausfinden?«

»Eigentlich nicht. Die Verwaltung gibt die Information erst dann an uns weiter, wenn der Anschluß in Betrieb ist.«

»Hören Sie«, sagte Jane, »es ist wirklich wichtig. Er wohnt in 4350 Islington, Apartment B. Könnten Sie nicht Apartment A oder C anrufen und mich mit ihnen sprechen lassen? Sie wissen vielleicht, woran es liegt.«

»Tut mir leid, das kann ich nicht.«

»Ich weiß doch, Sie haben das alles in Ihrem Computer. Können Sie nicht einfach bei einer bestimmten Adresse anrufen?«

»Das ist nicht gestattet, außer die Polizei oder die Feuerwehr verlangen es. Kann ich sonst noch eine Nummer heraussuchen?«

Jane dachte einen Augenblick nach. »Ja. Western Union.«

Der junge Mann schaltete sich ab, und dann kam die übliche Frauenstimme aus dem Computer und sagte: »Die – Nummer – ist – 5-5-5-6-2-9-7. Ich – wiederhole: 5-5-5-6-2-9-7.«

Jane wählte die Nummer und ein Mann antwortete: »Western Union.«

Jane sagte: »Vergessen Sie's!« Sie beherrschte ihre Verärgerung: »Danke trotzdem.« Sie hängte auf. Telegramme hatten immer den Namen und die Adresse des Absenders automatisch oben aufgedruckt. Wenn er es nicht sofort in die Hände bekam, könnte es jemandem den letzten Zufluchtsort verraten, den er noch hatte.

Sie lehnte sich an die Glaswand und dachte nach. Sie brauchte etwas, das auch nachts geöffnet war. Noch einmal rief sie die Auskunft an. Diesmal war eine Frau dran: »Die Stadt bitte?«

»Medford.«

»Und weiter?«

»Ich brauche irgendeinen Kurierdienst. Einen, der Nachrichten persönlich austrägt.«

»Einen bestimmten?«

»Nein. Wenn Sie Medford kennen, dann nehmen Sie einen in der Nähe der Islington Street.«

Die Stimme wurde abgeschaltet, und die weibliche Computeransage gab Jane die Nummer. Sie wählte.

Eine Frau kam an den Apparat: »Valentine Party Girls.«

»Wie bitte?« sagte Jane.

»Valentine Girls.«

In Janes Kopf pochte es gegen die Schläfen. »Kann ich mit Ihnen jemandem eine Nachricht zukommen lassen und am Telefon mit einer Kreditkarte bezahlen?«

»Aber klar. Sagen Sie nur, an welchem Tag Sie die Lieferung wünschen.«

»Heute. Gleich nachdem ich eingehängt habe.«

»Heute abend? Das wird hart. Wir müssen dazu erst die richtige Person frei haben und ...«

»Nein, müssen Sie nicht«, sagte Jane. »Mir ist egal, wer es ist, Hauptsache, es geschieht sofort. Das ist nicht irgendein Scherz. Es ist dringend.«

»Also schön. Geben Sie mir Ihre Kreditkartennummer.«

Jane holte ihre Visacard heraus und las die Nummer ab.

»Und wie ist die Adresse für die Nachricht?«

»Sie ist für John Young, 4350 Islington, Apartment B wie Bravo.«

»Hier in Medford?«

»Ja.«

»Und der Text?«

Jane zögerte. Sie hatte noch gar keine Zeit gefunden, sich die Nachricht zurechtzulegen. »Schreiben Sie: ›Harry tot. Komm heim. Mamma‹. Nein, besser ›Alles Liebe, Mamma‹.« Sie hörte zu, während die Frau die Worte mit monotoner Stimme wiederholte.

»Richtig.«

»Okay, dann kommt jetzt der heikle Teil.«

»Was heißt das?«

»Wenn Sie das heute abend noch geliefert haben wollen,

dann ist die einzige Person, die ich frei habe, ein männlicher Stripper. Er macht sich gerade fertig für einen Junggesellinnen-Abend in einer Stunde. Ich fürchte, er kriegt hundert Dollar. Und es ist ja nicht seine Schuld, daß ...«

»Das geht in Ordnung«, sagte Jane. »Es ist wichtig.«

»Ich wollte nur, daß Sie es wissen.«

»Und bitte, vermerken Sie das irgendwo. Stellen Sie sicher, daß der Stripper die Nachricht unter der Tür durchschiebt, falls Mr. Young nicht zu Hause ist. Nicht in den Briefkasten oder sonst wohin – unter der Tür durch!«

»Machen wir.«

Wieder dachte Jane nach. Was fehlte noch? »Und wenn es Ihnen nichts ausmacht, könnte es bitte auf einem normalen Blatt Papier stehen? Nicht Ihr offizielles Briefpapier oder ähnliches?«

»Keine Sorge«, sagte die Frau, »das habe ich schon so notiert. Niemand hat gern eine solche Nachricht auf einer Glückwunschkarte.«

»Großartig« sagte Jane. Sie lehnte sich wieder gegen die Mauer des Supermarkts. »Sehr gut.«

»Und es tut mir leid wegen Harry«, sagte die Frau.

»Danke.« Sie hängte ein und atmete dreimal tief durch. Was jetzt? Konnte das Telefonat mit der Fluglinie bis zu Hause warten? Ja. Sie mußte auf jeden Fall nach Hause, dort konnte sie telefonieren und dabei gleich ihre Sachen packen. Sie lief zu ihrem Wagen, ließ den Motor an und fuhr los. Die reife Warzenmelone auf dem Rücksitz roch nach Abfall, so stark, daß ihr beinahe schlecht wurde. Sie kurbelte das Fenster auf und fuhr schneller.

Sie bog zu schnell in ihre Einfahrt und hörte, wie eine Einkaufstüte umfiel und Konservendosen auf den Boden rollten. Sie rannte ins Haus, nahm drei Stufen auf einmal bis in den ersten Stock und sah nach ihrem Anrufbeantworter. Kein Lämpchen blinkte, und der Zähler stand immer noch auf Null.

In aller Eile suchte sie die Fluglinien in den Gelben Seiten und fing gleich mit der ersten an, den American Airlines. »Wann geht die nächste Maschine von Buffalo nach Medford, Oregon?« Es gab einen Flug nach Chicago, dann

Portland, mit einer Zwischenlandung in Medford/Jackson County um 7 Uhr Pazifik-Zeit.

Während sie die Reservierung tätigte, hörte sie unten die Türglocke. Sie schrie beinahe ihren Ärger heraus, biß aber die Zähne zusammen, gab ihre Kreditkartennummer durch und wartete, bis die Frau sagte: »Buchung bestätigt«, bevor sie den Hörer fallen ließ.

Sie rannte nach unten und riß die Tür auf. Es war Jake. »Tut mir leid, Jake, aber ich muß in der nächsten Minute weg.«

»Deshalb bin ich hier«, sagte er. Er trat ein, und sie mußte an sich halten, um ihn nicht mit einem Schlag auf die Brust hinauszuwerfen und die Tür zuzuschlagen.

Statt dessen drehte sie sich auf dem Absatz um und lief die Treppe wieder nach oben. »Ich muß packen.« Sie dachte schon daran, was sie mitnehmen mußte. Es gab keine vernünftige Chance, eine Waffe mit ins Flugzeug zu nehmen. Sie brauchte ihr Drei-Koffer-Set für Maniküre, Schmuck und Make-up. Im Schmuckkoffer war eine dicke, schwere Goldkette, die man in die abschraubbaren Griffe der zwei Haarbürsten einhängen konnte, und die Griffe schraubte man in zwei bleigefüllte Lippenstifthülsen. Wenn alles zusammengebaut war, hatte sie zwei lange, mit Gewichten versehene und durch eine Kette verbundene Griffe, und das ergab ein ziemlich bösartiges Nunchaku. Sie hatte auch eine lange Nagelfeile mit einem Elfenbeingriff und einer rostfreien Stahlklinge, scharf geschliffen wie ein Rasiermesser.

Sie bemerkte nur nebenbei, daß Jake hinter ihr die Treppe heraufkam. »Ich habe gesehen, wie du da eben reingerauscht bist, da dachte ich mir, du planst eine schnelle Abreise. Er ist also doch nicht in Sicherheit, stimmt's?«

»Stimmt«, sagte sie knapp und fragte sich nur, warum sie ihm das eigentlich verraten hatte. Der Frust trieb sie fast zum Wahnsinn.

»Hast du ihn gewarnt?«

»Ich habe es versucht, aber ich weiß nicht, ob er die Nachricht bekommen hat oder ob ...« Sie wollte es nicht laut aussprechen, also unterließ sie es. »Ich muß hin.«

»Ich komme mit dir«, sagte er, »Ich bin noch vor dir fertig.«

»Nein.«

»Ich habe die Männer gesehen. Du vielleicht?«

»Ja.« Dann gab sie zu: »Nur nicht so nah.«

»Ich schon. Ich würde sie überall wiedererkennen. Und falls sie dir bis zu ihm folgen, dann müssen sie dich gesehen haben. Mich haben sie nicht gesehen.«

»Hör zu«, sagte sie, »das ist eine verrückte Idee. Warum diskutiere ich überhaupt mit dir? Die Sache geht dich nichts an. Ich gehe, du bleibst.«

Er sagte: »Ich weiß, du wünschst mich jetzt auf den Mond. Aber ich kann sie kommen sehen, und du nicht. Ich kann sie bei der Polizei anzeigen, du nicht, sonst hättest du es schon längst getan. Mich kennen sie nicht, aber sie kennen dich, und du kannst so gut sein oder so clever oder so jung, wie du willst, du kannst nicht gleichzeitig an zwei Orten sein und dich von hinten im Auge behalten. Wenn du schon zu ihm gehst, weil du denkst, du mußt sein Leben retten, dann solltest du wenigstens praktisch denken und jede Hilfe annehmen, die du kriegen kannst. Denk drüber nach, ich warte draußen auf dich.«

Er ging die Treppe hinunter, und Jane packte weiter. Es war fürchterlich. Warum sie diesem alten Mann alles bestätigt, ihr Geheimnis enthüllt hatte, konnte sie sich jetzt nicht mehr vorstellen. Aber während sie mit dem Gepäck hantierte, wußte sie, daß sie eine Sache wider besseres Wissen verleugnete und beiseiteschob. Es war nun mal eine Tatsache, daß Jake der einzige war, der die Männer wiedererkennen konnte.

Sie machte den Koffer zu und rannte nach unten. Sie stellte das Alarmsystem an, überlegte es sich anders und schaltete es aus. Wenn John hierherkam, würde er wieder einbrechen.

Sie rannte zum Wagen, und da saß Jake schon auf dem Beifahrersitz, im leichten Mantel, der Koffer lag auf dem Rücksitz. Sie stieg ein. »Jetzt hör mir mal gut zu«, sagte sie. »Das hier sind nicht die Jungs von der Rowland-Gang, die den kleinen Dave Dormont in den Ellicott Creek werfen. John und ich, wir kannten einen netten, freundlichen Mann namens Harry. Er und John haben einander ein paarmal geholfen. Ich brachte die beiden zu einem anderen freundlichen Mann namens Lewis Feng, der ihnen half, sich zu verstecken. Heute ist Lew Feng tot. Und Harry ist tot. Und wenn diese Männer dich für ein Problem halten, bist du tot.«

»Ich bin alt«, sagte er, »aber nicht schwachsinnig. Ich weiß, was ich tue. Und ich möchte gern wissen, ob du das auch von dir sagen kannst.«

Sie ließ den Motor an und fuhr im Rückwärtsgang aus der Einfahrt. »Jetzt rede einfach mal nicht«, sagte sie ruhig. »Ich muß nachdenken.«

19 Jane saß im Flugzeug und schaute durch die Doppelglasscheibe hinaus ins Dunkle. Sie hatte Harry getötet. Sie hatte die falschen Verbindungen hergestellt. Wenn sie sich zwang, John Felker objektiv zu sehen, dann war er ein Niemand, ein Ex-Polizist, nicht anders als tausend andere, mit irgendeinem langweiligen Job zufrieden, weil er schon genug Aufregung gehabt hatte für den Rest seines Lebens.

Er hatte angenommen, jemand hätte sich ihn ausgesucht, weil er früher einmal Polizist war. Jeder Polizist hat einen ganzen Haufen Verbrecher als Feinde, und die gehen nicht einfach in Rente, nur weil er aufgehört hat zu arbeiten. Und daß er ein Ex-Polizist war, der seine Weiterbildung auf der Abendschule statt in Harvard betrieb, machte ihn genau zu der Sorte Außenseiter, dem man in einer Finanzberatungsfirma leicht eine faule Sache in die Schuhe schieben konnte. Jede dieser Begründungen hatte plausibel geklungen, und Jane hatte seine Vermutungen akzeptiert, ohne sie wirklich zu prüfen.

Was machte John zu etwas so Besonderem, daß jemand meinen konnte, er sei ein gigantisches Komplott wert, den Alptraum eines Paranoikers? Sie war dumm gewesen. John hatte eine Entschuldigung, wenn er annahm, seine Feinde seien nur seine Feinde, denn man konnte von einem menschlichen Wesen nichts anderes erwarten, als daß es die völlige Zerstörung seiner Existenz als ein entscheidendes Geschehen erlebte. Jane hatte keine Entschuldigung. Sie ließ den Fall Revue passieren: Jane trifft einen Durchschnittstyp, der ihr erzählt, eines Tages seien plötzlich ohne Vorwarnung riesige Geldsummen bewegt worden, und zwar von unglaublich gerissenen Feinden, die er aber nicht einmal beim Namen nennen könne – alles nur zu dem Zweck, sein normales Alltagsleben zu vernichten, und der einzige, der ihn gewarnt hätte, sei der meistgesuchte Flüchtige der Welt gewesen. Hinter wem waren die Leute in Wirklichkeit her? Allein die Erwähnung von Harrys Namen hätte ihr die Augen öffnen müssen.

Sie hatte es in jener Nacht sogar gesagt. Warum gaben sie die Sache überall im Gefängnis bekannt, so daß am Ende jeder Bescheid wußte, der nicht gerade als Kandidat für eine Geschworenenliste in Frage kam? Auf diese Weise brachte man keinen Ex-Polizisten um. Auf diese Weise wollte man sichergehen, daß er sich der Größenordnung der Gefahr, in der er schwebte, bewußt war und erkannte, daß er sie nicht mit Aussicht auf Erfolg bekämpfen konnte. Sie wollten, daß er weglief.

Dann waren die vier Männer dem Bus, in dem John saß, die ganze Strecke von St. Louis bis Buffalo nachgefahren. Wenn es ihre Absicht gewesen wäre, ihn zu töten, hätten sie zweifellos eine Gelegenheit dazu gefunden, bevor er in Deganawida ankam. Sie wollten ihn nicht töten. Sie wollten nur sehen, wohin er ging.

Und dann später, in der Nacht auf der Ridge Road, als sie sich dem verlassenen Wagen näherten, da hatten sie ihre Revolver gezogen. Und was hatten sie vor? Ihn umzubringen? Nein. Wenn sie das gewollt hätten, dann hätten sie den Wagen umstellt und durch Türen und Fenster geschossen. Sie wollten ihn fangen. Als sie damals sah, daß die Männer nicht schießen würden, hatte sie sie einen Augenblick lang sogar für Polizisten gehalten.

John hatte einen Fehler gemacht, aber nicht den, der ihm bewußt war. Vor vielen Jahren hatte er eines Abends entschieden, daß die drei Männer, die mit Harry verhaftet wurden, nicht wegen Cappadocia hinter ihm her waren. Das mußte der Fehler sein, denn niemand außer diesen dreien konnte wissen, daß er je Harry getroffen hatte. Und warum hatte er angenommen, daß jemand, der vor einem Problem davonlief, aus einem ganz anderen Grund überfallen wurde, der mit dem ursprünglichen Problem nichts zu tun hatte? Weil Harry es ihm so erklärt hatte. Wenn er Harry besser gekannt hätte, sähe jetzt alles anders aus.

Armer kleiner Harry. Nach fünf ruhigen Jahren in Santa Barbara hatte er sicher ein Klopfen an der Tür gehört und geöffnet, ohne diesen warnenden Stich einer Angst zu spüren. Sicher hatte er nie den grauenerregenden Anblick der Männer in seiner Spielrunde vergessen, jeder mit vier oder fünf Kugeln in Kopf und Brust, aber jetzt war er wohl überzeugt, in Sicherheit zu sein, nicht auf Grund detailliert ausgearbeiteter Vorkehrungen, sondern weil er Harry war, und Harry hatte Lebensmut und Optimismus zu einer mystischen Höhe entwickelt.

Die meisten Menschen, die man Spieler nannte, waren überhaupt keine, weil sie selbst nie auf etwas wetteten. Harry war ein Abenteurer. Auch sein einziger Versuch, in der Welt nach oben zu kommen, Betreiber des Spieltischs zu werden und den Geldhaufen in der Mitte an sich zu nehmen, war aus manischem Optimismus geboren. Er hatte tatsächlich erwartet, er könnte als erster in der Geschichte des Glücksspiels eine Pokerrunde mit maximalen Einsätzen organisieren, noch dazu in einer Stadt wie Chicago, ohne mit jemanden wie Jerry Cappadocia zusammenzustoßen.

Wer in den Zeitungen gelesen hatte, daß Harry ein Spieler war, nahm vermutlich an, er sei dazu geworden, weil er ein guter Spieler war. Aber Glücksspiel war keine Berufsbezeichnung, es war der Name einer Selbsttäuschung. Als er in jener Nacht zu Jane kam, besaß er zehntausend Dollar, alles in Hundertern, und einen Anzug mit blankgewetzten Partien an der Sitzfläche. Und jetzt war er tot. Ob es nun Cappadocias Freunde waren, die ihn erwischt hatten, weil sie dachten, er hätte die Morde arrangiert, oder die Mörder, die sichergehen wollten, daß er nie mehr darüber sprechen konnte, spielte nun für niemanden mehr außer Jane eine Rolle.

Wenn es Cappadocias Freunde waren, dann hatten sie ihn zum Reden gebracht, bevor sie ihn töteten. Wenn er ihnen erzählt hatte, was sie wissen mußten, dann ließen sie vielleicht John ... – sie unterbrach sich selbst. Sie fühlte sich elend und schuldbewußt. Außerdem wußte sie es besser. Irgend jemand hatte John gezwungen, zu ihr zu fliehen, war ihnen dann bis zu Lewis Feng gefolgt und hatte ihn dann getötet, um Harrys Adresse zu kriegen. Dafür hatte er eine große, weit offene Falle aufgestellt. Und jetzt schnappte sie zu. Ein toter John Felker war für diese Leute nicht mehr ganz so beunruhigend wie ein lebender John Felker, und ihn zu töten, war ein Kinderspiel.

Erst nachdem das Flugzeug in Chicago gelandet war und sie in die Maschine nach Portland umgestiegen war, saß sie wieder neben Jake. Er schwieg vor sich hin, sah sie nicht einmal an, bis sie sagte: »Du kannst reden, weißt du. Ich habe nicht gesagt, daß du dich in eine Salzsäule verwandeln sollst.«

»Wollte nur nicht stören«, sagte Jake.

»Die Flugstrecke ist der gefahrlose Teil. Du brauchst jetzt noch keine Angst zu haben.«

»Das heißt aber nicht, daß ich sprachlos dasitzen muß, weil mir das alles hier so imponiert. Es war schon immer meine Überzeugung, daß die größte Errungenschaft des Menschen das Schwimmen ist. Da haben ein paar affenähnliche Kerle sich eine Maschine ausgedacht, mit der sie Menschen bei einer bestimmten Geschwindigkeit in die Luft heben können, aber das ist kein Fliegen. Es ist Fahren. Schwimmen ist keine solche Vortäuschung falscher Tatsachen. Es ist eine fundamentale Erweiterung menschlicher Kräfte.«

Sie hatte eine Vermutung und sah ihn prüfend an. »Denkst du viel über das Sterben nach?«

»Das ist eine Mordsfrage für einen Mann in meinem Alter«, sagte er. »Ich denke nicht aktiv darüber nach. Außerdem habe ich meine Informationsquellen erschöpft, scheint mir, im Augenblick jedenfalls.«

»Nun sag schon. Du denkst daran, seit wir abgefahren sind.«

»Also ich dachte nicht, wir könnten abstürzen«, sagte er. »Ich dachte an die Toten, die Leute, die die meiste Zeit meines Lebens noch da waren, Margaret, deine Eltern, meine Schwester Ellen – die Liste ist lang.«

»Und das machte dir angst?«

»Nur als ich jünger war. Ich weiß noch, mit dreißig oder fünfunddreißig sträubte ich mich dagegen, abends ins Bett gehen zu müssen; ich wollte nichts verpassen – wie ein Kind. In derselben Weise habe ich dann auch über den Tod nachgedacht: Ich hatte Angst, meine Neugierde würde unbefriedigt bleiben. Aber ich glaube, man kann nur ein paarmal wirklich davor zurückschrecken, dann wird einem der Nackenschlag vertrauter. Man hat ihn dann schon so oft in der Phantasie gespürt, daß er uninteressant wird.«

»Glaubst du, daß es anderen auch so geht – Soldaten oder Menschen, die viel daran denken müssen, Polizisten?«

»Weiß ich nicht«, sagte er. »Weißt du es?«

»Irgendwie finden die Menschen immer einen Weg, das zu tun, was sie tun müssen. Sie stellen sich vor, sie sitzen nicht in dem Flugzeug, das abstürzen wird.«

»Ja«, sagte er. Er sah sie prüfend an mit seinen scharfen alten Augen.

Sie machte ihre Tasche auf und suchte den Zeitungsartikel, den sie aus der Los Angeles Times ausgerissen hatte. Auf dem Flug nach Chicago hatte sie ihn schon dreimal gelesen, nun las sie ihn noch einmal, ihre Augen halb geschlossen, so daß Jake sie nicht sehen konnte.

Nach der Landung in Portland ging sie in den Buchladen des Flughafens und kaufte eine Zeitung aus Vancouver. Ohne langes Suchen fand sie einen Artikel über den Mord an Lewis Feng. Auch ein Foto war abgebildet, Polizisten standen vor dem Schreibwarenladen, während zwei andere den Leichensack auf einer Bahre zum Straßenrand rollten. Als sie zu dem Absatz kam, in dem beschrieben wurde, was sie Lewis angetan hatten, legte sie den Artikel weg. Sie hatten ihn gefoltert. Klar, das mußten sie. Er hätte ihnen niemals seine Kundenliste gegeben, wenn sie ihn nicht so weit gebracht hätten, daß ihm die Zukunft weniger wichtig war, als nur die Gegenwart hinter sich zu bringen. Er mußte erst dazu gezwungen werden, alles für das Ende der Schmerzen einzutauschen. Er hatte wegen Janes Fehler gelitten. Sie hatte ihm das angetan.

Der Flug nach Medford war kurz, aber sie erlebte jede Sekunde mit geschärftem Bewußtsein, während sie ihre Atemzüge mitzählte, mechanisch und quälend. Kurz vor der Landung bereitete sie sich innerlich auf das zu Erwartende vor. John war von Vancouver die achthundert Kilometer gefahren, ging zu seiner Wohnung, machte die Tür auf und fand die vier Männer, die schon auf ihn warteten.

In dem Artikel stand auch, daß sie Harry kampflos in seiner Wohnung überwältigt und ihm lautlos die Kehle durchgeschnitten hatten. Möglicherweise hatte er sie hereingelassen und ihnen einen Augenblick den Rücken zugewandt. Aber John war nicht Harry Kemple. John war groß und kräftig und auf der Hut. Für ihn brauchte es etwas anderes, Schreckliches – vielleicht drei, die ihn am Boden festhielten, und seine Augen traten aus den Höhlen, als er das Messer über sich sah, und er stieß sich mit den Füßen ab, um seinen Hals vor dem Messer zu retten. Sie ertappte sich dabei, wie sie ein paarmal den Kopf schüttelte, damit das Bild verschwand.

Sie blickte zu Jake hinüber. Sie wußte, er hatte es gesehen, aber er tat so, als wäre nichts gewesen. Er schaute streng geradeaus, steif und aufrecht. Es war eine Würde an ihm, eine geistige Distanz zum Flugzeug, die Weigerung, in seinen Sitz zu sacken und seinen freien Willen einer Maschine zu übergeben.

Als das Flugzeug diesmal aufsetzte und holpernd am Ende der Landebahn ausrollte und dann den Terminal ansteuerte, da war auch Jane unter den Passagieren, die nicht länger warten mochten. Sie hatte den Sicherheitsgurt geöffnet und hielt sich bereit. Jake und sie hatten auf dieser letzten Strecke kein Gepäck eingecheckt, weil sie wußte, sie würde verrückt, wenn sie auch noch warten müßte, bis ihre Koffer irgendwann auf dem Gummiband ankämen. Sie gingen in den Terminal, verstauten ihr Gepäck in zwei Schließfächern und kamen auf der anderen Seite wieder heraus.

Als das Taxi am Block 4300 an der Islington Street anhielt, verstand Jane sofort die Wahl dieser Adresse. Es war genau die Art Gebäude, die Lewis Feng für geeignet hielt: ein langgestreckter Neubau mit Mietwohnungen, in denen die Leute sich nicht um ihre Nachbarn kümmerten, weil es zu viele waren. Vermutlich in jedem Gebäude zogen am Monatsende Leute aus, und neue zogen an ihrer Stelle ein. Es war aber auch der richtige Ort, um einen Mieter umzubringen, ohne daß es jemand bemerkte, wenn man nicht gerade eine Bombe dazu benützte.

Sie ging den Komplex entlang und sah, daß er in Abschnitte mit jeweils eigenen Nummern unterteilt war: 4380, 4370, 4360. Als sie die Nummer 4350 erreichten, suchte sie den dazugehörigen Parkplatz ab. Sie fand den Stellplatz B, aber der Honda stand nicht da.

»Nicht zu Hause«, sagte Jake. Sie hatte ihn zeitweise völlig vergessen.

»Zeit für deinen Abendspaziergang«, sagte sie.

»Einverstanden.« Jake schlenderte in die Dunkelheit. Er ging die langen Autoreihen entlang und hielt Ausschau, wie Jane es ihm gesagt hatte, nach einem Wagen mit einem Mann am Steuer, der vielleicht so tat, als wartete er auf jemand, und währenddessen Zeitung las. Er suchte jedes Wagenfenster nach einem Kopf ab, dann die nähere Umgebung nach einem Honda Accord. Wenn einer unliebsamen Besuch erwartete, parkte er seinen Wagen vielleicht nicht genau auf dem Stellplatz mit seiner Apartmentnummer.

In der Eingangshalle konnte Jane die Buchstaben an den Türen ablesen. Die Reihe fing bei F an. Sie zählte herunter, bis sie zu B kam. Gegenüber, in Apartment A, hörte sie jemanden zur Tür gehen, der sie jetzt wahrscheinlich durch den Spion beobachtete. Sie hielt sich in gespannter Bereitschaft, um schnell reagieren zu können. Aber dann knarrte es leise, und sie hörte, wie der Beobachter wieder ins Innere der Wohnung zurückging.

Sie stand vor Apartment B und klingelte. Sie konnte das Läuten auf der anderen Seite der Tür hören. Sie klopfte, klingelte noch einmal, aber die einzigen Geräusche waren die, die sie selbst machte. Sie ging zu Apartment A hinüber und klopfte dort.

Eine Frau, etwa so alt wie Jane, in einem Sweatshirt mit einem Schmutzfleck, den sie als Babynahrung erkannte, öffnete und schaute sie müde und resigniert an: »Was kann ich für Sie tun?«

»Entschuldigen Sie die Störung«, sagte Jane und konnte sehen, daß die Frau nichts entschuldigte, »aber ich versuche, einen Freund zu finden, der gerade in Apartment B eingezogen ist. Sein Telefon geht nicht, und ...«

»Ach so«, sagte die Frau. Sie strich sich eine lange Korkenzieherlocke aus den Augen, die aber eigensinnig immer wieder zurückfiel. »Die sind noch nicht eingezogen.«

Jane fühlte, wie sich etwas in ihr verspannte. »Sind Sie sicher?«

»Glauben Sie mir, in diesem Haus wüßte ich das. Möbelschlepper machen einen Lärm wie ein Erdbeben.«

»Gibt es einen Hausverwalter hier?«

»Aber ja. Im Haus nebenan, Apartment B.« Jane hörte die ersten leisen Töne eines Babys, das eben aufwachte, aus dem Lautsprecher eines Überwachungsgeräts. »Oh«, sagte die Frau gedankenverloren und der verhetzte Ausdruck kam wieder über ihr Gesicht.

»Danke«, sagte Jane und drehte sich um, so daß die Frau ihre Wohnungstür schließen konnte. Das bewies gar nichts. John Young hatte noch keine Möbel.

Sie verließ das Gebäude und lief seitlich herum, bis sie zum Fenster von Apartment B kam. Es war das Wohnzimmerfenster. Sie sah nur vier nackte Wände und ein glänzendes Parkettimitat. Die Schlafzimmertür war offen, und auch dort war nichts. Sogar die Türen des Einbauschranks standen offen, wie eine Reinigungsfirma es immer machte, wenn sie eine Wohnung zwischen zwei Mietern gründlich durchlüften ließ.

Was Jane dann sah, brachte sie dazu, es endgültig aufzugeben. Auf dem Fußboden lag ein kleines, weißes Stück Papier, das jemand unter der Tür durchgeschoben hatte. Sie wollte schon weitergehen, als sie sah, wie Jake um die Ecke kam. Sie zeigte auf das Fenster, und er schaute hinein.

»Das auf dem Fußboden ist meine Nachricht«, sagte sie, »er hat es gar nicht bis hierher geschafft.«

»Bist du sicher?«

»Ich werde noch bei der Hausverwaltung nachfragen, aber es sieht ganz danach aus.«

»Das mache ich«, sagte Jake.

Ein paar Minuten später war er wieder zurück. »Nein. Er hätte sich anmelden müssen, damit sie ihm das Wasser und den Strom anschließen. Er war nicht hier.«

Sie verließen den Komplex und gingen ziellos die Islington Street hinunter. Das hatte sie nicht bedacht. Daß er gerade nicht zu Hause war, gut, aber nicht, daß er überhaupt nicht angekommen war. Selbst wenn die vier Männer Harrys und Johns Adresse auf derselben Liste entdeckt hatten, wie konnten sie so schnell an John herankommen? Er hatte doch einen ordentlichen Vorsprung. Vielleicht waren sie vor ihm in der Wohnung, aber wie hatten sie ihn unterwegs abgefangen?

Jake räusperte sich, und sie wußte genau, was er auf dem Herzen hatte, also sagte sie: »Was ist?«

»Also, Jane«, sagte er, »besteht vielleicht die Möglichkeit, daß er dir nicht getraut hat?«

Das traf sie. »Keine Chance«, sagte sie. Aber stimmte das? Dachte er vielleicht, sie hätte ganz andere Motive gehabt bei allem, was sie für ihn tat? »Nein.«

»Ich verstehe«, sagte Jake. »Das heißt, er kannte dich sehr gut.«

»Na schön, wir haben was miteinander gehabt; das ist doch der Busch, auf den du klopfst. Trotzdem: Ich denke logisch. Er ist in Schwierigkeiten geraten, aber er weiß, warum er da herauskam, nämlich weil ich mein Leben riskierte für ihn. Er schleppte einen Haufen Geld mit sich herum, und für manche Leute ist jeder verdächtig, der von dem Geld auch nur gehört hat. Aber ich habe ihm nicht erlaubt, daß er etwas davon ausgibt. Ich bin für alle Kosten aufgekommen. Und außerdem kam er zu mir, nicht ich zu ihm.«

»Was willst du jetzt also tun?«

»Wie soll ich das wissen?«

Jake schaute beim Laufen dauernd in alle Richtungen, aber nicht zu Jane hin. »Es gibt nur wenige wirklich reale

Möglichkeiten. Eine ist, sie haben ihn gefunden und umgebracht, bevor er hier ankam.«

»Ich hoffe, deine anderen Möglichkeiten sind besser.«

»Du hast gesagt, er sei Polizist gewesen.«

»Ja«, sagte sie, »acht Jahre lang.«

»Könnte es sein, daß er das nicht ganz überwunden hat? Werde jetzt nicht gleich ungeduldig! Nur mal angenommen, er hält irgendwo an und liest in einer Zeitung von diesem Mann und dem Mord, genau wie es bei dir war. Dieser Harry war so eine Art Freund von ihm, nicht wahr? Oder zumindest jemand, der ihm einen Gefallen getan hatte ...«

»Jake!« rief sie atemlos. Sie blieb stehen und schlang die Arme um ihn. »Du hast es! Das ist es! Es stimmt. Ich habe stundenlang mit ihm geredet, endlos. Ich versuchte ihm zu sagen, daß er es sich jetzt nicht mehr leisten kann, sich wie ein Polizist zu benehmen, der sich kurz die Fakten zurechtlegt und dann zum Einsatz abschwirrt. Noch während ich redete, konnte ich tief in seinen Augen etwas sehen, eine Hintertür, die er verschlossen hielt. Er bewahrte dahinter etwas für sich auf. Und jetzt weiß ich, was es war. Er konnte die Welt nicht anders sehen.«

»Also könnte er ganz einfach nach Süden gefahren sein, nach Santa Barbara.«

»Könnte? Ich sage dir, genau das hat er getan. Er denkt wie ein Polizist. Er hat nie aufgehört, so zu denken, weil er nicht wußte, wie. Er liest oder er hört im Radio, daß Harry in Santa Barbara ermordet wurde. Er verdankt Harry sein Leben, und die Leute, die Harry umgebracht haben, sind auch hinter ihm her. Natürlich ist er am Tatort und versucht herauszufinden, wer sie sind.«

»Es sei denn, auf dem Weg dorthin ist ihm etwas passiert.«

»Aber das beschäftigt mich schon die ganze Zeit. Die vier Männer brachten Lewis Feng um und haben seine Liste entschlüsselt. Was taten sie dann? Sie fuhren sofort nach Santa Barbara und töteten Harry. Das raten wir nicht bloß. Das wissen wir, weil Harry tot ist. Inzwischen fuhr John von Vancouver nach Medford. Wie konnten sie ihn finden, wenn sie ihm nicht gefolgt sind? Das ist unmöglich, also sind sie ihm gefolgt.«

»Und woher wissen wir das?«

»Weil John gleich nach mir abgefahren ist. Zuerst mußten sie bei Lew Feng einbrechen, ihn umbringen und die Liste finden. Offensichtlich war Harry ihre erste Priorität, schließlich haben sie ihn schon gekriegt. Selbst wenn sie beide Namen und Adressen gefunden und sich getrennt haben, zwei zu Harry und zwei zu John, dann hatte er immerhin eine halbe Stunde Vorsprung, siebzig Kilometer. Er sitzt in einem von Tausenden von kleinen Wagen, die alle die achthundert Kilometer Küste entlang nach Süden fahren, also können sie nicht auf der Strecke an ihn herangekommen sein.«

»Und irgendwie sonst? Das ist eine Strecke von neun oder zehn Stunden. In einem Motel?«

»Dasselbe Problem. Sie müßten achthundert Kilometer lang an jedem Motel anhalten und nach einem Wagen suchen, den sie noch nie gesehen haben. So können sie ihn nicht gefunden haben. Sie hätten Harry in Santa Barbara umbringen und dann mit dem Flugzeug hierherkommen können, um ihm eine Falle zu stellen, aber das haben sie nicht getan. John war nicht hier, und sonst auch niemand.«

»Was macht dich da so sicher?«

»Die Frau im Apartment gegenüber hat ein Baby, demnach ist sie die ganze Zeit da und hätte sie gehört. Sie hat mich durch die Halle gehen hören, eine Frau, nicht vier Neunzig-Kilo-Männer. Alle anderen in dem Komplex sind nachts zu Hause. Als die vier sich in mein Haus schleichen wollten, mußten sie ein Fenster einschlagen, stimmt's?«

»Ja«, sagte er, »ich glaube, das haben sie getan.«

»Hier haben sie aber kein Fenster eingeschlagen oder eine Tür aufgebrochen oder etwas in der Art.«

»Haben sie nicht.« Er beobachtete sie abwartend.

Sie wich seinem Blick aus und schaute statt dessen in beide Richtungen suchend die Straße entlang. »Hast du bei deinem Abendspaziergang zufällig eine Telefonzelle gesehen? Das sieht mir nicht nach einer Straße aus, auf der Taxis nach Fahrgästen suchen.«

20 Als das Flugzeug über dem Flughafen von Santa Barbara in die Landeschleife einschwenkte, sah Jane aus dem Fenster und versuchte, sich dort unten Harry vorzustellen. Sie war schon einmal hier gewesen, als sie sich von einem Kunden in Los Angeles verabschiedete und dann ein paar Tage nur für sich haben wollte. Ein hübscher Ort und ruhig, aber er hatte etwas an sich, das ihr immer seltsam deplaziert erschienen war – wie ein Friedhof, dessen Blumen zu üppig und zu luxuriös über ihn hinwegwuchsen, um sie nicht als bedrohlich zu empfinden.

Es war ein Ort, an dem viele Menschen ohne jeden vernünftigen Grund gestorben waren. Pater Junipero Serra hatte irgendwann um 1780 herum seine Wanderung beendet und eine Missionsstation für Chumash-Indianer gegründet. Die Chumash lebten am Meer, fischten ein wenig im Tangschelf, sammelten, was in den Watt-Tümpeln liegenblieb und jagten im Vorgebirge, das sich ein paar Kilometer landeinwärts die Küste entlangzog. Sie hatten ein angenehmes und gleichförmiges Leben und waren nicht – wie die Irokesen – durch generationenlange Kämpfe auf die Ankunft der Europäer vorbereitet. Sie ließen sich leicht zu Sklaven machen, zu Zwangsarbeitern beim Bau von Steinhäusern und Aquädukten und bei der Feldarbeit für die Priester. Jane hatte das wenige gesehen, was von den Chumash heute noch übrig war: eine Höhle in den Bergen mit mystischen Figurenmalereien und ein paar feingearbeitete Körbe in einer Vitrine des kleinen Museums hinter der Missionsstation. Die kalifornische Küste war kein glücklicher Platz für Indianer: die Chumash, die Gabrieleno, die Cupeño, die Tataviam, Luiseño, Costanoan, Miwok, Ipa, Salinan, Esselen – alle entweder ausgerottet oder dezimiert auf ein Prozent der 300 000 Menschen, die noch die Priester gezählt hatten, als sie zum erstenmal die Seelen in ihrem Sprengel inventarisierten.

Jane hatte Harry zu Lew Feng gebracht, sie hatte den Laden verlassen und das nächste Flugzeug raus aus Vancouver genommen. Sie hatte darauf bestanden, nicht zu wissen, wohin Lew Feng ihn geschickt hatte. Sie wollte diese Information nicht in ihrem Kopf haben, etwas, das nur darauf wartete herauszukommen, wenn ihr jemand nur genug Schmerzen zufügte. Aber nun: Santa Barbara war für Lew eigentlich ein raffinierter Platz, gut geeignet, um Harry unterzubringen. Hätte sie es gewußt, so wäre sie damit einverstanden gewesen. Hier gab es eine Menge Fünfzig- und Sechzigjährige, die in der Stadt herumliefen und nichts zu tun hatten. Sie spielten Golf, gingen an den Stränden spazieren, sie schlenderten die State Street hinunter und schauten sich die Auslagen an. Es war genau die Art Stadt, wo man nichts brauchte außer Geld, um die Miete zu bezahlen, und eine langweilige, plausible Geschichte zur Erklärung, warum man sie ausgerechnet hier bezahlte. Für die Leute, die Harry suchten, war Santa Barbara unsichtbar, nicht mehr als eine kurze Serie von Autobahnausfahrten an der Küste.

Jake bemerkte die Veränderung in Jane, während sie zum Mietwagenschalter im Terminal gingen. Bis jetzt hatte sie sich in eine leblose Unbeweglichkeit zurückgezogen, ganz einfach deshalb, weil Flugzeuge sich schneller fortbewegten als ein normales Mädchen; jetzt aber war sie gespannt, sprungbereit. Sie machte es sehr gut, wie sie so dastand und darauf wartete, daß ihr alter Großpapa mit der Leihwagenfirma klarkam, aber ihre Augen waren ruhelos und blieben nirgends länger haften als zwei Sekunden.

Sobald er die Wagenschlüssel hatte, hob sie ihre Tasche über die Schulter und marschierte los. Wortlos nahm sie ihm die Schlüssel aus der Hand und setzte sich hinter das Lenkrad. Sie brachte den Wagen über die Sandspit Road auf die Autobahn, dann steuerte sie ihn durch die ganze Stadt bis zur Ausfahrt Salinas Street und bog gleich an der nächsten Ecke ab. »Warum heißt das hier eigentlich Ocean View?« fragte Jake. Alles, was er sehen konnte, waren hohe Mietshäuser und stangendürre Palmen.

»So heißt das bei den kalifornischen Immobilienhändlern«, sagte sie, »wenn sie bei etwas ›Vista‹ oder ›View‹ sagen, dann liegt das nicht gerade daneben.«

»Aber ›View‹ heißt, daß ich es sehen kann. Ich kann es nicht sehen.«

»Aber du könntest es sehen, wenn du fünfundzwanzig

Meter groß wärst. Es ist nicht ihre Schuld, daß du zu klein geraten bist. Da ist Zweiundneunzig. Das da drüben müßte es sein. Das große weiße Gebäude links.«
»Und was machen wir jetzt da?«
»Ich geh rein, du bleibst unauffällig und paßt auf.«
»Aber worauf soll ich aufpassen? Auf deinen Freund?«
»John kommt wahrscheinlich nicht bei Tag hierher. Wenn du ihn siehst, dann laß ihn nicht weg, egal, was du tust. Sprich mit ihm. Frag ihn nach einer Adresse oder so etwas. Und vergiß nicht, es gibt tausend Dinge, vor denen er sich fürchten muß. Bis er mich sieht, ist er genauso gefährlich wie die anderen.«

Sie schloß die Wagentür, schob die Schulter unter den Tragriemen ihrer Tasche und ging über die Straße zu den Häusern hinüber. Jake sah niemanden, den er hätte beobachten können, also beobachtete er die Gebäude. So hatte er sich das auch einmal gedacht, in so etwas zu wohnen und die letzten Jahre seines Lebens abzuwarten. Es war hübsch hier, mit vielen Palmen und stuckverzierten Häusern, von denen aus man das Meer nicht sehen konnte, aber in Wirklichkeit war es der Vordereingang eines Altenheims, und die waren überall gleich. In Deganawida hatte er wenigstens die reale Chance, daß ihn mal jemand besuchte.

Jane kam lächelnd zurück und setzte sich neben ihn. »Wir haben Glück. Ich habe die Wohnung neben Harry gemietet. Bevor es dunkel wird, ziehen wir ein.«
»Die stand ganz zufällig leer?«
»Schließlich gab es hier einen Mord. Da ziehen die Leute in Scharen aus. Aber direkt neben Harrys Wohnung ist mehr, als ich gehofft hätte.«

Jake fragte sich, woher jemand solche Dinge wußte, aber sie schien davon eine ganze Menge zu wissen. Sie ließ den Motor an und fuhr eine kurze Strecke zurück, bog rechts ein, dann links und dann eine lange, gerade Straße mit Einfamilienhäusern entlang, die wie kleine Hütten aussahen.
»Wohin fahren wir?«

Jane ließ sich anscheinend nur ungern aus ihren Gedanken holen. »Jetzt sind gerade ein paar von der Mordkommission da. Nachts arbeiten sie nie, außer in der ersten

Nacht, wenn die Leiche noch daliegt und sie hoffen, noch jemanden zu erwischen. Daß sie nach so vielen Tagen noch da sind, ist eine gute Nachricht.«

»Wirklich?«

»Es heißt, daß die Tür versiegelt ist und John vermutlich noch nicht hier war.«

»Und was macht dich sicher, daß er kommt?«

»Nichts«, sagte sie. »Reine Vermutung. Aber er wird dasselbe Gefühl haben wie ich, daß wir Harry getötet haben. Er und ich. Vielleicht findet er nichts in der Wohnung, aber woanders kann er nicht suchen. Und wenn er wie ein Polizist denkt, dann zieht er vielleicht aus dem, was die Polizei gefunden hat seine Schlüsse.«

»Und wo fahren wir jetzt hin?«

»In der Stadt steige ich aus. Dann besorgst du uns ein paar dringend nötige Sachen.«

»Was zum Beispiel?«

»Lebensmittel, die wir nicht erst lang kochen müssen. Es steht ein Kühlschrank drin, also kauf ein, was du magst. Dann zwei Gewehre, kurzer Lauf, sagen wir Winchester Defender oder Remington 840. Eine Schachtel Munition, und zwar Jagdschrot, Sauposten – nein, besser die kleinen Schachteln mit jeweils fünf Patronen. Sechs Schachteln. Zwei Decken. Ein Kissen, wenn du sowas brauchst. Ein Babyphon. Es gibt viele Marken, aber Fischer-Price hat gute Qualität. Nein: zwei davon und die nötigen Batterien. Und eine Rolle Isolierband.«

»Und was machst du solange?«

»Ich gehe in die Stadtbibliothek und sehe nach, ob in den Lokalzeitungen etwas steht, das die Nachrichtenagenturen nicht übernommen haben. Dann zur Polizei, ob sich John vielleicht dort herumtreibt, um mit jemandem ins Gespräch zu kommen. Solche Sachen.«

In der Figueroa Street fuhr sie an den Straßenrand. »Kannst du dir das alles merken?«

»Sicher«, sagte er. »Und wann soll ich dich wieder abholen?«

»Gar nicht. Bis nachher.«

Die Einkäufe stellten kein Problem dar. Es kam Jake so

vor, als wären im Lauf seines Lebens die Unterschiede zwischen Städten völlig verschwunden. Wenn man jemandem die Augen verbinden und ihn in ein Flugzeug setzen würde und ließe ihn dann wieder heraus auf der Haupteinkaufsstraße irgendeiner auch nur mittelgroßen Stadt dieses Landes, dann wüßte er nicht zu sagen, wo er war. Falls er etwa Palmen oder Schnee vor sich sah, hätte er höchstens eine Liste möglicher Städte aufzählen können. Die Supermärkte unterschieden sich bloß noch dem Namen nach.

Wegen der Gewehre mußte er einen Augenblick mit sich zu Rate gehen. Er schob alle Bedenken über problematische Verwicklungen beiseite und konzentrierte sich lieber auf den Inhalt einer netten Plauderei, die ihm weiterhelfen sollte, falls es in diesem Ort Brauch war, irgendwelche Fragen beantworten zu müssen. Er kam zu dem Ergebnis, daß er keine andere Wahl hatte, als einfach er selbst zu sein, Jake, der komische alte Kauz aus Deganawida, da er vermutete, bei dieser Art Kaufvertrag irgendeinen Ausweis herzeigen zu müssen. Außerdem war es ziemlich verdächtig, wenn einer im Mai Jagdschrot kaufte, denn soviel er wußte, lag die Jagdzeit überall auf der Welt eher im Herbst, damit die Hirschkühe und ihre Kitze wenigstens eine kleine Chance hatten. Schließlich kam er auf die Idee, die Waffen als Geschenk für einen Freund zu kaufen, der hier in der Nähe, in – er suchte einen Ort auf der Karte aus – New Cuyama eine Farm besaß. Er vermutete auch, daß die Absonderlichkeit, gleich zwei Gewehre zu kaufen, eigentlich ein Vorteil für ihn war, da niemand, der sich umbringen oder eine Bank ausrauben möchte, dafür zwei Gewehre braucht.

Als er dann den Laden betreten hatte, war er fast enttäuscht, daß er nichts anderes sagen mußte, als daß er bar bezahlen würde. Er erklärte es sich so, daß er einfach selbstsicher aussah, nachdem er eine vorzeigbare Geschichte hatte. Wo er schon mal dabei war, kaufte er auch noch Reinigungsgeräte, weil sie diese verdammten Dinger in der Fabrik immer probeschossen und sie dann schmutzig einpackten.

Die Sonne stand schon tief, als er mit allem fertig war. Er machte kehrt und fuhr ein paar Kreuzungen weit dem Sonnenuntergang entgegen. Er nahm sich vor, einmal den Pazifik zu sehen, wenn er ihm schon so nahe gekommen war. Die Straße ging am Ende in einen Weg über, der sich endlos durch irgendeinen Vorort schlängelte, aber das Meer blieb unsichtbar. Schließlich gab er seine Niederlage zu und studierte die Straßenkarte. Natürlich lag die nächste Küste hier gar nicht im Westen, sondern im Süden der Stadt, verdammt lästig für Besucher, die daran gewöhnt waren, die räumlichen Relationen der Sonne und des Kontinents und der Ozeane für einigermaßen stabil zu halten.

Er bog nach links, fand das Meer und war glücklich. Er stand auf einem breiten Wiesenstück unter einigen Zwanzig-Meter-Palmen und schaute über weißen Sand hinaus auf das endlose Blau, jenseits der langsam heranrauschenden Wellen, ausgebreitet über die ganze Erdkugel. Das Meer gab der Luft ein eigenes Aroma und senkte ihre Temperatur um mindestens zehn Grad. Was er sah, war so unendlich wie der Himmel. Das Wort unendlich war ernüchternd, es hieß nichts anderes als »so weit, daß du es nicht mehr sehen kannst«. Hier gab es etwas, das in ihm den Wunsch weckte, hinter den Horizont zu sehen.

Während er zum Wagen zurückging, versuchte er, seine Enttäuschung in Worte zu fassen. Wenn Sehen dasselbe war wie Licht empfinden, und wenn das Licht von der geraden Linie abgelenkt werden konnte, dann mußte man doch unter bestimmten Umständen die Oberfläche des Ozeans über den Horizont hinaus verfolgen können, ja um die ganze Welt herum. Dann aber wurde ihm klar, daß er am Ende dieses Weges nur sich selbst sehen würde, von hinten. Wenn demnach die Unendlichkeit nichts anderes hieß, als seinen eigenen Hintern zu sehen, dann konnte er ebensogut darauf verzichten. Er war zufrieden, daß er die Suche nach dem Pazifik nicht aufgegeben hatte, und erleichtert, weil er sich doch nicht als unfähig erwiesen hatte, das größte Ding dieser Welt zu finden.

Als er vor dem Mietshaus ankam, war Jane schon da und half ihm, die Sachen hereinzutragen. Dann hatten sie alles in der Wohnung, und sie schloß die Tür, drehte den Schlüssel um und machte sich auf dem Küchentisch ans Auspacken der beiden Gewehre. Sie nahm eines hoch und zielte, schob den Repetierkolben hin und her und zog ein paarmal den Drücker durch und warf einen Blick ins Schloß. Danach ließ sie Jake am Tisch sitzen und beide Waffen reinigen, während sie mit den Babyphon-Geräten ins Schlafzimmer ging.

Jane beobachtete die Straße durch das Schlafzimmerfenster und steckte gleichzeitig die Batterien in die Apparate und klebte Isolierband über die Kontrollämpchen. Es war schon dunkel, als sie den letzten Streifenwagen wegfahren sah. Sie ging aus der Wohnung, um das Gebäude herum, legte eines der Sendegeräte in einen leeren Blumentopf und stellte ihn unter die Büsche am Haus. Dann ging sie zum Badfenster der Wohnung, die sie gemietet hatte. Sie hatte bemerkt, daß dieses Fenster eine Jalousie hatte, die man auf- und zukurbeln konnte. Sie überprüfte das Badfenster in Harrys Wohnung, erkannte dort dieselbe Konstruktion und sah, daß die Jalousieblätter genauso locker saßen wie in ihrer Wohnung. Sie drückte eines nach oben und so weit aus der Halterung heraus, daß sie den zweiten Sender durchschieben und oben auf die Klospülung legen konnte. Dann ging sie in ihre Wohnung zurück, stellte die beiden Empfänger auf die Anrichte und schaltete sie ein.

Jake überzeugte sich, daß ihm keines der Gewehre unter der Nase explodierte, falls er jemals auf den Abzug drücken mußte, und verstaute sie im Einbauschrank in der Diele. Er bemerkte, daß Jane das einzige Bett schon hergerichtet hatte, und legte die zweite Decke auf die Couch. Jane kam aus der Küche, holte die beiden Gewehre und schob in jedes Magazin vier Patronen. Er fand es gut, daß sie keine Patrone in die Kammer steckte. Sie war auch so umsichtig, die Gewehre nahe an der Tür flach auf den Boden zu legen, statt sie schußbereit aufzubauen. Dann ging sie wieder in die Küche und kochte zwei Tiefkühlmahlzeiten aus Steaks mit Kartoffelbrei und Brokkoli, und das fand er noch besser und ließ sie allein. Im Grunde war Jane für ihn praktisch gar nicht da, sie lebte völlig in ihrem eigenen Kopf.

Nach dem Essen spülten sie das Geschirr ab, das er gekauft hatte, und Jake nahm auf der Couch Platz. Er hatte erwartet, daß sie sich zu ihm setzte, aber sie brachte die zwei Empfänger mit ins Wohnzimmer, legte sich, während sie auf das Knistern in den Lautsprechern horchte, auf den Boden und fing mit ihrer Gymnastik an. Er schaute ihr zu und dachte darüber nach, wie seltsam es doch war, Kinder heranwachsen zu sehen. Auf wundersame Weise verwandelten sich die kleinen Sieben-Pfund-Tierchen, die aussahen wie haarlose Äffchen, in so etwas wie hier, und was am Ende dieser Verwandlung in ihren Köpfen vorging, entfernte sich immer weiter von dem, was man erwartete.

Irgendwann konnte er nicht länger schweigen. »Mir ist heute was Komisches passiert«, sagte er. »Ich konnte den Pazifik nicht finden.«

»Erinnere mich daran, daß ich dich nicht mehr fahren lasse.« Er konnte keine Sprechbewegung der Lippen erkennen, während sie ununterbrochen weiterzählte.

»Ich habe ihn dann doch gefunden, aus purer Hartnäckigkeit. Aber er hat mich an die Herndons erinnert. Sind dir die Herndons eigentlich aufgefallen?«

»Zwei von ihnen. Betty war so alt wie ich, ich glaube, sie hielt die Abiturrede in meiner Klasse, und sie hatte einen älteren Bruder. Er hatte mit fünfzehn eine graue Strähne im Haar, und alle hielten ihn für gutaussehend und geheimnisvoll. Also ich fand, er sah eher wie ein Stinktier aus.«

»Richtig, das war Paul. Heute ist er Ingenieur oder so etwas irgendwo im Westen. Vielleicht sogar hier.«

»Und deshalb hat dich der Ozean an die Herndons erinnert?«

»Nein. Es war das Geheimnisvolle daran. Ich dachte wohl eher an die Schwester von Pauls Großvater. Amanda hieß sie. Die Leute sagten, das Vermögen käme von einem frühen Herndon, der so um 1800 etwas erfunden hatte. Aber sie selbst sprachen nie darüber. Als ich klein war, kursierten so einige Gerüchte.«

»Was für Gerüchte?«

»Zum Beispiel gab es nie einen Herndon, der dumm war. Die Leute sagten, der liebe Gott hatte jeden einzelnen Herndon erwählt und ihm schon bei der Geburt das volle Wissen um alle Gesetze mitgegeben, durch die er das Universum bewegt.«

»Also komm«, sagte Jane. Sie unterbrach ihre Liegestütze und sah ihn an.

»Das Geheimnis war bei ihnen gut aufgehoben. Sie waren allesamt zu träge, um etwas daraus zu machen, und zu verschlossen, um es irgend jemand anderem zu verraten als einem Herndon.«

Jane setzte sich auf und lachte. »Also das ist wahr.«

»Natürlich ist es wahr. Und dauernd klappte alles bei denen. Sie kauften Eisenbahnaktien, und sofort ging der Kurs in die Höhe. Wenn sich auf ihrem Rasen irgendwelche Tiere breitgemacht hätten, wären es Zobel gewesen. Solche Leute waren das.«

»Ich verstehe aber immer noch nicht, was das mit dem Ozean zu tun hat.«

»Ich sprach von Amanda. Ich kann mich nur an sie als erwachsene Frau erinnern. Aber als sie noch klein war, zwei Jahre vielleicht, da schaukelte sie einmal auf ihrer Schaukel vor dem Haus. Die Sonne schien ihr in die Augen, und einer der Nachbarn hörte, wie sie sagte: ›Daddy! Schieb die Sonne weg!‹ Und er lächelte ihr zu und schaute lange Zeit hinauf zur Sonne, und das war es dann.«

»Das war was?«

»Na, ein bißchen nachdenken mußt du schon. Was hat er gemacht?«

»Genau: Was hat er gemacht?«

»Die Leute behaupteten später, daß er es getan hätte. Daß er die Sonne ungefähr eine Stunde nach vorn bewegt hätte. Man sagt, die Stadtmenschen hätten es nicht bemerkt, weil ihnen die Stellung der Sonne ziemlich egal war. An dem Abend schauten sie eben einmal mehr auf ihre Uhr, um zu sehen, ob der Zeiger auf der Ziffer ›Bettgehzeit‹ stand, und das war schon alles. Aber die Wissenschaftler, heißt es, mit ihren Instrumenten, haben es sehr wohl bemerkt, nur haben sie es sofort vertuscht, weil sie keine Erklärung dafür hatten. Die Leute auf dem Land haben noch länger darüber geredet, aber sie konnten auch nichts anderes tun, als die Herndons mit auf die Liste der unkontrollierbaren Phänomene zu setzen, wie Regen und Frost.«

»Das ist das Albernste, was ich je gehört habe.«

»Aber du weißt doch, wie solche Dinge zustande kommen. Die kleine Amanda hat auch mehreren verläßlichen und wahrheitsliebenden Kindern erzählt, daß es zwei Monde gäbe, nicht nur einen. Aber in dieser Sache blieben die Meinungen der Leute geteilt, weil es von Amanda vielleicht nur als Witz gemeint war, und sie hat es dann auch nie wieder erzählt, nachdem sie ein urteilsfähiges Alter erreicht hatte.«

»Das hast du doch alles erfunden«, sagte Jane. »Gib's zu.«

»Überhaupt nicht. Persönlich dachte ich immer, die Geschichte hat irgendwas mit der Umstellung auf die Sommerzeit zu tun. Wenn wir schon so weit sind, daß der Präsident der Vereinigten Staaten für uns festlegen kann, wieviel Uhr es ist, als ob die Sonne, der Mond und die Umdrehungen der Erde bloßer Zeitvertreib wären, dann sagen sich die Leute, jetzt ist wirklich alles möglich. Es gibt keine Grenzen mehr und keinen Grund, warum es welche geben sollte.«

Sie lächelt. »Denkst du wirklich, es geht bei der Geschichte darum?«

»Vielleicht«, sagte Jake, »aber vielleicht geht es auch nur um die Liebe.«

»Und vielleicht auch nur um Gerede.« Dann fing sie mit den Kniebeugen an.

»Weißt du, ich bin jetzt in ein Lebensalter gekommen, wo ich die Sachen, die ich auf meinem Weg mitgenommen habe, noch einmal überprüfe und sie dann da austeile, wo sie irgend etwas Gutes stiften können. So habe ich sie bekommen, und deshalb rede ich.«

»Du redest immer zuviel«, sagte sie. »Du kannst mir nicht dieses Letzte-Worte-auf-dem-Totenbett-Ding andrehen.«

»Ich sage ja nicht, die Geschichte wird dein Leben verändern«, sagte er. »Aber wir leben davon, daß wir die Sachen der Toten mitnehmen, wenn sie ins Grab gehen. Die ersten Sachen, die man lernt, sind zumeist die wichtigsten, soviel wert wie eine Hosentasche voll Geld oder ein funktionsfähiger Revolver. Später, wenn man ein wenig älter wird ...«

Sie sagte: »Halt!« Sie hob einen der Empfänger hoch und horchte, dann legte sie ihn zurück und hielt sich den anderen ans Ohr. »Hast du das gehört?«

21 Jane schlüpfte durch die Tür des Waschkellers ins Freie, schlich geräuschlos die Schmalseite des Gebäudes entlang bis zur Ecke und setzte sich mit dem Rücken zur hinteren Mauer neben einem Busch auf die Erde. Der Jasmin duftete überwältigend, auch die gelben Nachtblüten der Glyzinien, und davor noch etwas, die Jacaranda-Bäume wahrscheinlich. Sie hatte ihre Blütenblätter fallen sehen wie violetten Schnee. Es mußten die Jacarandas sein, denn die kirschhell und orange aufbrechenden Blüten der Bougainvillea, die an der Hauswand hinaufkletterte, hatten überhaupt keinen Duft.

Sie machte sich so klein wie möglich, umarmte ihre Knie und hielt den Kopf gesenkt, um besser lauschen zu können. Sie hörte das schwache Geräusch langsamer, vorsichtiger Schritte nahe am Haus. Es war wie der Gang eines Mannes in guter körperlicher Verfassung, er hielt seine Muskeln gespannt, dann lockerte er sie wieder für den nächsten Schritt, aber sehr gut machte er das nicht. Sie horchte genauer hin, konnte aber nicht die Schritte eines zweiten Mannes hören. Vielleicht war es John.

Sie ließ ihn bis zu Harrys Fenster gehen und horchte auf seine Atemzüge. Er atmete leise durch den weit offenen Mund ein und aus, um sich innerlich ruhig zu halten. Sie blickte in seine Richtung, schätzte die Größe ab und wurde sofort enttäuscht. Er war höchstens einsachtzig, etwas größer als sie selbst. Also nicht John.

Vielleicht war es ein Polizist, der das Fenster überprüfte. Jane wartete weiter in der Hocke. Es war zu spät, sich jetzt wegzuschleichen. Sie wartete auf die Taschenlampe. Sie könnte es in wenigen Sekunden über die Schlackensteinmauer bis zum Nachbarhaus schaffen, noch während er »Halt, oder ich schieße!« rief, aber sie verzichtete darauf. Einen einzelnen Polizisten gab es nicht. Das war so etwas wie eine einzelne Ameise. Sie würde überleben, was er unternahm, falls er sie entdeckte. Sie hatte die Wohnung gemietet, also war das Schlimmste dabei der Verlust an Anonymität.

Dann hörte sie, wie der Mann mit etwas in seiner Tasche klapperte, es klang nach einem Schlüsselbund oder Geldmünzen oder so ähnlich, und dann ein Klicken. Als nächstes war ein kratzendes Geräusch zu hören, und nun riskierte sie einen genaueren Blick. Der Mann hatte breite Schultern, er trug einen weiten Regenmantel wie Polizisten, wenn sie nicht wollen, daß man ihre Waffe sieht, aber er war dabei, das Fliegengitter herauszubrechen. Nachdem er es auf dem Boden abgesetzt hatte, steckte er sein Messer noch einmal in die Umrahmung, tiefer diesmal, und sie hörte ein metallisches Kratzen und dann ein leises krachendes Klirren.

Er brach in die Wohnung ein. Er war einer von ihnen. Aber was machte er hier? Harry war schon tot. Der Mann schob das Fenster langsam ein Stück weit auf, griff nach innen, bekam festen Halt zu fassen und zog sich hoch. Sie war froh, daß sie das beobachtet hatte. Diesen Armen sollte sie besser nicht zu nahe kommen.

Jetzt war schon sein Oberkörper im Fenster. Er vermied jedes Kratzen und Scharren seiner Füße an der Wand und glitt wie eine Schlange ins Innere. Sie stand auf und schlich die Wand entlang näher. Jetzt wäre der beste Zeitpunkt für den Angriff, so daß er nicht weglaufen konnte, aber sie zögerte. Sie mußte zuerst herausfinden, was er wollte. Wenn er hier war, weil er ein Beweisstück zurückgelassen hatte, dann mußte sie wissen, was es war.

Sie wartete noch einen Augenblick unter dem Fenster, dann sah sie, daß er die Sonnenblende herunterzog und den Vorhang schloß. Sie ging zum nächsten Fenster, wo die Küche war, und versuchte zu hören, wie er sich drinnen bewegte, aber die Glasscheibe dämpfte jedes Geräusch. Auch diesen Vorhang zog er zu. Im nächsten Augenblick ging innen das Licht an, und Jane schlich zum Wohnzimmerfenster zurück, hob an der linken Ecke den Kopf über den Rand und schob die Blende einen Zentimeter hoch.

Sie konnte ihn sehen. Er kniete mitten im Zimmer. Er

hatte ein Handtuch zusammengerollt und am Boden gegen die Tür gelegt. War das der Grund? Nein, er wollte nur verhindern, daß das Licht unter der Tür von der Halle aus zu sehen war, und jetzt suchte er etwas auf dem Fußboden.

Sie schob die Blende ein wenig zur Seite und schaute höher hinein. Blut. In der Mitte des schmutzigen Noppenteppichs lag ein riesiger rötlichbrauner Fleck. Sie duckte sich wieder, ihr war übel. Harry mußte lange da gelegen haben, während er verblutete.

Sie starrte immer noch weg vom Fenster auf die Mauer zum Nachbarhaus, als plötzlich ein Lichtblitz aufleuchtete, der die poröse Oberfläche der Schlackensteine eine Sekunde lang sichtbar machte und dann wieder ins Dunkel tauchte. Sie zuckte kurz zusammen, dann hörte sie das Klicken und Surren, bevor sie wußte, was es war: kein Schuß, eine Kamera. Sie horchte wieder am Fenster. Wieder ein Lichtblitz, dann dasselbe Klicken und Surren. Sie blickte hinein, während er noch die Kamera vor dem Auge hatte. Es war eine Polaroid, die sich wie eine Ziehharmonika öffnete. Er hielt die Kamera von ihr weg auf die Tür gerichtet, in Höhe der Verriegelung, die noch schwarz war vom Adhäsionsmittel, und wieder blitzte es.

Die Hypothese, er hätte etwas liegenlassen, nachdem er Harry getötet hatte, war ihr vernünftig vorgekommen, aber dieses Fotografieren ergab keinen Sinn. So etwas machten Polizisten. Aber wenn er Polizist war, warum mußte er dann nachts einbrechen? War es ein Reporter? Sogar sie hatten keinen Einbruch nötig, um zu ihren Bildern zu kommen, und eine Zeitung, die ein Foto ohne Leiche abdrucken würde, war schlecht vorstellbar. Sie duckte sich und schlich bis zur Mauerecke, holte den Sender aus dem Blumentopf, schob die Lamellen im Badfenster hoch, nahm den zweiten Sender vom Spülkasten und lief zum Fenster ihrer Wohnung.

Sie konnte Jake durch die Scheibe sehen, er saß nicht mehr auf dem Sofa, wo sie ihn zurückgelassen hatte, sondern stand an der Tür, ein Gewehr in der Hand. Sie hoffte inständig, daß er im nächsten Augenblick, wenn sie sich bemerkbar machte, nicht vor Schreck einen Herzschlag bekam oder, noch schlimmer, herumwirbelte und in ihre

Richtung losballerte. Sie streckte vorsichtig den Arm nach oben und klopfte ans Fenster. Er drehte sich um, das Gewehr im Anschlag, aber irgend etwas hatte ihn wohl überzeugt, daß einer nicht erst ans Fenster klopft, wenn er eigentlich durch die Scheibe schießen möchte.

Er hielt die Mündung nach oben, kam zum Fenster und schob es hoch. »Du hast mir angst gemacht«, flüsterte er.

»Du mir noch viel mehr«, sagte Jane. »Hol die Wagenschlüssel.«

Er griff in die Hosentasche und holte sie hervor, dann entriegelte er das Fliegengitter und reichte sie ihr hinaus. »Ich glaube, da ist jemand in der Eingangshalle.«

»Richtig.« Sie gab Jake die beiden Sendegeräte. »Sobald ich weiß, wer es ist, bin ich wieder zurück.«

»Warte auf mich.«

»Du kannst nicht rausgehen. Er würde dich hören.«

Jake gab ihr das Gewehr. »Nimm das«, sagte er, dann reichte er ihr auch das zweite hinaus und griff nach seinem Mantel. Er steckte erst ein Bein aus dem Fenster, dann das zweite, drehte sich mit dem Bauch zur Mauer und rutschte langsam auf den Boden herunter. Er hatte es ganz gut gemacht, aber er schien etwas verspannt, als er hinter ihr herging zur Vorderfront. An der Ecke, unter der dichten Glyzienlaube, blieben sie stehen und überprüften die Straßenseite.

Sie sahen den Wagen des Mannes am Randstein geparkt. Hinter dem Steuer saß ein zweiter Mann.

»Kannst du sein Gesicht sehen?«

»Heißt das, du kannst es sehen?«

»Komm«, sagte sie. Sie zog ihn mit sich um das Ende der Schlackenmauer herum bis zum Eingang des Nachbarhauses und wartete wieder.

»Ich kann ihn noch immer nicht sehen«, flüsterte er.

»Der andere in der Wohnung wird gleich herauskommen zu seinem Kumpel im Wagen. Sobald sie um die nächste Ecke sind, rennen wir zu unserm Wagen. Wenn sie zum Polizeirevier fahren, können wir es vergessen.«

»Wenn ich rennen soll, können wir es auch sofort vergessen. Was ist, wenn sie woanders hinfahren?«

»Abwarten.« Jane war in Gedanken schon mit anderem beschäftigt. Wenn die Mörder noch hier waren, dann warteten sie zwangsläufig auf John, und das hieß, er war noch am Leben. Allmählich wurde ihr ein Muster klar: Sie lenkten jeden denkbaren Verdacht auf John. Vielleicht hatte der Mann etwas in Harrys Wohnung hinterlegt, das John gehörte. Aber warum fotografierte er dann? Und warum deponierte er etwas in der Wohnung, nachdem die Spurensicherung schon tagelang jeden Quadratzentimeter untersucht hatte? Das ergab noch keinen Sinn.

Dann sah sie den Mann. Sie tippte Jake auf die Schulter. Der Mann hatte einen unbekümmerten Gang, nahm die drei Eingangsstufen auf den Gehweg herunter beinahe im Sprung. Er kam auf den Wagen zu. Jane flüsterte: »Wenn er die Tür aufmacht.«

Als der Mann den Türgriff packte und daran zog, ging das Innenlicht an. Er brauchte drei Sekunden, um die Tür ganz aufzumachen, sich auf dem Beifahrersitz niederzulassen und die Tür wieder zu schließen. Beide waren knapp über dreißig und dunkelhaarig.

»Das sind sie«, sagte Jake.

Der Wagen rollte langsam fast vierzig Meter, bevor die Scheinwerfer aufleuchteten. An der nächsten Ecke bog er links ab. »Los«, sagte sie, und sie liefen, so schnell sie konnten, zu ihrem Wagen.

Jake hielt die Gewehre auf seinem Schoß fest, während Jane den Wagen auf die Straße lenkte und den beiden nachfuhr. An der Kreuzung blickte sie die lange Straße links hinunter, konnte aber nichts sehen, an der nächsten nichts, an der dritten auch nichts. In der vieren Querstraße sah sie weit entfernt die Rücklichter eines Wagens und folgte ihnen. »Ich hoffe, es ist der richtige.«

»Ich glaube schon«, sagte Jake. »Er ist grün, wie der andere.«

Der Wagen fuhr quer durch Milpas auf die Schnellstraßenauffahrt zu, dann verschwanden die Rücklichter, und Jane konnte nicht weiter hinter ihnen herfahren. Sie behielt die Richtung bei, verlängerte an der nächsten Kreuzung eine Linkskurve zur vollen Kehre, kam zurück zur

Ampel, bog rechts ab und fuhr dann die Auffahrtsrampe hinauf.

Der grüne Wagen war jetzt weit vor ihnen, und Jane beschleunigte den Leihwagen auf hundert, bis sie die dunklen Umrisse der zwei Köpfe im Rückfenster wieder deutlich sah, dann ließ sie den Wagen zurückfallen, so daß ein kleiner Kombi sie überholen konnte. Eine Zeitlang fuhr sie hinter ihm her und ließ danach auch noch einen stahlglänzenden Tanklastwagen dazwischen. »Ich kann ihn nicht mehr sehen«, sagte Jake.

»Und er kann uns nicht sehen«, antwortete sie. »Behalte nur die Ausfahrten rechts im Auge.«

Die ihr bekannten Stadtteile waren längst vorbeigehuscht, als der grüne Wagen plötzlich nach rechts ausscherte und die Rampe zur Sueño Street hinauffuhr. Jane blieb so lange wie möglich auf der Schnellstraße, bis sie sich ebenfalls aus dem Verkehrsstrom herausmanövrierte und in die Ausfahrt einbog. Was ihr gleich als erstes oben an der Rampe auffiel, war ein großes blaues Schild, auf dem »Sheriff« stand. War sie vielleicht auf irgend etwas gestoßen, das mit John überhaupt nichts zu tun hatte? Eine Geschichte zwischen Ortspolizisten, die sich gegenseitig ausspionierten? Aber der grüne Wagen fuhr weiter und an dem hellerleuchteten Gebäude des Sheriffs vorbei, dann auch an einem größeren Haus mit einem Schild »Kreisverwaltung« und an einem höheren Krankenhaus-Komplex, bis er plötzlich auf der Straße kehrtmachte und ihnen entgegenkam. Jane sagte: »Halt dich fest«, gab Gas und preschte mit hoher Geschwindigkeit an dem Wagen vorbei, der nun offensichtlich nach Santa Barbara zurückwollte. Sie nahm den Fuß vom Gaspedal und rollte langsam weiter, während sie den Wagen im Rückspiegel beobachtete.

Er fuhr eine Weile parallel zur Schnellstraße weiter, dann bog er bei der nächsten Auffahrt in dieser Richtung ab. »Glaubst du, sie wollten uns abschütteln oder nur sehen, wer wir sind?« fragte Jake.

»Ich weiß nicht«, sagte sie. Sie wendete und beschleunigte, um den Wagen einzuholen. »Ich glaube, das war nur eine Vorsichtsmaßnahme.«

Der Wagen fuhr auf der Schnellstraße durch die Stadt zurück und nahm danach die Abfahrt Cabillo Boulevard. Jane folgte ihm mit so großem Abstand, daß sie ihn gerade noch im Auge behalten konnte. Aber statt auf der kurvenreichen Straße zu bleiben, die an dem Vogelschutzgebiet vorbei an den Strand und zum Hafen führte, bog er plötzlich links Richtung Montecito ab.

Jane sah ihm nach, bis er in einen der kleinen Fahrwege unter der Schnellstraße einbog. Sie lenkte den Wagen an den Straßenrand und schaltete die Scheinwerfer aus.

»Hier stimmt etwas nicht«, sagte sie.

»Glaubst du, sie wissen, daß wir sie verfolgen?«

»Bist du dir sicher, daß das die Männer sind, die bei mir einbrechen wollten?«

»Absolut.«

»Als ich sie das letzte Mal sah, haben sie auch so etwas gemacht. Sie fuhren auf einer dunklen Landstraße voraus, und dann warteten sie auf uns.« Jake antwortete nicht, und sie atmete tief durch. »Also schön, dann spielen wir jetzt eben mit.«

»Was heißt das?«

»Ich kann sie diesmal nicht wieder abhauen lassen. Sie haben Harry umgebracht. Wenn ich sie jetzt einfach so abziehen lasse, dann kriegen sie früher oder später auch John. Verstehst du?«

»Das heißt, du gehst jetzt zwei Killern in eine dunkle Straße nach, die vermutlich eine Sackgasse ist«, sagte er. »Klingt ausgesprochen vernünftig.«

»Nein, das heißt, es wird Zeit, daß du dich raushältst.«

»Kennst du jemanden, der das tut, was du ihm sagst?«

»Eine Menge Leute.«

»Oh«, sagte er, »hättest du sie mal mitgebracht.«

Sie fuhr wieder weiter und hielt am Kiesrand der kleinen Straße, wo der Wagen verschwunden war. Jake wickelte die Gewehre in seinen Mantel und stieg aus.

Sie gingen sofort von der Straße herunter und in die Dunkelheit, wo kein Autoscheinwerfer sie erfassen konnte. Jane wußte, die Männer wollten sie am liebsten auf der Straße sehen oder am Rand, nur ein paar Meter davon entfernt.

Vor ihnen verlief ein niedriger Zaun, von dichtem Gebüsch und Kletterpflanzen überwachsen. Jane schob die Zweige zur Seite und stieg hinüber, hielt sie auch drüben fest, damit Jake leichter nachkommen konnte. Als sie sich umsah, lag nur offenes Land vor ihr ohne die Silhouette eines Hauses, eine Wiesenfläche mit einem niedrigen Hügel. Sie ging den Zaun entlang in die Richtung, in der der Wagen verschwunden war.

Allmählich war sie sich ihrer Sache wieder sicher. Wahrscheinlich warteten sie irgendwo da vorn, wo man sie von der Straße aus nicht sehen konnte. Nach dreißig Metern am Zaun entlang sah sie den grünen Wagen wieder. Er stand am gegenüberliegenden Rand der Wiesenfläche, genau am Fuß der langgestreckten Erhebung, auf der die Schnellstraße verlief. Er parkte hinter einer Baumgruppe, die Scheinwerfer abgeschaltet, ziemlich genau da, wo man ihn vermuten konnte, wenn die Männer in ihrem Hinterhalt darauf warteten, daß jemand auf der anderen Seite des Zauns auf sie zukam. Sie ging über die Wiese und die Anhöhe hinauf und sah sich um.

»Was ist das hier?« fragte Jake.

»Ich weiß nicht. Ein Park oder ein Golfplatz oder so etwas«, sagte sie. Sie streckte die Hand aus und tippte auf das Bündel, das Jake eingewickelt hatte.

Er gab ihr eins der Gewehre und zog den Mantel an.

»Deine letzte Chance«, sagte sie.

»Nicht reden jetzt«, antwortete er.

Plötzlich hörten sie das Anlassergeräusch eines Wagens, aber es kam von der falschen Seite. Sie zog Jake herunter ins Gras und zielte in die Richtung des Geräuschs. Es war ein zweiter Wagen, und er war weiß. Er fuhr weiter oben am Wiesenrand los, den Zaun entlang, und kam langsam auf sie zu. Sie drückte mit dem Abzugsfinger den Sicherheitshebel auf und legte dann ihre Hand auf Jakes Arm. »Noch nicht.«

Der Wagen kam immer näher. Sie wartete darauf, daß die Scheinwerfer vor ihr aufleuchteten und jemand das Seitenfenster herunterkurbelte. Während der Wagen nahe an ihnen vorbeirollte, ließ sie ihre Hand auf Jakes Arm. Sie konnte das leise Rauschen der Räder auf dem Gras hören. Sie hob den Kopf und sah jemanden neben dem Fahrer sitzen. Auf der Stoßstange war kurz der Aufkleber einer Autoverleihfirma zu sehen, dann verschwand der Wagen in der Dunkelheit. Irgendwo in dieser Richtung mußte ein Tor sein. Kurz danach sah sie den Wagen auf der anderen Seite des Zauns zurückkommen. Sie duckte sich, bevor die Schweinwerfer angingen, und dann war er vorbei.

Sie nahm die Hand von Jakes Arm und ging auf den grünen Wagen zu, Jake an ihrer Seite. Sie näherten sich ihm von der Seite, liefen gebückt am Zaun entlang, der die ganze Rasenfläche einschloß. Jane hielt Jake einen Augenblick fest und flüsterte nahe an seinem Ohr: »Du legst dich hier hin und paßt auf. Wenn jemand schießt, laß dir Zeit. Solange du nicht abdrückst, bist du unsichtbar.«

»Ich werde mir eine Patrone für den Kühler aufheben«, flüsterte er. »Mich bringt keiner um und fährt dann in aller Ruhe weg.« Er ließ sich vorsichtig auf den Boden nieder, lag dann auf dem Bauch und hielt das Gewehr auf den Wagen gerichtet. Jane robbte näher an den dunklen Umriß heran. Sie hatte erst ein paar Meter zurückgelegt, als sie plötzlich etwas unter den Händen spürte, hart und kalt. Es fühlte sich wie ein Stück Metall an, das in den Boden eingelassen war. Ein Abflußrohr? Sie tastete es mit den Fingerspitzen ab und fühlte erhabene Buchstaben. I – N – M – E – M – O – ... ein Friedhof. Es war ein Grabstein.

In diesem Augenblick hörte sie von der anderen Seite des Wagens ein Geräusch wie »kscharr-schwapp«. Jemand hob dort Erde aus. Sie hörte, wie die Klumpen auf einem Haufen landeten, kleinere Brocken kullerten zurück, und dann wieder: »kscharr-schwapp«. Also deshalb waren die beiden anderen abgefahren. Sie arbeiteten in Schichten. Keine schnelle Arbeit, ein Grab zu schaufeln, und das auf engem Raum.

Sie kroch näher, bis sie am Wagen ankam. Der Kofferraumdeckel stand offen, hatte aber keine eigene Beleuchtung. Sie wußte, daß sie hineinschauen mußte, und was sie dort sehen würde, war ihr auch klar: John. Sie waren in einer Stadt, die sie genausowenig kannten wie Jane, und sie hatten die altbewährte Art und Weise gewählt, eine Leiche loszuwerden; man suchte sich ein frisches Grab, grub es auf und beerdigte die neue Leiche zusammen mit dem legitimen Bewohner.

Sie zwang ihre Atemzüge zu tiefer Regelmäßigkeit. Die Luft, so schien es ihr, drang langsam in ihre Lungen ein und blieb dort liegen, und sie mußte sie bewußt wieder hinauszwingen und neue Luft hereinlassen. Sie konnte ihre trockene Zunge im Mund schmecken, während sie zum Kofferraum kroch. Sie legte eine Hand auf die Stoßstange und hatte wieder das Gefühl, das sie einmal als kleines Mädchen gehabt hatte, diese paar Sekunden auf dem Fünf-Meter-Brett, in denen es immer noch möglich ist, umzukehren und herunterzusteigen.

Sie hörte ihr leises Zählen: eins – zwei – drei, dann reckte sie schnell den Kopf nach oben und sah – nichts. Der Kofferraum war leer bis auf eine Taschenlampe. So wie sie da lag, in der Mitte der flachen, leeren Oberfläche, war es geradezu eine Aufforderung, sie mitzunehmen.

Sie ergriff die Taschenlampe und atmete ein paarmal tiefer durch, um sich zu beruhigen. Wieder hörte sie das Geräusch der Schaufel, und jetzt wußte sie auch, es war nicht nur einer, der schaufelte. Sie arbeiteten alle beide. Sie kroch näher an das Geräusch heran. Sie konnte weder einen Schatten noch einen dunklen Umriß sehen, aber dann war sie nahe genug und verstand, warum nicht. Sie standen schon zu tief in dem Loch, bis über den Kopf, dazu die Erdhaufen zu beiden Seiten. Sie kroch auf den nächsten Haufen zu und tastete dabei rechts und links den Boden nach Johns Leiche ab.

Im dem Augenblick, als sie eine Patrone ins Schloß schob und aufstand, kam auch das Blitzlicht. Sie sah alles auf einmal. Die beiden Männer standen über dem Sarg, hatten die obere Hälfte des Deckels geöffnet, und der Mann aus der Wohnung machte wieder ein Blitzlichtfoto. Unten im Sarg lag Harry Kemple. Sofort schlug die Dunkelheit wieder über ihnen zusammen, sie hörte das ihr bekannte Surren, dann hielt der Mann die Kamera noch einmal auf den Sarg gerichtet, mit dem Klick blitzte es ein zweites Mal auf, und dann wieder das Dunkel.

Jane leuchtete mit der Taschenlampe in das offene Grab und rief laut: »Polizei, keine Bewegung!« Sie hoffte insgeheim, Jake konnte sie hören und sah nicht bloß die Taschenlampe und schoß vielleicht darauf.

Die zwei Männer im Erdloch unter ihr, die Füße beiderseits neben dem Sarg, rührten sich nicht. Anscheinend wußten sie nicht, was sie jetzt tun sollten, aber so viel verstanden sie, daß sie in dem engen Raum da unten kaum die Bewegungsfreiheit hatten, sich zu ihr umzudrehen oder gar einen Revolver zu ziehen und sie zu erschießen. Sie hoben die Hände.

»Umdrehen«, sagte sie.

Langsam, umständlich versuchten sie, ihre Füße auf einer Seite zwischen Sarg und Grabwand herauszuziehen, darüberzusteigen und nach oben zu schauen, aber keiner schaffte es mit den Händen in der Luft. Jeder mußte sich dabei über den Sarg hinweg an der Erdwand festhalten. Dann hoben sie erneut die Hände und versuchten, hinter dem Lichtstrahl der Taschenlampe etwas zu sehen.

»Es ist nicht so, wie es aussieht«, sagte der eine. Sie erkannte seine kräftigen Arme und breiten Schultern wieder. Er war es, der durch Harrys Fenster geklettert war, und er schaute vor sich auf den Boden, damit auch sie die Kamera zwischen seinen Füßen sah. »Es ist nur eine Kamera, sehen Sie?«

Der andere, ein größerer, dünner Mann mit dem Ausdruck eines permanenten Ekels im Gesicht, der seine Mundwinkel erstarren ließ, sagte: »Sie denkt doch nicht, daß wir ihn plattgemacht haben, Idiot.« Und zu Jane hinauf sagte er: »Ich weiß, das hier sieht komisch aus. Vielleicht sogar unheimlich.«

»Spar dir das«, sagte sie schroff. »Erstmal möchte ich, daß ihr jetzt ganz langsam eure Kanonen rausholt und sie herauswerft, über den Haufen hier, und zwar einer nach dem andern. Und denkt genau darüber nach, was für ein Gesicht ihr dabei macht, denn wenn ich erschrecke, seid ihr tot. Erst du, der Große.«

Der große Mann zögerte einen Augenblick, und sie sagte: »Wir wissen, ihr seid bewaffnet. Daß ihr eine Kanone bei euch habt, reicht schon, daß ich euch sofort niederschieße und deswegen nie irgendwelche Fragen beantworten muß.« Sie betrachtete sie und kam zu dem Ergebnis, daß die beiden sicher schon öfter als sie selbst verhaftet worden waren, und irgendwie kam ihnen eine Ahnung, daß das hier nicht das normale Vorgehen war. Sie zog den Repetierschaft durch. Im Schloß lag schon eine Patrone, sie wurde ausgeworfen und fiel zu Boden, aber das Geräusch allein brachte die erhoffte Wirkung. Der Große beugte sich nach vorn, zog einen Revolver aus einem Fußhalfter und warf ihn über den Erdhaufen ins Gras. Der zweite Mann nahm seinen Revolver hinten aus dem Gürtel und warf ihn ebenfalls heraus.

»Jetzt umdrehen und die Hände gegen die Grabwand.«

Das schien die zwei Männer zu beruhigen, und sie führten die Bewegung mit einer Selbstsicherheit aus, die nur aus häufiger Übung stammen konnte. Sie stellten die Füße auseinander, hielten die Arme weit nach vorn und lehnten sich über den Sarg, so daß sie Harrys Pokergesicht anschauen mußten.

»Jetzt die Namen.«

Der Große sagte: »Samuel Michko.«

Und der Breite: »Ronald Silla.«

Jane sagte: »Okay, Sam und Ron. Jetzt sagt ihr mir mal, was ihr da unten macht.«

Sam und Ron strengten sich an, unter den ausgestreckten Armen einander die Köpfe zuzudrehen. »Die ist nicht von der Polizei«, sagte Sam. Er wandte sich ins Licht. »Sie sind nicht von der Polizei.«

»Nein«, sagte sie, »Pech für euch. Ich bin die Frau, die ihr über den ganzen Kontinent gejagt habt.«

»Huh«, sagte Ron, als ob ihn jemand getreten hätte. Sam sagte nichts.

»Warum habt ihr Harry ausgegraben?« fragte sie.

»Wir wollten ihn fotografieren«, sagte Ron und deutete mit dem Fuß auf die Kamera.

»Und warum braucht ihr sein Foto?«

»Sie wissen nicht, wie es im Kopf von Mr. Cappadocia arbeitet«, sagte Sam. »Er ist von der alten Schule. Wenn einer ihm sagt, da ist eine Ente, sollte er besser ein paar Federn zum Herzeigen dabeihaben.«

Jane rief innerlich aus: Cappadocia? Sie arbeiteten für Jerry Cappadocias Vater? Dann hätten sie mit Harry reden müssen, nicht ihn umbringen. Sie mußte nachdenken. Sie sagte: »Das ist ein Haufen Arbeit.«

Sam drehte sich zu ihr und blinzelte ins Licht. »Jerry war wichtig. Normalerweise, wenn jemand wichtig ist und er wird umgelegt, dann ist das früher oder später kein großes Rätsel mehr. Irgendwann steht plötzlich einer da und hat alles, was der Tote hatte. Aber Jerry Cappadocia, er ist tot, und das war's. Nichts passiert. Und das macht Harry hier interessant.«

»Du meinst, Mr. Cappadocia wollte nicht glauben, daß Harry tot ist?«

»Er sagte sich, es könnte doch sein, daß sie Harry in die Enge getrieben haben, und er ist zu den Bullen gegangen und kommt mit ihnen ins Geschäft.«

»Was für ein Geschäft?«

»Das einzige, das sich lohnt. Sie täuschen seinen Tod vor, und er erzählt ihnen, was er in der Nacht alles gesehen hat. Denken Sie, die machen so was nicht?«

»Ich hab davon gehört.«

»Harry war genau der Richtige für so was. Er verschwindet für fünf, sechs Jahre, und jeder sucht die ganze Zeit nach ihm. Und die Polizei möchte ihn nur was fragen. Er hat ja nichts getan, er hat nur gesehen, wie Jerry gestorben ist.«

»Und warum habt ihr die Fotos nicht gleich gemacht?«

»Was heißt das, gleich?« fragte Ron. »Wann sollten wir das denn machen?«

»Als ihr ihn umgebracht habt.«

»Ihn umgebracht?« sagte Sam empört. »Was reden Sie da von umbringen? Martin hat ihn umgebracht. Mr. C. hat es in der Zeitung gelesen und uns geschickt, um ganz sicher zu sein.«

Sie spürte, sie mußte jetzt die richtigen Worte finden, sonst verriet sie ihre wahre Unkenntnis, und die beiden wußten, sie konnte sie nicht bei einer Lüge erwischen. Martin, hatten sie gesagt. Sie mußte herausfinden, wer Martin war.

»Das ist alles, was wir gemacht haben«, sagte Ron eifrig, »wir kommen niemand in die Quere. Es ist vorbei. Wir machen nur Fotos.«

»Was wißt ihr über Martin?«

»Nichts, was ein Haufen anderer Leute nicht auch wissen«, sagte Sam. »Als Mr. C. gehört hat, daß Martin draußen ist, ruft er alle zusammen und sagt uns, wir sollten aufpassen, daß er nicht abtaucht. Also beobachten ihn ein paar Typen. Das ist alles.«

»Das ist nicht alles, stimmt's?« Sie gab ihrer Stimme einen drohenden Klang.

»Es war das Geld«, sagte Ron.

»Martin braucht von dir keinen Unterricht«, sagte Sam. Er wandte sich wieder Jane zu. »Klar.«

Jake tauchte plötzlich an ihrer Seite auf. Sie erschrak und richtete die Taschenlampe auf ihn, erinnerte sich und leuchtete wieder nach unten in das offene Grab. Die beiden Männer hatten sehr schnell reagiert, waren aber nicht weiter als bis an die Erdhaufen am Rand der Grube gekommen. Sie rutschten langsam zurück, ihnen nach rieselte etwas lockere Erde, dann nahmen sie wieder ihre Stellung ein.

»Zwingt mich nicht, euch umzubringen«, sagte sie.

»Okay«, sagte Ron.

»Also, wo war ich?« sagte Sam resigniert. »Das nächste, was wir erfahren, ist, daß er auf einmal einen Haufen Geld hat. Das macht sich nicht gut bei jemand wie Martin – nach acht Jahren.«

Ohne zu wissen, wie es geschah, war Jane schlagartig klar, von wem sie sprachen. Acht Jahre. Natürlich. Ein Ex-Polizist, der plötzlich viel Geld hat und auf der Flucht ist. Sie dachten, er wüßte, wo Harry war, und würde sich bei ihm verstecken. Aber warum nannten sie ihn Martin? Hatte er auf dem Weg nach Buffalo einen anderen Namen benutzt? Sie mußte es wissen. »Acht Jahre? Als Polizist?«

»Polizist? Wieso Polizist? Martin hatte acht bis zehn für unerlaubten Waffenbesitz. Harry hatte so was wie drei bis fünf für Betrug oder was in der Art, vor Jahren schon. Martin bekam damals für so eine kleine Sache gleich das Maximum, kein Wunder, bei dem, was er ist, und...«

»Was ist er? Was ist er?« Ihr ganzer Kopf hämmerte und drückte immer stärker auf ihre Augen.

»Ich will verdammt sein«, sagte Ron. »Sie weiß es nicht.«

»Was weiß sie nicht?« sagte Sam ärgerlich.

»Nichts weiß sie. Sie weiß nichts über ihn.«

Sam kniff die Augen zusammen und schaute wieder in die Taschenlampe. »Er hat recht, stimmt's?«

Sie versuchte, sich eine Antwort auszudenken, aber sie stieß immer wieder nur auf die Wahrheit. »Ja«, sagte sie.

Sam ließ verzweifelt die Augen rollen und schüttelte den Kopf. »Martin ist einer, den man anheuert, wenn man möchte, daß jemand tot ist. Er war mal kurz davor, ein Star zu werden, und deshalb dachten sich die Bullen wohl, es lohnt sich, ihn mal genauer abzutasten. Da fanden sie dann die Kanone...«

»Die haben sie ihm wahrscheinlich vorher untergejubelt«, sagte Ron.

Sam sagte eisig: »Erzählst du die Geschichte?«

»Nein«, sagte Ron. »Ich wollte nur sagen, er war nicht so blöd, daß er sie seine Kanone finden...« Er zuckte die Achseln und ließ den Satz in der Luft hängen.

»Jedenfalls«, sagte Sam, »er kriegte zehn Jahre, weil sie nicht beweisen konnten, daß er was damit getan hätte, aber sie wußten verdammt genau, daß er sein Geld damit machte. Also hat er acht von den zehn abgerissen, und das ist Weltrekord, wenigstens heutzutage, außer du bringst jemand im Knast um...«

»Das hat er aber getan«, sagte Ron. »Hab' ich selbst gehört. Sie konnten nur nicht beweisen, daß er es war.« Er blickte ebenfalls zu Jane hinauf. »Zu viele Verdächtige, verstehen Sie? In einem Hochsicherheitsknast ist scheinbar die halbe Besatzung nur deswegen drin, weil sie einen erledigt haben.«

»Hältst du jetzt die Schnauze?« zischte Sam ihn an.

»Wieso? Hast du es so eilig, zum Ende zu kommen, damit sie dir eins über den Schädel gibt?«

»Ich versuche bloß, unseren Arsch zu retten. Ich merke doch, da ist wo ein Mißverständnis. Wenn sie nicht weiß, daß er ein Killer ist, dann haben wir etwas, über das wir reden können. Jetzt weiß ich wieder nicht mehr, wo ich war.«

»Im Gefängnis«, sagte Jane. Ihre Stimme klang hohl.

»Richtig, im Gefängnis. Also Martin war mit Harry in Marion in einer Zelle. Und jemand wie Harry, der kann sich da einfach nicht selber durchbeißen. Seine einzige Rettung ist jemand wie Martin in der Nähe, der ihn mag, aber auch wieder nicht zu sehr, wenn Sie wissen, was ich meine. So war das. Also denkt sich Mr. C., es könnte doch sein, daß wenn Martin rauskommt, dann geht er zu seinem Freund aus der Zelle. Wo soll er sonst hin nach acht Jahren?«

»Und dann fand jemand heraus, daß er Geld hatte?« fragte Jane.

»Ja, das Geld«, sagte Ron schnell dazwischen, »da kommt er raus nach acht Jahren Arbeitslosigkeit und hat einen Haufen Geld. Er geht in jede Bank in Chicago und an jedem Schalter geben sie ihm ganze Bündel in die Hand. Manchmal muß sogar noch der Geschäftsführer kommen und die Unterschrift prüfen und lauter solche Sachen.«

Sam sagte: »Also woher kommt das ganze Geld? Wer gibt so viel Geld einem Kerl, der nur ein Handwerk kann? Und wer, auf den er es abgesehen hat, ist soviel wert? Natürlich der, den seit fünf Jahren keiner finden kann.«

»Und ihr seid ihm von St. Louis aus gefolgt?«

»Nein, verdammt«, sagte Sam, »wir sind ihm schon von Chicago her gefolgt. Wir haben alles organisiert in St. Louis, um da zu bleiben. Wir dachten uns, wenn er da ist, dann muß Harry auch da sein. Wir mieten uns ein Zimmer, und fahren dauernd andere Wagen, damit Martin nicht merkt, da ist ein Wagen mit einer Chicagoer Nummer hinter ihm. Wir sind zu viert und wechseln uns dauernd ab, und wir könnten das, finden wir, lang genug durchziehen, daß wir rauskriegen, wo Harry ist, und daß wir Martin hindern, ihn umzubringen.«

»Und dann nimmt er doch tatsächlich den Bus«, sagte Ron, allein bei der Erinnerung daran sichtbar wütend. »Was zum Teufel sucht ein Kerl mit einem Koffer voll Geld in einem Bus? Da können wir natürlich nicht anders, wir lassen alles fallen, quetschen uns in einen Wagen und fahren dem Bus nach.«

»Die ganze Strecke bis Buffalo«, sagte Sam. »Und nachdem er dann bei Ihnen aufgekreuzt ist, haben wir ihn verloren.« Er nickte traurig. »Aber das wissen Sie ja.«

»Und er hat Harry gefunden«, sagte Ron.

Zum ersten Mal sprach jetzt auch Jake. »Wo ist er jetzt?«

»Genau das ist die Frage, nicht wahr?« feixte Sam.

Jane sagte: »Hat er Jerry Cappadocia umgebracht?«

»Nein«, sagte Ron, »ich hab doch schon gesagt, daß er im Gefängnis war. Er ist doch eben erst raus.«

Sie schaute einen Augenblick wie durch ihn hindurch. »Wie heißt er mit vollem Namen?«

»James Michael Martin.«

Jane faßte Jakes Arm. Eine Weile später sah sie ihn an. Er flüsterte: »Was willst du mit den beiden machen?«

Sie konnte sehen, daß die zwei Männer in der Grube genau wußten, was sie und Jake sich zuflüsterten. Sie warfen sich bemühte Blicke zu, als wollte einer den anderen dazu überreden, irgendeinen letzten verzweifelten Schritt zu versuchen. Sie sagte zu ihnen: »Bevor ihr geht, deckt ihr den armen Harry wieder zu.«

Sie drehte sich um und ging schnell über den Rasen davon. Jake rannte hinter ihr her. »Sollten wir nicht die Polizei rufen oder so etwas? Sie werden hinter uns herkommen.«

»Nein, das werden sie nicht«, sagte Jane. »Sie wissen jetzt, daß ich nichts weiß. Ich habe die ganze Zeit nichts gewußt.« Sie ging weiter. Ab und zu stieß sie mit dem Fuß an eine flache, metallene Namensplatte, aber sie gab nicht acht darauf. Wenn die Toten etwas fühlen konnten, dann sicher keine Verärgerung über ein dummes, kleines Mädchen, das weit weg von daheim durch das Dunkel stolperte.

22 Später in dieser Nacht schlug Jake ihr vor, aus Harrys Apartmentblock auszuziehen, doch sie stimmte ihm nicht zu. Sie widersprach ihm aber auch nicht. Es war ihr offensichtlich egal, wo sie mit ihrem Körper war, solange ihr nur jede Ablenkung erspart blieb, während sie die undurchsichtigen Wände anstarrte und die Spiegelungen in den nachtdunklen Fensterscheiben. Er suchte ein kleines, billiges Motel am Cabrillo Boulevard heraus, gegenüber der Straße, wo er am Nachmittag das Meer entdeckt hatte. Er parkte den Wagen und ging hinein, während sie reglos auf dem Beifahrersitz zurückblieb. Dann ging sie in das Zimmer, das er gemietet hatte, legte sich aufs Bett und schloß die Augen. Am nächsten Tag, als Jake sie einmal alleinließ, hätte sie bemerken können, daß er beide Gewehre mitgenommen und in den Kofferraum gesperrt hatte, aber sie zeigte keinerlei Interesse an seinem Kommen und Gehen.

Als er nach Sonnenuntergang wieder zurück war und an die Tür klopfte, machte sie ihm auf. Sie fragte nicht, wo er gewesen war. Sie sah, daß er ein Essenspaket aus einem Fischrestaurant mitgebracht hatte, setzte sich ihm gegenüber an den kleinen Tisch und aß. Nach dem Essen, als Jake gerade aufstehen und die zwei Pappteller zu den Mülltonnen auf dem Parkplatz bringen wollte, schaute sie ihn an, plötzlich seltsam wach.

»Wie gut bist du mit Dave Dormont befreundet?«

Jake war verblüfft, nach so vielen Stunden ihre Stimme wieder zu hören, und erleichtert über die Chance, mit ihr zu sprechen, ihr Gesicht, ihre Augen anzusehen. »Er ist ein sehr guter Freund«, sagte er. »Ich kenne ihn fast schon sechzig Jahre.«

»Ich möchte, daß du ihn anrufst.«

Jake fühlte sich unwohl, er spürte, daß ihre Stimme nicht denselben Klang hatte wie sonst. Sie hörte sich nicht an wie eine junge Frau, die zu tief in eine Sache hineingeraten war und jetzt alles der Polizei übergeben wollte. Ihre Augen glühten, als läge in ihnen eine Hitzequelle verborgen. »Das ist eine gute Idee, finde ich.«

»Das ist es«, sagte sie. »Ruf ihn zu Hause an. Heute abend.«

Jake lächelte. »Also es gibt Augenblicke, da sollte man besser Abstand nehmen und die Angelegenheit den Leuten übergeben, die dafür bezahlt werden, daß sie sie erledigen.« Er wartete auf ihre Zustimmung.

Sie schien ihm nicht zuzuhören. »Diese Männer sagten, er war im Gefängnis. Wenn das stimmt, dann gibt es eine Akte. Ich möchte, daß du sie mir beschaffst.«

»Eine Akte? Was für eine Akte?«

»Polizeibehörden haben für verurteilte Verbrecher ein gemeinsames Informationssystem. Die Bundesregierung finanziert ihnen ein Netzwerk, es heißt NCIC und läuft zum großen Teil über Computer. Aber das ist es nicht, was ich brauche. Ich brauche eine Kopie seiner Akte aus dem Gefängnis in Marion, Illinois.« Sie blickte abwartend zum Telefon hinüber.

Jake setzte sich wieder hin und sah sie prüfend an. »Falls Dave Dormont an so etwas rankommt, dann ist es sicher eine vertrauliche Information. Warum sollte er sie mir geben?«

»Weil du ihn vor fünfzig Jahren aus dem Ellicott Creek herausgezogen hast«, sagte Jane. Sie lächelte nicht dabei. »Und weil du die nächsten fünfzig Jahre jedem in Deganawida erzählt hast, was er für ein großartiger Typ sei, und weil du immer deinen Strafzettel bezahlst und ihn nie gebeten hast, das für dich in Ordnung zu bringen.«

»Und was fängst du mit der Akte an?« sagte Jake.

Sie sah ihn an, und ihr Blick war immer noch derselbe. Ihre Augen waren hell und scharf und ohne Lidschlag. »Ich möchte wissen, wer er wirklich war – wer das Harry und einem Mann in Vancouver, den du nicht kennst, und mir angetan hat. Ich habe ein Recht, es zu wissen.«

»Das kann ich nicht bestreiten«, sagte Jake bedächtig. Er blickte sie wieder an. »Es klingt nur irgendwie nicht richtig.« Dann fügte er hinzu: »Und deshalb kann ich Dave nicht darum bitten.«

»Okay«, sagte sie. Sie nahm die Teller und das Plastikbesteck, warf alles in die Einkaufstasche und ging damit zur Tür.

Jake spürte förmlich, wie zwischen ihnen plötzlich eine Mauer stand. »Ich habe für die beiden Gewehre genau den Kaufpreis zurückbekommen«, sagte er und beobachtete ihre Reaktion.

Sie zuckte nicht zusammen. »Das dachte ich mir«, sagte sie. »Sie wurden ja nicht ein einziges Mal abgefeuert.«

»Und wie billig, glaubst du, habe ich unsere Tickets zurück nach Buffalo bekommen?«

Sie machte jetzt einen völlig normalen Eindruck. »Wieviel?«

»Drei-fünfundzwanzig.«

»Großartig«, sagte sie. Sie stellte die Pappteller ab, nahm ihre Brieftasche, setzte sich hin und schrieb in aller Eile, dann riß sie den Scheck ab und gab ihn Jake. »Danke, Jake. Danke für alles.«

»Du hättest mir das nicht jetzt gleich zurückgeben müssen«, sagte er und blickte verlegen auf den Scheck.

»Es ist am besten, solche Dinge sofort zu erledigen«, sagte sie, während sie ihre Brieftasche in die umgehängte Tasche zurücksteckte. »Wenn ich es vergessen sollte, ist es dir unangenehm, mich daran zu erinnern, ist es nicht so?«

»Ich weiß nicht«, erwiderte er.

Sie ging mit den Tellern und dem Abfall zur Tür. »Und mach dir keine Gedanken wegen der Akte. Ich bin dir deshalb nicht böse.«

Sie verließ den Raum und machte die Tür hinter sich zu. Jake saß da und dachte über alles nach. Er versuchte, sich zu sagen, daß es richtig gewesen war. Verdammt, er wußte, daß es richtig war. Man konnte nicht einfach ein Jagdgewehr herumliegen lassen im Zimmer einer Frau, die eben erfahren hatte, daß der Mann, den sie – wie sie meinte – geliebt hatte, der sie aber bloß dazu benützt hatte, jemanden umzubringen. Und diese Akte war genau so etwas wie die Gewehre.

Ganz egal, was sie mit der Akte von diesem Typ anstellen wollte, es war nicht gut für sie. Lange Zeit saß er gedankenverloren da, und dann sagte er sich, daß es für eine Frau keinen vernünftigen Grund gab, ihre Handtasche nicht irgendwo abzustellen, bevor sie zwei Pappteller in eine Mülltonne trägt. Er stand auf und rannte zur Tür, aber noch bevor er sie öffnete, wußte er, daß Jane verschwunden war.

Sie war nicht in Eile. Zu dieser Abendzeit waren in Santa Barbara viele Fußgänger unterwegs, kamen aus dem Restaurant oder gingen ins Kino. In der State Street holte Jane ein Exemplar der Santa Barbara News Press aus einem Automaten, setzte sich auf die Stufen des nahen Museums und las die Zeitung im Licht der Straßenlaternen. Nach kurzer Zeit sah sie, daß in einer so kleinen Stadt nicht viel passierte, aber für ihre Zwecke fand sie genügend Fälle, die zur Verhandlung anstanden.

Sie ging die State Street hinunter und bog bei der Anapamu rechts ab. Das große weiße Haus rechts, das mit den endlosen Rasenflächen davor und den leuchtenden Flecken ihrer Blumenbeete, hatte ihr immer gefallen, wenn sie in dieser Stadt war, bis man ihr eines Tages sagte, das sei das Gerichtsgebäude. Sie ging eine der Treppen hinauf, die sich an die Außenmauer schmiegten, und betrat die Halle im ersten Stock. Die abgetretenen, unebenen Fußbodenplatten und die altehrwürdigen Möbel vor den Sitzungssälen gaben dem Raum ein angenehmes und gutmütiges Aussehen. Sie ging an den geschlossenen Saaltüren vorbei und kam in die sich anschließende zweite Halle. Hier studierte sie die Namen an den Türen. Richter Joseph Gonzales, Richter David Rittenour, Richterin Karen Susskind. Am Ende der Halle neben den Toiletten fand sie eine Telefonzelle und suchte im Telefonbuch eine Nummer.

»Polizeipräsidium«, sagte die Stimme eines Mannes.

»Hier ist Richterin Susskind«, sagte sie, »ich hätte gern den Chefbeamten im Kriminaldienst.«

»Sofort, Madam.«

Eine Sekunde später war eine andere Männerstimme dran. »Ja, Richterin Susskind?«

»Ich bräuchte, am besten jetzt gleich, Ihre Hilfe.«

»Was können wir für Sie tun?«

Sie schaute kurz in die Zeitung. »Ich habe morgen früh um neun einen Angeklagten namens Richard Winton zur Urteilsverkündung.«

»Ja«, sagte er, »ich erinnere mich an den Fall.«

»Und nun erhalte ich plötzlich eine Information, die ich so schnell wie möglich überprüfen muß. Hier ist im ganzen Haus alles geschlossen, und den Staatsanwalt kann ich auch nicht erreichen. Und wenn, dann könnte er auch nur bei Ih-

nen nachfragen, also dachte ich mir, ich rufe Sie gleich selber an.«
»Sind Sie immer noch im Gerichtsgebäude?«
»Ja«, sagte die mit einem mild resignierten Seufzer, »ich sitze noch über dem Fall.«
»Welche Auskunft brauchen Sie denn?«
»Ich bekam soeben einen anonymen Anruf hier in meinem Büro. Jemand sagte mir, daß Mr. Winton nicht derjenige ist, für den er sich ausgibt. Sein richtiger Name soll James Michael Martin sein, und es ist nicht seine erste Straftat. Dieser James Michael Martin soll gerade aus dem Gefängnis in Marion, Illinois, entlassen worden sein, und die Liste seiner Vorstrafen ist lang.«
»Also das kriegen wir gleich heraus«, sagte der Beamte. »Wir nehmen Wintons Fingerabdrücke und lassen sie vom FBI abgleichen, das dauert vielleicht ein bißchen ...«
»Ich wäre Ihnen dankbar, wenn Sie das bitte gleich in die Wege leiten könnten. Aber wir können nicht so lange auf das Ergebnis warten. Könnten Sie herausfinden, ob es über diesen James Michael Martin eine Gefängnisakte gibt, und sie sich faxen lassen? Wenn es derselbe Mann ist, weiß ich es sofort, und dann habe ich genau die Auskunft, die ich für das Urteil morgen brauche.«
»Ich kümmere mich sofort darum«, sagte er, »soll ich Ihnen das Fax dann nach Hause schicken lassen?«
»Nach Hause?« Sie lachte. »Ich komme die nächsten Stunden sicher nicht heim. Wie lange brauchen Sie dafür?«
»Geben Sie mir eine Stunde.«
»Gut. Wenn ich mal kurz nicht an meinem Schreibtisch bin, ist meine Assistentin hier. Und falls irgendeine Verzögerung eintritt, rufen Sie mich hier in meinem Privatbüro an. Ich gebe Ihnen die Nummer.« Sie las ihm die Nummer von dem Apparat in der Telefonzelle vor und hängte ein.
Es dauerte zweiundvierzig Minuten, dann hörte sie einen schweren Mann die Steintreppe heraufkommen, das Geräusch kräftiger Schuhe und das Geklapper von Metall am Gürtel. Der Mann nahm zwei Stufen auf einmal. Sie stand mit dem Rücken zur großen hölzernen Bürotür der Richterin, so daß der altmodisch tiefe Türrahmen sie verbarg, bis

sie vermuten mußte, er könnte sie entdecken. In diesem Augenblick trat sie heraus in die Halle und sah den Polizisten auf sich zukommen. Es war ein Motorradbote in hohen Stiefeln und einem Helm unter dem Arm. In der anderen Hand hielt er einen dicken amtlichen Umschlag, der mit einer Schnur verschlossen war.

Sie drehte sich um und legte die Hand auf den Türgriff, beugte sich ein wenig vor, als ob sie die Tür einen Spalt geöffnet hätte. »Er ist da, Richterin«, rief sie, dann ging sie dem Polizisten entgegen.

Sie deutete auf den Umschlag. »Ist das die Akte Martin?«
Der Polizist sagte: »Ja, das ist sie.«
Sie zog ihm den Umschlag aus der Hand. »Oh, ich bin Ihnen so dankbar. Vielleicht läßt sie mich doch noch heute abend nach Hause.«

Er lächelte ihr zu. »Gern geschehen.« Er drehte sich um und ging zur Treppe, während sie auf die Bürotür der Richterin zuging. Währenddessen horchte sie auf den schwächer werdenden Ton der Motorradstiefel in der Halle. Sie richtete es so ein, daß sie erst in dem Moment an der Tür stand, als er die Treppe erreicht hatte. Kurz darauf hörte sie das Motorrad starten und den Motor aufheulen, dann raste der Bote die Straße hinunter und zurück zum Polizeipräsidium.

Es gab nur eine Sache, die noch zu erledigen war. Sie war beinahe entschlossen, nicht darauf zu warten, sagte sich dann aber, ein bißchen Geduld würde sich auszahlen. Das Telefon an der Wand klingelte einmal, und sie hob sofort ab. »Richterin Susskind.«

Es war der Chefbeamte von vorhin. »Hier ist Lieutenant Garner, Kriminaldienst, Polizeipräsidium. Ich war ...«

»Es ist nicht derselbe Mann«, sagte Jane.

»Dann sollen wir Winton also nicht holen und seine Fingerabdrücke nehmen?«

»Ganz und gar nicht«, sagte sie. »Das kann nur ein blöder Scherz gewesen sein. Keine Ahnung, ob Mr. Winton oder ich damit gemeint war, aber irgend jemand wollte wohl die Urteilsverkündung hinauszögern.« Zuletzt fügte sie noch hinzu: »Wir haben es Ihnen zu verdanken, daß es nicht dazu kommt. Gute Nacht.«

Danach wählte sie noch eine Nummer, bestellte sich ein Taxi, ging die Außentreppe hinunter in den dunklen Garten, an den Blumen vorbei, die ihre Blüten schon für den Schlaf geschlossen hatten, dann über das menschenleere Trottoir bis zu den breiten Steinstufen vor dem Museum, wo sie auf das Taxi wartete.

Ein paar Stunden später, im Hotel am Flughafen von Los Angeles, saß Jane in ihrem Zimmer und studierte die Akte. Aus den Fotos starrte ihr John Felker entgegen, nur hatte er dieses Mal eine schwarze Tafel unter dem Kinn mit Zahlen darauf. Und dann sah sie ihn von der Seite, dasselbe Profil, neben dem sie im Bett gelegen, das sie im Mondlicht betrachtet und sich dabei gedacht hatte, es sah wie der Kopf auf einer römischen Münze aus oder jedenfalls so, wie römische Münzen aussehen sollten. Da war das Profil wieder, jetzt mit demselben Schild und derselben Nummer wie auf dem anderen Foto.

In Santa Barbara hatte sie noch einmal eine ganze Nacht lang alle Fehlermöglichkeiten untersucht. Die zwei Männer in dem offenen Grab hatten vielleicht alles mögliche erzählt, nur um sich herauszureden. Das war ja schon deshalb sinnvoll, weil sie vielleicht vorhergesehen hatten, daß sie irgendwann irgendwem eine Geschichte erzählen mußten. Aber kaum hatte sie sich diese Theorie zurechtgelegt, da wußte sie schon, daß das nicht stimmen konnte. Denn die Geschichte, die sie erzählten, hätte ihnen bei niemandem weitergeholfen außer bei Jane Whitefield.

Durch die Akte war jetzt damit Schluß. Er war nicht John Felker. Er war James Michael Martin, Alter 38 Jahre, Nummer 7757213. Er lebte davon, daß er Leute umbrachte. Die Akte war umfangreich. Es gab darin ganz verschiedene Dokumente, angefangen von seiner Verhaftung und den Verhandlungsprotokollen bis zu seinen acht Jahren in Marion. Eine Notiz hielt seine handwerklichen Fähigkeiten fest, aber der Gefängnispsychologe war der Meinung, eine berufliche Umschulung bei diesem Gefangenen lohne sich nicht. Er hatte vom Gefängniszahnarzt zwei Füllungen bekommen, die Stellen waren auf einem durchnumerierten

Gebißschema mit Bleistift markiert. Er hatte einen Buchhaltungs- und einen Computerkurs besucht. Einmal, nein: zweimal war er auch im Gefängniskrankenhaus gewesen, wegen Störungen der oberen Atemwege, und hatte Medikamente gegen Erkältung bekommen, keine Narkotika. Sein Gesundheitszustand galt jedesmal als »ausgezeichnet«.

Sie legte einen Teil der Seiten aufs Bett und arbeitete sich weiter vor zu den früheren Einträgen in der Akte. Sie fand eine bei der Einlieferung vorgelegte Liste seiner Festnahmen, damit die Wärter wußten, mit wem sie es zu tun hatten. Es gab fünf, die erste im Alter von achtzehn Jahren, und das hieß möglicherweise, er war vorher, als er noch minderjährig war, auch schon mal verhaftet worden. Schwere Körperverletzung in Chicago, zwei Verfahren eingestellt. Körperverletzung mit Todesfolge in Chicago, Verfahren eingestellt. Verdacht auf Mord in St. Louis und freigelassen aus Mangel an Beweisen.

Dann fiel ihr etwas auf, das sie stutzig machte, und einen Augenblick war sie unsicher, ob es nur ihre Einbildung war. Sie blätterte zurück und sah genauer hin: Festnahme durch John Felker. Auf diese Weise also hatte er seinen neuen Namen gefunden. Vermutlich hatte sich Martin ausgiebig mit dem Mann beschäftigt, der ihn damals verhaftet hatte. Er wußte, wann der richtige Felker in Pension ging, er kannte sogar seine Sozialversicherungsnummer. Das mußte diejenige Festnahme gewesen sein, die Martin so verdächtig machte, daß man seine Überwachung beschloß, denn die nächste Verhaftung, die wegen unerlaubtem Waffenbesitz, war die letzte, und so etwas kam nicht heraus, ohne daß ein Polizist ihn abtastete. Ron, der Totengräber, hatte es so ausgedrückt: Das war eine Kleinigkeit, für die er wahrscheinlich nur sechs Monate bekommen hätte, wenn der Richter diesen Kunden nicht zu gut gekannt und gewußt hätte, daß er hier hart zuschlagen mußte. Es war die letzte Chance, zu verhindern, daß noch jemand sterben mußte.

Was sie nachdenklich machte, war die Sozialversicherungsnummer. Martin hatte sie sich wohl nicht nur deshalb beschafft, um Jane zu täuschen. Sondern vermutlich deshalb, weil sie von allen Kennziffern und Nummern, die ein

Mensch im Lauf seines Lebens ansammelte, die beste war, wenn man ihn finden wollte. Sie änderte sich nie und pflanzte sich in andere Dokumente fort: Kreditkarten, Bankkonten, Führerscheine. Sie überlegte, ob sie den richtigen John Felker warnen sollte. Sie schaute das Telefon neben dem Bett an, hob aber dann doch nicht ab. Sie beschloß zu warten. Martin hatte vielleicht genug über Felker in Erfahrung gebracht, um ihm zu schaden, aber im Augenblick hatte er sicher keine Zeit dafür.

Sie blätterte zum Anfang der Akte. Geboren am 23. April. Das versetzte ihr einen eigenartigen Stich, einen Schmerz, von dem sie wußte, daß sie ihn besser nicht fühlen sollte. Es war sein Geburtstag gewesen, als sie zusammen das Grand-River-Reservat besuchten. Irgendwie machte das alles noch schlimmer und vertiefte die Kluft zwischen ihnen. Sie schämte sich, noch immer so etwas zu empfinden. Wenn man im Dunkeln einen Schlag auf den Kopf bekam, war man fassungslos; aber es war etwas ganz anderes, immer wieder überrascht zu werden, immer neue Schläge einstecken zu müssen.

Dann entdeckte sie seinen Geburtsort. Warum hatte sie eigentlich angenommen, es müßte St. Louis sein? Sie machte sich den Grund für ihre Verstörung klar: Unbewußt hatte sie sich an den Wunsch geklammert, daß wenigstens etwas von allem, was er ihr gesagt hatte, wahr sein sollte. Sie wollte eine Stelle entdecken, an der er, vielleicht selbst unsicher, kurz seine Verkleidung abgelegt hatte, wenigstens einen Satz ohne Berechnung. Sie wollte daran glauben, daß sie – und sei es nur für eine Minute – nichts anderes gewesen waren als ein Mann und eine Frau, die im Dunkeln miteinander sprachen. Was er über St. Louis wußte, hatte er sich wahrscheinlich während seiner Untersuchungshaft wegen Mordverdacht angeeignet. Sein Geburtsort war auf seltsame Weise noch schlimmer als sein Geburtstag. Es war Lake Placid im Staat New York.

Sie stand auf und ging quer durch das Zimmer bis zur Tür und wieder zurück bis zur Wand, noch einmal und noch einmal, und untersuchte die schmerzende Empfindung. Nicht nur war alles, was er erzählt hatte, eine Lüge gewesen, sondern er hatte ihr still zugehört und sich gedacht, wie dumm sie doch war. Er ließ sich erklären, wo sie gerade waren und wohin sie fuhren, hörte ihr zu, ohne das Gesagte überhaupt hören zu wollen, nur um sicher zu sein, daß sie den Betrug noch immer nicht durchschaut hatte. Er stellte Fragen, er brachte sie zum Reden über ihre Gefühle, ihre Familie und ihre Freunde, und das alles nicht einmal aus krankhafter Neugier, sondern weil man jemanden bekanntlich am besten dadurch belügen konnte, daß man ihn selbst reden ließ.

Sie schob die Erinnerungen an John Felker beiseite und zwang sich, nur noch über Martin nachzudenken. Vor einer guten Woche hatte er Harry getötet. Er war eben nach acht Jahren aus den Gefängnis gekommen, und die Freunde, die er vielleicht noch hatte, waren von der Sorte, daß man ihnen nicht trauen konnte. Wenn er zu einem von ihnen gegangen wäre, so hätten Cappadocias Leute es bemerkt, da sie ihn verfolgten. Und während er in einer Zelle saß, konnte er auch keine Flucht in die Karibik oder sonstwohin vorbereiten. Dazu brauchte er Papiere, die man sich dort nicht verschaffen konnte, ohne daß es jemand merkte. Was machte er also? Er kam aus dem Gefängnis und holte sich sein Geld. Hatte man ihn komplett im voraus bezahlt oder war es nur eine vertrauensbildende Anzahlung? Das spielte keine Rolle, denn er war nicht so dumm zu glauben, er könnte Harry umbringen und dann nach Chicago zurückgehen, um das Resthonorar abzuholen. Niemand konnte mit Sicherheit sagen, ob Harry gewußt hatte, von wem Jerry C. umgebracht worden war, aber Martin wußte es, da er von diesem Menschen einen Haufen Geld bekommen hatte. Und er konnte sich ausrechnen, daß er wie Harry auf der Abschußliste stand, sobald er ihn getötet hatte. Also nicht nach Chicago zurück. Die Anzahlung war alles, was er bei dem Auftrag gewinnen konnte.

Hier nahm sie eine Korrektur vor. Auch diese Annahme war falsch. Er hatte ihr Geld gezeigt, und sie hatte angenommen, er hätte ihr das ganze Geld gezeigt. Aber nur eins war sicher: Sie konnte jetzt nicht herauskriegen, wohin er vielleicht ging, um den Rest des Geldes zu holen.

Sie ging zum Fenster und schaute auf den San Diego Freeway mit seinen Lichtern tief unter ihr. Er war nicht unfehlbar. Er hatte sich ein paarmal erwischen lassen. Sie ging wieder zum Bett und sah die Liste der Verhaftungen durch. Einvernahme durch ein Überwachungsteam. Klar, zuerst wird überwacht, dann festgenommen. Und weiter? Vielleicht bedeutete der Vermerk für einen Polizisten, der es las, etwas anderes als für sie. Aber unten auf derselben Seite wurde auch der Grund angeführt, warum das Überwachungsteam überhaupt erwähnt wurde. Er war verhaftet worden, weil er mit Jerry Cappadocia zusammen war. Er stand gar nicht unter Beobachtung. Nur Jerry Cappadocia. John... James Michael Martin war höchstens ein Leibwächter. Und es stand in der Akte, um darauf hinzuweisen, mit wem er verkehrte. Sie wollten nicht, daß der Richter dachte, er sei irgend ein armer Irrer. Er war ein ganz spezieller Irrer, mit Freunden im organisierten Verbrechen.

Jane starrte gedankenverloren durch den Raum und hörte das Rumpeln eines Flugzeugs auf der Startbahn. Nein, die ganze Geschichte ergab keinen Sinn. Cappadocias Freunde hatten Harry gesucht und suchten ihn jetzt noch, um ihn zum Reden zu bringen, und dazu mußten sie ihn wenigstens so lange leben lassen, wie die Unterhaltung mit ihm dauerte. Aber John-Felker-Schrägstrich-James-Martin hatte ihn gesucht, um ihn umzubringen. Und die zwei Typen im Grab sprachen über James Martin nicht, als gehörte er zum Team. Er war einfach jemand, den man zum Töten von Menschen anheuerte.

Jetzt gab die dünne Oberfläche nach, auf der sie sich bewegt hatte, die Annahme, daß alles, was einer sagt, bis zum Beweis des Gegenteils wahr sein muß. Ihr Bewußtsein fand sich plötzlich auf der anderen Seite der Geschichte wieder und betrachtete sie von hinten.

Die Polizei hatte angenommen, daß Martin eine Art Angestellter von Jerry Cappadocia war. Natürlich, er kannte ihn. Aber es gab noch einen einen anderen Grund, weshalb er sich bewaffnet in Jerry Cappadocias Nähe aufhielt.

Es war, als hätte sie ein Stück eines Puzzles gedreht: Mit einem Mal paßte es. Wenn Jerry Cappadocia gefährlich lebte, dann engagierte er vielleicht zu seinem Schutz einen

Killer wie Martin. Und wenn er ihn engagierte, war das dann alles, was er unternahm? Nein. Er trug natürlich auch eine Waffe bei sich, oder einer seiner eigenen Leute mußte es für ihn tun. Die Überwachung galt Jerry Cappadocia, also war er derjenige, den die Polizei haben wollte, aber sie hatten keine Handhabe, ihn oder seine Leute zu verhaften, und das hieß, keiner von ihnen war bewaffnet. Jerry Cappadocia war an jenem Abend überhaupt nicht in Gefahr. Jedenfalls hielt er sich für ungefährdet. Aber vielleicht hatte ihm gerade das Überwachungsteam das Leben gerettet. Selbst wenn er beobachtet hatte, wie die Polizisten Martin abtasteten und ihm den Revolver aus dem Gürtel oder dem Hosenbein herauszogen, selbst dann mußte er keinen Verdacht schöpfen. Für ihn war es dasselbe, als hätte die Polizei herausgefunden, daß sein Zahnarzt einen Bohrer hatte.

Nach all den Jahren verstand sie Harry zum erstenmal. Er hatte immer behauptet, er hätte nichts gesehen an dem Pokerabend, als Jerry Cappadocia umgebracht wurde. Aber trotzdem war er weggelaufen. Anscheinend dachte er, niemand würde ihm jemals glauben, daß er nichts gesehen hatte, und möglicherweise hätte es ihm auch niemand geglaubt. Aber das war nicht der wahre Grund, warum er flüchtete. Er war geflüchtet, weil er etwas gesehen hatte und mit niemand darüber sprechen konnte. Es gab nur eine Möglichkeit, die dabei einen Sinn ergab und die zu diesem gutgläubigen Typ paßte: Was er gesehen hatte, brachte ihn zu der Überzeugung, daß der Auftraggeber der Morde sein Freund war, der Mann, der ihn im Gefängnis am Leben erhalten hatte.

Wenn sie in dieser Richtung weiterdachte, konnte sie sich sogar die Frage beantworten, was Harry gesehen hatte. Er hatte die Männer, die Martin für den Mord an Jerry Cappadocia geheuert hatte, wiedererkannt. Und er hatte sie als einziger wiedererkannt. Sie waren fremd in der Stadt, Außenseiter. Aber Harry hatte sie schon einmal gesehen, und zwar vermutlich da, wo auch Martin sie getroffen hatte: im Gefängnis. Martin war noch drin, und dort verdächtigte ihn niemand. Nicht einmal jetzt verdächtigte man ihn, nicht einmal nach dem Mord an Harry.

Dann fiel ihr Blick, nun wieder scharf und konzentriert, auf ihre Umhängetasche, die offen vor dem Spiegel lag. Das Geld. Sogar das hatte man falsch verstanden. Er kam aus dem Gefängnis, ging herum und sammelte bei mehreren Banken Geld ein, so daß jeder denken mußte, verschiedene Kunden hätten auf seinen Namen Geld hinterlegt. Möglicherweise stammte es ursprünglich aus solchen Quellen, aber er besaß es längst, die ganzen acht Jahre, lange bevor er Harry traf. Vermutlich hatte er jetzt etwas weniger, da er seine Auftragnehmer bezahlt hatte, die Cappadocia für ihn getötet hatten. Und plötzlich, ohne Vorwarnung, verstand sie alles übrige: Martin hatte das Geld, aber er konnte es ihnen nicht selbst geben, weil er im Gefängnis saß.

Er hatte sich vermutlich eine halbwegs glaubwürdige Geschichte ausgedacht, weshalb der gute alte Harry nun an irgendein Schließfach oder ein Bankkonto gehen oder ein Erdloch aufgraben und dann den zwei Männern das Geld geben sollte. Eine unwiderstehliche Geschichte, und Harry hatte sie ihm zweifellos geglaubt, genau wie sie selbst sie geglaubt hätte. Und dann sah Harry die Männer ein letztes Mal, als sie an Cappadocias Leiche knieten und in den blutigen Taschen nach dem Pokergewinn suchten.

Jetzt verstand Jane auch, warum Martin Harry umbringen konnte und keine Angst vor den Leuten haben mußte, die ihn für diesen Mord bezahlt hatten: Diese Leute gab es gar nicht. Das einzige, wofür er bezahlt wurde, war der tote Jerry Cappadocia. Den hatte er erledigt, indem er den Auftrag weiterverkaufte. Und die zwei, die er dafür angeheuert hatte, würden nie reden, weil sie selbst geschossen hatten; ein unbedachtes Wort, und sie waren ihres Lebens nicht mehr sicher. Er hatte von niemandem etwas zu befürchten außer von Harry.

Und so hatte er die Frau getäuscht, die ihn zu Harry führen konnte, sie dazu gebracht, mit ihm denselben Weg wie mit Harry zu gehen. Vielleicht hatte er sich sogar diesen vier Männern schon in St. Louis gezeigt und sie hinter sich hergeschleppt, um Jane zu überzeugen, daß er das Opfer war. Er wußte, sie würden ihn nicht töten, bevor er selbst sie zu Harry geführt hatte. Sie hielt den inneren Schmerz jetzt aus und wandte sich nicht vor ihm ab. Sie hatte darauf bestanden, daß sein neuer Name John sein sollte, weil sie wußte, er konnte sich darin wohlfühlen, nicht ganz fremd und orientierungslos, und das würde ihn davor bewahren, Fehler zu machen. Aber er hatte jeden ihrer Schritte genau beobachtet, und das war die letzte Information gewesen, die er von ihr haben mußte. Damit wußte er, daß Harry, egal wie sein Nachname auf Lew Fengs Liste nun lautete, immer noch Harry hieß. Selbst wenn er von dem gefolterten Lew Feng nichts als die Namensliste herausholte, konnte er immer noch Harry Kemple finden. Dann hatte er Harry in aller Ruhe die Kehle durchgeschnitten, ganz ohne Handgemenge, und ihn auf dem schmutzigen Teppich in dem Apartment in Santa Barbara verbluten lassen.

Jane begann wieder auf- und abzugehen. Auf der Startbahn hob gerade das nächste Flugzeug ab, sie spürte, wie der Boden noch leicht vibrierte, ließ sich davon aber nicht ablenken. Sie sah, wie das Ganze, während sie sich nur auf die Tatsachen konzentrierte, allmählich eine vernünftige Ordnung annahm. Noch einmal baute sie die Geschichte zusammen, diesmal in chronologischer Abfolge, um ihre Wahrheit zu überprüfen. Was jetzt zählte, war die Wahrheit. Angefangen hatte es mit Harry. Nein: Es hatte schon zehn Jahre früher angefangen, als sie Alfred Strongbear im Reservat in Wyoming traf. Das war der wirkliche Anfang, weil es vorher war und alles andere erst möglich, ja wahrscheinlich machte. Nachdem sie einmal jemanden wie Alfred Strongbear gerettet hatte, war es geradezu unvermeidlich, daß sie jemanden wie Harry traf. Alfred hatte vielleicht gar keinen Herzanfall auf einem Schiff, aber irgend etwas hatte ihn eines Tages dazu gebracht, Harry ihren Namen und ihre Adresse zu geben.

Und Harry behielt diese Informationen, so wie er die Namen unterschätzter Rennpferde behielt, die ihm irgendwann mal Geld einbringen mußten. Ein paar Jahre danach hatte er sich bei etwas erwischen lassen. Der eine Totengräber hatte gemeint, es sei eine Betrugssache gewesen, aber das sagte ihr nichts, weil man fast alles, was Harry unternahm, Betrug nennen konnte. Auf jeden Fall kam er damals nicht zu ihr gerannt, es mußte also sehr schnell gegangen sein, ohne Warnung. Aber dann fiel ihr ein, daß das nicht der Grund sein mußte, warum Harry kein Versteck gesucht hatte. Harry war Optimist. Die ganze Zeit, bis zu dem Augenblick, als die Wache seine Armbanduhr und seine Brieftasche in den Karton legte und ihn abführte, um ihm seine Gefängniskleidung anzupassen, war Harry absolut fähig, daran zu glauben, er käme doch noch irgendwie davon.

Sie hatten ihn in ein Hochsicherheitsgefängnis gesteckt, nicht weil er so gefährlich war, sondern weil er ihnen mit seinen vielen kleineren Vergehen schlimmer schien, als er wirklich war. Sein Zellenkumpel war ein Mann namens James Michael Martin. Harry hatte riesiges Glück, als ihm in einer so gewalttätigen Umgebung jemand wie Martin zugeteilt wurde. Der sanfte kleine Spieler hätte sich gleich über seiner Gefangenennummer »Märtyrer« auf den Rükken schreiben lassen können, aber Martin war ein Killer. Martin rettete Harry das Leben. Vermutlich Tag für Tag, indem er einfach nur da war und bei allen anderen Gefangenen den Eindruck hinterließ, ihm sei Harry lieber in seiner Nähe zum Reden als abtransportiert in einem Leichensack. Und Harry, der keine andere Möglichkeit hatte, Martin zu danken, erzählte ihm die Geschichte von dem alten Mann auf dem Kreuzschiff und gab Namen und Adresse von Jane Whitefield preis, der Frau, die jemanden verschwinden lassen konnte. In einer Zelle, zwischen zwei Profi-Kriminellen, machte sich das sicher nicht schlecht als kleines Geschenk. Sie kam eben am Spiegeltisch vorbei und bekam ihr eigenes Bild in den Blick, und der Ausdruck ihrer angespannten Erbitterung erschreckte sie. Sie ging zum Bett zurück, legte sich auf den Rücken und starrte die Zimmerdecke an.

Zwei Jahre später war Harry draußen, so resozialisiert wie die meisten Insassen. Dann fing er mit seiner ambulanten Pokerrunde an, mit hohen Einsätzen und fest davon überzeugt, daß er sich in ein paar weiteren Jahren zu einem wandernden Ein-Mann-Las-Vegas zu entwickelt haben würde. In seiner Begeisterung besuchte er seinen alten Freund in Marion und erzählte ihm alles. Und als er Probleme kriegte, als Jerry Cappadocia mit an den Spieltisch wollte, da erzählte er Martin auch das.

An dieser Stelle spürte sie, daß sie etwas Wichtiges ausgelassen hatte. Mit einem Schlag spannten sich ihre Muskeln an, und sie setzte sich auf. Sie hatte eins vergessen, und das war Martins Beziehung zu Jerry Cappadocia. Am Abend seiner Festnahme war Martin mit Jerry C. zusammengewesen. Sie kannten sich. Er mußte wissen, daß Cappadocia sich für Harrys Pokerrunde interessieren würde, und deshalb sorgte er dafür, daß er es erfuhr. Sie ging das Ganze noch einmal durch. War Martin wirklich fähig zu einer so vorausschauenden Planung? War er so gut? Sie stellte sich die Frage und spürte einen kalten Schauer im Rücken. Ja, er war so gut. Sie hatte seine Arbeitsweise gesehen. Er pflegte Beziehungen zu Menschen und blieb selbst im Hintergrund. Er beobachtete sie und wartete und hörte ihnen zu, solange es nötig war, bis er etwas aus ihnen herausholte, das er gebrauchen konnte.

Martin arrangierte es also irgendwie, daß Jerry C. von der Pokerrunde hörte und schließlich in sie aufgenommen wurde. Jetzt mußte er das geeignete Werkzeug finden, um ihn zu töten. Er suchte sich zwei Mitgefangene aus, die Harry und er in Marion kennengelernt hatten. Vielleicht waren es noch keine richtigen Killer, aber in Marion war es nicht schwer, zwei Männer zu finden, deren Gesichter in Chicago noch niemand gesehen hatte und die bereit waren zu lernen, wie man einen Abzug bedient. Sie standen kurz vor ihrer Entlassung. Vielleicht waren sie auch schon draußen, und er hatte sie vorher angeheuert und ihnen gesagt, sie sollten warten, bis er die günstigste Gelegenheit geschaffen hatte. Jane konnte nicht wissen, ob es nun so oder so war, und richtete ihre Aufmerksamkeit deshalb wieder darauf, dem Geschehen die unzweifelhaften Etappen abzugewinnen. In einem war sie sicher: Martin mußte die zwei Killer im voraus bezahlen.

Er hatte noch fünf Jahre seiner Strafe vor sich. Er konnte unmöglich seinen beiden Leuten den Mord an einem großen Gangster auftragen und sie dann fünf Jahre auf den Zahltag warten lassen. Vielleicht verlängerte man ja seine Strafe auch, oder er konnte sterben, bevor die zwei einen Penny gesehen hätten. Sie selbst waren eben entlassen worden, hatten demnach kein Geld. Sie brauchten es aber schon deshalb, um zu verschwinden, sobald sie Jerry Cappadocia getötet hatten, und das hieß, er mußte sie vorher bezahlen. Martin saß im Gefängnis fest, also brauchte er draußen einen Geldkurier.

Das mußte jemand sein, dem er trauen konnte und der verläßlich etwas von dem Geld nahm, das Martin versteckt hatte, und es zu den beiden Männern brachte. Außerdem mußte es jemand sein, der selber untertauchen würde, sobald Jerry Cappadocia tot war. Die einzige Möglichkeit war Harry. Wahrscheinlich sagte Martin ihm, er wollte den beiden Geld zukommen lassen, weil er vorhabe, damit als Kreditschwindler oder Buchmacher in ein Projekt einzusteigen, irgend etwas Kriminelles jedenfalls, sonst hätte sogar Harrys Nase den seltsamen Braten gerochen. Es spielte auch keine Rolle, was Martin ihm erzählt hatte. Auf jeden Fall war es glaubhaft genug. Harry brachte das Geld zu den beiden Männern, die er und Martin im Gefängnis kennengelernt hatten.

Und Martin besaß dieses Geld, weil auch er im voraus bezahlt worden war. Als der Auftraggeber zwei Jahre vorher zu ihm kam und ihn engagierte, Jerry Cappadocia umzubringen, da befand sich Martin in derselben Lage wie jetzt die beiden Männer: Er brauchte das gesamte Honorar sofort. Der Tag nach dem Mord an jemand wie Jerry C. war für den Killer wirklich nicht die beste Zeit, zu seinem Auftraggeber zu gehen und einen Haufen Geld abzuholen. Wenn bei der Sache auch nur das kleinste Detail schiefging, konnte er nur noch abhauen. Und selbst wenn alles genau nach Plan ging, dann hatte Jerrys Vater immer noch eine schlagkräftige Organisation, und alle ihre Kräfte hatten nur noch die Aufgabe, herauszufinden, wer sich mit wem traf und wer plötzlich viel Geld besaß, das er am Vortag noch nicht hatte.

Harry holte also das Geld, brachte es anstelle seines Freundes Martin den zwei Männern und betrieb weiter sein ambulantes Pokergeschäft. Ungefähr eine Woche danach, als Harry gerade im Klo stand und durch den Luftschlitz über der Tür ins Zimmer schaute, erkannte er die beiden Killer wieder. Und da er sie wiedererkannte, wußte er auch, daß er sie für genau das bezahlt hatte, was sie da im Zimmer machten, und kam zu dem unabweisbaren Schluß, daß es Martins Absicht gewesen war, ihn zusammen mit den anderen umzubringen.

Nun überlegte Harry die Möglichkeiten, die ihm noch offenstanden – er konnte zur Polizei gehen oder zu Jerrys Vater oder vielleicht sogar nach Marion, um seinem Freund Martin zu versichern, er würde niemals darüber reden –, und kam zu dem Ergebnis, daß er in allen drei Fällen am Ende selber tot sein würde. Aber tief in seinem Gedächtnis versteckt lag noch eine vierte Möglichkeit, und die nutzte er. Er rannte weg, bis nach Deganawida im Staat New York, und klopfte an Jane Whitefields Tür.

Sie hatte ihn eine Zeitlang untertauchen lassen und ihn dann quer über den ganzen Kontinent transportiert und ihm bei Lew Feng eine neue Identität verschafft. Armer Lew Feng. Martin hatte ihn gefoltert, bis zur Herausgabe der Namensliste. Konnte er das Versteck nicht finden, wo Lew sie aufbewahrte, ohne daß er ihm das antat? Sie war ziemlich sicher, er hätte sie finden können. Daß er es nicht einmal versucht hatte, ließ ihn unmenschlich erscheinen, völlig gefühllos. Was ihr im Augenblick aber noch bösartiger vorkam, war etwas anderes. Die Folter diente einem darüber hinausgehenden Zweck, und auch diesen, vermutete sie, hatte er vorausbedacht. Selbst wenn es für ihn damit getan war, einfach bei Lew einzubrechen, die Liste ganz allein zu finden und den richtigen Harry zu entschlüsseln – so hätte Martin es wahrscheinlich nicht gemacht. Er hatte folgendes vorausgesehen: Irgend jemand mußte auf die Idee kommen, daß der Diebstahl der Liste von jemandem begangen wurde, der zweifellos schon einmal in dem Laden gewesen war, der von der Existenz der Liste wußte, weil er selbst daraufstand. Indem er jedoch Lew Fengs verstümmelte Leiche auf dem Fußboden zurückließ, lenkte er jeden auf eine falsche Spur. Die zu erwartende Hypothese mußte zu der Annahme führen, daß Feng von jemandem gefoltert wurde, der auf andere Weise nicht an die gesuchte Information herankommen konnte. In dieser Hypothese tauchten dann irgendwelche schattenhaften Verdächtigen auf, Fremde, die einen Geflohenen bis zu Fengs Laden verfolgt hatten. Und Felker blieb weiterhin ein mögliches Opfer, wie jeder andere auf der Liste.

Sie konnte nicht länger stillsitzen. Sie stand auf, ging wieder zum Fenster und schaute auf den Freeway hinunter, auf endlose Ketten von Wagen, die sich in beide Richtungen bewegten, weiße Scheinwerfer auf der einen Seite, rote Rücklichter auf der anderen. Das Bild, das sie zusammengefügt hatte, zeigte noch einige leere Stellen. Man hatte Martin dafür, daß er Jerry Cappadocia umbrachte, im voraus bezahlt. Er war erwischt worden, als er sich gerade an Jerry heranmachte, und saß nun im Gefängnis. Dann wartete er zwei Jahre lang, um schließlich doch zwei Ersatzleute zu nehmen, die den Job für ihn erledigen sollten. War Martin also ein ehrenwerter Killer? Hatte er das Gefühl, er mußte ein Ergebnis liefern, nachdem er den Auftrag angenommen hatte und auch schon dafür bezahlt war? Vielleicht. Auf jeden Fall würde sich ein professioneller Killer, der das Geld nahm und den Auftrag nicht erfüllte, danach ziemlich schwer tun, noch einmal Arbeit zu finden bei einem zukünftigen Auftraggeber, der davon gehört hatte.

Sie bemerkte, daß die wichtigste Erkenntnis in den letzten Worten dieser Überlegung steckte: der davon gehört hatte. Die Person, die Martin engagiert hatte, um Jerry Cappadocia zu töten, war jemand, der anderen möglichen Kunden davon erzählen konnte. Jetzt formulierte sie den Gedanken genauer, und danach sah er sogar noch glaubhafter aus. Der Kunde war jemand aus der Unterwelt, der nicht nur mit anderen darüber sprach, sondern sein Mißfallen wohl etwas impulsiver auszudrücken verstand als durch bloßes Herumerzählen. Es war jemand, der Martin umbringen lassen konnte. Es mußte ein anderer großer Gangster sein, sonst hätte Martin das Geld ja einfach behalten und Jerry C. vergessen können. Wenn der Kunde nicht so einer war, was kümmerte ihn dann Jerry Cappadocia und woher wußte er, daß er Martin für den Mord engagieren mußte? Leute wie Martin machten keine Reklame für sich.

Wenn aber alles bis hierher stimmte, warum hatte sich dieser Rivale aus der Unterwelt nicht längst gezeigt, fünf Jahre nachdem Jerry umgebracht worden war? Er hätte doch genau das tun müssen, was Cappadocias Leute erwartet hatten, was sogar Harry angekündigt hatte. Er hätte versuchen müssen, das herrenlose Geschäft zu übernehmen.

Sie trat ans Bett, beugte sich erneut über die Akte und blätterte sie Seite für Seite durch, bis sie die Liste der Leute fand, die Martin im Gefängnis besucht hatten. Der erste Besucher kam gleich, nachdem er seine Strafe angetreten hatte. Es war Jerry Cappadocia. Das war wohl eine Art Beileidsbesuch. Der zweite war Martins Verteidiger, Alvin Borbin. Er war in den nächsten Monaten noch dreimal bei ihm, vermutlich wegen eines Antrags auf Strafminderung. Dann, fast drei Jahre später, kam Harry zurück, um seinen alten Zellenkumpel wiederzusehen. Das hatte sie nicht anders erwartet. Er besuchte ihn an aufeinanderfolgenden Wochenenden viermal, etwa einen Monat bevor er an ihrer Tür auftauchte. Danach hatte Martin fünf Jahre lang keine Besucher mehr.

Sie schob die Akte ärgerlich ans Fußende weg und richtete sich auf. Sie hatte sich zuviel erhofft. Der Kunde konnte gar nicht so gedankenlos sein, seinen Auftragnehmer, den Mörder, im Gefängnis zu besuchen. In der Akte war also nichts, was ihr zu einer Antwort verhalf auf die Frage, wer Martin für den Mord an Cappadocia engagiert hatte.

Sie konzentrierte sich wieder auf Martin selbst. Er hatte die fünf restlichen Jahre abgesessen, in der wohltuenden Sicherheit, daß sein Geld zum größten Teil auf der Bank lag, außerdem war Jerry tot, seine zwei Ersatzleute seit langem verschwunden, und niemand, weder die Polizei, noch Mr. Cappadocia, verdächtigten ihn, in den Mord an Jerry verwickelt zu sein. Es gab da nur noch ein kleines Problem. Seine zwei Todesengel hatten Harry leichtsinnigerweise am Leben gelassen.

Sie überlegte, ob Harry sich noch daran erinnern konnte, daß er Martin im Gefängnis erzählt hatte, der einfachste Weg, ihn zu finden, sei ein Besuch bei einer Frau namens Jane Whitefield. Aber natürlich, das wußte er sicher noch genau, aber er wußte auch, daß es noch fünf Jahre dauern würde, bis Martin ihm nachstellen konnte, und der hatte andere Sorgen wegen jenes Abends, nämlich die Polizei und Mr. Cappadocia. Zweifellos dachte er manchmal an Martin während dieser fünf Jahre in Santa Barbara. Aber als sie vorüber waren, durfte er sicher sein, daß er das Schlimmste hinter sich hatte. Martin würde es schwer haben, ihn zu finden, und warum sollte er es überhaupt versuchen? Harry hatte fünf Jahre geschwiegen. Harry, wie er nun einmal war, kam zwangsläufig zu dem Schluß, daß fünf Jahre genug waren, um Martin von seinem immerwährenden Schweigen zu überzeugen.

Martin hatte Harry nicht vergessen. Er holte sein restliches Geld und ging zu ihr, und sie führte ihn zu Lewis Feng, von dort kam er weiter nach Santa Barbara zu Harry, und das war Harrys Ende. Aber was geschah dann? Martin hatte sicher nicht einfach das nächste Flugzeug in Santa Barbara genommen. Das hätte ihn nur in die engere Wahl derjenigen gebracht, die diese Kleinstadt verlassen hatten, als Harrys Leiche noch warm war. Und falls er den Honda einfach stehengelassen hätte, den sie ihm gekauft hatte, so würde die Polizei jetzt nach einem John Young suchen.

Er war wohl mit dem Wagen weggefahren, und der Ort, wohin er fuhr, war einer, den nur er gut kannte, aber niemand in Chicago. Nach einem Jahr im Gefängnis konnte das irgendwo sein. Nach acht Jahren im Gefängnis und einem zweiten Mord fuhr er nach Hause.

Sie verstaute die Akte in ihrem Handgepäck und verließ das Hotel, um den nächsten Flughafenbus zu erwischen. Es machte ihr nichts aus, daß sie lange auf die Maschine nach Syracuse warten mußte. Sie verbrachte die Zeit damit, einen neuen Stoß Zeitungen zu kaufen und alle zu lesen.

23 In der Nähe des Flughafens von Syracuse nahm sich Jane ein Zimmer in einem Motel und las. Jeder Tag begann damit, daß sie alle Zeitungen kaufte, die sie finden konnte. Und wenn sie sie ausgelesen hatte, verbrachte sie den Nachmittag in der Zeitschriftenabteilung der städtischen Bibliothek, die noch weitere Zeitungen abonniert hatte.

Der Wagen hatte etwa achthundert Kilometer auf dem Tacho, als er ihn von Lewis Feng bekommen hatte. Jane vermutete, daß er danach die etwa siebenhundertfünfzig Kilometer nach Medford gefahren war, neunhundert nach Santa Barbara, hundertfünfzig bis zu den großen West-Ost-Routen, die bei Los Angeles anfingen, und dann fast viertausendfünfhundert bis hierher in den Norden des Staates New York – das machte, alles in allem, gut siebentausend Kilometer. Jane durchsuchte die Zeitungen nach Anzeigen von Gebrauchtwagenhändlern. In Watertown gab es einen fast neuen Honda Accord, aber der hatte nur ein Standardgetriebe. Ein Anbieter in Ogdensburg hatte einen Honda und er war sogar grau, aber fünfundzwanzigtausend Kilometer waren bei weitem zu viel. In Massena wurde überhaupt kein Honda angeboten.

Je weiter sie sich in die Umgebung vorarbeitete, um so schlechter wurden ihre Chancen. In Syracuse, Rome, Utica, Troy und Albany gab es eine Unzahl von Gebrauchtwagenhändlern, und sie war nicht einmal sicher, alle Anzeigen gesehen zu haben. Sie hoffte trotzdem, daß es genau der Typ eines fast neuen Autos war, das man in einer halben Stunde gereinigt hatte und dann vorne ausstellte, um Käufer auf das Gelände zu locken. John Young hatte zweifellos den zweitbesten Preis akzeptiert, gleich nach dem lächerlichen niedrigen Angebot, mit dem sie immer anfingen. Sobald sie die Oregon-Nummernschilder abgenommen hatten, stand der Wagen schon in der ersten Reihe und strahlte verführerisch.

Es mußte ein Händler sein. Er konnte ihn nicht einfach irgendwo stehenlassen. Er konnte ihn auch nicht selbst verkaufen, denn dafür hätte er länger an einem Ort bleiben müssen, mit einer Adresse und einer Telefonnummer in der Zeitungsanzeige. Und von einem Fremden, der kein Inserat aufgab und nicht mal einen Tag Bedenkzeit geben wollte, kaufte heute wohl niemand einen kaum gefahrenen Wagen, ohne zu überprüfen, ob er nicht doch gestohlen war. Es mußte ein Händler sein. So konnte er sich darauf verlassen, daß der Wagen wenige Tage später im Besitz eines anderen war, mit New Yorker Nummernschildern.

Endlich, nachdem sie drei Tage lang die immergleichen Anzeigen für die immergleichen Autos in allen Zeitungen der näheren und weiteren Umgebung durchgelesen hatte, hatte sie ihn. Das Inserat war klein, aber höchst eindrucksvoll: »Fast neu! Nur siebentausend km! Dave's Honda-Subaru in Saranac Lake.« Bei ihrem Telefongespräch hatte sie Dave gleich selbst am Apparat.

Sie nahm einen Leihwagen in Syracuse, fuhr nach Saranac Lake und sah den Honda Accord. Er stand in der vordersten Reihe, genau unter den bunten Fähnchengirlanden, und glänzte im Sonnenlicht. Sie fand ein Hotel, mietete ein Zimmer, verbrachte darin fünf Minuten, zog sich um, ein Blümchenkleid, Typ Volksschullehrerin, und ging zu Fuß zu dem Autohändler zurück. Sie betrat den Ausstellungsraum und wartete darauf, daß Dave sie bemerkte.

»Ja hallo!« sagte er. Er war groß und blond, mit so hellblauen Augen, daß sie wie wolkenverhangen aussahen. Ein zweiter Mann mit Krawatte saß im gleichen Raum an einem Schreibtisch mit einem Telefon, aber so, wie der Betrieb aussah, war er nur dazu da, daß Dave jemanden zum Reden hatte. »Was kann ich Ihnen Schönes zeigen?«

»Der Honda da draußen«, sagte Jane, »ist das der aus der Anzeige?«

»Aber klar«, sagte Dave mit der ihm eigenen Fröhlichkeit, »einen so neuen Gebrauchten sehen Sie nicht zweimal. Wollen Sie ihn probefahren?«

Jane dachte einen Augenblick nach, dann sah sie auf ihre Uhr. »Ich glaube schon.« Das konnten sie nicht leiden. Dieses Spiel klappte nur, wenn es möglichst lange dauerte, wenn sie mit dem Kunden reden, sich mit ihm anfreunden konnten, so daß er am Ende alles für bare Münze nahm, was sie ihm über Autos und Preise sagten. Wenn sie dabei echt gut waren, dann brachten sie den Kunden so weit, daß er sich genierte, weil er so viel Zeit beansprucht hatte und jetzt auch noch um ein paar hundert Dollar feilschen wollte.

Sie ging hinter Dave auf den Platz hinaus und blieb an der Wagentür stehen, während er ihr die Schlüssel in die Hand fallen ließ. Dann sagte er verlegen: »Macht es Ihnen etwas aus, wenn ich mitkomme?«

»Wenn Sie wollen«, sagte Jane. »Aber ich möchte ungern Ihre Zeit zu sehr in Anspruch nehmen.«

Er ließ sich auf dem Beifahrersitz nieder und schloß den Sicherheitsgurt. »Kein Problem«, sagte er, »ich habe Bob da drin, der kümmert sich ums Geschäft, und wenn ich ganz offen sein darf, es ist eine Wohltat, auch mal rauszukommen.« Er sah so glücklich aus wie ein Hund, der mit der ganzen Familie zum Picknick darf, lustig nach allen Seiten schaut und die Schnauze ins halboffene Seitenfenster schiebt. »Sind Sie vielleicht von hier?«

»Nein«, sagte sie, »ich bin nur im Urlaub hier und da habe ich Ihre Anzeige gesehen.«

»So ähnlich war es bei mir auch. Das ist jetzt schon wieder zwölf Jahre her. Irgendwie dachte ich mir, ich könnte hier im Frühjahr und im Sommer fischen, im Herbst jagen und im Winter skifahren. Aber heute sieht es so aus, daß ich genausoviel Zeit im Geschäft verbringe wie vorher in New Jersey.«

Sie fuhr nach Süden Richtung Tupper Lake. Die Straße war gut, und jetzt im Frühjahr war das Wetter in dieser Gegend klar und kalt. Die grünen Kiefernwälder wirkten an den oberen Berghängen nur dünn gesät, wurden dicht und schwer von Feuchtigkeit, wo sie sich auf halber Höhe mit den volleren Laubwäldern mischten, und unter ihnen begann das Seeufer so plötzlich, daß die Berge scheinbar direkt ins Wasser tauchten.

»Haben Sie das gesehen?« fragte Dave.

»Was?«

»Den Tacho. Nur bißchen über siebentausend.«

»Sind Sie sicher, daß der, von dem Sie ihn gekauft haben, ihn nicht zurückgestellt hat?«

Dave lachte. »Sie sind genau wie meine Frau. Immer mißtrauisch. Aber nein. Das Kabel ist unberührt, und ich habe das Etikett an der Tür kontrolliert. Der Wagen ist erst vor zwei Monaten durch den japanischen Zoll gegangen. Der

Vorbesitzer hat ihn von Oregon bis hierher gefahren. Das sind gute Kilometer.«

»Gute Kilometer?«

»Aber klar. Er hat ihn richtig eingefahren. Er hat ihn nicht irgendwo im Stadtverkehr zu Tode gehetzt, er ist einfach die langen, schnurgeraden Straßen quer durch das Land gefahren.«

»Ein hübscher Wagen«, bestätigte sie ihm. »Warum wollte er ihn denn loswerden?«

»Wenn Sie ihn gesehen hätten, dann wüßten Sie Bescheid. Er war so ein großer, kräftiger Typ. Einsneunzig, wette ich. Das hier ist ein exzellentes Gerät, aber wenn ein Mann von seiner Größe damit sechstausend Kilometer am Stück fährt – also, das kann ihm nicht leichtgefallen sein. Die Japaner bauen keine Autos für solche Männer. Sie wären ja auch blöd: So groß sind sie ja gar nicht.«

»Man könnte aber annehmen, er wußte doch, wie groß er ist, als er ihn gekauft hat.«

Dave war einen Augenblick ratlos. »Könnte man, tatsächlich.« Dann hatte er sich wieder erholt. »Also er paßte schon rein, aber ich denke mir, bei einer so langen Fahrt über Land sehen irgendwann kleine Probleme wie ganz große aus.«

Jane lenkte den Wagen auf den Seitenstreifen, wendete und fuhr nach Saranac Lake zurück. Das gefiel Dave überhaupt nicht. »Das ist ein Schnäppchen, sage ich Ihnen. Ich weiß nicht, ob Sie Zeitung lesen, aber der Dollar ist gegen den Yen ganz schön heruntergegangen, seit sie das gute Stück hier gebaut haben. Versuchen Sie mal, so etwas sogar direkt ab Schiff zu kaufen, das kostet Sie heute dreitausend Dollar mehr.«

»Ist das möglich?« Sie hatte in den letzten drei Tagen so viele Zeitungen gelesen, sie hätte ihm die Zahlen herunterbeten können. Die kleineren Zeitungen brachten die Kfz-Anzeigen immer am Ende des Wirtschaftsteils. Sie bog auf Daves Vorplatz ein und parkte den Wagen mit dem Kühler zum Gehweg auf seinem alten Platz.

Als sie ausstiegen, sagte er geschäftig: »Na, und was halten Sie davon?«

»Ich weiß nicht recht«, antwortete sie mit einem sehnsüchtigen Blick auf den Wagen. »Er gefällt mir, aber ...«
»Aber was?« fragte er.
»Ich frage mich einfach immer noch, warum der vorige Besitzer einen fabrikneuen Wagen loswerden wollte.«
»Ich habe Ihnen doch gesagt, warum.«
»Was hat er sich gekauft, als er ihn herbrachte?«
»Nichts. Er sagte nur, er hat einen Fehler gemacht, weil er es eilig hatte, und er wollte sich zuerst noch umsehen.«
Das ließ ihr eine kleine Hoffnung. Allerdings war es noch zu früh, darauf zu bauen. Selbstverständlich hatte er nicht beim gleichen Händler einen neuen Wagen gekauft, da wäre man ihm zu leicht auf die Spur gekommen. Wenn er aber nun keinen Wagen hatte, war er vielleicht immer noch in dieser Gegend. »Ob Sie wohl ... Also, mir ist klar, das ist ein bißchen viel verlangt, aber ich kann es mir nicht leisten, einen Wagen zu kaufen und dann so wie er vier Wochen später einen anderen. Glauben Sie, ich kann mit ihm darüber reden?«
In Daves Gesicht wurde allmählich der Arbeitsaufwand sichtbar. »Kann ich nicht sagen. Aber Sie haben nicht viel davon, wenn Sie mit ihm reden. Der Wagen ist so, wie er ist, egal, was er Ihnen erzählt. Nehmen Sie den Wagen mit, bringen Sie ihn in Ihre Werkstatt, lassen Sie ihn durchchekken.«
»Ich bin erst seit heute früh hier. Ich habe hier keine Werkstatt.«
»Ich könnte ihnen ein paar empfehlen.«
Sie lächelte ihn nur mitleidig an, und dann sah auch er das Problem. Die Stadt war einfach zu klein, und jeder Mechaniker, zu dem sie ging, war möglicherweise ein Freund von ihm. »Ich schaue mir nochmal die Papiere an, ob wir ihn irgendwo ans Telefon kriegen können.«
Sie folgte ihm in den Ausstellungsraum und sah ihm zu, wie er in seinem einzigen Hängeregal mit dem Finger durch die Ordner blätterte. Schließlich zog er einen gelben Umschlag heraus und schüttete den Inhalt vor Bob auf den Schreibtisch. Es war nicht ganz klar, was eigentlich Bobs Arbeit war, aber eine Körper- oder auch nur eine Augenbe-

wegung gehörte nicht dazu. Er hielt seinen Blick unverwandt auf Jane gerichtet.

Da lagen also das Betriebshandbuch, ein paar weiße Zettel mit Stempeln drauf und in Computerschrift, dann ein rosa Papier und ein gelber Kaufvertrag. Dave packte ihn und studierte ihn einen Augenblick. »Da ist es«, sagte er, »Annabel Cabins in Lake Placid. Die rufen wir sofort an.« Das zog er jetzt durch, mit stoischer Unerschütterlichkeit. Sie hatte ihn so weit gebracht. Er hatte sich entschieden, den Beweis zu erbringen, daß hier alles mit rechten Dingen zuging, und zwar durch seine Entschlossenheit, alles aufzudecken. Er wählte die Nummer, die auf dem Papier stand.

»Hallo, hier ist Dave Rabel«, sagte er, »von Dave's Honda in Saranac Lake. Wie geht es denn so an diesem schönen Nachmittag?« Er hörte kurz zu, dann sagte er: »Nein, ich versuche nicht, Ihnen etwas zu verkaufen. Ich möchte nur mit einem meiner Kunden sprechen, der bei Ihnen wohnt. Er heißt John Young. Ist er noch da?« Nun trat eine längere Pause ein, und auf Daves Stirn breiteten sich kleine Falten aus. »Sind Sie sicher? Na, schön, und danke für Ihre Mühe.« Er legte auf, zuckte die Schultern und sah sie an.

»Nicht da?«

Er schüttelte den Kopf. »Tut mir leid. Aber wenigstens haben wir es versucht.«

Sie ging das Risiko ein, beharrlich zu erscheinen. »Hat er das Hotel verlassen oder war er überhaupt nie da?«

Dave sah unentschlossen vor sich hin, aber er spürte, daß er um die Sache nicht herumkam. »Ich erinnere mich, daß er sagte, er wollte da hin, aber sie hatten kein Zimmer frei oder sowas.« Sie sah ihm an, daß er sich wunderte, wieso John Young ihm die Telefonnummer gegeben hatte, ohne sie selbst für eine rechtzeitige Reservierung zu benützen.

»Ist er vielleicht gestohlen?«

Dave lächelte. »Nein, nein. Da haben wir ein paar Sicherheiten eingebaut. Sein Name stand auf dem vorigen Kaufvertrag, und ich habe mir seinen Führerschein angeschaut, und da stand derselbe Name. Und außerdem melden wir jeden Kauf, und dann jagen sie die Fahrgestellnummer irgendwo durch den Computer.«

Jane machte einen Schritt zurück. »Also, dann entschuldigen Sie bitte, daß ich Ihnen so viel Arbeit gemacht habe.«

»Heißt das, Sie geben es auf?«

»Ich würde mich einfach nicht wohlfühlen, wenn ich so wenig über die Vergangenheit dieses Wagens weiß.«

Dave kämpfte jetzt seine Verärgerung nieder. »Er hat keine Vergangenheit. Dieses Baby kommt gerade aus den Windeln. Das sieht ihm doch jeder an.«

»Es tut mir leid«, sagte sie. »Aber das ist es ja, was mir Sorgen macht. Ich weiß, es klingt wahrscheinlich dumm, aber ... Jedenfalls vielen Dank für Ihre Bemühungen.«

Sie wandte sich zum Gehen, aber das ließ Dave nicht gelten. »Warten Sie«, sagte er. Sie drehte sich um und sah ihn an. Ihr beschämter Gesichtsausdruck war echt. Es war ihr unlieb, daß sie diesen netten Menschen wie auf einer Hetzjagd vor sich hertrieb, für nichts und wieder nichts.

Er sagte: »Vielleicht graben wir ihn doch noch aus. Er ist bestimmt nicht quer über den Kontinent gefahren, bloß um mir einen Wagen zu verkaufen. Er muß noch in der Gegend sein.«

»Aber wie kann ich ihn nur finden?«

»Lassen Sie mich ein paar Anrufe machen. Wenn er einen anderen Wagen gekauft hat, dann gibt's dafür nicht viele Adressen hier. Geben Sie mir Ihre Telefonnummer und ich rufe Sie an, wenn ich Glück habe.«

Sie sagte: »Ich wohne im Holiday Inn, am Ende der Straße. Mein Name ist Janet Foley.«

Er grinste. »Aber Sie haben das Zimmer schon richtig gemietet, nicht wahr? Sie verschwinden jetzt nicht einfach so, wie er?«

»Nein«, sagte sie, »Zimmer zwei-dreiundvierzig.«

Auf dem Rückweg ins Hotel aß sie in einem kleinen Restaurant zu Abend, dann ging sie auf ihr Zimmer. Als sie die Tür öffnete, klingelte schon das Telefon.

»Janet?« sagte er. »Hier ist Dave Rabel. Es ist ziemlich genau so, wie ich es Ihnen sagte. John Young hat sich einen gebrauchten Ford Branco gekauft, bei Taylor's in Lake Placid. Er wird sich gedacht haben, er braucht jetzt einen Wagen mit großem Innenraum.«

»Und hatten sie dort auch seine Adresse?«

»Sie gaben mir sein Hotel, aber da ist er seit drei Tagen nicht mehr.«

»Ich geb's auf«, sagte Jane.

»Sie meinen, sie kaufen den Wagen?«

»Nein«, sagte sie. »Ich meine, ich kann nicht. Ich weiß Ihre Bemühung zu schätzen, aber ich muß wohl noch etwas warten, bis ich einen Wagen finde, bei dem ich mir wirklich sicher bin.«

Er seufzte. »Sie lassen sich den besten Gebrauchtwagen der Nordoststaaten entgehen.« Er ließ ihr Zeit für eine Antwort. Als keine kam, beschloß er, die Sache in einer freundlicheren Tonart zu beenden. »Aber ich denke, wenn Sie zu vorsichtig sind, kriegen Sie weniger Schrammen ab, als wenn Sie nicht vorsichtig genug sind.«

»Danke«, sagte sie, »ich wußte, Sie würden mich verstehen.« Sie legte den Hörer auf und sagte laut: »Dave, warum warst du nicht da, als ich John Felker traf?«

Sie nahm den unausgepackten Koffer, ging nach unten, gab aber den Zimmerschlüssel nicht ab und fuhr nach Lake Placid. Sie parkte den Wagen und ging zu Fuß von einem Laden zum nächsten in den wenigen Straßen der Innenstadt. Sie wußte genau, was er zum Anziehen hatte, weil sie ihm die Sachen gekauft hatte. Der Anzug und der leichte Regenmantel waren hier sinnlos, denn damit wäre er nur aufgefallen. Er hatte ein paar Jeans und ein paar Hemden bei sich, aber hier brauchte er eine warme Jacke, das Frühjahr in den Adirondacks-Bergen war kalt. Auf dem Weg hierher hatte sich James Michael Martin sicher nichts gekauft. So einen Einkauf hatte er verschoben, bis er wußte, was die Leute aus der Gegend anhatten, um es dann dort zu kaufen, wo auch sie einkauften.

Im ersten Laden zeigte Jane dem jungen Verkäufer an der Kasse das Foto, das sie von Felker gemacht hatte. Der Angestellte war etwas über dreißig Jahre alt und trug die gleichen Shorts, wie sie im Regal am Eingang lagen, und ein T-Shirt, auf dem »LAKE PLACID« stand. Er sah sich das Foto nicht einmal richtig an, also produzierte sie stärker überzeugende Tränen in ihren Augen: »Er ist mein Freund, wissen Sie, und wir haben uns gestritten, und jetzt ...« Der Verkäufer war so besorgt, daß er sie gleich zu trösten begann. »Nein. Ehrlich nicht. Ich würde mich an ihn erinnern. Bei uns war er nicht.«

Im zweiten Laden sagte eine ältere Frau: »Sind Sie von der Polizei?« Als Jane es auch hier mit den Tränen im Augenwinkel probierte, wurde die Frau erst recht starrköpfig. »Ich finde das keine gute Grundlage für eine Beziehung, wenn man einem Mann so hinterherjagt. Selbst wenn ich ihn gesehen hätte – hätte, sage ich –, dann täte ich Ihnen direkt einen Gefallen, wenn ich es für mich behalten würde.« Jane war klar, daß sie ihn nicht gesehen hatte.

Die Frage nach der Polizei brachte sie auf eine Idee. Sie ging zurück zum Wagen und nahm die Gefängnisakte an sich. Beim dritten Mal zeigte sie als erstes die Polizeifotos her. »Haben Sie diesen Mann gesehen?« Der Angestellte sah genau hin und sagte ziemlich schnell: »Nein, Madam.«

Der fünfte Laden war ein Sportartikelgeschäft. Sobald sie auf die Fotos deutete, wußte sie, daß sie auf seine Spur gestoßen war. Das Mädchen an der Kasse sah nach junger Studentin aus, und beim Anblick der Polizeifotos wurde sie blaß. »Was hat er denn angestellt?«

Jane übte Druck auf sie aus. »Haben Sie ihn gesehen?«

»Also ... ja. Er hat ein paar Sachen gekauft. Vor drei, vier Tagen.«

Der Geschäftsführer war schlank und aufgeweckt, kaum älter als das Mädchen. Er hatte gerade im Lager Preisschilder auf die Kartons geklebt und bemerkte sofort, daß hier kein normaler Kaufvorgang stattfand. Er eilte nach vorn in den Laden. »Darlene«, sagte er mit übertriebener Autorität, »das erledige ich.« Aber als er die Fotos sah, blickte er noch betrübter drein als seine Angestellte. »Ach ja. Was hat er denn getan?«

Jane blieb amtlich streng. »Hat er hier etwas gekauft?«

»Ja«, sagte der Geschäftsführer, »eine Menge Sachen.«

Jane sagte: »Er hat vermutlich bar bezahlt. In großen Scheinen, in Hundertern, denke ich.«

»Ja, so war es«, sagte er. Jane sah ihm an, daß er im Kopf alle Verbrechen durchging, die man zweifelsfrei durch Hundert-Dollar-Scheine nachweisen konnte.

»Haben Sie zufällig noch ein paar von den Scheinen in Ihrer Kasse?«

»Nein«, sagte er hilflos, »das kam alles gleich auf die Bank.«

»Welche Bank?«

»Winslow Federal.« Und hier stolperte er plötzlich über die Schlußfolgerung, die sie ihm nahegelegt hatte. »War das etwa Falschgeld?«

»Wenn es so ist, teilen wir es Ihnen mit.« Sie sprach schnell weiter, um das offizielle »wir« wieder untergehen zu lassen. »Was hat er gekauft?«

»Du lieber Himmel«, sagte er, »Sie beschlagnahmen das hoffentlich, oder? Wenn das Geld falsch ist, dann nehmen Sie ihm doch die Sachen weg.«

Der Mann tat Jane leid. Er sah jetzt so aus, als ob er befürchtete, man würde ihm den Fehlbetrag sechs Monate lang vom Gehalt abziehen. »Wenn Sie es zur Bank gebracht haben, dann ist es nicht mehr Ihr Problem«, sagte sie etwas freundlicher. »Das ist wie mit einer heißen Kartoffel. Niemand verbrennt sich daran, nur der, der sie in der Hand behält.« Das tat ihm offensichtlich gut. Als sein Gesicht wieder eine natürliche Farbe angenommen hatte, sagte sie: »Was ich jetzt brauche, ist eine Kopie der Rechnung für alles, was er gekauft hat.«

»Sofort«, sagte der Geschäftsführer und rannte ins Hinterzimmer. Er sah jetzt nicht älter als fünfzehn aus. Mit dem Durchschlag des Rechnungsformulars kam er wieder zurück. Jane nahm ihm das Papier aus der Hand und steckte es in die Akte, ohne einen Blick darauf zu werfen. »Gut. Und jetzt wüßte ich noch gern, ob er irgend etwas gesagt oder getan hat, das uns hilft, ihn zu finden.«

»Sein Wagen«, sagte der Geschäftsführer. »Ich habe ihm noch geholfen, alles rauszutragen. Es war ein schwarzer Wagen, groß ...«

»Ein Ford Branco?« fragte sie.

»Ja!« sagte er verblüfft. »Breite Reifen.«

»An die Zulassungsnummer können Sie sich nicht erinnern?

Er sah sie mit schlechtem Gewissen an. »Nein. Tut mir leid. Ich dachte ja nicht...«

Jane sagte sich, daß sie hier wieder raus mußte. »Das habe ich auch nicht erwartet«, sagte sie liebenswürdig. »Sie haben uns wirklich sehr geholfen. Haben Sie vielen Dank.« Als sie zu Ende gesprochen hatte, war sie schon fast an der Tür.

Im Wagen nahm sie die Quittung aus der Akte und las sie durch. Mit jedem Artikel wurde ihr seine Spur deutlicher: ein Paar Wanderstiefel, Schlafsack, Zelt, eine Angelrute samt einer Rolle Angelschnur, Köder, ein Beil, daunengefütterte Nylonjacke, Kompaß. Er wollte nicht in ein Hotel in Saranac oder Lake Placid. Er war auf dem Weg in die Berge.

24

Martin war auf dem Weg ins Hinterland, in die Weite der menschenleeren Landschaften. Die Berge der Adirondacks dehnten sich ins Unermeßliche aus: mehr als fünfundzwanzigtausend Quadratkilometer, teils staatliche Naturparks, teils im Privatbesitz, ein paar Dutzend Städte. Durch die Riesenfläche hindurch gingen jedoch nur achtzehnhundert Kilometer Autobahn. Er war jetzt abseits der festen Straßen, irgendwo innerhalb der zweieinhalb Millionen Hektar, die die Regierung 1894 als ein »für immer wildes« Gebiet definiert hatte. Sie schlug die Straßenkarte auf, die sie in der Geschenkboutique des Hotels gekauft hatte.

Er hatte einen neuen Wagen mit New Yorker Nummernschildern. Er fuhr sicher nicht weiter östlich nach Vermont oder nördlich über den St.-Lorenz-Strom nach Kanada, da mußte er bereits wieder als Fremder auffallen. Zweifellos war er nach Süden gefahren, wo die Ortschaften lagen und das Land flacher war, und ebenso sicher hielt er sich nicht in den östlichen Adirondacks auf, wo Millionen von Touristen ankamen, sobald das Wetter etwas wärmer wurde. Er ging wahrscheinlich in seinen eigenen Spuren zurück, nach Westen auf der Route 3, auf der er zuerst angekommen war, und dann nach Saranac und zum Tupper Lake. Von da aus konnte er hundertzwanzig Kilometer weiter nach Südosten gehen, ohne sich einem Ort auf weniger als dreißig Kilometer zu nähern. Während sie die Karte so vor Augen hatte, war sie sich fast sicher.

Bevor sie Lake Placid verließ, fuhr sie zu Taylor's und schaute sich zehn Minuten lang einen neuen Ford Branco an, widmete den überbreiten Reifen besondere Aufmerksamkeit. Dann fuhr sie Route 3 zurück Richtung Tupper Lake. Hier verbrachte sie ein paar Stunden damit, ein Geschäft nach dem anderen abzugehen, so wie sie es schon in Lake Placid getan hatte. Diesmal nahm sie jedoch das Foto, das sie selbst gemacht hatte, nicht die Polizeifotos. Er hatte im Winwood's Grocery Store einen ganzen Stapel Lebensmittel gekauft, aber die junge Kassiererin am Ausgang wußte nicht mehr viel, nur daß es solche Sachen waren, wie sie eben ein Mann kaufte. Jane verstand das zuerst nicht, bis sie einige Männer in den Laden kommen sah. Sie kauften einen Wagen voll Fertigessen, kaum frisches Gemüse oder leicht verderbliches Fleisch. Vorräte für Leute, die lange Zeit keinen Lebensmittelladen mehr in ihrer Nähe hatten.

Es war beinahe dunkel, als sie die Sache mit dem Kanu erfuhr. Sie ging in das Geschäft eines Bootshändlers, das sich Jachthafen nannte, zeigte das Foto, und der Verkäufer erkannte ihn auf der Stelle. Martin hatte bezüglich des Bootes ganz bestimmte Wünsche geäußert. Es mußte vier Meter siebzig lang sein, Leichtbauweise, »so wie die Indianer sie haben«, mit sehr geringem Tiefgang. Er hatte darauf bestanden, das Kanu selbst hochzuheben und es einmal über den ganzen Parkplatz zu tragen, bevor er dafür bezahlen wollte. Das, sagte ihr der Mann, war vielleicht ein Anblick, denn da ging ein so großes Boot spazieren, wie er es nie auf dem Kopf tragen würde, nicht mal von hier bis da, aber dieser Typ schaffte es mit Leichtigkeit und hätte dabei noch mit der linken Hand ein Pferd am Zügel führen können. Dann hatte er es auf den Dachträger des Bronco gelegt, festgezurrt und bar bezahlt.

Den Rest des Tages verbrachte Jane mit der Besorgung ihrer eigenen Ausrüstung, ohne jedoch die bereits besuchten Läden noch einmal zu betreten. Sie kaufte sich selbst ein Kanu, in einem modischen Sport- und Freizeitladen in Saranac Lake. Es war nur zwei Meter siebzig lang und wog etwas mehr als zwanzig Kilo. Sie kaufte eine Axt, ein Armeemesser, in dessen Hohlgriff eine Angelschnur steckte, und in Wawbeek einen Rucksack. Das Gewehr kaufte sie in Veterans Camp. Als das alles erledigt war, hatte sie ihr Maximum an Traglast erreicht. Sie konnte nicht auch noch einen Schlafsack oder ein Zelt mitschleppen, und so nahm sie statt dessen eine leichte Nylonplane. Und als sie wieder in ihrem Hotelzimmer in Saranac Lake war, schlug sie die Gefängnisakte noch einmal auf.

Sie las sie von Anfang an durch, auf der Suche nach jeder kleinsten Information, die ihr hilfreich werden konnte. Sie sah sich besonders seinen Gesundheitsbericht an. Er hatte keine Allergien, keine alten Verletzungen, die etwa eine Behinderung darstellten, keine Medikamente, die er einnehmen mußte, keine Seh- oder Hörschwächen, die ihr einen Vorteil verschafft hätten. Ron, der Totengräber, hatte etwas von einem Mord an einem Mithäftling in Marion erzählt, aber wenn das überhaupt stimmte, dann fand sich in der Akte kein Wort über irgendwelche erfolglosen Ermittlungen, die man sicher unternommen hatte; sie konnte also nicht wissen, wie er es getan hatte.

Sie kam zum Bericht seiner letzten Festnahme. Er war in seinem Beruf tätig gewesen, als sie ihn während der Überwachung von Jerry Cappadocia erwischten, und vielleicht sagte ihr das Protokoll etwas über seine Arbeitsweise, wenn er einen Mord plante. Man hatte ihn vor einem Gebäude aufgegriffen, das einen Namen hatte, Dennaway's. Was war Dennaway's? Es klang wie eine Bar, ein Restaurant vielleicht. Sie hob den Telefonhörer ab, rief die Auskunft für die Ferngespräche an und wählte die Nummer, die man ihr sagte.

»Dennaway's«, sagte eine Frau am anderen Ende.

»Hallo«, sagte Jane und gab ihrer Stimme gewollt jenen gutgelaunten und geschäftlichen Ton, den sie vor Jahren in ihrem Job bei der Inkassofirma gelernt hatte. »Hier ist *Bes-*

serer Service! In unserer Beschreibung für Dennaway's, sehe ich gerade, fehlt jede Angabe. Könnten Sie mir da helfen?«

Die Frau zögerte etwas. »Also, wir haben so von allem ein bißchen. Angefangen von Versace bis Donna Karan.«

Es war ein Geschäft für Damenbekleidung. Martin hatte geplant, Jerry Cappadocia vor einem Geschäft für Damenkleidung umzubringen. »Ich erinnere mich vielleicht falsch«, sagte Jane, »aber hatten Sie nicht früher mal auch eine Herrenabteilung?«

»Nein, wir hatten immer ausschließlich Couturier-Ware für Damen.«

Jerry Cappadocia hatte wahrscheinlich für seine Freundin eingekauft, Geschenke vielleicht. Wie hieß sie gleich wieder? Lenore Sanders. »Dann trage ich das jetzt mal richtig ein. Und vielen Dank für Ihre Hilfe.«

»Es war mir ein Vergnügen«, gurrte die Frau. »Kann ich Ihnen noch weitere Auskünfte geben?«

Jane sagte sich, es gab eigentlich keinen Grund, warum sie das Frage-und-Antwort-Spiel nicht weitertreiben sollte. Jedes Detail, das eine bloße Vermutung zu einer Tatsache machte, war die Mühe wert. Sie legte einen freundlichen, vertraulichen Klang in ihre Stimme. »Wenn ich Sie gerade nicht in Ihrer Arbeit störe, dann können wir das hier ja gleich zu Ende bringen. Haben Sie nicht eine Kundin namens Lenore Sanders?« Jerry Cappadocia war nicht dumm, er hatte ihr zweifellos die Kleider gekauft, die sie auch selbst gewählt hätte. Er ging in die Läden, wo auch sie kaufte.

»Lassen sie mich im Computer nachsehen«, sagte die Frau. Janes Hoffnungen waren nicht überwältigend. Fünf Jahre waren eine lange Zeit. Aber nach einigen Tastenklicken und einer kurzen Pause sagte die Frau: »Ja, da ist sie. Aber ich kann mir nicht denken, warum Sie sich an *Besserer Service!* wenden. Sie hat in der letzten Zeit bei uns nichts gekauft.«

»Aha?« sagte Jane mit leicht zweifelnder Betonung. »Und ich kann mir nicht vorstellen, daß es sich hier um zwei verschiedenen Personen handelt. Es ist ja kein so gängiger Name. Haben Sie vielleicht ihre Adresse?«

»Ah, jetzt«, sagte die Frau triumphierend, »jetzt verstehe ich, warum. Sie wohnt schon seit längerem in St. Louis. Lenore Sanders Cotton, genau. Mrs. Robert Cotton, 5353 Dibbleton Way, St. Louis.«

»Das ist sie«, sagte Jane. »Aber Sie sagen, sie hat in letzter Zeit nicht viel bei Ihnen gekauft?«

»Das letzte Mal war vor fast einem Jahr. Ich vermute, sie kommt bloß noch dann bei uns vorbei, wenn sie zufällig in der Stadt ist.«

»Ja«, sagte Jane, »so wird es wohl sein. Sie sagt, sie hätte Ihnen etwas zurückgeschickt, weil es beschädigt war, und Sie hätten ihr den Betrag nicht gutgeschrieben. Wie handhaben Sie derartige Fälle?«

Die Frau seufzte. »Ich glaube, ich weiß, was da passiert ist. Die Person, die für die Reklamationen zuständig war, hat ... also, sie arbeitet nicht mehr hier. Es ist eindeutig unsere Schuld. Was hatte sie denn gekauft?«

Jane riet ins Blaue. »Es sieht wie ein Pullover aus.«

Die Frau ging wieder ihren Computer durch. »Ach ja, hier ist er. Wir schicken ihr einfach einen anderen.«

»Das hört sich gut an. Und noch eine Kleinigkeit. Sowas kann ja immer mal vorkommen, und Sie machen sich die Mühe und regeln das ohne Kosten für den Kunden; also warum sagen Sie ihr nicht einfach, Sie hätten das Versehen selbst entdeckt, ohne ihr zu sagen, daß Sie mit uns gesprochen haben? Sie wird denken, es hat sich alles von allein in Wohlgefallen aufgelöst.«

»Ich danke Ihnen«, sagte die Frau.

»Gern geschehen«, sagte Jane.

Sie setzte sich aufs Bett und dachte darüber nach. Lenore Sanders war nach dem Tod von Jerry Cappadocia wieder groß herausgekommen. Sie hatte die Stadt verlassen und einen gewissen Robert Cotton geheiratet. Jane spürte, während sie an Lenore dachte, eine seltsame Wißbegierde, von der sie nicht sagen konnte, wie sie sich rechtfertigen ließ. Höchstwahrscheinlich fand sie auf dieser Spur überhaupt nichts Zusätzliches über James Michael Martin heraus. Das Mädchen war nicht dabei, als das Überwachungsteam zugriff, sonst wäre sie im Protokoll erwähnt worden. Und in der Pokerrunde, bei der Jerry ermordet wurde, war sie natürlich auch nicht.

Jane blätterte den Stoß Zeitungen durch, die sie sich in den letzten Tagen zusammengekauft hatte, bis sie die St. Louis Post-Dispatch hatte. Es war eine Morgenzeitung, das hieß, dort war um diese Zeit Hochbetrieb. Sie überflog das Impressum nach einem passenden Namen. Es mußte eine Korrespondentin in einer weit entfernten Stadt sein. Dann wählte sie die Nummer der Zeitung.

»Hier ist Ginny Surchow in Washington«, sagte sie zu der Telefonistin, »könnten Sie mich mit dem Archiv verbinden?«

Es dauerte nur eine Sekunde, bis sich eine Frau meldete: »Archiv.«

»Hallo«, sagte Jane, »hier ist Ginny Surchow. Ich würde gern wissen, ob wir irgendwas für einen Artikel über Mrs. Robert Cotton haben.«

»Für sie selber hätte ich was: den freundlichen Rat, bei der Wahl ihrer Ehemänner genauer hinzuschauen.«

Jane kicherte halblaut, ohne zu wissen, wie komisch das gemeint war. »Vielleicht sollte ich besser mit ihm anfangen. Haben wir da ordentlich was?«

»Fragen Sie lieber, was wir nicht haben. Warum kommen Sie nicht runter und sehen sich die Sachen an. Wir sind noch den ganzen Abend hier, bis die letzte Ausgabe rausgeht.«

»Ich kann nicht. Ich sitze in Washington. Geben Sie mir doch eine Kurzfassung auf die Schnelle.«

»Na schön«, sagte die Frau, »eine Minute.« Als die Minute um war, kam sie wieder an den Apparat. »Hier habe ich einen Artikel über eine Ermittlung gegen ihn wegen Geldwäsche, das war siebenundneunzig, dann eine wegen Hehlerei zweiundachtzig. Das Lagerhaus und der Lastwagen gehörten ihm, aber die Jungs da sagten aus, sie würden die Fernseher auf eigene Rechnung verladen. Dann, fünfundachtzig, waren es Drogen, aber er hielt sich das Zeug vom Leib, und mit den Beweisstücken war auch irgend etwas nicht ganz koscher, also verlief die Anklage im Sand. Seit neunundachtzig haben wir eine ganze Serie von Meldungen gebracht über andere Leute, die mit Cotton ›in Verbindung stehen‹.«

»Irgendwas richtig Amtliches?«

»Keine Verurteilung, soweit ich sehe. Deshalb nennen wir ihn neuerdings ›eine mutmaßliche Person des organisierten Verbrechens‹. Ach nein, hier in einem neueren Artikel haben wir ihn befördert, zur ›Schlüsselfigur im Bandenwesen‹.«

»Ich bin im Bilde«, sagte Jane. »Und vielen Dank auch.«

Sie legte auf, bevor ihr die Frau irgendwelche Fragen stellen konnte. Der Anruf war sinnlos gewesen. Sie füllte in der ganzen Sache nur Leerstellen aus, die sie überhaupt nicht ausfüllen mußte. Lenore Sanders kam in der Geschichte einfach nicht mehr vor. Sie war in eine andere Stadt gezogen und hatte sich einen Mann geangelt, der auf den ersten Blick gar nicht viel anders war als Jerry Cappadocia. Jane wußte nun über James Michael Martin alles, was sie herausfinden konnte.

Sie nahm den Hörer wieder ab und rief Jake Reinert an.

»Janie?« sagte er. »Wo bist du?«

»Tut mir leid, daß ich ohne dich wegmußte, Jake«, sagte sie. »Ich wollte nur mal ein bißchen allein sein. Verstehst du das?«

»Und wo verbringst du diese Zeit allein?«

»Am Strand. Es ist so erholsam hier, und es geht mir so gut, daß ich ein schlechtes Gewissen bekam.«

»Janie? Vielleicht solltest du doch besser nach Hause kommen.«

Sie klopfte mit den Fingern auf das Tischchen neben dem Bett. »Oh.« Sie rief über die Schulter zurück: »Ich bin gleich da«, dann sagte sie: »Ich muß weg. Hier servieren sie jetzt das Abendessen. Und: Nein, das ist kein Mann hier, mein Pech. Nur eine andere Frau, die ich am Strand kennengelernt habe. Bis dann.«

Vor Tagesanbruch gab sie ihren Schlüssel ab und verließ das Hotel. Sie fuhr einmal langsam ganz um den Tupper Lake herum, hielt an manchen Stellen an und betrachtete lange das Seeufer. Bevor die Sonne aufging, fuhr sie sieben verschiedene Waldwege hinauf, aber keiner reichte weiter als ein paar hundert Meter. Sie war überzeugt, es konnte nur eine der früheren Forststraßen sein. Seit man um 1830 die Adirondacks erstmals kartographisch erfaßt hatte, war der Holzeinschlag ungehindert weitergegangen bis 1890, als die Regierung beschloß, das, was noch übrig blieb, unter Naturschutz zu stellen. Danach war fast im gesamten Park nur noch eine streng kontrollierte Forstwirtschaft möglich, aber überall waren noch die Straßen zu erkennen, sogar noch einige Nebentrassen der Schmalspurbahn, mit der man die Stämme abtransportiert hatte. In dieser Gegend war James Michael Martin zur Welt gekommen, und vielleicht hatte er sich die geeignete Stelle schon damals ausgesucht, als er noch in seiner Zelle in Illinois saß.

Um zehn Uhr vormittags entdeckte Jane die Reifenabdrücke auf der alten Straße hoch über dem See. Sie bestand heute aus nicht mehr als einigen Wagenspuren, die im feuchten Gelände am See begannen und dann gleich in den Wald hinaufführten. Im flachen Boden blieben die Spuren seiner Reifen auch noch nach drei Tagen deutlich sichtbar eingegraben, und aus den tieferen rautenförmigen Erdbrokken waren dicke, schwarze Schlammränder herausgequollen. Auf dem weiteren Weg hinauf unter die Bäume wurde die Wagenspur schwächer und war bald nur noch als der Abdruck eines schweren Gegenstands erkennbar, der unter seinem Gewicht die Vegetation zerquetscht hatte, Disteln, Wolfsmilch und Goldrute, mit denen der Wald die Narben der Gleisspuren geheilt hatte. Noch höher hinauf war der Untergrund hart, öfter trat nun schon der Fels an die Oberfläche, ebenso das verflochtene Wurzelwerk der großen Bäume. Ab und an gab es Stellen, wo die dichte Laubdecke vom vorigen Herbst durch stehendes Wasser schwarz verrottet war, manchmal auch vom Regen zur Seite gespült. Hier konnte sie die Reifenabdrücke wieder sehen. Es bestand aber immer noch die Möglichkeit, daß es selbst so früh im Jahr, lange vor dem Abschmelzen der tiefen Schneelagen auf den Höhen über dem See, nur harmlose Angler waren auf der Jagd nach Fischen.

Die Spur zeigte zwar das richtige Muster, aber es gab vielleicht Hunderte solcher Reifen, an Geländewagen und Jeeps überall hier in den Bergen. Sie fuhr weiter, der Mietwagen holperte über hervorstehende Baumwurzeln und sank in tiefe Bachrinnen, wo das Regenwasser quer über den Weg in den See lief.

Um elf Uhr sah sie zum erstenmal einen glänzenden Lichtfleck. Er traf sie schneidend scharf, ein Blitzlicht, als wäre ein Stück Sonne ins Unterholz am rechten Wegrand gefallen. Sie hielt an, nahm das Gewehr und ging darauf zu mit unhörbaren Schritten auf dem Teppich aus nassen Blättern am Boden. In einer Entfernung von zehn Metern blieb sie stehen und sah den Wagen.

Der Ford Branco war vom Weg heruntergefahren, durch ein paar Büsche hindurch und in ein Gestrüpp aus niedrigen, stachligen Bäumen, die über dem Wagendach eine Laube bildeten. Sie bewegte den Kopf, da kam der Lichtblitz wieder, und diesmal wußte sie, was es war. Das Rückfenster war nicht gewölbt wie bei einem Stadtwagen, sondern flach und breit, und darin fing sich die Sonne wie in einem Spiegel.

Vorsichtig ging sie zur Seite, bis sie sicher sein konnte, daß der Wagen leer war und die Türverriegelungen geschlossen. Die Motorhaube war warm, aber es war die breit verteilte Wärme der Sonnenstrahlung, nicht ein warmer Hitzefleck in der Mitte, weil der Motor etwa noch vor kurzem gelaufen wäre.

Sie blickte durch das Rückfenster ins Innere und sah, daß die Ladefläche leer war. James Michael Martin hatte nicht das Geringste zurückgelassen. Kein Essen, keine Kleider, kein Zelt. Auch das Kanu fehlte, und selbst die Gurte, mit denen er es auf den Dachträger geschnallt war, hatte er mitgenommen. Es kam ihr seltsam vor, daß er beim Kauf des Wagens den Namen John Young benutzt hatte. Er hatte doch Geld, und sicher auch irgendwelche Papiere, die nicht von ihr kamen und ihn als James Michael Martin bestätigten. Aber dann fiel ihr ein, daß er nach acht Jahren im Gefängnis keinen gültigen Führerschein mehr haben konnte.

Jane ging zu ihrem Wagen zurück, ließ das Kanu vom Dach gleiten, packte ihre gesamte Ausrüstung hinein und zog es unter den dichtesten Busch auf der anderen Seite des Weges, dann ging sie dieselbe Strecke zurück und zupfte alle Pflanzen wieder in ihre aufrechte Stellung und schob überall Blätter über die Schleifspur.

Sie mußte fast einen halben Kilometer im Rückwartsgang

fahren, bis sie eine Stelle zum Wenden fand. Sie tat es mit Absicht ungeschickt und knickte dabei alle möglichen Zweige am Wegrand. Wenn jemand später hierherkam, sollte er denken, sie hätte hier angehalten und sei dann umgekehrt.

Als sie wieder auf der Straße war, fuhr sie bis nach Saranac Lake und gab den Wagen bei Hertz ab. Jetzt war sie zu Fuß und ungehindert. Es dauerte drei Stunden, bis der Bus sie endlich zurück nach Tupper Lake brachte, und noch einmal drei Stunden, bis sie um den See herum und den Forstweg hinaufgelaufen und wieder an der Stelle angekommen war, wo sie den Ford Bronco gefunden hatte. Sobald die Straße hinter ihr lag und sie den dritten Seitenpfad eingeschlagen hatte, schloß sich der Wald um sie, und kein Lärm der Zivilisation drang hier herauf.

Die Leute aus der Gegend verwendeten gar nicht die Bezeichnung Adirondacks für diese Landschaft; sie nannten sie die North Woods. Es machte keinen Unterschied. Der Landvermesser, der die Bezeichnung auf seine Landkarte eingetragen hatte, dachte, Adirondacks sei der Name eines untergegangenen Stammes. In Wirklichkeit war es ein Irokesen-Wort und bedeutete »Rindenfresser«, so nannten sie die Algonkin-Indianer. Damit meinten sie Jäger, die nicht genug Wild für ihren Hunger fanden.

In der Vergangenheit war das kein herrenloses Gebiet gewesen. Über den St.-Lorenz-Strom waren die Huronen, die Algonkin und die Montagnais zum Jagen hierhergekommen, und über den Hudson und den Lake Champlain die Abenaki und die Mohikaner. Jagdgruppen aus den Stämmen der Hodenosaunee, auch Janes eigener Stamm, kamen hierher, die Seenkette und die Bergkämme entlang. Die Hodenasaunee, die Leute vom Langhaus, hatten hier allerdings nie ihre Langhäuser gebaut. Sogar für sie war die Gegend ein unwegsames Land, in dem sie zu fünft oder zu zehnt auf die Jagd gingen. Sie bauten sich kleine, provisorische Hütten aus Rinde und Zweigen, schossen ihr Wild und gingen wieder heim nach Süden. Die Höhe und die felsigen Bergrücken hier waren nicht günstig für den Anbau von Mais und Bohnen und Kürbissen. Im Winter lag der Schnee manchmal fast sieben Meter hoch.

Jane ging unter den Bäumen weit abseits des Forstwegs, der in den Wald hinaufführte, nicht eigentlich, um ihre Spuren zu verwischen, sondern weil sie die wenn auch unwahrscheinliche Überraschung ausschließen wollte, plötzlich allein und unbewaffnet John Felker zu begegnen. Die Bäume hier waren frisch nachgewachsen, nachdem man die hohen Stämme damals herausgeschlagen hatte, und sie wuchsen kurz und dicht. Diejenigen Bäume, die später einmal zu Riesen heranwachsen und das Dach des Waldes formen sollten, waren noch zu jung, um den anderen ihr Licht zu rauben und sie absterben zu lassen.

Die Sonne sank schon fast hinter die Bergspitzen, als sie wieder bei dem Ford Branco ankam. Sie fand, sie hatte Glück gehabt, daß sie ihn beim ersten Mal überhaupt entdeckt hatte. Er hatte ihn gut versteckt, aber vermutlich hatte er es am Nachmittag getan, als die Sonne nicht auf die flache Heckscheibe fiel, sondern auf die konvexe Windschutzscheibe, an der sich die Spiegelungen diffus verteilten.

Jane stand vor dem Wagen und betrachtete ihn nachdenklich. Es störte sie immer noch, daß er ihn als John Young gekauft hatte. Eine offizielle Meldung des Kaufs lag beim Kraftfahrzeugamt, und das war eine öffentlich zugängliche Informationsquelle. Sie dachte an ihn jetzt nur noch als Martin, nicht als John Felker, weil er der nie gewesen war, auch nicht an John Young, weil der lediglich ihre Variante derselben Person war. Martin war nicht für dauernd hier heraufgekommen. Er war in die Berge gegangen, um abzuwarten. Er hatte Harry getötet, und danach hetzte ihm Jerry Cappadocias Vater seine Leute auf den Hals.

Er hatte nichts zu befürchten. Er hatte Lew Feng umgebracht, den Menschen, der John Young erfunden hatte. Er konnte in Ruhe darauf warten, daß sich die Nachricht von Harrys Tod herumsprach und jeden im Publikum erreichte, der sich dafür interessierte, bis sie danach wieder belanglos wurde. Jane sagte sich, daß er vermutlich gedacht hatte, sie würde nie herausfinden, wer Harry umgebracht hatte, sondern annehmen, die vier Männer hätten Lew umgebracht und hinterher, nachdem sie die Liste besaßen, auch noch

Harry. Und jetzt gab es keinerlei Möglichkeit mehr, etwas über John Young herauszubekommen, weil Lewis Feng tot war.

Sie dachte noch einmal an den letzten Abend in Vancouver, und dann dämmerte ihr allmählich die Wahrheit. Sie hatte geglaubt, er sei deshalb nervös, weil sie sich so abrupt von ihm verabschiedet hatte. Als er bemerkte, daß sie gegangen war, saß sie schon fast im Flugzeug. Aber was ihn in Wahrheit nervös machte, war etwas anderes: Sie hatte ihm keine gefahrlose Chance gelassen, sie umzubringen. Sie war einfach verschwunden. Und jetzt war er irgendwo hier, um herauszukriegen, ob sie sich wirklich hatte hereinlegen lassen. Wenn ja, konnte ihn auch niemand anderer finden. Und was, wenn nicht?

Sie sah sich den Branco näher an. Es war nichts Auffälliges daran. Sie legte sich auf den Rücken, schob sich zwischen die breiten Rädern und prüfte den Unterboden. Hier war alles ordentlich an seinem Platz. Sie zog sich langsam nach vorn unter den Motor und suchte nach Drähten oder auch einem Stahlrohr, das so aussah, als ob es da nicht hingehörte. Als sie die zwei Plastikkanister entdeckte, näherte sie sich ihnen mit aller Vorsicht. Nahe den Öffnungen waren Streifen von Klebeband zu sehen. Sie berührte eine mit der Fingerspitze und hatte Benzingeruch auf der Haut. Die beiden Behälter waren an den Abgasrohren befestigt. Wenn sie den Anlasser kurzgeschlossen und den Wagen ein, zwei Kilometer weit gefahren hätte, wäre das Plastik geschmolzen und hätte zehn Liter Benzin über den gesamten Motorraum verteilt.

Falls sie dann noch rechtzeitig aus dem Wagen kam, bevor das Feuer die ölige Unterseite entlang weiterbrannte und den Benzintank erreichte, sahen die Leute in der Stadt den Rauch und außerdem, wie sie von John Youngs Wagen weglief. Er hatte genau gewußt, daß sie viele Menschen fragen mußte, ob sie John Young gesehen hatten, wenn sie den Wagen überhaupt finden wollte. Wenn John Young auch nach Wochen noch immer nicht aus den Wäldern wiederkam, konnten sie zwar nicht beweisen, daß Jane ihn umgebracht hatte, aber mit Sicherheit stand sie unter Verdacht.

In jedem Fall konnte sie nicht gewinnen und er nicht verlieren. Falls der Wagen verbrannte, war von ihr und den zwei Fünf-Liter-Kanistern nichts mehr übrig. John Young verwandelte sich wieder zurück in James Michael Martin. Und wenn er nicht verbrannte, dann konnte er John Young bleiben, solange er wollte, weil sie dann nicht hinter ihm her war. Sie war vielleicht nicht einmal fähig sich vorzustellen, John Felker hätte Harry getötet, oder sie war nach Medford geflogen und hatte herausgefunden, daß er dort nie angekommen war, und glaubte nun, die vier Männer hätten ihn doch noch erwischt.

Sie rollte sich zur Seite und setzte sich neben dem Wagen auf. Jetzt spürte sie die Bösartigkeit, die er ausstrahlte. Man mußte sich schon unendlich weit von einem Menschen entfernt haben, wenn man ihn verbrennen wollte.

Was sie hier sah, war nicht das Werk eines Menschen, der sich fürchtete, der panische Angst hatte und der einer drohenden Rache verzweifelte Hindernisse in den Weg schleuderte. Nun war er tatsächlich ganz auf der anderen Seite. Nein, das war immer noch falsch: Noch bevor sie ihn überhaupt getroffen hatte, gehörte er dorthin. Schon als er zu ihr kam, angeblich eine verfolgte Unschuld, hatte er nur ein Ziel: den Mann zu finden, der ihn für einen Freund hielt, und ihm die Kehle durchzuschneiden. Sie starrte das große schwarze Fahrzeug so lange an, bis die letzten Gefühle für John Felker in ihr ausgebrannt waren. Als die Sonne hinter dem Kamm der Gipfel verschwand, schien der Branco wie ein Schatten zu wachsen.

Jane rollte sich noch einmal unter die Karosserie. Nach dem Sonnenuntergang hatte sie nur noch eine halbe Stunde lang Licht und eine Menge zu tun. Sie ergriff von unten das Drahtkabel, das den Verschluß der Motorhaube öffnete, zog daran, und die Motorhaube sprang auf. Die zwei Kanister ließ sie, wo sie waren. Statt dessen hakte sie die beiden Batteriekabel aus und vergrub sie in sicherer Entfernung unter einem Busch.

Dann ging sie zu ihrem Kanu, zog es herunter bis an den Rand des Wassers und kniete sich davor, um ihre Ausrüstung zu überprüfen. Sie verbrachte ausgiebig Zeit damit, sich mit dem Gewehr vertraut zu machen. Das einzige, das sie für zweckmäßig gehalten hatte, war eine Winchester 70 XTR Standard 30–06. Das Gewehr nahm fünf Schuß auf und hatte zwei Zapfen, die das Zielfernrohr aufnehmen konnten. Es war schwer und wog schon ohne das Weaver K4-Teleskop über drei Kilo. Der Verkäufer hatte davon geschwärmt, ihr Mann würde sehr zufrieden sein damit.

Sie lud das Magazin, legte das Gewehr auf die Nylonplane vor ihrem Sitz ins Boot und wickelte es ein, zum Schutz vor Wassertropfen, wenn sie mit dem Paddel die Seite wechseln mußte. Dann verteilte sie möglichst gleichmäßig im Boot das Gewicht ihrer übrigen Sachen. Ein paar Minuten lang schaute sie still über den weiten See und prägte sich den Verlauf der Ufer ein. Sie nahm den Kompaß zur Hand, um die Lage der Flußmündung am anderen Ende zu bestimmen.

Als der See glasig-schwarz war wie ein Obsidian, schob Jane ihr kleines Boot durch das Schilf ins Flachwasser, nahm behutsam ihren Sitz ein und paddelte los. Sie bewegte das Kanu gleichmäßig über die ruhige, glatte Oberfläche. Sie legte den Kompaß vor sich auf den Boden und ließ das Land nun hinter sich, so daß sie auch das kleinste Flackern eines Feuers in den Uferwäldern sehen konnte. Die Dunkelheit tat ihr gut, denn sie wußte, irgendwo tief versteckt unter den Bäumen wartete auf sie ein Mann, der den linkshändigen Zwilling umarmt hatte, den Geist des Bösen.

25 Jane paddelte ruhig und gleichmäßig. Sie schätzte die Entfernung von ihrem Ausgangspunkt unterhalb Martins verstecktem Wagen bis zur Südspitze des großen Tupper Lake auf fünfzehn bis achtzehn Kilometer. Sie nahm sich vor, dort in drei Stunden anzukommen, so daß sie etwa die halbe Strecke geschafft hätte, wenn der Mond hervorkam. Das Nachglühen der untergehenden Sonne verschwand allmählich, die Schwalben, die eben noch auf der Jagd nach Mücken über das Wasser huschten, flogen heim ins Nest, und sie war allein.

Ab und zu sah sie auf den Kompaß. Sie hatte das Boot jetzt gut im Griff. Mit sieben Schlägen auf einer Seite und sieben auf der anderen hielt sie einen geraden Kurs, ohne daß sie ihre Arme ermüdete. Die einfache Paddelbewegung und das leise Rauschen des Bootes, das leicht über das Wasser dahinglitt, beruhigten sie. Mit allen Sinnen nahm sie ihre Umgebung in sich auf. Die Route 30 berührte am gegenüberliegenden Ufer den See, und manchmal sah sie über dem Wasser den winzigen Lichtfleck einer Hütte oder ein Lagerfeuer von Fischern. Die Westseite, an der sie sich befand, war dunkel.

Nun hatte sich die Abendkühle über die Berge gelegt, ein unbewegter, kalter Nebel, bei dem die Luft in den Lungen beinahe brannte. Nachdem sie die Bucht und die Lichter der kleinen Stadt Moody hinter sich gelassen hatte, sah sie nichts mehr, was ihr die Lage der Uferlinie verraten hätte. Um diese Jahreszeit gab es noch kaum Urlauber in der Gegend, und die Einheimischen hatten sich in ihre Häuser zurückgezogen und erholten sich von den Skitouristen des Winters, und so war der Highway schon ohne Verkehr.

Sie wußte, er war ebenfalls an diesem Teil des Sees vorbeigekommen, und sie konnte sich seine Bootsfahrt detailliert ausmalen, wenn sie ihrer Vorstellungskraft freien Lauf ließ. Er besaß jene konzentrierte Zweckgerichtetheit, wie sie scheinbar nur Menschen möglich war, die mit Leib und Seele bösartige Winkelzüge planten. Wenn er den Branco am Nachmittag abgestellt hatte, dann war er wohl ebenfalls bei Nacht auf dieser Strecke unterwegs. Es war die letzte Etappe seines Weges, der dahin ging, wo nur noch vereinzelt Menschen wohnten und kaum eine Straße mehr irgendwohin führte.

Nachdem nun die Autostraßen weit hinter ihr lagen, hörte sie, wie die Nacht in den Bäumen flüsterte. Hier war er geboren. Die North Woods boten niemandem ein sicheres Versteck, selbst den Einheimischen nicht. Er suchte hier aber auch kein Versteck. Er suchte sich eine gefährliche Gegend, in die er weiter und tiefer eindrang als jeder, der ihn jagte. Es war wie eine verächtliche Herausforderung, die seine Verfolger nicht entmutigen, sondern sie immer weiter locken sollte, bis sie da ankamen, wo er stärker war als sie. Eine Stelle, wo man ein Gewehr abfeuern konnte, ohne daß der Lärm der Schüsse ein neugieriges Ohr traf, wo Menschen sterben konnten, ohne daß ihre Leichen je gefunden wurden.

Ihr Großvater hatte ihr oft die alten Nundawaono-Märchen erzählt. Die Personen darin hatten manchmal Namen, aber meistens hießen sie einfach Der Jäger oder Die Frau, und anscheinend waren sie jedesmal am Ende allein im Wald, so wie sie auch, und der Wald war voll schauerlicher Lebewesen. Da gab es Köpfe, die durch die Luft flogen, das lange Haar segelte hinter ihnen her, und sie suchten dauernd den Boden ab, um ihre gefräßige Lust auf Fleisch zu sättigen. Sie konnte sich vorstellen, wie einsam sie jetzt von oben aussah, und fühlte unwillkürlich, daß sich ihr die Nackenhaare aufstellten, aber sie weigerte sich, sich umzudrehen und über ihre Schulter zu schauen.

Und dann waren da noch die Stein-Riesen. Wenn sie zur Seite nach den Ufern blickte, konnte sie sie beinahe sehen: Sie machten gerade die ersten Schritte, um die Verkleidung der nackten, dunklen Felshänge ringsumher abzuschütteln, und kamen herunter und hinter ihr her, und bei ihrer Haut aus Stein war es sinnlos zu schießen, und sie kamen mit solchen Riesenschritten, daß man nicht vor ihnen davonlaufen konnte. Es hieß, sie seien alle bei Onondaga getötet worden, hundertfünfzig Kilometer von hier, alle bis auf einen, der noch heute die Wälder unsicher machte. So war es immer bei diesen Geschichten: Immer war einer übrig, und diesen formte sich jetzt ihre Phantasie aus den Felsblöcken am Ufer.

Ein Wesen hatte sie immer ganz besonders erschreckt, und das war der Nackte Bär, weil er immer nahe daran war, das Geheimnis der Märchen zu verraten. Ihr Geheimnis bestand darin, daß sie nicht die Wahrheit sagten, aber auch nicht bloß erfunden waren. Er war ein Bär, also ein Geschöpf, dessen Natur es war, Menschen zu töten, aber er war nicht nur einfach ein Bär. Er war haarlos, damit er selbst wie ein Mensch aussah, und er konnte sprechen: »Ongwe ias«, das hieß: Ich bin der, der dich frißt.

Die Oberfläche des Sees war nun beinahe unsichtbar. Sie paddelte jetzt schneller, da der leichte Schweiß, den die Anstrengung hervorgebracht hatte, angenehm kühl auf der Haut war, und ihre Arme fühlten sich nach einer Stunde gleichförmiger Bewegung stark und geschmeidig an. Ihre Paddelschläge waren nun tiefer, länger, entschiedener. Es war lange her, einige Jahre, daß sie das letzte Mal in einem Kanu saß, aber jetzt kam alles wieder zurück, weil trotz vergessener Fertigkeit die Verknüpfungen im Gehirn, die ihre Muskeltätigkeit steuerten, das Muster immer noch gespeichert hielten.

Eine Stunde später war der Mond aufgegangen, aber das Ende des Sees war fast nicht zu sehen. Das Paddeln ging ihr allmählich unbewußt von der Hand, und sie nutzte die Zeit, um ihrem Körper Kraft und Festigkeit zu geben. Mit seinen Märchen hatte ihr Großvater Warnungen ausgesprochen: Der einsame Jäger, der unter den Bäumen gefressen wurde, hatte irgendeinen Fehler begangen. Ein verdrehtes Fußgelenk oder eine schlechte Verdauung oder auch nur die Unfähigkeit, ein Zeichen in der Spur zu sehen, die fünfzig Kilometer von jeder Straße entfernt lag – das alles war ebenso tödlich wie eine Kugel im Kopf. Der Gedanke machte ihr angst, aber es war eine gute Angst, die sie pflegte und beobachtete. Die Angst machte sie aufmerksam und vorsichtig, hellhörig bei jedem Ton. Sie fühlte, wie sich ihre Pupillen in den Augen weiteten, um mehr von dem Mondlicht hereinzulassen, das sich vor ihr im Wasser spiegelte. In den Märchen überlebten die Menschen nie mit Kraft, nur mit Scharfsinn. Ein menschliches Wesen war ein kleines, zerbrechliches Tier mit einer Haut, die leicht zu durchbohren war, und Knochen, die leicht splitterten. Nur mit einem klaren Kopf konnte es am Leben bleiben.

Sie hielt sich gut hundert Meter vom Ufer entfernt, so daß das leise Paddelgeräusch dort kaum zu hören war und der Schatten des Kanus vom dunklen Schimmer der Wasserfläche verschluckt wurde. Sie sah sich im Vorüberfahren jeden Abschnitt der Uferlinie genau an, suchte nach einem schwachen Lichtschein und nach dem Geruch einer Feuerstelle.

Nach Mitternacht erreichte sie das südliche Ende des großes Sees. Es machte sich dadurch bemerkbar, daß sich die Dunkelheit vor ihr noch tiefer und dichter anfühlte. Sie paddelte näher heran, durch die Schilfrohre hindurch, die leise den Kanurumpf entlangschabten, und folgte dann der Uferlinie, bis sie die Mündung gefunden hatte. Die Stelle war zwar auf der Karte eingezeichnet, aber im Dunkeln war sie nur dadurch wahrnehmbar, daß alle Geräusche plötzlich von weiter her kamen, nicht mehr gedämpft, sondern offen und lebendig. Sie hatte geplant, hier zu kampieren, aber jetzt, da sie angekommen war, wollte sie nicht mehr anhalten.

Der Fluß lief träge, an den Ufern überwachsen von niedrigen Bäumen und Gebüsch. Martin hatte einen Vorsprung von drei Tagen. Sie versuchte, seine Anwesenheit zu spüren, aber bald kam es ihr falsch vor. Er war nicht bis hierher ans Ende des großen Sees gepaddelt, um dann ein, zwei Kilometer flußaufwärts anzuhalten. Er war zweifellos weitergefahren, weiter weg von Polizisten, von Straßen und Lampen.

Falls sie sich aber täuschte, und er übernachtete doch irgendwo am Flußufer, dann war es günstiger, sie überfiel ihn im Dunkeln, während er vielleicht schlief, als am hellichten Tag in einer Uferbucht aufzukreuzen, wo er möglicherweise auf sie wartete. Sie paddelte den Fluß hinauf durch die Finsternis des Waldes. Der Fluß führte Hochwasser von der Schneeschmelze in den Bergen, aber sie kam noch gut voran, indem sie stärker paddelte und das Boot nicht abtreiben ließ. Sie legte ihre ganze Kraft in die Arbeit ihrer Arme, suchte gleichzeitig das Ufer nach Lebenszeichen ab und das Wasser vor dem Bug nach plötzlichen Hindernissen.

Um drei Uhr morgens lag vor ihr ein unüberwindlicher Baumstamm, der quer über den Fluß gestürzt war. Sie ließ sich von der Strömung ein paar Meter zurücktragen, dann lenkte sie das Kanu ans gegenüberliegende Ufer. Sie zog das Boot durch Schilf und Schlamm und legte unter den Bäumen ihre Nylonplane aus. Sie wickelte sich in ihre Daunenjacke, legte den Kopf auf den Rucksack und schlief ein, die Hand auf dem Gewehrkolben.

Wenige Stunden später kam die Morgendämmerung, mit dem ersten Zwitschern der Meisen und dem Klopfen eines

Spechts. Noch immer lag ein blaues Halbdunkel über dem Wald, aber sie erkannte bereits klarere Umrisse in ihrer näheren Umgebung. Sie setzte sich ans Wasser und aß ihr eingepacktes Fertigfrühstück aus Eiern und getrocknetem Fleisch. Sie hatte nichts mitgenommen, was man nur gekocht essen konnte, hätte jetzt aber doch gern ein Feuer gehabt, um sich zu wärmen. In der Nacht hatte sie sich bewegt, mit Schweiß auf der Haut, aber während der drei Stunden Schlaf war ihr Körper steif geworden, überwältigt von Kälte und Feuchtigkeit.

Nach dem Frühstück lud sie ihre Sachen wieder ins Boot, zog es auf der anderen Seite des Baumstamms zum Ufer und untersuchte dabei den Boden. Keine fremden Schleifspuren, keine Fußabdrücke. Sie brachte das Kanu zu Wasser und paddelte zur anderen Flußseite, dann stieg sie wieder aus. Sie ging das Ufer ab bis zu der Stelle, wo die Wurzeln des umgestürzten Baumes die Erde aufgepflügt hatten, und sah auch hier keinerlei Spuren. Dann dehnte sie den Suchbereich immer weiter aus, bis sie etwas fand. Er hatte sein Boot etwa dreißig Meter flußabwärts an Land gezogen. Um seine Schleifspur zu verbergen, hatte er das Hochufer stellenweise eingetreten. Demnach konnte er von hier aus nur tiefer in den Wald gegangen sein. Sie brauchte ein paar Minuten, um seine Fußspuren im halbtrockenen Schlamm zu finden: die geriffelten Sohlen der Bergstiefel, die er in Lake Placid gekauft hatte. Sie verfolgte die Spur, verlor sie aber nach einiger Zeit wieder.

Nun ging sie zurück zu der Stelle, wo sie die Spur zuerst gefunden hatte. Es war ein einzelner Stiefelabdruck, vielleicht ein balancierender Schritt zur Seite, aber etwas daran störte sie. Es gab keine Fußspuren in der entgegengesetzten Richtung: Er war hier nur einmal gegangen. Er hatte sich seine ganze Ausrüstung und alle seine Vorräte aufgeladen, dann das Kanu hochgezogen und war jenseits des Baumhindernisses losmarschiert in die Wälder. Sie fühlte sich plötzlich klein und schwach und allein. Er war um so viel größer und stärker als sie, und mit seiner Körpergröße machte er nicht etwa einen Fehler, sondern wurde nur noch vorsichtiger. Er hatte sich auf den Weg gemacht, lange bevor irgendein Spurensucher ihn verfolgen würde, und er war in die Wälder gegangen, statt am Ufer zu warten. Nur aus einem einzigen Grund hatte sie seine Spur überhaupt gefunden: Sie wußte, daß hier ein Abdruck sein mußte.

Sie ging zurück zu ihrem Kanu und stieg ein. Diesmal wickelte sie das Gewehr nicht mehr in die Plane, sondern behielt es in der Nähe, während sie das Boot ins Wasser schob und lospaddelte. Um zehn Uhr kam sie beim Round Lake wieder in die Nähe der Flußmündung. Sobald sie die Stelle erkannt hatte, fuhr sie noch ein Stück flußabwärts, schleppte ihr Kanu unter die Bäume und nahm nur das Gewehr mit. Sie versteckte sich unter einem Gebüsch am See und suchte mit dem Zielfernrohr das Ufer ab.

Kein Rauch war zu sehen, kein Boot, kein Zeichen der Anwesenheit eines Menschen auf der gesamten Uferlinie. Sie schlug die Karte auf und sah nach. Es gab eine kleine Ringstraße, Nummer 421, die am anderen Ende des Round Lake nach Westen führte, bis zu einer kleinen Stadt namens Sabattis, und dann wieder zurück. Darüber hinaus war nichts anderes eingezeichnet. Die pure Logik sagte ihr, daß er hier nicht auf sie wartete. Er hatte seinen Weg in den Touristenzentren begonnen, wo Fremde ein alltäglicher Anblick waren, und dann war er auf Umwegen bis hierher gekommen. Aber er blieb sicher nicht stehen, bevor er nicht auch diese kleine Straße weit hinter sich gelassen hatte.

Jane ging zu ihrem Kanu zurück und brachte es wieder zu Wasser. Am Nachmittag fuhr sie den Round Lake ab und dann weiter flußabwärts bis zur Brücke, wo die Straße den Fluß überquerte. Sie suchte das ganze Gelände um die Brücke herum ab, fand aber keinerlei Anzeichen, daß er – oder sonst jemand – hier gewesen war. Am späten Nachmittag kam sie am Südende des Sees an, am Little Tupper Lake, und nahm sich Zeit, zu Abend zu essen und dabei die Wasseroberfläche im Auge zu behalten. Auch der Little Tupper Lake war länglich eingeschnitten von Gletschern, die sich durch die Berge nach Süden geschoben hatten. Wieder suchte sie mit dem Zielfernrohr die nähere und weitere Umgebung nach Lebenszeichen ab, und eine dunkle Vorahnung stieg in ihr auf.

Sie war mit ihrem Kanu flußaufwärts und nach Westen gefahren, immer tiefer hinein unter die Uferwälder, schon weit entfernt von den atemberaubenden Gipfeln und den Touristenhotels darunter, schließlich auch weit weg von jeder Straße. Jetzt befand sie sich am Ufer eines Sees, der ein paar Kilometer lang war und endlos aussah, im Hintergrund wieder dichter Wald und über ihm die gezackten Bergkämme. Die Ruhe war überwältigend. Während der Nacht hatte sie die Stille wie einen schützenden Mantel empfunden, aber jetzt, im klaren Licht des Spätnachmittags kam sie ihr wie eine große Leere vor, die auf etwas wartete. Sie hörte die Vögel in den Bäumen und eine Mücke, die beharrlich hinter ihrem Ohr kreiste. Jenseits dieser immergleichen Geräusche war kein Ton zu hören. Wenn sie sich bewegte, war schon das Knacken eines Zweiges ein Alarmzeichen.

Früher, wenn sie mit ihren Eltern manchmal hier oben war, wohnten sie in einer Hütte am Cranberry Lake und angelten und wanderten den Mount Marcy hinauf, so wie es hier jeder Tourist machte. Aber sie hatten nie die markierten Wege verlassen. Damals erzählten ihnen die Park-Rangers, die Adirondacks seien die ältesten Berge der Erde. Inzwischen hatten die Geologen herausgefunden, daß sie eher jünger waren und immer noch in die Höhe wuchsen. Jetzt ließ dieses Wachstum die Berge für Jane fast lebendig erscheinen, mit Willenskraft begabt, fühlende Wesen, aber von eigenartiger Grausamkeit: wie der blinde, mechanische Muskelreflex riesiger und grauenerregender Meeresungeheuer, die in der Tiefe lebten und bei einem Geräusch zum Fressen an die Oberfläche kamen. Es war ihr klar, daß sie vor der erschreckenden Weite eine Art Platzangst spürte. Wenn sie das Angstgefühl nicht abschüttelte, würde es damit enden, daß sie irgendwo zusammengekauert sitzenblieb, zitternd und unfähig zu jeder Selbsterhaltung.

Sie wartete, bis die Mücke sich am Hals niederließ, schlug mit der Hand nach ihr, verfehlte sie, und das schien alle anderen Mücken erst recht wild zu machen. Sie schob das Kanu ins Wasser und steuerte die Mitte des Sees an. Sie legte sich das so zurecht, daß es ihr nur darum ging, den

Mückenschwärmen zu entkommen, aber in Wahrheit wollte sie im Freien sein, weiter weg von den Ufern.

Abends kampierte sie am Südende des Little Tupper Lake. Sie zwang sich bewußt zu allem, was sie dabei tun mußte. Sie packte eine ihrer Trockenmahlzeiten aus, las auf dem Etikett, daß es sich um eine sinnvoll zusammengesetzte Kraftnahrung handelte, und aß alles auf. Sie watete bis zu den Knien ins eiskalte Wasser und wusch ihre Kleider, dann hängte sie sie an einem Ast zum Trocknen auf. Danach war sie erschöpft. Sie machte sich aus ihrer Plane einen Unterschlupf, hüllte sich ein und fiel in einen tiefen Schlaf.

In dieser schwarzen Leere lag sie eine Stunde, und dann fing es in ihrem Kopf wieder zu arbeiten an. In ihrem Traum war es noch Nacht, aber sie hörte plötzlich ein Plätschern im Wasser und danach fallende Tropfen. Das Plätschern war das Geräusch von Schritten. Sie setzte sich auf und griff nach ihrem Gewehr, aber es war nicht mehr da. Sie drehte sich herum und blickte auf den See hinaus. Ein Mann kam aus dem Wasser und auf sie zu, und aus den Kleidern tropfte ihm bei jedem Schlurfschritt das Wasser. Er kam langsam das Ufer herauf und stand ihr gegenüber, auf der anderen Seite des Lagerfeuers. Einen Augenblick lang ärgerte sie sich über ihre Dummheit, ein Feuer gemacht zu haben, aber dann erinnerte sie sich: Sie hatte es gar nicht gemacht. Es war einfach da. Und nun erkannte sie den Mann: Es war Harry Kemple. Er ging in die Hocke und wärmte sich die Hände über dem Feuer, und sie sah, wie aus den Schultern seiner tropfnassen Jacke Dampfwolken aufstiegen.

»Harry!« sagte sie. Er schien überhaupt nicht zu hören, und sie schrie: »Harry! Ich bin's!«

Harry blickte kurz zu ihr hin und dann wieder ins Feuer. »Na sowas! Glaubst du, das ist so eine Art zufällige Begegnung? Soll ich vielleicht überrascht sein, dich hier zu sehen?«

»Es tut mir leid«, sagte sie.

Er hob eine Hand und winkte müde ab, seine typische Bewegung. »Nichts passiert.« Er beugte sich näher über das Feuer. »Himmel, ist das kalt hier draußen!«

»Es tut mir leid, daß er dich umgebracht hat.«

Er zuckte die Achseln und zeigte auf die Stelle, wo der Leichenbestatter ihm den Hals zugenäht hatte. Der Faden war dick und schwarz wie Schnürsenkel. »Es hat nur eine Minute gedauert.«

»Es war mein Fehler«, sagte sie. Er schien hin- und herzuschwanken, als sähe sie ihn unter Wasser, bis sie bemerkte, daß es ihre Tränen waren.

»Ja, schon«, sagte er, »aber es macht nichts.«

»Was macht nichts?«

»Alles. Menschen werden geboren und sterben. Was sie dazwischen tun, gibt aus größerer Entfernung nicht viel her. Bakterien und rostige Nägel und Leute wie Martin – die ganze Zeit arbeiten sie zusammen. Haben es immer getan, werden es immer tun. Und wenn es sie nicht gäbe, würden wir trotzdem sterben.« Er kratzte sich vorsichtig an der Halsnaht, schaute wieder ins Feuer und rieb sich wärmend die Hände.

Jane spürte, daß jetzt andere Regeln galten. Harry wartete auf die richtige Frage von ihr. »Hat Martin auch Jerry Cappadocia umgebracht?«

Er wandte den Kopf nach links, nach rechts, dann blickte er sie an: »Rede ich hier mit mir selbst oder was? Ich sage dir doch, es ist jedem scheißegal.«

Vielleicht wollte er ihr etwas sagen, das ihr niemand sonst sagen konnte. Wenn sie es auch von einem Lebenden erfahren konnte, mußte nicht ein Toter zu ihr kommen. »Weißt du, wer Martin dafür engagiert hat?«

Harry wurde beinahe wütend. »Klar weiß ich das. Du hast es immer noch nicht begriffen, stimmt's? Was hast du denn davon, wenn ich dir den Namen von jemand sage, den du nicht kennst und nie kennenlernen wirst?«

»Ich finde es heraus. Dafür hat man einen Kopf. Er will es wissen.«

Harry rollte verzweifelt die Augen und seufzte. »Jerry war ein Haufen Scheiße. Das hab ich dir schon vor Jahren gesagt. Und ein anderer Drecksack zahlt dafür, daß er seinen Platz bei dem Mädchen kriegt.«

Jane atmete tief durch. »Lenore Sanders. Der Mann, der

Martin engagiert hat, war Robert Cotton. Natürlich. Jetzt ist mir auch klar, warum niemand dahintergekommen ist. Es ging überhaupt nicht um Geld und Macht. Cotton hat das Mädchen bekommen, und keiner hat irgend etwas gesehen.«

»Ist doch egal«, sagte Harry. »Es ist überhaupt nichts passiert. Hanegoategeh, der linkshändige Zwerg, hat Jerry von der Liste gestrichen, und Hawenneyu, der Rechtshänder, tritt an seine Stelle. Der Schöpfer erschafft, der Zerstörer vernichtet, und so geht es immer weiter. Es war eben Erntezeit. Und Bobby Cotton wird auch noch reif.«

Jane sagte: »Was du sagst, heißt, daß Gut und Böse einfach dauernd im Streit liegen und daß es nie zu einem Ergebnis kommt.«

»Richtig. Es sind Wellen, die kommen und gehen. Hier sitzt du und suchst deine Rache, indem du Martin tötest. Aber ich sage dir: Kümmere dich nicht drum, laß es sein. Mir ist es egal, seit er mich erwischt hat. Ich bin nur ein Traum.« Er blickte vom Feuer auf. »Wer mir leid tut, bist du.«

Jane fühlte den Schatten einer Angst. »Warum?«

Harry deutete in die Wälder und zum nächsten See flußabwärts. »Es geht nur um ihn. Jedes Mal, wenn er jemanden umbringt, macht es ihn stärker. Er wird immer besser, ein bißchen schneller, weniger leicht zu überraschen. Er beobachtet uns, wie wir fliehen, wie wir uns wehren. Und wenn er alles gesehen hat, weiß er, wie er jedes Hindernis überwindet. Und jedesmal, wenn er wieder jemanden erwischt hat, dann war es jemand, der ihn hätte aufhalten können und der es jetzt nicht mehr kann. Ich sage dir, er ist ein Monster. Daß er mich umgebracht hat, macht ihn satt.«

»Wie kann ich ein Monster frei herumlaufen lassen?«

Harry zupfte an den Schnürsenkeln unter seinem Kinn. »Nett von dir, Mädchen, daß du wenigstens jetzt dran denkst.«

Sie machte ein paar Schritte auf ihn zu durch das Feuer, was ihr nichts ausmachte. Sie legte ihre Arme um Harry. Er war kalt und regungslos, wie eine aufgeschnittene Rinderhälfte im Kühlhaus, und sie spürte, wie sich das Wasser aus seiner Jacke preßte und ihr in die Kleider lief.

Harry seufzte, dann sagte er widerwillig: »Er geht den ganzen Weg zurück in die Wälder, so weit er kann. Paß auf, daß du ihn siehst, bevor er dich sieht. Mach ihn nicht noch einmal satt.«

Dann schlossen sich ihre Arme um sich selbst, denn in ihnen war nichts mehr. Harry stand schon am Rand des Wassers und stapfte zurück in den Fluß, bis zu den Knien, zu den Hüften, zur Brust, und dann sah sie einen Augenblick nur noch seinen Hinterkopf, bis auch er verschwand und einen kleinen Wirbel hinterließ.

26 Als sie genau bei Tagesanbruch aufwachte, fühlte sie sich kalt und naß. Jetzt verstand sie alles. Harry hatte ihr die Frage beantwortet, die fünf Jahre lang weder die Polizei, noch die halbe Unterwelt im Mittelwesten gestellt hatte. Sie war bereits auf der richtigen Spur gewesen, die zu dem geheimnisvollen Mann im Hintergrund führen mußte, aber sie hatte ihn noch nicht benennen können, bis Harry ihr im Traum erschienen war. Ein Verbrecher mit einem Namen, den sie bis vor einigen Tagen gar nicht kannte, hatte Jerry Cappadocias Mädchen haben wollen.

Harry hatte ihr einmal erzählt, daß es für Jerry einen Rivalen gab, damals vor fünf Jahren, als er Lenore Sanders zum erstenmal erwähnte. Jane hatte nicht weiter darüber nachgedacht, was das bedeuten sollte, und sie war nicht die einzige. Jeder, der die Geschichte von dem Pokerrunden-Massaker hörte, wußte sofort: Wer auch immer für den Mord an Jerry bezahlt hatte, war ebenfalls ein Verbrecher. Die Definition lag auf der Hand: Jemand, der Killer engagiert, um seinen Gegner umzubringen, war auch ein Killer. Niemand war auf den Gedanken gekommen, daß es dabei ein anderes Motiv geben konnte als die Übernahme von Jerrys Bezirk; jeder organisierte Verbrecher machte so etwas. Aber Bobby Cotton war ein Verbrecher, der in St. Louis wohnte. Jerry Cappadocias Gebiet zu übernehmen hatte für ihn keinen praktischen Sinn, also versuchte er es nicht und gab sich nie zu erkennen. Alles, was er wollte, war das Mädchen.

Jane besaß alle nötigen Informationen, aber bis zu dem Traum hatten sie ungeordnet in ihrem Kopf herumgelegen. Sie hätte sich fragen müssen, warum immer wieder von St. Louis die Rede war. Bei seinem Täuschungsmanöver hatte Martin ihr erzählt, er sei Polizist und aus St. Louis. Warum hatte er St. Louis gesagt? Wohl auch deswegen, weil er die Stadt kannte und eine Menge über den Polizisten wußte, der ihn dort verhaftet hatte. Aber warum war er überhaupt in St. Louis verhaftet worden? Er war beruflich in der Stadt, mit irgendeinem Mordauftrag. Sie hätte sich gleich denken können, daß in St. Louis für Martins übliche Auftraggeber kaum jemand derart lästig werden konnte, daß sie ausgerechnet ihn hinschicken mußten. Wahrscheinlich arbeitete Martin damals gerade für Cotton, zumindest war Cotton schon auf ihn aufmerksam geworden.

Harry erzählte damals so viel von dem Mädchen, daß sie sich hätte fragen müssen, was aus ihr geworden war. Komisch: Fünf Jahre lang hatte sicher niemand an das Mädchen gedacht, seit der Zeit, als sie beim Begräbnis erschien, vermutlich in einem schwarzen Kleid, das sie bei Dennaway's gekauft hatte. Bei den meisten Morden ging es nicht um Geld. Es ging um Liebe. Immer wenn ein Polizist eine Leiche fand, suchte er als erstes die Ehefrau oder den Ehemann oder den Geliebten. Jane öffnete die Augen, blickte in den Himmel und hielt die ganze Geschichte im Gedächtnis fest. Klang sie plausibel? Ja, sie hatte sie zu Ende gedacht. Sie fühlte sich wohl, da sie nun wußte, was fünf Jahre vorher geschehen war. Als Harry sie damals warnte, hatte es ihr gar nichts genützt.

Sie schaute lange über den Wasserspiegel, bevor sie sich erhob. Zuerst hatte sie den Eindruck, der Blick sollte ihr Gewißheit verschaffen, daß Harry nur ein Traum gewesen war, aber dann spürte sie, daß sie ihn noch etwas fragen wollte. Sie hatte erst daran gedacht, als er schon weg war. Sie schlug die Landkarte auf und betrachtete sie, und es schien ihr, als sei sie in Gedanken darin herumgewandert, während sie schlief. Sie betrachtete die Kette der kleinen Seen und wußte plötzlich Bescheid. Sie faltete die Karte wieder zusammen und machte sich an die Arbeit. Als sie ihre

Sachen ins Boot gebracht hatte und den nächsten Mündungsfluß zum Big Rock Lake hinaufpaddelte, wußte sie, daß er hier nicht war. Sie wußte, daß er den übernächsten Fluß, der zum Bottle Lake führte, auch nicht genommen hatte. Er war zu schmal.

Martin hatte ihr gesagt, was er tun wollte; sie brauchte nur das Gespür, es richtig zu verstehen. Er hatte diese Show abgezogen, als er das Boot aufhob und es einmal um den Parkplatz trug, bevor er es kaufte. Er wollte das Boot umtragen. Alles andere ergab keinen Sinn. Er nahm nicht einfach den leichtesten Weg flußaufwärts die erstbeste Seenkette entlang. Nein, er stieg am Big Rock Lake aus, packte sich das Kanu, die Vorräte und die Ausrüstung auf den Rücken und marschierte damit durch die Wälder bis zur nächsten Seenkette. Er hatte die Straßen verlassen, und jetzt ließ er auch das Wasser hinter sich.

Er suchte sich offenkundig eine Stelle, die nur schwer zu erreichen war, wo ihm seine Körperkraft und seine Ausdauer jeden denkbaren Herausforderer vom Leibe hielten. Er war drei Tage vor ihr hier durchgekommen, inzwischen vielleicht schon vier Tage, und er konnte ohne besondere Wachsamkeit weiterlaufen. Er ermüdete seine Verfolger, und wenn sie ihn einholten, hatte er sich schon vier Tage lang ausgeruht, sein verstecktes Lager eingerichtet und jeden Quadratmeter der Umgebung erkundet. Jeder, der hinter ihm her war, kam an mit einem Kanu auf den Schultern, das er kilometerweit getragen hatte, und völlig erschöpft, zerkratzt, von Mücken zerstochen und halbtot.

Sie blickte immer wieder auf die Landkarte, während sie paddelte. Ganz sicher ging er jetzt vom Big Rock Lake nach Westen zum Charley Pond, und dann fuhr er hinunter zum Lake Lila oder sogar bis zum Lake Nehasane, und erst dort hielt er an, um zu warten. Damit war er bereits so tief in den Wäldern, daß ihm kaum noch jemand folgen würde. Es war Mai, und das Wetter wurde langsam erträglich, wenn nicht sogar angenehm mild. Er hatte Essensvorräte bei sich, die lange Zeit reichen mußten, vielleicht bis zum Sommer, wenn er auch noch mit dem Angelzeug umgehen konnte, das er in Lake Placid gekauft hatte.

Jane Whitefield hatte nun zehn Jahre ihres Lebens damit zugebracht, Menschen zu verstecken. Wenn der Verfolger auftauchte, kam er gewöhnlich schnell und heftig. Wenn es aber gelang zu verschwinden, ohne Spuren zu hinterlassen, und dann zwei oder drei Monate unauffindbar zu bleiben, so waren die Chancen einer Entdeckung gleich Null. Um die Polizei brauchte sich James Michael Martin nicht zu kümmern. Sie wußten nicht, daß er Harry umgebracht hatte, sie suchten ihn also gar nicht. Er hatte auch von Jerry Cappadocias Freunden nichts zu befürchten, die überhaupt nicht wissen konnten, daß er in die Berge gegangen war. Die einzige Gefahr war Jane Whitefield, die möglicherweise sein Täuschungsmanöver durchschaut hatte und fähig war, seine Spur bis hier herauf zu verfolgen.

Eine Stunde lang suchte sie nach dem Weg, den er vom Big Rock Lake aus genommen haben mußte. Sie fand ihn nicht. Nun versuchte sie, so weit vorauszudenken wie er. Es war jetzt früher Nachmittag. Wenn sie das Umtragen des Bootes noch heute schaffte und abends an der nächsten Seenkette kampierte, dann konnte sie den morgigen Tag ausgeruht angehen und vielleicht sogar Martin finden, bevor er sie erwartete. Sie überlegte kurz, ob sie vielleicht das Boot unter den Bäumen verstecken und nur Gewehr und Rucksack mitnehmen sollte, aber nach einem Blick auf die Karte verwarf sie die Idee. Die Seenkette vor ihr war noch länger als die letzte, und die Wälder waren alt und dicht. Sie würde nur Zeit verlieren, und dabei ihre Vorräte und ihre Kraft verbrauchen.

Der Tragweg war auf der Karte vielleicht fünfzehn Kilometer lang, aber das mußte nicht stimmen, wenn er viele Biegungen und Windungen enthielt. Sie legte die allgemeine Richtung mit dem Kompaß fest, packte die notwendige Ausrüstung zusammen, hob das Kanu am Bug hoch, machte ein paar Schritte darunter, bis sie es hochheben konnte, und ging los, das Westufer des Big Rock Lake hinauf.

Das Boot war leicht, und sie hatte sich vorgenommen, nur mit den Sachen zu gehen, die sie auf den Rücken geschnallt tragen konnte. Aber alles zusammen wog nun doch siebzig oder achtzig Pfund. Sie ging weiter nach Westen, eine Stunde lang, dann setzte sie ihre Lasten ab und legte sich auf den Waldboden und betrachtete die Licht- und Schattenspiele oben in den durchsichtigen Blättern. Nach fünfzehn Minuten erhob sie sich langsam, lud alles wieder auf ihre Schultern und schob mühsam das Boot ins Gleichgewicht. Nach der nächsten Stunde taten ihr die Arme weh, und ihre Atemzüge wurden schwer und heiser. Während sie sich ausruhte, schaute sie nicht auf die Uhr, damit die Rast nicht so bald wieder zu Ende war.

Martin hatte vollkommen recht. Niemand konnte vier Tage lang in diese Wälder gehen, ohne daß er vier Tagesvorräte Essen und Trinkwasser dabeihatte, dazu ein Kanu und ausreichend Kleidungsstücke, um eine Unterkühlung zu verhindern; und wenn sie ihm nachkommen sollte, dann mußte sie das alles von einer Seenkette zur andern schleppen. Irgendein Schlägertyp aus Chicago hätte sich hier längst verlaufen und dann lieber an sich selbst und nicht mehr an Martin gedacht.

Um vier Uhr nachmittags mündete ihr Weg in einen Wildpfad ein. Er war eng und lief durch Lichtungen und über flache Hügel hinweg, war aber gut zu erkennen. Blätter und Laub verdeckten fast überall die Hufspuren, aber die Gräser im Weg waren niedergetrampelt, und sie konnte ihn leicht erkennen. Von Zeit zu Zeit blieb sie stehen und überprüfte ihre Richtung mit dem Kompaß, aber bei all den Kurven und Biegungen im Pfad konnte sie nur schwer feststellen, ob die längeren Geraden eher nach Westen oder nach Süden führten. Nach einer Weile ließ sie den Kompaß in ihrer Tasche und vertraute dem Wild: Die Tiere wußten am besten, wo das nächste Wasser lag.

Lange marschierte sie so auf dem Pfad, bevor sie die zweite Spur sah. Der Wildwechsel ging einen Hügel hinunter und dann über eine kurze Schlammstrecke, in der die Hufe handtief eingesunken waren und das Wasser in einem schmalen Rinnsal ablief. Aber mitten unter den Abdrücken der zarten Hufzehen fand sich nun auch der breite, tiefe Abdruck der geriffelten Stiefelsohle. Auch er hatte also den Wildpfad gefunden. Vielleicht kannte er ihn auch schon seit seiner Kindheit und erinnerte sich jetzt daran.

Sie setzte ihre Lasten ab und untersuchte die Spur. Wie frisch sie war, konnte man nicht sagen, denn der schmale Wasserlauf hatte den Boden ununterbrochen feucht gehalten. Sie spürte ein beginnendes Gefühl der Angst. Wenn sie den Pfad einfach weiterverfolgte bis zum See, dann riskierte sie, irgendwann unvermutet auf Martin zu treffen. Natürlich hatte auch er die Hufspuren gesehen und lag nun womöglich auf der Lauer, hinter einem Busch, das Gewehr im Anschlag, auf der Jagd nach einem Wild, das irgendwann den vertrauten, seit Generationen ausgetretenen Pfad daherkommen mußte.

Sie ließ ein Blatt in das fließende Wasser fallen und beobachtete, wie es links von ihr bergab schwamm. Sie lud sich ihr Kanu wieder auf und ging dem Blatt nach. Sie hielt sich auf der Hangseite, wo sie sicher war, daß ihre Schritte keine Spuren hinterließen, jedoch in Sichtweite des Wasserlaufs. Hier war das Gehen nicht mehr so leicht, denn der unaufhörliche Vorrat an Feuchtigkeit hatte so reichlich Büsche hervorgebracht, daß sie auf den etwas flacheren Strecken zum fast undurchdinglichen Dickicht zusammengewachsen waren, aber sie umging geschickt jedes Hindernis und fand immer wieder zu dem Wasserlauf zurück. Nach ein paar hundert Metern mündete er in einen anderen und lief nun breiter dahin. Er war noch immer viel zu schmal, um das Kanu schwimmen zu lassen, aber jedenfalls führte er sie weiter.

Endlich, als der Tag bereits sein Sonnenlicht zu verlieren begann, trat der Bach – wie sie erwartet hatte – aus den Wäldern heraus und endete, wo er enden mußte: im nächsten See. Sie ließ das Kanu von ihren Schultern gleiten, schnallte den Rucksack ab, setzte sich hin und schaute auf das Wasser hinaus. Irgend jemand hatte den See Charley Pond genannt, aber niemand wußte, wann oder auch nur ob Charley jemals gelebt hatte.

Sie blieb geduckt unter den Bäumen sitzen und nahm alles, was sie vom Charley Pond sehen konnte, mit wachen Augen auf. Er war hier gewesen. Seine Spur war der Beweis. Er hatte sie von einem See zum andern geführt, und nun dachte er vermutlich, er sei weit genug gegangen. Von jetzt an konnte er überall sein.

Sie hatte die Hauptarbeit der Spurensuche durch Nachdenken geschafft. Er hatte ein Boot gekauft, also wollte er über ein Wasser. Er hatte den Bronco am großen Tupper Lake versteckt, also war sie ihm von da aus nachgegangen. Er hatte ein leichtes Kanu gekauft, das er tragen konnte, also hatte er vor, es zur nächsten Seenkette zu tragen. Von jetzt an konnten ihr logische Schlußfolgerungen nicht mehr weiterhelfen, jetzt mußte sie sich auf ihre Augen und Ohren verlassen.

Jane machte sich ihr Lager fast hundert Meter vom Ufer entfernt im dichten Unterholz. Bei Sonnenuntergang war sie damit fertig. Ohne künstliches Licht oder auch nur ein Feuer lebte sie nun im Rhythmus des Waldes und legte sich mit der Sonne schlafen.

Als sie wieder aufwachte, war es spät, beinahe Mitternacht. Sie blieb still liegen, suchte nur mit der Hand geräuschlos nach der sanften Glätte des Gewehrkolbens. Minutenlang horchte sie nach dem Geräusch, das sie geweckt hatte. Der Wind rauschte in den Baumkronen, die Millionen Blätter flatterten leise, aber die Luft fühlte sich kalt an. Gleich darauf hörte sie die ersten Regentropfen fallen. Sie hatte sich das Dickicht in der kleinen Senke ausgesucht, weil sie hier unsichtbar bleiben konnte, aber in einem Wolkenbruch war die Stelle unerträglich. Eilig schleppte sie im Dunkeln das Kanu und alles andere den Hang hinauf unter die großen Bäume, drehte das Boot um, legte den Rucksack und das Gewehr darunter, spannte die Nylonplane zwischen dem Boot und dem nächsten herabhängenden Ast auf und band sie mit dem Gewehrriemen fest.

Unter dem Kanu, wie in einer Muschelschale, rollte sie sich zusammen, so weit wie nur möglich entfernt von der windoffenen Seite. Der Regen kam jetzt mit Gewalt und prasselte laut auf den Bootskörper. In der Ferne hörte sie den Donner rollen. Lange lag sie so, nicht gerade bequem, aber doch trocken, und nach einer Weile schlief sie ein.

Einige Zeit später wachte sie im Dunkeln von krachenden Donnerschlägen auf, und dann sah sie den nächsten Blitz, der den ganzen Wald um sie herum sekundenlang beleuchtete, und sofort hinterher kam ein Donner, daß die Erde bebte. Das Gewitter dauerte bis drei Uhr morgens, erst danach ließ der Regen nach und hörte allmählich auf. Sie rollte sich aus dem Kanu heraus, kroch aus ihrem kleinen Unterstand und erhob sich. Viel hatte sie nicht abbekommen von dem Regen, aber die Feuchtigkeit war ihr vom Erdboden in die Kleider gestiegen, und sie fühlte sich naß und kalt.

Als sie den Mond sah, wußte sie, es war Zeit zum Aufbruch. Sie brauchte nur wenige Minuten, um alles zusammenzupacken, dann nahm sie ihr Kanu wieder auf. Sie rutschte aus und fiel hin, während sie es den Hang hinuntertrug, aber schließlich war sie am Wasser. Und als sie wieder im Boot saß und über den dunklen See paddelte, kehrten ihre Kräfte wieder.

27 Um fünf Uhr morgens, nachdem sie den Charley Pond und den Lake Lila durchquert hatte, paddelte sie immer noch. Ihre Kleider waren inzwischen getrocknet, und auch ihr Selbstvertrauen war wieder da. Sobald sie auf dem Lake Nehasane war, begann sie, eine geeignete Landestelle ausfindig zu machen. Es war noch dunkel, die undurchdringlichen Wälder, die nach Osten hin die Berghänge hinaufreichten, warfen Schatten über das Wasser, und der Himmel blieb bewölkt.

Nach wenigen hundert Metern wurde ihre Suche energischer. Während sie jedoch nach einem Unterschlupf Ausschau hielt, hörte sie nicht auf, die Umgebung nach ihrem Feind abzusuchen. Das Gewitter war so stark gewesen, daß alle Spuren, die er vielleicht in den Wäldern hinterlassen hatte, längst ausgewaschen waren, aber auch stark genug, daß er Vorkehrungen treffen mußte, die bei klarem Wetter unnötig gewesen wären. Vielleicht hängte er gerade seine Kleider oder den Schlafsack zum Trocknen auf, zudem war es so kalt, daß nun jeder gern ein Feuer anmachte.

Sie hatte das Gewehr neben ihrem Sitz aufgestellt, mit der Mündung nach oben. Das große Jagdmesser mit dem hohlen Griff steckte in ihrem Gürtel. Bald fand sie die Stelle, wo sie das Kanu an Land bringen konnte. Es war ein flaches

Sandufer, auf beiden Seiten von Felsen eingeschlossen. Sie war so gut wie sicher, daß er hier am Lake Nehasane war. Der See war ein großes Oval, mit vielen Einbuchtungen und einer unregelmäßigen Uferlinie. Am oberen Ende füllte ihn der Abfluß vom Lake Lila, und am anderen Ende lief er in das Stillwater Reservoir ab. Er war groß genug für ein reiches Fischleben im Wasser. Die Köder, die Martin gekauft hatte, waren Süßwasserköder, Flachfische und Schwimmer für Barsche sowie Hechtstücke und Senker zum Fischen im tieferen Wasser.

Sie wollte bald landen, ihre gesamte Ausrüstung verstecken und warten. Früher oder später mußte er irgendwo auf dem See oder an einem Ufer zu entdecken sein. Aber nach wenigen Minuten erkannte sie, daß sie sich in der Zeit vertan hatte. Sie sah bereits die Morgendämmerung heraufsteigen und paddelte schneller. Sie wählte den kürzesten Weg über das offene Wasser und hielt entschlossen auf das Ufer zu. Als sie ihre Höchstgeschwindigkeit erreicht hatte und beibehielt, explodierte die Stille in ihren Ohren. Die Kugel schlug mit solcher Wucht ein, daß sie das Boot ein paar Winkelgrade vom Kurs abbrachte.

Jane duckte sich ins Kanu, und der nächste Schuß kam mit dem Geräusch eines Peitschenknalls, lange bevor sie sein dunkleres Echo widerhallen hörte. Während sie, noch immer ins Boot gebückt, mit den Händen hinausgriff und weiterpaddelte, untersuchte sie die Bootswände und sah das Eintritts- und das Austrittsloch der ersten Kugel, unter das Wasserlinie. Das Boot lief voll.

Der nächste Schuß zerschmetterte den Spant neben ihrem Fuß. Das Kanu knickte beinahe in der Mitte ab und drohte auseinanderzufallen, und dann lag Jane seitlich über dem Dollbord und rutschte tiefer. Das Kanu neigte sich, bekam Schlagseite, füllte sich mit Wasser und ging unter. Im nächsten Augenblick lag Jane im Wasser. Es war so kalt, daß es es ihr den Atem aus der Lunge schlug. Sie keuchte und ruderte automatisch mit den Beinen, um sich über Wasser zu halten. Der vierte Schuß traf vor ihrem Gesicht, klatschte auf das Wasser und warf es hoch, so daß sie die Spritzer auf der Haut fühlte.

Sie duckte sich mit dem Kopf unter die Wasseroberfläche und entdeckte weiter unten das sinkende Kanu, es sah gelblich aus, dann grün, dann braun, während es langsam in die dunkle Tiefe schwebte. Sie hielt die Luft an und schwamm unter Wasser, schaufelte sich mit den Händen weiter, stieß sich ungelenk mit den Beinen grätschend vorwärts, gegen den Widerstand der nassen Stiefel.

Die nächste Kugel war unter Wasser sichtbar. Sie durchschlug die spiegelnde Oberfläche vor ihr, in der einen Sekunde noch gar nicht da, in der nächsten ein silberner Kometenschweif aus Luftblasen und schnellen Wirbeln, und schon wieder verschwunden. Jane tauchte auf und schwamm jetzt in einer Art Freistil, so schnell sie konnte, bis sie mit der Hand auf einen Felsen schlug. Sie hievte sich aus dem Wasser und rannte los, sobald sie Boden unter den Füße spürte. Die Bäume standen nur zwei Meter von der Uferlinie entfernt, und schon war sie unter ihnen und rannte in den Wald.

Sie lief sehr schnell, mitten durch Brombeersträucher und niedriges Unterholz und über Lichtungen voller knöchelhoher Gewächse, giftiger Sumach oder Efeu vielleicht, und rannte die Hangseite des Hügels hinauf. Nach kurzer Zeit war sie hoch über dem See. Sie lag auf dem Bauch, das Gesicht auf dem Felsboden, und schaute zurück, woher sie gekommen war, entdeckte aber keinerlei Bewegung in dem Wald unter ihr. Dann sah sie das Kanu.

Er mußte vom anderen Ufer aus geschossen haben. Danach hatte er sein Boot geholt und war über den See gepaddelt bis an die Stelle, wo sie in den Wald gerannt war. Jetzt ließ er das Kanu ans Ufer treiben, und suchte die Wälder und Hügel mit den Augen ab. Dann hörte sie seine Stimme. Sie löste ein kurzes Echo in ihr aus. Es war dieselbe Stimme, der sie am Grand River zugehört hatte, an die sie sich noch so oft erinnert hatte, aber jetzt wurde ihr durch diese Vertrautheit übel.

»Jane!« schrie er. »Ich bin's.«

Sie drückte das Gesicht in den Felsen, wie um ganz darin aufzugehen.

»Ich habe deinen Rucksack im Wasser gefunden. Ich wußte nicht, daß du das warst. Hab keine Angst!«

Sie schob sich auf dem Bauch rückwärts und nach unten hinter ein paar Fichtenstämme und schaute vorsichtig wieder hinunter. Sein Gesicht war jetzt nach oben und auf die Wälder am See gerichtet, auf der Suche nach Farbe oder Bewegung. Sie sah ihren Rucksack in seinem Kanu, konnte sich zwar kaum vorstellen, wie er wieder an die Oberfläche gekommen war, und dann sah sie ein Fernglas im Boot liegen. Er hob es hoch und richtete es auf die Hangseite des Hügels. Sie ließ sich wieder auf den Bauch fallen und glitt von dem Felsstück weiter zurück unter die Bäume.

Er konnte jeden Moment an Land gehen und sie zu Fuß verfolgen. Sie stand auf und rannte los. Hier war der Boden nach dem Regen glitschig, und jeder Schritt ging bergauf. Sie hatte keinen Zweifel, daß er ihr nachkommen würde, und sie wußte, daß sie Spuren hinterließ. Sie konnte nur noch einen großen Abstand herauslaufen, ihm eine Menge Schritte voraus sein. Jeder Baum und jeder Busch schien sie packen und aufhalten zu wollen, und auf jeder Lichtung spürte sie beinahe das Fadenkreuz, das sich fest zwischen ihre Schultern legte.

Es war wohl eine Stunde später, als sie endlich stehenblieb, um wieder zu Atem zu kommen. Sie legte sich auf den Boden und fühlte ein Stechen in der Seite und in den zentnerschweren Beinen. Sie war zu müde zum Denken, aber sie horchte, und sie beobachtete den Wald, aus dem sie gekommen war, während sie mühsam versuchte, geräuschlos Luft zu holen.

Dann reichte seine Stimme schon wieder bis zu ihr. »Jane!« rief er. »Du machst einen Fehler.«

Sie hielt den Atem an, und es war ihr klar, daß sie weiterlaufen mußte, nur vorher noch ein paarmal kräftig durchatmen, damit sie es auch schaffte. Wenn sie sich jetzt versteckte, schenkte sie ihm bloß die Zeit, sie zu finden. »Du bist allein, ohne Essen, ohne Wasser!«

Sie sprang auf und rannte weiter, immer höher hinauf in den Bergwald. Mittags stand sie auf dem Gipfel. Er bestand aus reinem Felsboden, knapp über der Baumlinie, und sie hatte nur einige dürre, windzerzauste Fichten, die sie vor ihm verbargen. Sie trat vor bis zur Kante, um zu sehen, woher er kam. Was sie jetzt brauchte, war ein Versteck, eine Höhle oder so etwas. Aber hier oben hätte sich nicht einmal ein Feldhase verstecken können. Sie rannte die andere Seite den Berg hinunter, und als sie wieder unter den dichtbelaubten Bäumen war, blieb sie stehen und rastete.

Da sah sie ihn. Er stand oben am Gipfel, genau da, wo sie eben noch gestanden hatte, und kämmte den Wald in dem Tal unter ihm mit dem Fernglas durch. Über seiner Schulter sah sie den Lauf seines Gewehrs, den Riemen schräg über der Brust.

Sie lief weiter bergab. Dieses eine Mal hatte er die Wahrheit gesagt. Sie hatte sich bis zur Erschöpfung verausgabt und seit Mitternacht nichts mehr gegessen oder getrunken. In vier, fünf Stunden kühlte sich die Luft in den Bergen ab, und sie lief in nassen Kleidern herum. Selbst wenn er sie nicht aufspürte, war sie in Schwierigkeiten.

Andererseits hatte er einen Rucksack, ein Gewehr, Munition und ein Fernglas zu tragen. Alles, was ihr das Laufen schwer machte, war das Gewicht des Messers in ihrem Gürtel. Sie konnte aus dem Verlust ihrer Sachen einen Vorteil herausschlagen und versuchen, schneller zu sein als er. Beide waren sie schon stundenlang und mit hoher Geschwindigkeit unterwegs, einen mittelgroßen Berg hinauf. Wenn sie jetzt so müde war, mußte er zumindest die Anstrengung spüren.

Jane lief weiter in den Wald hinein, ein langsamer Trab, bei dem sie ihren Atem wieder zur Regelmäßigkeit zwang, die Beine streckte und die Arme kreisen ließ, um die Anspannung aus ihrem Körper herauszuschütteln. Hier war der Weg leichter, es ging bergab, sie rannte schneller und achtete darauf, daß ihr Schwung nicht außer Kontrolle geriet und auch nicht zu einem Sturz führte und womöglich zu einem verstauchten Fußgelenk. Sie gab sich keine Mühe, unsichtbar oder geräuschlos zu bleiben, jetzt lag ihr nur daran, ihre Schnelligkeit aufrechtzuerhalten. Eine Viertelstunde rannte sie so, dann kam sie an ein felsiges, klares Bachbett. Sie sah, daß es sich durch den Regen der vergangenen Nacht kurzzeitig angefüllt hatte, denn die Ufer waren noch schlammig, während der Wasserspiegel schon wieder gesunken war. Mit klatschenden Schritten stieg sie hinein, aber dann wurde ihr klar, daß ihr der Bach eine willkommene Hilfe sein konnte. Sie lief ungefähr zehn Meter im Wasser gegen die Strömung und warf sich dann der Länge nach ans Ufer, mit dem Bauch auf den feuchten Boden. Dann zog sie im Liegen die Knie unter sich hoch, stand auf und ging wieder ins Wasser, aber mit dem Rücken zum Bach.

Sie betrachtete das Ergebnis ihrer Bemühung. Es war nicht schlecht. Es sah so aus, als wäre sie das Ufer hinaufgerannt, dann ausgerutscht und weiter nach Osten gelaufen. Mit der hohlen Hand nahm sie sich Wasser aus dem Bach und trank, dann lief sie wieder los, dreißig Meter bergab, bis sie eine Stelle mit großen Steinen fand, über die sie wie auf Stufen ans Ufer sprang, zurück in den Wald und nach Westen.

Sie konzentrierte sich darauf, ihr hohes Lauftempo wieder zu erreichen, behielt dabei ständig den Boden zehn Meter vor sich im Auge, um die nächsten sicheren Trittstellen zu sehen, und verlängerte dabei ihre Schritte, um noch schneller vorwärtszukommen.

Sie rannte zwei Stunden lang, dann sah sie vor sich ein Felsplateau aus dem Boden ragen, eine fast ebene Platte knapp unterhalb des höheren Gipfels. Sie stieg hinauf, wandte sich nach Norden und lief zügig im alten Tempo weiter. Das hier war die richtige Stelle, um ihn abzuschütteln, da schon die Nacht heraufzog und der harte Untergrund keine Spuren aufnahm. Einen Kilometer weiter war das Plateau zu Ende, aber auch das Tageslicht. Sie ging in der Dämmerung noch ein Stück, bis sie unterhalb in einer Senke ein dichtes Dornengestrüpp fand.

Es war nun schon dunkel. Sie legte sich auf den Bauch und kroch unter den Blättern und Dornen unter das Buschwerk. Nach fünf Metern, mittendrin, waren die Sträucher älter und höher, der Raum zwischen ihnen größer, und hier kam sie schneller voran. Sie kroch noch zehn Meter weiter, bis sie an einer Stelle mit Hartgräsern war. Sie wälzte sich ein paarmal hin und her, bis sie flachgedrückt waren, dann machte sie es sich darauf bequem und entspannte jeden einzelnen angestrengten und schmerzenden Muskel. Danach lag sie eine Weile ruhig da, mit offenen Augen. Es machte sie beinahe schwindlig, so auf dem Rücken zu liegen und in den Sternenhimmel zu schauen, und sie kam sich vor, als schwebte sie über dem Boden.

Der Traum kam, als sie die Augen schloß. Sie konnte nichts sehen, aber sie fühlte, wie jemand sie hielt. Sie war auf dem Schoß ihrer Mutter, mit dem Kopf an ihrer Brust, das Gesicht in der weichen Seide, und sie konnte ihr Parfum riechen.

»Schsch«, hörte sie sie flüstern, »schlaf jetzt, Jane. Du brauchst Ruhe.« Dann summte ihr die Stimme ihrer Mutter leise ein tonloses Lied zu.

Jane flüsterte: »Wie bist du hierhergekommen?«

»Ich bin nicht mehr da draußen, Jane. Ich bin in dir drin, und in mir ist meine Mutter, und ihre Mutter ist in ihr, und so zurück bis zum Anfang. Wir sind alle hier, wie russische Puppen, eine in der anderen.«

»Was soll ich jetzt machen, Mutter?« Jane konnte ihre eigene Stimme hören, und es war die Stimme eines Kindes.

Ihre Mutter reagierte wie auf eine Kinderfrage. Sie hielt sie fest, schaukelte sie ein bißchen und sagte wie abwesend: »Das, was du kannst, Liebes.« Dann kam die Stimme aus größerer Entfernung, als ob ihre Mutter sie mit ausgestreckten Armen hielt, um sie anzusehen. »Hast du Hunger?«

»Ja«, sagte Jane.

»Du solltest etwas essen«, sagte ihre Mutter, »morgen früh. Aber jetzt brauchst du deinen Schlaf.

»Er ist hinter mir her.«

»Ja«, sagte ihre Mutter, »und deshalb mußt du jetzt still liegen.«

Die Arme ihrer Mutter hielten sie und schaukelten sie sanft, hin und her, hin und her. »Du bleibst immer mein kleines Baby.« Sie begann wieder zu summen, in diesem tiefen, kehligen Ton, bei dem Jane jedesmal einschlief.

28

Es war nach Mitternacht, als sie ihn oben auf dem Felsplateau hörte. Er ging auf und ab, ohne jeden Versuch, das Geräusch seiner Schritte zu vermindern, und dann blieb er stehen und rief: »Jane! Ich weiß, daß du mich hören kannst.«

Sie setzte sich auf, das Herz schlug ihr im Hals. Sie hatte vergessen, wo sie lag, und ein Dorn bohrte sich ihr in den Rücken. Sie zuckte zusammen und beugte sich wieder nach vorn. Sie spürte, wie der Dorn aus der Haut schlüpfte und ihr Hemd naß wurde an der Stelle.

»Jane!« rief er den Berghang hinauf. »Du wirst mich nicht los. Ich bin hier geboren. Ich kann dich länger verfolgen, als du laufen kannst.« Er wartete, vielleicht wartete er darauf, daß sie aus der Deckung kam und losrannte, dann rief er: »Ich will dir nicht weh tun.« Eine Pause, und dann: »Du mußt das verstehen. Ich kann doch eine Frau, die mich haßt, nicht einfach so im Wald herumlaufen lassen, wo ich sie nicht sehen kann.« Sie hörte, daß er jetzt am Rand der Felsbank entlangging. Sie konnte nur nicht herausfinden, ob er in die Bäume hineinschrie oder in alle möglichen Richtungen oder ob er sie schon gesehen hatte und nun den besten Schußwinkel berechnete. »Du brauchst nur herauszukommen, und du hast Essen und Wasser, alles. Nur wenn ich schlafe, binde ich dir die Hände zusammen.«

Jane spürte, wie es ihr vom Bauch her heiß wurde, und die Hitze kroch ihr über das Rückgrat bis in die Kehle. Sie hätte sich gern Luft gemacht, ihm etwas zurückgeschrien, aber das war genau das, was er wollte. Sie biß die Zähne zusammen und blieb ruhig. Es fühlte sich an wie ein heißes Brandeisen, das ihr jemand auf die Haut preßte. Sie hatte ihn aus Mitleid in sein Versteck geführt. Er hatte sie benützt, planmäßig, eiskalt und gefühllos, weil er es konnte – weil sie es ihm ermöglicht hatte. Jetzt brauchte er nicht einmal mehr seine kleinen Lügen zu erfinden.

Ihr war kalt, sie fühlte sich naß und schmutzig, und sie hatte Hunger – in ihrer Situation waren solche Zustände nicht bloß unangenehm, sondern tödlich. Und was bot er ihr an? Sie für ein bißchen Essen und einen warmen Platz am Feuer zu seiner Sklavin zu machen. Vermutlich war das nicht einmal gelogen. Es mochte ihm gefallen, sie eine Zeitlang am Leben zu lassen, den ganzen Sommer vielleicht, und einfach abzuwarten.

Später irgendwann, an einem Septemberabend, bezog sich dann der Himmel grau und schwer wie Blei, und am Morgen war der Boden gefroren. Vielleicht gab es einen schnellen Schuß in den Kopf, während sie noch schlief – gefesselt über Nacht, hatte er gesagt. Nein, es war eher ein Schnitt mit dem Messer durch die Kehle, so wie er Harry erledigt hatte. Der Winter war nahe, und er mußte herunter von den Bergen. Vielleicht erklärte er es ihr vorher noch: Du mußt das verstehen. Ich tu es nicht gern, aber ich kann die Frau, die mich haßt, nicht frei in der Welt herumlaufen lassen.

Jetzt sah sie, wie der Strahl seiner Taschenlampe die Dunkelheit durchbohrte. Das Licht war unglaublich stark und glitt rasch über das gesamte umgebende Waldstück. Wenn es darüber hinwegstrich, leuchteten die Bäume sekundenlang auf und warfen lange, bewegliche Schatten hinter sich. Sie drückte sich in die Erde, das Gesicht im feuchten Boden.

Im nächsten Augenblick machte der Lichtstrahl noch einmal die Runde und ging aus. Sie wagte nicht, sich zu rühren, und blieb reglos liegen. Nach längerer Zeit hörte sie seine Stimme wieder, immer noch vom Plateau her, aber jetzt aus größerer Entfernung. »Jane! Ich weiß, daß du mich hören kannst! Ich will dir nicht weh tun ...«

Vorsichtig kroch sie an den Rand des Dickichts, rutschte auf dem Bauch noch ein Stück hinaus und ging in die Hocke. Im Dunkeln durch den Wald zu rennen, war unmöglich, also ging sie langsam los. Sie hatte ihren Kompaß verloren, aber manchmal sah sie durch die Bäume den Himmel, und falls die Wolken sich verzogen, konnte sie den Polarstern finden. Unsicher, wohin sie ging, planlos marschierte sie weiter, nur um fortzukommen. Sie wußte, daß er nicht aufgeben würde. Er hatte nicht den geringsten Grund, die Jagd abzubrechen, solange er sie nicht gefunden hatte. Er konnte ihre Spur wochenlang verfolgen. Und sie konnte in zwei, drei Tagen tot sein.

Die Wolken klarten nicht auf. Statt dessen fuhr ihr der

kalte Wind unter das dünne Hemd, und er führte große, eiskalte Tropfen mit sich, die auf die Blätter klatschten und dann in Dunst zerstoben. Gleich danach schob sich das Gewitter mit aller Macht über die Berge. Der Regen kam als Wasserfall herunter, eine Sturzflut, klebte ihr die nassen Kleider an die Haut und ließ den Weg schlammig und jeden Stein rutschig werden.

Da der Wind normalerweise aus Westen oder Nordwesten kam, ging sie ihm entgegen, aber auch, weil sie wußte, daß es für ihn genauso schwierig war wie für sie. Eine Stunde nach der anderen verstrich, während sie immer weiterging. Sie zitterte vor Kälte, und ihre Hände hatten kein Gefühl mehr. Und dann, als sie gerade auf ein flaches Felsstück in einer Baumgruppe hinaufsteigen wollte, rutschte sie aus und stürzte ab.

Der Boden unter ihr war naß und schwammig, aber sie fühlte keine Kälte. Es war angenehm, so zu liegen. Sie rollte sich auf den Rücken und rührte sich nicht mehr. Sie wußte, daß sie irgendwann aufstehen mußte, nur nicht jetzt.

Während sie träumte, spürte sie wieder den Schoß ihrer Mutter. Sie hatte Lust, für immer in den weichen, glatten Tüchern sitzenzubleiben, die Hände ihrer Mutter zu fühlen, die sie in den Schlaf streichelten. Aber plötzlich hörte sie etwas. Es war eine Stimme, hart und heiser. Sie blickte auf und sah hoch im Himmel die winzige Gestalt eines Mannes, der herunterfiel. Er war Hunderte von Metern über ihr und drehte sich, während er fiel, um sich selbst, und er schrie. Sie sagte: »Nein. Nein, nicht so.« Sie machte die Augen fest zu, aber das Bild ging nicht weg. Ihre Lider waren durchsichtig.

Ihr Vater stürzte mit unvorstellbarer Geschwindigkeit zur Erde, aber die Entfernung war so riesig, daß er immer nur fiel, Minute für Minute. Sie sah ihn, versuchte, den Fall mit der Kraft ihres Willens aufzuhalten, ihn in einem dichten Luftkissen aufzufangen, aber es ging nicht. Es ging überhaupt nie. Sie war ebenso schreckgelähmt wie er, blickte vor sich auf den Boden und fühlte, was er im Fallen fühlen mußte. Sie hielt den Atem an, während er immer schneller näherkam.

Jetzt konnte sie ihn klar erkennen. Er war angezogen wie immer, ein weiches, abgetragenes Baumwollhemd und ausgewaschene Jeans. Er kam kopfüber herunter, die Arme weit ausgestreckt und mit offenem Mund. Er schien ihr während des Fallens geradewegs in die Augen zu sehen. Jane machte sich steif, preßte sich die Finger in die Augen und machte sich bereit für den Aufprall.

Jetzt hörte sie auch den Gegenwind, der an ihm entlangstrich, so daß seine Kleider flatterten wie Flügel. So wie immer zwang etwas ihre Hände auseinander und von den Augen, damit sie ihn sterben sah. In dem Augenblick aber, bevor er sich in den grasigen Boden vor ihr bohrte wie ein Messer, schien das flügelflatternde Geräusch lauter zu werden, und er schwang zurück und nach oben, so nahe an ihr vorbei, daß sie den Wind im Gesicht spürte.

Er flog nach oben in den offenen Himmel, und sie sah, wie er sich veränderte. Seine Arme standen weitab von den Schultern, und sie waren schwarz und trugen lange Federn. Wenn er sie bewegte, klang es genau wie der Wind, und er schoß in die Höhe, genauso schnell, wie er eben noch heruntergestürzt war. Er stieg immer höher, bis sie das rote Hemd und die Jeans nicht mehr sehen konnte. Jetzt war er nur noch ein schwarzer Fleck am hellen Himmel. Er schrie noch einmal laut, kein Wort, eher, als wollte er ihr etwas zurufen.

Dann hörte sie eine andere Stimme, die ihm antwortete. Sie war harsch und heiser wie die seinige, aber sie kam scheinbar aus der Luft über ihr. Sie öffnete die Augen, es war taghell, und ihr Vater war nicht mehr da. Sie sah zu der Krähe hinauf. Der große Vogel saß auf einem Ast, zwanzig Meter über ihr hoch oben im Baum und nahe dem Wipfel, und schaukelte in den Blättern, wenn der Zweig sich im Wind bewegte. Er ließ ein lautes »Kraaa« hören, und eine zweite Krähe kam herbei, mit einer Flügelspanne von fast achtzig Zentimetern. Die Sonne schien ihnen auf die Federn, und sie sahen aus, als hätte man sie mit einem Haargel gekämmt, das blau-violett-gelbe Streifen in das tiefe Schwarz färbte. Jane hatte sie vermutlich im Schlaf gehört und sich einen Traum dazu erfunden.

Die Krähen sahen sie freundlich an, gutmütig. Sie beobachtete sie, ohne sich zu bewegen, bis sie sie auseinanderhalten konnte. Dann setzte sie sich auf, blickte sich um und in die anderen Bäume hinauf und sah dort noch mehr Krähen sitzen und ihre Kotflecken an den Baumstämmen. Im Gras um sie herum lagen hier und da nasse, weiche Federn. Sie war im Dunkeln ausgerechnet in einen Nistplatz gestolpert. Die Vögel hatten sie da liegen sehen und beschlossen, daß sie keine Gefahr für sie war.

Krähen stellten gern Wachen auf, höher in den Bäumen, als sie klettern konnte, und mit so scharfen Augen, daß sie auf dreihundert Meter das Flattern eines Blattes erkannten. Solche Wachen waren auch ihre beiden Freunde dort oben. Wenn der Killer ihnen zu nahe kam, ging der Warnschrei los. Langsam und geräuschlos stand sie auf, um die Wachposten nicht zu erschrecken, wenn hier plötzlich ein Mensch aufrecht stand.

Sie sagte leise »Danke, Vater« zu den Krähen, nicht weil die Vögel durch einen Zauber auf einmal die Menschensprache verstanden hätten, sondern um sie daran zu gewöhnen, daß sie sich jetzt bewegte und Lärm machte.

Jane sah jetzt alles mit aberwitziger Klarheit. Es kam ihr mit solcher Plötzlichkeit zu Bewußtsein, daß sie nur noch die Tatsache feststellen, es aber nicht mehr Schritt für Schritt verarbeiten konnte. Sie hatte versucht, ihren Feind und den Wald gleichzeitig zu bekämpfen. Sie hatte bei diesem Kampf seine Bedingungen übernommen: tief in die Wildnis zu gehen und die Hilfsmittel der Zivilisation mitzunehmen – ein Gewehr, ein Zelt, ein Boot, einen Kompaß. Wer mehr und das Beste davon mitbrachte, war im Vorteil. Er war größer, kräftiger, schneller. Er hatte alle Essensvorräte und warme Kleidung. Er hatte den Weg so in die Länge gezogen, daß sie alles verlor, was sie tragen konnte, und jetzt sollte ihr die weitergehende Jagd die letzten Kräfte rauben.

Die Krähen hatten es ihr wieder ins Gedächtnis zurückgerufen. Sie mußte gar nicht wie ein ängstliches kleines Mädchen denken, das sich im Wald verlaufen hatte. Sie mußte sich keinen Fluchtweg ausdenken, sie mußte sich überhaupt nichts ausdenken.

Unter den hohen Bäumen suchte sie sich eine Handvoll der dreißig Zentimeter langen, nachtschwarzen Flügelfedern zusammen, die von den Zweigen zu Boden gefallen waren. Dann ging sie los, um den geeigneten Baum zu finden. Sie entdeckte ihn am Rand der nächsten Lichtung. Er hatte eine eigenartige, graufarbene Rinde, die für Jane immer wie Elefantenhaut aussah. Sie berührte den Stamm mit der Hand, er war hart und kalt wie Granit. Es war eindeutig eine Buchenart, ein Hornbaum aus einem Holz wie Eisen. Sie trat zurück und blickte nach oben in die Äste. Sie fand bald den richtigen. Er war drei oder vier Meter hoch über ihr, der Wind hatte ihn am Ansatz abgebrochen, und sogar der Knoten war herausgerissen. Der Ast war mindestens zwölf Zentimeter dick und drei Meter lang. Sie suchte nach einer Möglichkeit, den Baum hinaufzuklettern, aber es gab keine.

Jane erinnerte sich an eine Nacht in Los Angeles, vor vielen Jahren. Um zwei Uhr früh war sie auf der Stadtautobahn gewesen, als sie plötzlich einen Jungen sah, der einen Metallpfosten hinaufstieg, um das Ausfahrtsschild oben mit seinen Graffitti zu besprühen. Er warf seinen Gürtel um den Mast, nahm in jede Hand ein Ende und marschierte einfach hinauf. Jane nahm ihren Gürtel ab, schlang ihn um den glatten Stamm herum und versuchte es. In wenigen Sekunden war sie oben und auf dem Ast. Sie umfaßte ihn mit beiden Händen und ging auf ihm, Hand über Hand balancierend, so weit nach außen, bis sie ihn zur Erde heruntergebogen hatte. Dann schob und zerrte sie geduldig, und endlich riß er völlig ab und fiel auf den Boden.

Sie brauchte eine halbe Stunde, um ihn mit dem Messer an der richtigen Stelle durchzuschneiden. Das Holz war unvorstellbar schwer, dichtgefasert und hart. Aber während sie daran herumschnitzte, wurde sie gleichzeitig immer geschickter und lernte, lange Streifen abzusplittern von ihrem Ga-je-wa. Den Knoten am Ende schnitt sie als zwölf Zentimeter dicken Klumpen zurecht, und dem Griff gab sie eine leichte Krümmung, flacher und ein wenig gebogen wie eine Klinge.

Nach zwei Stunden Arbeit an dem Stück Holz war es gut

sechzig Zentimeter lang und sah aus wie die etwas gröbere Variante einer Kriegskeule, die sie einmal im New York State Museum in Albany gesehen hatte. Sie probierte den Knüppel aus, indem sie ein paarmal damit auf den Boden schlug, dann übte sie den Schwung über Kopf. Seine Form verlieh ihm die Energie eines Hammers, und er war hart und schwer. Sie steckte sich die Keule hinten in den Gürtel, so wie auch die Krieger der Nundawa sie trugen. Der Gaje-wa machte sie ihrem Feind noch nicht ebenbürtig, aber falls es zum Nahkampf kam, hatte sie eine Überraschung für ihn.

Sie ging weiter und wartete dabei auf den richtigen Vogelruf. Was sie jetzt brauchte, war ein anderer Ruf als der, den die im Innern des Waldes lebenden Vögel hervorbrachten. Sie alle ließen ein metallenes, eher tieftoniges »tonk-tonk« hören, manchmal auch »witt-witt«. Im Gehen lauschte sie auf ein helleres Trillern irgendwo. Als sie es hörte, ging sie darauf zu und kam auf einer Bergwiese heraus. Drosseln, ebenso wie Rotkehlchen bei ihr daheim, fraßen alles mögliche, aber um diese Jahreszeit gab es nur die ersten Beerenfrüchten. Sie ging am Rand der Wiese entlang, bis sie sie gefunden hatte. Es waren wilde Erdbeeren am östlichen Rand der Wiese, wo die Sonne am kräftigsten schien. Erst nach einiger Zeit entdeckte sie genügend reife Beeren, aber dann aß sie auch die grünen. Sie waren hart und sauer, aber sie konnte sich kaum damit vergiften. In den Niederungen der Wiese hatte sich Regenwasser angesammelt, und sie trank aus den Pfützen.

Auf der Suche nach Gewächsen, die wie Brombeerbüsche aussahen, wäre sie mitten auf der Wiese beinahe über das Geweih gestolpert, das im hohen Gras lag. Es war gewaltig, ein Jäger hätte es wohl einen Achtender genannt, aber eine Hälfte davon fehlte. Als sie das Geweih aufhob, konnte sie sich die Szene ausmalen. Wahrscheinlich lag noch Schnee zu Beginn der Paarungszeit. Hier hatten zwei Platzhirsche miteinander gekämpft, und einer hatte seinem Rivalen das Geweih gebrochen. Dem einen fielen die Hirschkühe zu, und der andere zog betrübt ab und ließ sich ein neues Geweih wachsen. Sie steckte ihren Fund zur Keule in ihren Gürtel.

Die Brombeerbüsche waren in dem Wildwuchs auf der Lichtung nicht auszumachen, und was immer sie vor sich hatte, trug ohnehin keine Beeren, aber etwas weiter entdeckte sie eine Gruppe Hickory- und Ahornbäume. Sie suchte mit großer Sorgfalt Schößlinge von passender Größe aus. Sie brauchte welche, die schnurgerade gewachsen waren, also eher am Waldrand in der Sonne standen, wo sie nicht von überwölbenden Elternbäumen am Wachsen behindert wurden.

Als sie einige gefunden hatte, nahm sie ihr Messer und schnitt und schälte und formte eine genügende Anzahl zu Ga-no. Sie mußten einen knappen Meter lang sein und so vollkommen rund und gerade, daß die Spitze kein bißchen flatterte, wenn sie den Stab zwischen den Handflächen hin- und herrollte. Bald hatte sie fünfzehn davon hergestellt, legte sie zur Seite und machte sich an die nächste Arbeit, den Wa-a-no. Es war ein Hickoryschößling, etwa fünf Zentimeter dick, mit einer leichten natürlichen Krümmung. Sie schnitt ihn bei einer Länge von reichlich einem Meter ab und entfernte dann von den Enden noch etwas Holz, bis sie ihn mit ihrem ganzen Gewicht biegen konnte. Dann war die Bogensehne an der Reihe.

Im Griff des Jagdmessers hatte sie einige Fischhaken und siebzig Meter Angelschnur. Sie schnitt drei Längen von der feinen, durchsichtigen Kunststoffschnur ab, band sie an einen jungen Baum und flocht sie so ineinander, wie sie gelernt hatte, ihr Haar zu flechten. Als sie drei derartige Schnurzöpfe fertig hatte, flocht sie diese drei zu einem einzigen zusammen, und hatte nun eine neunfach geflochtene Bogensehne von ausreichender Dicke und Strapazierfähigkeit. Sie brauchte ihre ganze Kraft, um die Sehne auf den Bogen zu ziehen.

Sie hielt einen Augenblick inne und lauschte auf die Krähen am Nistplatz, aber dann war sie sicher, daß Martin nicht in der Nähe war und sie bei der Arbeit an dem Geweih hören konnte. Sie suchte sich zwei schwere Felsbrocken aus und benützte den einen als Hammer, den anderen als Amboß, um das Horn in Stücke zu brechen. Nach einer Weile jedoch fand sie heraus, daß sie mit dem Messer als Meißel und der Kriegskeule als Hammer aus dem Geweihansatz kleine Splitter herausschlagen konnte, die scharf und länglich dreieckig waren. Dann schnitt sie in jeden Splitter am unteren Ende eine Einkerbung. Wenn sie die Pfeilstöcke oben ein wenig aufschlitzte, konnte sie die Pfeilspitze einfügen und sie mit der Angelschnur festbinden.

Jetzt nahm sie die Krähenfedern und schnitt sie am Kiel ab, so daß die Federfahnen übrigblieben. Dann befestigte sie diese am Pfeilende nach Art der Seneca, immer zwei leicht spiralig gedreht, damit der Pfeil im Flug rotierte. Der Trick dabei war, die Federn auf beiden Schaftseiten mit zähem Fichtenharz anzukleben, so daß sie in der richtigen Stellung blieben, während sie sie mit der Angelschnur festband.

Jane stand auf, legte den ersten Pfeil auf, zog die Sehne zurück und ließ ihn fliegen, quer über die Wiese auf einen Ahorn zu. Er rotierte im Flug wie eine Gewehrkugel und schlug tief in die Rinde ein. Als sie noch auf dem College war, hatte sie es komisch gefunden, wenn junge Mädchen im Sportunterricht dafür benotet wurden, daß sie etwas ausübten, womit die Menschen der Steinzeit auf die Bärenjagd gingen. Aber jetzt kam es ihr fast unglaublich vor, daß sie niemals Bogenschießen gelernt hatte, bis es ihr ein Lehrer aus Japan beibrachte. Sie hatte allen Leuten erzählt, sie habe diese Sportart gewählt, weil die einzige, die sonst noch in ihren Stundenplan gepaßt hätte, Golf war. Jetzt gestand sie sich ein, daß der wahre Grund ein anderer war: Der Bogen erinnerte sie an ihren Vater, der ihr kleine Pfeile schnitzte und sie damit im Hof spielen ließ, als sie zehn war. Sie hatte die ganze Zeit im College Sehnsucht nach ihm, und bei diesem Sport fühlte sie sich ihm nahe.

Jane ging zu dem Ahorn hinüber, versuchte, den Pfeil aus der Rinde zu ziehen, und sah, daß er sich tiefer als erwartet in den Stamm gebohrt hatte. Sie nahm das Messer und schnitt ihn heraus, dann ging sie zurück, um eine neue Knochenspitze einzufügen. Sie war besser, als sie sich vorgestellt hatte. Ihr alter Wa-a-no hatte einen so starken Zug, daß die meisten Europäer, die mit Irokesen zusammenkamen, ihn ohne lange Übung nicht spannen konnten, und eine Frau schaffte es schon überhaupt nicht. Aber sie hatte diesen Bogen eine gute Handspanne länger gemacht, und er war biegsamer als die älteren Ausstellungsstücke im Museum.

Noch einmal nahm sie ihr Messer zur Hand, schnitt die Beine ihrer Jeans damit ab, band eines am unteren Ende zusammen und nahm es als Köcher für den Transport ihrer fünfzehn Pfeile. Einen Streifen des anderen Jeansteils machte sie zu einem Riemen, der den Köcher auf ihrem Rücken festhielt, den Rest band sie sich als Schärpe um die Hüfte und steckte die Kriegskeule hinein, genau wie die Kämpfer von damals.

Sie schnitt noch fünf weitere Schößlinge als Ersatzpfeile auf die richtige Länge und zwängte die übriggebliebenen Geweihstücke in den Boden des Köchers, um ihm eine feste Weite zu geben. Dann suchte sie an sich eine Stelle, wo sie die letzten fünf Krähenfedern aufbewahren konnte. Sie fand, der einzige Platz, wo sie nicht verbogen wurden, war das Band, mit dem sie ihr Haar zum Pferdeschwanz gebunden hatte, also steckte sie sie dort hinein und ließ sie im Nacken herunterhängen. Nun stand sie still und schaute hoch zur Sonne. Es war später Nachmittag. Sie hatte den ganzen Tag in träumender Erinnerung und mit praktischer Arbeit verbracht, während die Krähen über ihr Wache hielten.

Sie verließ die Bergwiese und sah, daß der Wald sich verändert hatte. Jetzt konnte sie darin sehen. Das Laubwerk war nicht mehr bloß eine grüne Wand. Es war vielfarbig und vielfältig lesbar. Diese Bäume hier waren die Überbleibsel der endlosen Wälder, die einst das ganze Land der Hodenosaunee bedeckten und noch darüber hinausreichten. Vielleicht lag ein tiefer Sinn darin, jetzt durch den Wald zu gehen, zu sehen, daß er noch unberührt war und in seinem Boden die Samen der Pflanzen hütete, die sprießen und wachsen konnten, lange nachdem sie nicht mehr da war.

Früher einmal kamen die Männer hierher mit einem Lied, das sie eingeübt hatten, und sie sangen, daß sie keine Angst hatten. Es war eigentlich für die Zeit einer Marter gedacht, wenn man dem Feind seinen letzten Atem ins Gesicht spuckte und ihm angst machte vor denen, die nach einem kamen: »Ich bin tapfer und unerschrocken. Ich fürchte nicht den Tod und keinerlei Martern. Wer sie fürchtet, ist ein Feigling und weniger als eine Frau ...«

Es hörte sich beinahe an, als wäre das Lied für sie gemacht, und sie fühlte sich klein und leicht und schwach. Das Töten war die Arbeit der Männer, aber jetzt war sie die einzige Seneca im Wald, und deshalb mußte sie es tun.

29 Sie ging tiefer hinein in den Wald unterhalb der Wiese. Die abendlichen Sonnenstrahlen trafen im flachen Winkel auf die Baumkronen, in ihrem blendenden Licht glühten die Blätter, und jeder Schatten versank in seiner eigenen Dunkelheit. Die Bäume hier waren alt, keine Aufforstung in Monokultur. Jede Pflanzenfamilie suchte sich ihre Nische und konnte dort ungestört wachsen. Der Fichtenkranz um den Berggipfel vermischte sich an seinem unteren Rand mit Birken, Ahorn, dann mit Schierlingstannen und glatten Buchen, und noch weiter unten standen die Hickorybäume. Überall, wo der Boden tief war und die Jahrtausende moderndes Laub und mineralreiches Schmelzwasser aus den Bergen angesammelt hatten, wuchsen die hohen Bäume, und ihre Pfahlwurzeln gingen tief in die Erde. Diese Ahorngruppe hier war alt und dicht gewachsen, der Buchenhain dort hatte sich erst spät den Raum erobert, vielleicht waren die Samen zwanzig Jahre vorher in einem Sturm hierhergeweht, oder sie waren im Magen einer Hirschkuh gewandert und an der richtigen Stelle unverdaut wieder herausgekommen.

Die Welt, in der sie bisher gelebt hatte, aus Beton, mit Häusern und Straßen, war gar nicht so verschieden von dieser Umgebung. Auch sie war eine Wildnis. Auch auf dem Planeten Erde suchte der einsame Jäger seinen Weg durch unwegsames Gelände. Und irgendwo da draußen war etwas, das den Tod des Jägers plante, entweder er besiegte es, oder es tötete ihn.

Der Name des Jägers war immer derselbe. In der Sprache, die Jane am besten konnte, hieß der Jäger »Ich«. Während sie lautlos durch den Wald ging, unter den Ästen hindurchschlüpfte, ohne sie zu bewegen, den Fuß am besten nur auf feuchten, weichen Waldboden setzte, wo kein vertrockneter Zweig knackte, wurde sie der Jäger. Sie konnte sich nicht selbst sehen, nicht von außen, und etwa erschrecken beim rührenden Anblick einer schwachen, einsamen Frau auf einem Wildpfad. Sie konnte nur sehen, wo sie war. Und sie war das, was sie jetzt zu tun hatte. Ihre Augen waren wachsam und alarmbereit und beobachteten unablässig den Weg vor ihren Füßen und den Himmel über ihr.

Während sie diese Aufmerksamkeit und den angespannten Willen aus ihrem Innern mehr und mehr nach außen in die Jagd legte, ließ sie Jane Whitefield hinter sich zurück. Der Jäger war groß und hatte unbekleidete, hohe Beine, braun und stark nach Jahren des Lauftrainings. Die Augen des Jägers hatten einen klaren und genauen Blick, der jede Bewegung auf dem vorausliegenden Pfad bemerkte, und scharfe Ohren, die nach so vielen Tagen im Wald das leiseste ungewöhnliche Geräusch aufnahmen. Der Jäger war gewandt und hatte schon oft einen Gegner bekämpft, der größer und kräftiger war, und in einer Wildnis, die anders aussah als diese hier.

Nun schlich der einsame Jäger lautlos durch die North Woods, in weitem Bogen zurück und parallel zu dem Laufweg der vergangenen Nacht. Der Lake Nehasane lag jetzt vier oder fünf Stunden entfernt, und der Jäger nahm die Entfernung hin und ging geduldig weiter und hörte dabei nicht auf zu denken. Die einfache Taktik, den Feind im Wald zu überraschen und ihn im Nahkampf zu überwältigen, war diesmal unmöglich. Der Feind hatte mehr Kraft in den Armen als der Jäger und eine größere Reichweite. Dem Feind im offenen Gelände zu begegnen, bedeutete den schnellen Tod, denn er besaß in diesem Augenblick das einzige Gewehr dieser Welt.

Sie überlegte, wie sie den Wald für ihr Vorhaben nutzen könnte. Die Hodenosaunee waren immer zur Bärenjagd im Winter hierhergekommen. Sie hatten Schneeschuhe, und manchmal jagten sie den Bär, manchmal lockten sie ihn, damit er sie jagte. Während sie dann leichtfüßig über den Tiefschnee liefen, sank der Bär darin ein, stolperte und hatte bald seine ungeheure Kraft verloren. Die frühen Jäger stellten auch Zäune aus gekreuzten Latten in den Wald und trieben das Wild hinein, bis ans engerwerdende Ende, wo sie es töteten. Und sie hatten eine Falle entwickelt, aus einem heruntergebogenen jungen Baum und einer Seilschlinge, so daß das gefangene Tier in die Höhe geschleudert wurde und mit gefesselten Hinterbeinen im Baum hing. Nichts davon konnte sie bei diesem Feind anwenden.

Sie marschierte die ganze Nacht hindurch und fand sich damit ab, daß sie nichts zu essen hatte. Aber hier war der Jäger im Vorteil: Er lebte im Körper einer Frau. Der Körper war kleiner und leichter und brauchte weniger Energie zu seiner Fortbewegung, und er hatte größere Reserven an gespeichertem Fett in seinen Muskeln und Sehnen, weil er für langwierige Anstrengungen gebaut war, für die Geburt von Kindern und für ihre Ernährung, wenn die Vorräte knapp waren. Ab und zu fand sie an sonnigen, windgeschützten Stellen eßbare Beeren, und sie pflückte Blätter von den Zweigen am Weg, um kein Hungergefühl aufkommen zu lassen, und trank von dem Wasser in den Bächen. Der Körper des jagenden Kriegers war für das Fasten abgehärtet, schon allein durch die Disziplin, einen Körper Größe 40 in Kleider Größe 38 einzupassen.

Als es im Wald zu dunkel wurde, legte sie sich abseits des Weges hin und schlief bis zum Morgen. Sie stand auf und ging weiter, lautlos wie vorher, aufmerksam und vorsichtig. Sie ging den ganzen Tag und sah dabei die Stellen wieder, wo sie sich auf dem Herweg durch dichtes Gestrüpp gekämpft hatte, überall abgebrochene Zweige und deutlich sichtbare Fußspuren.

Am frühen Abend kam sie über die Kuppe des letzten Berges und blickte hinunter auf den Lake Nehasane. Noch im Wald nahm sie nasses Moos und strich es sich über die Haut und machte sich zur Tarnung dunkle Flecken auf Ärmel und Jeansbeine. Als sie zu der verlassenen Feuerstelle ihres Feindes kam, auf dem Felsplateau, wo sie in ihrem Versteck seine Stimme gehört hatte, nahm sie ein verkohltes Stück Holz und malte sich schwarze Streifen ins Gesicht.

Dann blickte sie hinüber zum anderen Ufer und betrachtete lange den Lagerplatz des Feindes. Der Killer hatte sein Zelt mitten in einem offenen Uferstrich aufgeschlagen, der einem anschleichenden Jäger weder Busch noch Baum als Sichtschutz bot. Das Kanu lag hoch oben neben dem Zelt, wo er es bewachen konnte.

Dann sah sie ihn. Er kam gerade aus einem Weg nahe dem Lagerplatz, ging zum Feuer und ließ einen Armvoll Brennholz fallen. In der anderen Hand trug er das Gewehr und im Gürtel ein Beil. Er legte das Gewehr auf den Boden und kniete sich hin, um den Holzstoß aufzubauen. Er stellte die Scheite so auf, daß sie die ganze Nacht über reichen mußten, aber an seiner Körperhaltung erkannte sie, daß er dabei nicht einmal hinsah. Mit Augen und Ohren wartete er auf sie. Das Gewehr lag fast drei Meter von ihm entfernt. Er forderte sie heraus. Er wußte, daß sie zurückkommen würde, weil sie fror und müde und hungrig war. Nach seinem Plan sollte sie näherkommen und mit einem schnellen Sprung das Gewehr an sich reißen. Er wußte genau, was in ängstlichen, verzweifelten Menschen vorging. Er wußte es nicht, weil er ihnen ähnlich war, sondern weil er sein Geld damit verdiente, sie zu jagen und zu töten.

Die Sonne stand hinter den Bergen im Westen, als sie die Waldstelle sah, die sie suchte. Sie hatte sich den Platz schon während des Gehens vorgestellt und war den ganzen Wald abgegangen, bis sie ihn gefunden hatte.

Sie benützte das Messer und das Restgeweih als Grabschaufeln und hob eine Grube aus, fast zwei Meter breit und so tief, daß sie am Ende auf felsigen Untergrund stieß. Darüber legte sie die fünf Reservepfeile als Rahmen, der die Abdeckung aus Zweigen und Gras aufnahm. Dann machte sie die acht Fischhaken an je einem Stück Angelschnur fest und hängte sie in Abständen von zwanzig Zentimetern an den überhängenden Ast der Buche. Sie überprüfte immer wieder die richtige Höhe, und dann noch einmal. Es mußte perfekt sein.

Danach ging sie zehn Meter weiter auf dem Weg, bog einen jungen Baum fast ganz herunter und warf einen kleinen Haufen Blätter davor auf den Boden, so daß es nach einer Wildfalle aussehen mußte. Sie rechnete sich aus, daß selbst im sehr schnellen Lauf zehn Meter ausreichend Zeit waren, um ihn auf den Gedanken zu bringen. Dann überlegte sie, wo sie ihren Bogen zurücklassen sollte. Als sie alle Arbeiten beendet hatte, ging sie durch den Wald und schnitt den ganzen Weg entlang V-förmige Markierungen in die Rinde der dicksten Bäume.

In der Dunkelheit vor der Morgendämmerung kletterte sie noch einmal den Berghang hinauf ins Freie, um einen ungehinderten Blick auf seinen Lagerplatz zu gewinnen. Als sie sicher war, daß er schlief, blickte sie noch einmal hoch in den Himmel, wo die Sterne schon blasser wurden. Das Leben war etwas Gutes und Wertvolles, und sie war glücklich, daß ihr das noch nie jemand sagen mußte. Viele Krieger der Seneca hatten in einer solchen Wildnis ihr Leben verloren. Wahrscheinlich lagen sie noch jetzt unbeerdigt im Boden zu ihren Füßen.

Sie machte sich auf den Weg zu seinem Lager. Sie bewegte kein Blatt, trat keinen Stein beiseite, sie schwebte lautlos wie ein Nebel durch den Wald. Am dunklen Rand seines Lagerplatzes, nur wenige Meter von dem Zelt entfernt, legte sie sich auf den Bauch und beobachtete, ein Schatten im Schatten.

Sie horchte auf das Geräusch seines Atems. Sie kannte es, sie hatte es gehört und ihm gelauscht, als sie neben ihm lag, über ihm wachte und hoffte, er würde überleben. Jetzt hörte sie es wieder, aber etwas war falsch. Es kam nicht aus dem Zelt. Sie wandte den Kopf in die Richtung, aus der sie es hörte. Er schlief im Wald hinter dem Kanu und wartete darauf, daß sie versuchte, ihn im Zelt zu töten. Er hatte zweifellos irgendeinen Alarm eingerichtet, der ihn wecken sollte, wenn sie es versuchte, so daß er aus seinem Versteck herauskommen und sie erschießen konnte.

Sie dachte einen Augenblick nach. Es war nötig, daß er sie sah, und dann mußte sie etwas tun, was er verstand, sonst reagierte er womöglich unvorhersehbar. Sie kroch leise zum Zelteingang, nahm das letzte Stück ihrer Angelschnur und band das Ende vorsichtig am Schieber des Reißverschlusses fest. Dann kroch sie zurück an den Waldrand, wo der von ihr markierte Weg begann.

Sie zog einmal kräftig an der Schnur und der Reißverschluß bewegte sich und ging auf, als sie ein ohrenbetäubendes »Kaarrrumm!« hörte, die Vorderseite des Zeltes flog auf und hatte plötzlich ein Loch von neun Zentimetern. Bei dem Knall sprang Jane auf. Eine Gewehrfalle. Er hatte ein zweites Gewehr! Sie machte einen Schritt auf das Zelt zu, besann sich aber gleich wieder. Eine Gewehrfalle funktionierte entweder gar nicht oder nur einmal. Niemand machte sich in diesem Fall die Mühe, mehr als eine Kugel zu laden.

Sie drehte sich um und sah ihn. Er stand aufrecht, das Haar noch so durcheinander wie damals, morgens am Grand River, und beinahe hätte sie ihn gerufen. Aber er hatte das Gewehr in der Hand und kam näher. Seine Augen waren kalt und tot.

Sie machte auf dem Absatz kehrt und rannte durch die Öffnung in den Büschen, und im gleichen Augenblick krachte das Gewehr. Der Schuß traf irgend etwas hinter ihr. Sie hatte ihren Weg mit Absicht durch die dichtesten Waldstücke und so kurvenreich angelegt, daß ein zweiter Schuß nicht möglich war. Immer wieder hatte sie die einzelnen Abschnitte anvisiert, um sicherzustellen, daß es kein langes, gerades Stück gab, auf dem er anhalten, zielen und schießen konnte, bevor sie um eine Kurve bog und wiederum Bäume und Felsen zwischen ihnen standen.

Sie rannte jetzt sehr schnell von einer Markierung zur nächsten, krallte bei jedem Schritt die Zehen in den Boden und bewegte die Arme im Laufrhythmus. Sie konnte ihn hinter sich hören, er lief ebenso schnell wie sie, und seine Füßen kamen härter am Boden auf und lauter als ihre, voller Entschlossenheit, sie diesmal nicht entwischen zu lassen. Sie hörte ihn, und sie fürchtete sich. Sie mußte sich sagen, daß sie sein Tempo unterschätzt hatte. Er holte auf.

Sie versuchte, noch schneller zu laufen, mit noch längeren Schritten, während sie an ihren Markierungen vorbeikam und die nächste Biegung nahm. An dem großen Ahorn stolperte sie und fiel hin, und so rutschte sie ein paar Meter weit auf der Hüfte und schüttelte dabei die Wurzel ab, in der sich ihr Fuß verfangen hatte, dann rannte sie den Engpaß hinauf, wo das hohe Felsstück aus dem Boden ragte.

Jetzt war sie endlich auf dem ausgetretenen Weg und rannte zwischen den gezackten Steinnadeln den leichten Abhang hinauf, dann in die Mulde zwischen den beiden größeren Felsstücken. Wieder hörte sie einen Schuß, er ging über ihren Kopf hinweg, aber jetzt war sie am letzten Wegstück angekommen. Sie sah den zur Erde gebogenen Baum. Als sie auf seiner Höhe war, machte sie einen Sprung und lief weiter.

Als sie die nächsten zehn Meter gelaufen war, schaute sie einmal schnell über die Schulter und sah ihn zwischen den Felsstücken. Sie machte noch zwei Schritte, zog Kopf und Schultern ein und sprang über die verdeckte Fallgrube hinweg. Sie kam hart auf, stieß sich mitten im Schwung wieder ab und verschwand im Gestrüpp rechts vom Weg.

Sie rollte sich hinter den Felsbrocken, hob ihren Bogen auf und den Pfeil, der schon in der Sehne lag, drehte sich um und schaute über den oberen Felsrand vorsichtig durch die Buschblätter nach unten.

Er kam mit hohem Tempo daher, stürmte genau auf sie zu, das Gewehr in beiden Händen vor der Brust. Sie sah seinem Gesichtsausdruck an, daß er den heruntergebogenen Baumschößling bemerkt hatte. Er war überzeugt, die Falle erkannt zu haben, und rannte darüber hinweg, ohne seine Schrittfolge überhaupt zu verändern. Aber die selbstsichere, beinahe belustigte Miene galt nicht dem Baum. Er hatte gesehen, wie sie über die Grube sprang. Er ließ den Weg nicht eine Sekunde aus den Augen. Auch er machte sich bereit für den Sprung.

Sie zog die Bogensehne zurück und hielt sie mit großer Anstrengung ruhig. Sie lauschte auf seine Schritte: Sie wurden lauter und lauter, dann ein kurzschrittiges Trippeln. Er berechnete die Entfernung zur Absprungstelle. Durch die Blätter sah sie wieder seine Augen. Er hielt sie weiterhin auf den engen Weg gerichtet, auf die Matte aus Gras und Zweigen über der Grube. Bei seiner Körperkraft war der Sprung eine Kleinigkeit. Er schaute noch immer nach unten, als er sich im Sprung in die Luft erhob, höher als nötig.

Im Scheitelpunkt seiner Flugbahn wurde er von den Fischhaken gepackt. Jane sah, wie sein Oberkörper plötzlich nach hinten schlug und sich das Gesicht zu einem Ausdruck puren Schreckens verzerrte. Unter seinem Gewicht waren fünf Hakenschnüre straff gespannt, und der Ast über ihm bog sich, dann schnellte er ein wenig zurück und zog ihn in eine aufrechte Stellung. Sie hörte ihn zischend Atem holen.

Ihre rechte Hand ließ die Sehne los. Der Pfeil sauste durch die Luft und gab ein dumpfes Geräusch, als er ihn traf. Er stieß einen lauten, heiseren Schmerzensschrei aus. Sie legte einen neuen Pfeil ein und spannte den Bogen. Sie konnte die schwarzen Federn sehen, wo ihm der Pfeilschaft in der Schulter steckte. Jetzt schickte sie den zweiten Pfeil los.

Er stand breitbeinig über der Grube und hielt sich möglichst gerade, damit ihm die Fischhaken im Gesicht und in der Brust nicht noch tiefer ins Fleisch drangen, und versuchte, sich den gefiederten Schaft aus der Schulter zu ziehen, als ihn der nächste Pfeil am Oberschenkel traf.

Der verwundete Feind stöhnte vor Wut, während er mit zwei schnellen Handgriffen die Pfeilschäfte abbrach, die ihm am Bein und an der Schulter den Stoff durchbohrt hatten. Er ließ das Gewehr fallen, riß das Messer aus dem Gürtel und hackte wie wild auf die Angelschnüre ein. Sie zielte mit ihrem dritten Pfeil auf seinen Brustkorb. Das Geschoß flog geradlinig auf ihn zu, aber in diesem Moment duckte er sich, so daß der Pfeil über seinen Rücken hinwegglitt und unter die Bäume flirrte.

Sie kletterte von dem Felsen herunter, legte sich flach auf den Boden und kroch tiefer ins Gebüsch, als der Feind nach seinem Gewehr griff. Der Wald füllte sich mit dem Echo der Schüsse. Er feuerte unbeherrscht, so schnell er nur konnte, in die Büsche in ihrer Richtung. Zwei Schüsse, noch drei, dann vier. Sie hörte zu zählen auf, als eine Kugel knapp über ihrem Kopf in ein Rindenstück einschlug. Dann war es wieder ruhig, und sie nützte den Augenblick und rannte den Weg ein paar schnelle Schritte weiter, bevor sie sich wieder im Gestrüpp versteckte. Sie war in Schwierigkeiten. Die Pfeile drangen nicht durch die dicke Daunenjacke. Seine Kleider waren eine Rüstung. Sie kroch geräuschlos hinter die Büsche am Wegrand.

Er war jetzt wütend, und er war frei. Die Pfeile fügten ihm kaum Schaden zu, und die Fischhaken hatten ihn höchstens noch mehr gereizt. Er konnte sie immer noch töten, und in seinem Schmerz war er nun dazu verzweifelt entschlossen.

Dann hörte sie das kratzende Geräusch und blieb liegen. Er kletterte einen der Felsen hoch, die ihn eigentlich hätten einschließen sollen. Er war ein wenig verletzt, aber nicht im geringsten kampfunfähig. In wenigen Sekunden konnte er oben sein, und von dort aus konnte er sie sehen, und sein Schuß würde in ihrem Körper explodieren. Sie kauerte sich hinter einem Baumstamm zusammen. Sie konnte hier nicht einfach warten, bis er sie fand. Ihre Hand zitterte, als sie den Pfeil auf die Sehne legte und sich dann zurücklehnte. Der Bogen war einfach nicht stark genug. Sie hatte selbst nicht genügend Kraft gehabt, um sich einen stärkeren zu schneiden, der seine wattierte Jacke durchbohren konnte. »Sie sind weniger als Frauen.« Sie fühlte, wie Zorn und Empörung in ihr hochkamen. Sie mußte sterben; das Schicksal hatte es so beschlossen, schon damals, als er ihren Namen von Harry erfuhr. Es kam ihr ungerecht vor, es erbitterte sie, und ihre Brust zog sich zusammen, als sie sich entschied, es nicht hinzunehmen. Sie stand auf und hielt den Bogen zur Erde gerichtet, den Pfeil in der Sehne. Sie trat hinter dem Baum hervor und stellte sich hin, ihre Seite dem Felsen zugewandt, als wüßte sie nicht, daß er dort oben war, und darauf wartete, daß er den Weg herunterkam. Sie gab ihm ihr Profil als Zielscheibe.

Aus dem Augenwinkel sah sie ihn oben auf dem drei Meter hohen Felsstück ankommen. Sie sah, wie sein Blick in ihre Richtung ging. Dann stand er auf, und das Gewehr hob sich in einer einzigen, ruhigen Bewegung vom Boden bis hinauf an die unverletzte Schulter.

Sie wandte sich ihm zu und hob schnell den Bogen. In ihrer Erbitterung zog sie den Pfeil so weit zurück, daß seine Spitze die Handknöchel berührte. Sie erwiderte seinen Blick, genau in die Augen. Noch eine Sekunde, und sein rechtes Auge zielte über die Kimme. Schon begann sich das linke Auge zu schließen, und als nächstes mußte der Knall kommen. Sie ließ den Pfeil fliegen.

Er zischte durch die Luft hinauf, und seine Federn drehten sich. Als er traf, konnte sie den harten Einschlag hören. Das Gewehr fiel zu Boden, die Hände schossen nach oben und packten die Stelle, an der der Pfeil eingedrungen war, genau da, wo die Zahnleisten des Reißverschlusses knapp unter dem Hals ein wenig offenstanden. Er setzte sich hin und schien das Gleichgewicht zu verlieren.

Jetzt glitt er langsam das Felsstück herunter, während er immer wieder nach seinem Gewehr zu greifen versuchte, das vor ihm herrutschte. Sie drückte sich vom Baum ab und rannte ihm entgegen. Es waren mindestens zwanzig Schritte, aber sie raste so schnell wie noch nie durch die kniehohen Gräser, um vor ihm bei der Waffe anzukommen. Sie wußte nicht mehr, wann ihre Hand hinten an den Gürtel ging und den Griff der schweren Kriegskeule packte. Als sie ankam, hatte er seine Hand bereits auf dem Gewehr, und schon hob es sich wieder. Sie schwang und schlug ihm die Keule mit aller Kraft auf den Hinterkopf. Sie hörte das Splittern von Knochen und sah, wie der Kopf nach vorn fiel. Als sie ein zweites Mal zuschlug, wieder auf den Schädel, traf sie nur noch weiches Gewebe. Sie hatte es getan. Er war tot.

Jane holte tief Atem und warf den Kopf so weit zurück, daß ihr die Federn im Haar über das Rückgrat strichen, und ihr bemaltes Gesicht leuchtete durch die Blätter in den klaren Himmel. Dann brach sie in einen durchdringenden Triumphschrei aus.

30

Jane wankte ein paar Schritte, fiel hin und fing an zu weinen. Sie weinte aus Dankbarkeit, daß sie noch lebte, aus Erleichterung, daß der Killer endlich tot war. Sie weinte in ihrer Trauer für den kleinen Spieler Harry, der das Messer gespürt hatte, das ihm durch die Kehle fuhr, von der Hand eines Mannes, den er für seinen Freund gehalten hatte, und sie klagte um ihren verlorenen, toten Geliebten.

Später, als die Sonne höher in die Kronen der Bäume stieg, kamen ihr keine Tränen mehr. Sie stand auf, blickte sich um und wußte, was sie jetzt zu tun hatte. Sie ging zum Lagerplatz des Feindes und suchte die Werkzeuge zusammen, die sie brauchte, dann ging sie den Weg zu dem Bach zurück, aus dem sie in der Nacht getrunken hatte. Sie rollte einen alten, verrotteten Baumstamm das Ufer herunter ins Wasser, so daß der Bach zur Seite abgeleitet wurde, und begann in seinem Bett zu graben. Eine Handbreit tief lag hier nur Kies und Geröll, darunter sandige Erde. Sie schaufelte die Erde und die Steine so um den Baumstamm herum, daß er einen festen Damm ergab. Nach einer Stunde Arbeit stand sie bis zur Hüfte in dem Erdloch und stieß auf felsigen Untergrund.

Sie hielt es nicht aus, seine Hände zu berühren, also holte sie seinen Schlafsack, rollte ihn mit dem Fuß hinein und schleppte ihn hinter sich her bis zum Bachbett. Nachdem sie die Leiche mit Erde und Steinen bedeckt hatte, stieß sie den Baumstamm weg und gab dem Bach wieder seinen natürlichen Weg. Das Wasser staute sich ein wenig über dem Grab, dann wirbelte es den dunklen Sand auf und floß ab. Minuten später war es wieder sauber, als hätte niemals etwas seinen Lauf gestört, seit diese Berge aus der Erde gewachsen waren. Dann ging sie zu dem Weg, den sie für ihn angelegt hatte, schnitt die übriggebliebenen Angelschnüre ab und auch die drei Haken, die ihn nicht erfaßt hatten, band den heruntergebogenen Schößling wieder los und füllte die Fallgrube auf, die sie ihm gegraben hatte.

Sie ging zurück zu seinem Lager, machte sich aus seinen Lebensmitteln eine Mahlzeit und trank sein Wasser am Ufer des wunderbar schwarzen Sees. Dann warf sie sein Paddel, die Wagenschlüssel und einen Vier-Tage-Vorrat an Trockennahrung in sein Kanu und schob es an den Rand des Wassers.

In seinem Rucksack fand sie Zündhölzer und holte das Feuerholz zusammen, das er gesammelt hatte, und machte auf einem Felsvorsprung über dem Wasser ein Feuer. Sie verbrannte zuerst seine Kleider und die Brieftasche, die sie ihm gekauft hatte, zusammen mit den Papieren, die ihn als John Young auswiesen, dann den Rest seiner Essensvorräte, das Zelt und den Schlafsack. Sie entlud das Gewehr, das er im Wald getragen hatte, und stellte mit einem Ruck am Ladekolben sicher, daß auch die zweite Waffe, mit der er seine Gewehrfalle gebaut hatte, leer war. Dann legte sie beide Gewehre und die Angelrute ins Feuer, um die Kolben und Holzteile und den Korkgriff zu verbrennen und das verbleibende Fiberglasmaterial einzuschmelzen. Alles, was er hier heraufgetragen hatte, nahm sie auseinander oder schnitt es in kleine Stücke und warf es ins Feuer.

Als seine sämtlichen Sachen verbrannt waren, holte sie weiteres Holz herbei, baute den Stoß noch einmal höher und beobachtete, wie alles zu glühender Kohle verbrannte. Dann legte sie ihren Bogen, ihre Pfeile und ihre Kriegskeule darauf und sah sie noch einmal aufflammen und zu Asche zerfallen, dann legte sie sich in der Nähe auf der nackten Erde zum Schlafen hin.

Als sie aufwachte, war es hoher Nachmittag. Sie ging bis an die Wasserlinie und blickte in den See vor ihren Füßen. Sie sah die Spiegelung ihres Gesichts, noch immer grün und schwarz gestreift, und die schwarzen Krähenfedern in ihrem Haar. Sie sprang kopfüber ins Wasser, tauchte in der schweigende Dunkelheit unter und schoß mit einem Armzug wieder an die Oberfläche. Sie machte sich sauber und ließ die Federn fortschwimmen, dann kam sie heraus und trocknete sich in der warmen Sonne auf dem Felsen.

Sie ging zum Feuer und stellte fest, daß es abgekühlt war. Mit dem Kanupaddel schob sie die Asche ins Wasser und sammelte dann die Metallstücke und verkohlten Plastikteile ein und steckte alles in ihren Köcher. Sie ging ein letztes Mal über den Lagerplatz, ob sie irgend etwas übersehen hatte, und da fiel ihr das Geld ein. James Michael Martin war vielleicht zu vielem fähig, aber nicht dazu, sich von seinem Geld zu trennen. Sie suchte das Gelände ab. Dann überlegte sie, daß er es zweifellos bereits versteckt hatte, bevor er dieses Lager aufschlug, wahrscheinlich sofort, nachdem er am See angekommen war.

Sie ging zu seinem vorherigen Lager und suchte alle Stellen ab, an die er möglicherweise auch gedacht hatte. Es hing sicher nicht an einem Seil in einem luftdichten, mit Steinen beschwerten Behälter irgendwo unter der Wasseroberfläche. Er hatte es auch nicht hoch in einen Baum gehängt, um es ständig in Sichtweite zu bewachen. Da bemerkte sie, daß die Feuerstelle hier anders aussah als an seinem letzten Lagerplatz.

Dort hatte er sie in einer flachen Grube angelegt. Hier lagen Asche und verbrannte Holzstücke ebenerdig, nicht weit von der Stelle, wo sein Zelt gestanden hatte. Sie stieß die abgebrannten Holzscheite weg, grub ein paar Zentimeter tief den Boden um und entdeckte ein großes Bündel, eingepackt in einen wasserdichten Plastiksack. Darin lag der Rucksack, den sie ihm gegeben hatte, als sie in Olcott auf ihrem Querfeldeinlauf waren, und in dem Rucksack lag das Geld. Er hatte die Überreste eines Feuers hier ausgebreitet, genau über dem vergrabenen Geld. Falls ihm irgend etwas zustieß, brauchten seine Verfolger einige Zeit, um das Geld zu suchen; und wenn sie es nicht gleich fanden, würden sie hier kampieren und sich ein Feuer machen. Der geeignete Platz dafür war natürlich die alte Feuerstelle, man legte einfach neues Holz dazu und zündete es an. Und eine Stunde später wäre das Geld verschwunden gewesen. Sie steckte eine Hand in den Rucksack, nahm eins der grünen Bündel und las, was auf der weißen Banderole stand, mit dem die Bank es zusammengebunden hatte. »Zehntausend Dollar« stand darauf. Insgesamt waren es fünfunddreißig gleiche Bündel aus Hundert-Dollar-Scheinen. Er war so selbstsicher gewesen, alles an einer Stelle zu verstecken.

Jane trug die Geldtasche ins Kanu, zog es ins Wasser und paddelte hinaus in die Wildnis. Während der Fahrt von einem See in den nächsten hielt sie alle ein, zwei Stunden an, legte das Paddel hin und warf etwas ins Wasser, wo es am tiefsten war: den Gewehrlauf und den Repetiermechanismus in den Lake Lila, den Rest des Jagdgewehrs in den Round Lake, die geschmolzene Angelrute und ihre Ösen in den Little Tupper, jedes Stück kilometerweit entfernt vom letzten.

Als sie an die Stelle kam, wo sie das Kanu umtragen mußte, mußte sie das Boot fast den ganzen Weg hinter sich her schleppen, weil es jetzt zum Tragen zu schwer war. Wenn sie müde wurde, rastete sie. Sie brauchte beinahe vier Tage, bis sie wieder am großen Tupper Lake herauskam.

Es gab keine Möglichkeit, das Kanu loszuwerden, also paddelte sie an das Ufer, wo der Branco stand, grub die Batteriekabel aus, entfernte die beiden Plastikkanister von den Abgasrohren, füllte das Benzin in den Tank und befestigte das Kanu auf dem Dach. Dann fuhr sie los, die Berge hinter sich, erreichte nach Einbruch der Dunkelheit den Lake George und ließ an seinem Ufer das Kanu zurück.

Mit dem Geld aus John Youngs Brieftasche tankte sie in Glens Falls auf, kaufte sich neue Kleider in Saratoga Springs und leistete sich am Stadtrand von Albany ein ausgiebiges Essen, Pfannkuchen und Spiegeleier. Der Kaffee schmeckte so gut, daß sie sich noch eine Halbliterflasche davon kaufte und mit ins Auto nahm.

Ein paar Stunden später fuhr sie den Wagen in Yonkers durch eine Münzwaschanlage und wischte ihn innen und außen sauber. Dann ließ sie ihn in Queens, in der Nähe von La Guardia, irgendwo am Straßenrand stehen und die Schlüssel stecken. Es war kein Viertel, wo man sicher sein konnte, der Ford Branco würde gestohlen oder unwiederbringlich verschwinden in der Unterwelt der Autoausschlachter, aber vielleicht geschah es ja doch, und falls die Polizei den Wagen früher fand als die Räuber, war es auch egal. Er führte sie allenfalls zu einer Person, die nie existiert hatte. Und wenn sie eine andere Liste möglicher Ex-Besitzer aufstellten, dann fingen sie mit denen an, die zuletzt von La Guardia abgeflogen waren. Jane ging zu Fuß bis zur Ankunftshalle, nahm ein Taxi, fuhr von La Guardia zum Kennedy-Flughafen und kaufte sich ein Ticket für die nächste Maschine nach Rochester.

Es war drei Uhr morgens, als sie den Mietwagen in einer ruhigen Straße parkte und über das dichte Gras ging, bis sie an dem Geländer stand. Sie blickte in den tiefen Abgrund hinunter, dorthin, wo einst die Langhäuser gestanden hatten, alle in Ost-West-Richtung am gewundenen Flußufer des Genesee. Sie lauschte, und dieses Mal war die Stadt hinter ihr so ruhig, daß sie unten das Rauschen des Wassers hören konnte, das gegen die Felsen lief und dann hinter der nächsten Biegung nach Norden strömte zum Ontario-See.

Früher hätten die Menschen zu dieser Stunde in den

Langhäusern geschlafen. Vielleicht hätte sie in einer kühlen Nacht wie jetzt eine schmale Rauchfahne wahrgenommen, die von einem Kohlenfeuer aufstieg. Hier oben in den Maisfeldern war die Erde wohl noch ohne Grün. Aber bald war es Zeit für das Ayentwata, das Pflanzfest, und die Frauen hatten sicher schon den Boden mit ihren Grabsticheln gelockert, um ihn für die Aussaat herzurichten.

Sie hörte einen Hund in einem Garten, ein kurzes, leises Gebell, und dann kam ein zweiter hinzu mit einem kehligen, schmerzlichen Heulen. »Ich bin's nur«, flüsterte sie. Kurz darauf war die weit entfernte Sirene einer Feuerwehr zu hören, die den St. Paul Boulevard hinunterfuhr, dann verschwand der Ton wieder leise in der Dunkelheit.

Sie ging am Geländer entlang bis zu der Stelle über den Felsen. Sie machte ihren Rucksack auf und nahm zwei Beutel mit Pfeifentabak heraus, Marke Captain Black, die sie in einem Laden im Flughafen gekauft hatte. Sie öffnete den ersten, hielt ihn über die Klippe, schüttelte ihn und ließ die Fasern in die Schlucht rieseln, nach ihrem langen Fall durch die Luft verteilten sie sich über die Felsen, wo die Jo-Ge-Oh wohnten. »Es ist nicht das, was ihr gewöhnt seid, ihr Kleinen«, flüsterte sie. »Aber er kann nicht schlecht sein, weil mein Vater ihn geraucht hat.« Dann öffnete sie auch den zweiten Tabaksbeutel und schüttete den Inhalt hinunter. »Er hieß Henry Whitefield.«

Danach nahm sie den Rucksack, machte den Reißverschluß auf. Sie hielt ihn weit über das Geländer hinaus. »Danke euch für mein Leben.« Sie drehte den Rucksack um. Im Mondlicht sah sie die vielen hundert Papierscheine herausfallen, sie drehten sich, flatterten wie Schmetterlinge und schwebten dem dunklen Wasser entgegen in die Tiefe.

Sie trug den Rucksack bis zum Müllcontainer am Rand des Parks und warf ihn hinein. Dann stieg sie wieder in ihren Leihwagen und fuhr zurück zum Mount Read Boulevard. Zu dieser Nachtzeit waren die Straßen bis zur Autobahn ohne jeden Verkehr.

Am frühen Morgen näherte sich Jane Whitefield dem Gehweg vor ihrem Haus in Deganawida. Sie trug die neuen Kleider, die sie in Saratoga Springs gekauft hatte. Sie bemerkte, daß Jake Reinert in seinem hölzernen Schaukelstuhl auf der Veranda saß und sie beobachtete. Sie ging die Stufen hinauf zu ihm und setzte sich hin.

»Schön, dich wiederzusehen, Jane«, sagte er. »Man könnte beinahe sagen: erleichtert.«

»Ich bin's auch.«

Er blickte in die Weite, zu den großen alten Bäumen an der Franklin Street, sie bewegten sich sanft, und ihre unzähligen Blätter vibrierten in der leichten Brise. »Die Typen, die wir in Kalifornien getroffen haben, sind nicht wiedergekommen.«

»Das habe ich auch nicht erwartet.« Sie streichelte ihm über den Arm und stand auf, um in ihr Haus zu gehen, aber er stand ebenfalls auf, mit einem unruhigen Ausdruck im Gesicht.

»Aber jemand anderer ist gekommen, ein Mann, ein bißchen älter als du. Er ist mitten in der Nacht gekommen, das machen sie ja immer so. Er hatte einen kleinen Jungen bei sich, vielleicht sechs oder sieben Jahre. Er hatte Angst ...« Jane sah ihn an und wartete auf den Rest. »Sie sitzen jetzt bei mir in der Küche und frühstücken.«

SERIE PIPER

Thomas Perry
Das zweite Gesicht
Roman. Aus dem Amerikanischen von Fritz R. Glunk. 390 Seiten. Serie Piper

Jane Whitefield läßt Menschen verschwinden. Schon ungezählte Male hat sie ihr Leben aufs Spiel gesetzt, um Klienten in Gefahr eine neue Identität zu verschaffen. Nun bittet sie der renommierte Chirurg Richard Dahlman verzweifelt um ihre Hilfe – die Polizei verdächtigt ihn, seine Kollegin ermordet zu haben, und hat ihn bei einem Fluchtversuch angeschossen. Unter den Augen des FBI entführt Jane den Schwerverletzten aus der Klinik. Und jetzt erst kann er ihr berichten, daß alle seine drei Mitarbeiter tot sind und er sicher ist, der nächste zu sein. Auf ihrer atemlosen Flucht muß Jane hinter das Geheimnis dieses Mannes kommen, und das ziemlich schnell. – Thomas Perry versteht es meisterhaft, die nervenaufreibende Jagd mit dem Charisma und der brillanten Intelligenz seiner Heldin zu verfeinern.

Thomas Perry
Sicher ist nur der Tod
Roman. Aus dem Amerikanischen von Elke Link. 403 Seiten. Serie Piper

Zwölf Millionen Dollar stehen auf dem Spiel. Denn genau diese Versicherungssumme soll Ellen Snyder an ihren angeblichen Kunden ausbezahlt haben. Nun fehlt von ihm und Snyder jede Spur. Ihr ehemaliger Geliebter John Walker und der Ex-Polizist Max Stillman sollen sie ausfindig machen – die heiße Spur führt sie in ein Dorf, in dem sie die Drahtzieher vermuten. Doch was sie dort entdecken, übersteigt jede Vorstellungskraft: eine ganze Gemeinde, die dem Verbrechen verfallen scheint, und sie geraten in den Strudel einer gigantischen Verschwörung.

»Ein rasanter Kriminalroman mit einem außergewöhnlichen, fast komischen Ermittlerduo.«
Buchkultur, Krimi 2002